신상웅전집 2
분노의 일기

동서문화사

신상웅·전집 2
분노의 일기

초판 발행/2003년 10월 1일
발행인 고정일/발행처 동서문화사
창업 1956. 12. 12. 등록 16-345 (윤)
서울강남구신사동540-22 ☎ 546-0331~6 (FAX) 545-0331
www.epascal.co.kr

＊잘못 만들어진 책은 바꾸어 드립니다.
총10권 각권 9,800원

＊

이 책의 출판권은 동서문화사(동판)가 소유합니다.
의장권 제호권 편집권은 저작권 법에 의해 보호를 받는 출판물이므로
무단전재와 무단복제를 금합니다.

편찬·필름·제작 일체 「동판」 자본으로 이루어짐에 따라
출판권 소유권자 「동판」에서 제조출판판매 세무일체를 전담합니다.
사업자등록번호 211-90-02201
ISBN 89-497-0196-0 04810
ISBN 89-497-0194-4 (세트)

분노의 일기
차례

추적(追跡) …… 11
여름나기 …… 40
허수아비 찌르기 …… 68
성(聖) 유다 병원 …… 87
변씨의 죽음 …… 123
이수일전(傳) …… 148
분노의 일기 …… 170
어느 재회 …… 241
동상(銅像) 주변 …… 261
모월 모일(某月某日) …… 273
바다와 겨룬 사나이 …… 291
사표 …… 311
악령 잠 안 들다 …… 332

추적(追跡)

"전 지금 꼭 신문을 받고 있는 것 같은 기분이 드는군요. 그것도 황당무계한 취조관으로부터 말입니다."

"맞았어, 바로 자네가 그렇게 생각하고 있다는 데 문제가 있는 거야. 이상한 일이거든. 나는 내 44년 생애에 가장 반가운 손님을 맞고 있는 중인데 말이야."

곽수원(郭水元)은 일그러뜨려진 얼굴로 건너편 자리의 청년을 쏘아보았다. 그러다가 그는 열 개비째의 담배를 찾기 위해 다탁 위를 더듬었다. 그의 눈은 초점을 잃은 채 파르르 속눈썹을 떨고 있었다. 청년은 그의 눈길을 피해 창문 밖으로 시선을 내보냈다. 그는 정말 자기가 취조를 받고 있다고 생각하고 있는지 몰랐다. 태연을 가장하고 있는 그의 표정엔 초조감 같은 것이 간단없이 끼어들고 있었으니 말이다. 곽수원은 담배에 불을 붙이고 나서 말을 계속했다.

"나는 지금 20여 년 만에 자네 아버지를 찾아주고 있지 않은가 말일세. 난 아무래도 자네가 취조받고 있다고 생각하는 걸 이해할 수가 없어."

"몇 번 말씀드려야 하는 건지 모르겠군요. 전 두 사람의 아버질 필요로 하지 않거든요, 그럴 수도 없겠지만 말예요. 참, 선생님 성함이 어떻게 된다구 하셨던가요?"

"위장하지 않는 게 좋아. 자넨 지금까지 내 이름을 여러 번 불렀어. 내 성은 곽이야."

"아, 곽 선생님, 전 지금 몹시 피곤하거든요. 오후엔 비행길 타야 하구요."

청년은 갑자기 자리를 떨고 일어설 기세로 몸을 일그적거리며 짜증을 냈다. 곽수원은 담배를 비벼 끄고 나서 이미 비워버린 지 오랜 보리차 잔을 입으로 가져가려다 말고 도로 내려놓았다. 그는 벌써 열 번은 충분히 이런 실수를 해왔는데 이번만은 도저히 못 참겠다는 듯이 목을 뽑아 종업원을 향해 고함쳤다.

"여기 엽차 좀 줘요. 난 자넬 찾아내느라 꼬박 17년은 충분히 헤매왔지만 우리가 이렇게 감격스러운 장면을 이루리라곤 생각하지 못했어. 자네가 비행기를 탈 불과 몇 시간을 앞두고 우리가 만나게 되다니."

"선생님의 각본은 참 교묘하게 꾸며져 있군요. 허지만 저한테서 허위자백이라도 받으시겠다구 생각하신다면 오산입니다."

"자네가 위장을 하려구 하는 이유를 나는 이해할 수가 없지만, 위장한대두 그건 결국 무위로 돌아가고 말걸, 김군."

"마지막으로 한 마디만 하겠습니다. 저는 여하한 일이 있어도 김군이 될 수 없습니다. 제 성은 뱁니다, 배민상(裵敏商)입니다."

"천만에, 자넨 나한테서 자네 아버질 찾아가지 않고는 자리를 뜨지 못할 걸세. 이십 개 성상 가까이 내가 업고 다닌 자네 아버질 말일세, 김건(金健) 군."

그건 사실이다. 곽수원이 전장에서 부탁받았던 한 소년을 찾아내기 위해 방황한 역정이란 실로 눈물겨운 것이었다. 그것은 곽수원의 그 집요한 추적에 비켜서서 8세의 소년이 25세의 건장한 청년이 되어 있는 것으로도 충분히 납득이 가겠지만, 그 동안의 그의 고뇌와 방황이란 거의 이해하기 힘들 정도였다. 만약 한 마디로 표현할 수밖에 없다고 한다면 그것은 구도자의 순례에 비유될 수 있을까.

사실인즉 나도 처음에는 그가 그렇게까지 집요하고 끈덕지게 추적해 나가리라곤 생각하지 못했다. 몇 달이 지나고 나면 지쳐 떨어지겠거니 하고 나는 멀찍감치 물러서 있었다. 그도 그럴 것이, 그때까지만 해도 나는 그가 어떤 성격의 소유자인지를 잘 알지 못했으니까. 우리가 같이 지낸 시간이라곤 고작 전쟁 말기의 채 두 달도 못 되는 기간이었을 뿐이었다.

우린 보충대에서 처음 만났다. 만났다곤 하지만 그 질서 없고 불안하고 쓰레기통 같은, 그래서 지금 생각해도 몸서리를 치게 되는 패잔병 집합소에서 만났다는 것은 사실은 아무런 인연도 될 수가 없었다. 그러니까 우리가 인연을 맺기 시작했다면 그것은 그와 내가 같은 부대로 배속 특명을 받은 때로부터였다고 해야 옳을 것이다. 그밖에 굳이 내가 곽수원과 친해질 수 있었던 이유를 대라고 한다면, 우리는 우연히도 동갑이었고, 또 둘 다 패잔병으로 떨어졌다가 어떻게 탈출해 나왔다는 사실을 들 수가 있겠다. 그게 무슨 인연이 될까마는 곽수원은 그 후 틈만 나면 그 애길 하기 좋아했으니까.

"꽝꽝 얼어붙어 버린 시체를 뜯어업고 납작 엎드렸지. 총검으로 시체를 쿡쿡 찌르며 지나가는 인민군들의 발자국 소리가 삼십 분은 충분히 계속되더군. 그렇지만 나야 무사했지. 왜냐하면, 내가 등에 덮고 엎드린 시체는 바로 인민군이었거든. 숨도 끊고 엎드려 있자니 불알부터 얼어오더군. 사지가 차츰차츰 마비되어 가더란 말이야."

곽수원은 포탄이 떨어진 구덩이에 처박히기 바쁘게 으레 이 얘기를 꺼내곤 했다. 그러나 전쟁은 멀지 않아 끝나고 말았다. 그것으로 끝났어야 했다. 마지막 순간까지 총을 갈겨대는 일밖에 할 줄 몰랐던 우리가 힘을 합한들 무엇을 할 수가 있었겠는가. 그런 사람들끼리 계속 인연을 맺어간다는 것은 무모하고 처참한 전장의 잔영을 부질없이 되새김질하게 될 뿐이 아니었겠는가. 그럼에도 불구하고 나는 곽수원의 제안을 받아들이고야 말았던 것이다. 그는 제대하는 날, 내 손목을 덥썩 잡으며 이렇게 말했다.
 "우리 같이 일하세, 난 조그만 인쇄소 같은 걸 한 번 해봤으면 하거든."
 나는 즉각 거절하기로 마음먹었다.
 "나는 인쇄업 같은 건 별로……"
 그러나 나는 그의 제의를 끝내 거절하지 못했던 것이다. 거절하지 못한 이유 중의 하나가 바로 그 여덟 살 짜리 소년 때문이었다.
 곽수원은 정전이 선포되는 마지막 순간에, 아니 더 정확하게 말하면 발효된 직후에 한 죽어가는 병사와 만나게 되었던 것이다. 불행하게도 물론 나도 그때 그 자리에 있었다. 내가 그 자리에 함께 있었다는 것은 우리 두 사람에게 있어선 정말 불행한 일이 아닐 수 없다. 내가 없었던들 그는 그 병사와 만났던 것을 쉬 잊어버리고 말아도 되었을 일이니까. 더구나 그는 그 병사로부터 몇 마디의 말을 듣지도 못했던 것이다.
 유언이라고 할 수 있을까. 죽어간 병사가 마지막 남기고 간 그 몇 마디의 말은 처음부터 너무나 막연하고 조리가 서 있지 않았다. 여기에 굳이 그 토막토막 끊어진 몇 마디를 소개한다면 대충 이랬다.
 "여덟…사알, 내…아들 거어언……"
 곽수원이 그의 옆구리를 쑤셔대며 다급하게 묻는다.
 "그럼 성은, 성은 뭐요?"
 "기…기기……"
 "주소는?"

"……서……서"

"아니 당신 이름은?"

곽수원은 얼굴까지 갈기며 대답을 재촉한다. 그러나 5초 동안 더 달싹달싹하던 그 병사의 입술은 그대로 힘없이 굳어버리고 만다. 총탄이 불튀던 전장이 언제부턴가 교교한 정적에 눌리고 있다. 병사들은 안개처럼 산허리를 안고 도는 포연(砲煙)을 물끄러미 바라보며 얼굴을 건성 문질러댄다. 갑자기 밀어닥친 밤 10시의 정적을 감당해 내지 못해 병사들은 씨근덕거린다.

내가 아무 말도 하지만 않았던들 그날 저녁, 나는 곽수원과 싸우지 않았을 것이다.

"그까짓 잊어버려. 그렇게 불확실한 내용을 가지구 뭘 할 수가 있겠어."

나는 이 말을 미처 끝맺지도 못하고 언덕 아래로 굴러떨어졌다. 내가 어떻게 발길질을 당했는지는 알 수 없지만, 어쨌든 허리가 끊어진 줄 알았다. 견딜 도리가 없이 버둥댔으나 허리를 쓰지 못해 몸을 가눌 수가 없었다. 더구나 언제 뛰어내려 왔는지 모를 사이에 이미 곽수원은 내 두 팔을 군화발로 밟아 누르고 서 있었다. 그러다가 그는 마치 황소 울음소리 같은 목소리로 고함쳤다.

"그 자식은 내가 죽이지 않았어, 안 죽였단 말야!"

그러나 나는 그 뒤에 왜 내가 부질없이 그런 말을 했던가 더욱 후회되었다. 그는 걸핏하면 시비를 걸어 왔던 것이다.

"자넨 나를 비웃고 있단 말이야. 자넨 그 사람을 내가 죽였다고 생각하고 있거든."

"거 무슨 말을 그렇게……"

"잔소리 마. 네가 비웃고 있기 때문에도 꼭 그 여덟 살배기를 찾아내고야 만다. 불확실한 내용에도 불구하고 말이다."

그러나 우리의 수색전은 날이 갈수록 난처한 절망 상태로 빠져들어갔다. 그는 눈뜨기 무섭게 하숙을 나가면 언제나 날이 어두워서야 돌아오곤 했다. 잿더미뿐인 시가지를 얼마나 쏘다녔던지 뽀얗게 잿가루를 뒤집어쓰고 들어오는 몰골이란 그대로 귀신이었다. 정확히 넉 달 동안의 그 생활에서 그는 완전히 뼈만 앙상하게 도드라졌고, 인쇄소는커녕 안성(安城)에 있는 그의 유산마저 거의 바닥을 내놓고 말았다. 도저히 나는 더 참고 있을 수가 없었다.
 "자네 말대로 그 아이의 성이 김가라는 건 그렇다손치더라도 출생신고를 하지 않았을 수 있는 아이 이름을 가지고 그 흔한 김씨 가운데서 어떻게 찾아낸단 말인가?"
 그의 설명에 따르면 '기기……' 하고 말을 잇진 못했지만 입술을 오므려뜨리려 애를 쓴 이상 순음(脣音) 받침인 〈ㅁ〉이 틀림없으며, 그래서 그 아이의 이름은 〈김건〉이라는 것이었다. 그러나 무리는 바로 그 아이의 주소였다. 번지도 모르려니와 동네도 확실치 않은 〈서〉자 하나를 가지고 뭘 할 수 있다는 것인가.
 우리는 우선 서린동이니 서교동, 서소문동이니를 뒤졌지만 실패였다. 그 뒤에 그는 서대문구를 온통 다 뒤지고 다녔던 것이다. 나는 다시 조심스럽게 타일렀다.
 "포기할 수 없을까, 곽형? 자넨 할 수 있는 최선을 다하지 않았는가 말이야. 그만하면 찾은 거나 마찬가지 아닐까."
 "천만에, 최선이란 내가 죽을 때야. 난 찾고야 말걸."
 이렇게 말했지만 곽수원의 고집은 그때부터 다소 수그러질 기세를 보였다. 나는 옳다, 이때다 하고 재빨리 인쇄소 얘기를 꺼냈다.
 "숨바꼭질하듯이 자꾸 따라다니느라 길이 어긋나느니보다 한 자리에 앉아서 지켜보는 게 확률도 높거든."
 곽수원은 꺼이꺼이 사내 울음을 보인 다음, 드디어 내 제안을 받아들였다. 우리는 우선 명함 기계 하나로 간판을 걸었다. 나는 간판을 걸고 곽수원은 인쇄소 안벽에다, 사람 둘도 너끈히 들어갈 횅뎅

그렁하게 큰 미제 작업복을 입은데다 철모 밑으로 땀이 줄줄 흘러내려도 내버려둘 정도로 녹초가 되어 있는 병사 사진 하나를 걸었다.
 "우리 민족은 이 초췌한 보습의 어저구니 없는 병정을 잊어버려선 안 돼."
 "사진 한 장에다 너무 엄청난 의미를 붙이려 들지 않는 게 좋아."
 그는 뜻밖에도 인쇄소 일에 꽤 열중하는 편이어서, 나는 그가 이제야 극복하였구나, 속으로 쾌재를 불렀다. 그러나 그게 아니었다. 그 동안에 그는 나 몰래 신문에 광고까지 냈던 모양이었다. 그는 열흘 동안에 적어도 2백 명에 가까운 가짜 김건을 만났다. 그러느라 그는 수많은 김건의 뒷조사를 해야 했고, 거기다가 싸움까지 하지 않으면 안 되었던 것이다.
 "건묵(鄭健默)이, 도대체 세상이 이렇게 요지경 속일 수 있어."
 그는 내 어깻죽지를 잡은 손을 부르르 떨며 말했다.
 "이백 명의 김건은 하나같이 모두 진짜였거든. 그들은 모조리 자기가 그 장본인이 아니어서는 안 된다고 위협하면서 오히려 나를 설득하러 들었단 말이야. 나는 행복하게도 자칫했으면 그 많은 김건한테 밟혀 죽을 뻔했어."
 "신문 광고에다 후사하겠다구 한 모양이군, 돈을 쥐어주겠다고 말이야."
 "그게 어쨌다는 건가. 하여튼 난 이백 명의 김건 가운데 적어두 한 사람의 진짜 김건이 차례를 기다리구 있을 것은 틀림없다구 생각했지."
 그랬기 때문에 그는 그 가운데 어느 한 후보자도 소홀히 할 수가 없었다. 그는 그 모두를 전폭적인 기대와 반가움을 가지고 대했다. 그러나 실패였다. 그들의 관심은 한결같이 곽수원의 후사(厚謝)가 얼마만한 규모를 뜻하는 것인지를 알아내려는 데로 쏠려 있었으며, 그가 모호하기 짝이 없는 단서만을 가지고도 위장할 가능성이 충분히 있는 한 역사 속의 소년을 찾아내지 않으면 안 될 절실한 사연을 가지고 있다는 사실을 어렴풋이라도 알아차리기만 하면 문제의 인물로 가장하기 위하여 갖은 계략을 다 꾸며댔다는 것이었다.

　나는 그가 2백 명의 김건을 면접하는 동안에 겪은 어처구니없는 이야기들을 들으면서도 계속 빳빳한 긴장을 풀지 못하여 좀처럼 그의 이야기 속으로 빠져들 수가 없었다. 나는 그의 긴 얘기 중간에 틈이 나기만 하면, 이제 제발 그놈의 사람 찾는 일을 끝내버리는 게 좋겠다는 투의 말을 끼워넣으려 도사리고 있었던 것이다. 그렇다곤 하지만, 나는 그런 뜻의 얘기를 조심스럽게 건의할 수는 있을지언정 강요할 자신은 없었다. 물론 곽수원도 내가 되도록 그의 묵은 상처를 건드리지 않고 가망이 없는 추적을 포기하도록 하려고 안간힘을 쓰고 있다는 사실을 알아차리고는 있었다. 그러니까 결국 우리는 서로가 상대방의 뒤통수를 지켜보면서 모르는 체 숨바꼭질을 계속하고 있는 셈이었다. 더 자세히 말한다면 나는 그가 사람을 죽였다는 사실을 알고 있으면서도 모르는 체하는 것이고, 그 역시 내가 알고 있다는 사실을 알고 있으면서도 스스로 인정하기를 꺼리고 있는 것이다. 아니 어쩌면 그는 자신에게 내가 모르고 있음에 틀림없다고 우겨대고 싶은지도 몰랐다.

　한 개 병사로서, 우리는 그 시각의 전 전선이 어떤 상황에 놓여 있는지 도무지 알 길이 없었다. 다만 확실한 것은 우리가 총구를 맞대고 마지막 기승을 부리던 전선엔 휴전 선포의 소식이 일찍 전달되지 않았다. 물론 그날 밤 안으로 전투가 중지된다는 건 낮부터 명령으로 전달이 됐다는 소문을 듣고 있었지만, 그 최종 시각에 대해서 아무도 확실한 대답을 들려주지 않았기 때문에 우리는 그게 낭설일지도 모른다는 생각까지 할 정도였다. 그도 그럴 것이, 어떤 사람은 밤 열 시라고도 하고 또 어떤 이는 자정을 기해 발효된다고도 하여 도대체 종을 잡을 수가 없었으니까.

"개자식들, 전쟁도 쉬는 수가 있단 말이냐?"

곽수원은 휴전 협정이 거의 마무리되어 간다는 소문이 전선에 퍼지기 시작한 두어 달 전부터 시작된 욕지거리를 또 지껄여댔다.

"우린 왜 정상배들을 위해 장송곡을 부르지 않느냔 말야. 테이블에 앉아 우리의 목숨을 흥정하고 있는 그 개자식들을 위해서."

그는 고래고래 고함을 질렀다. 사람의 가슴을 겨누는 싸움에 누가 흥정을 붙일 수 있느냔 것이었다. 둘일 수 없어서 국토를 하나로 모으겠다는 전쟁에 어떻게 중단이 있을 수 있는가. 그리고 어차피 둘일 바엔 한 뼘의 땅을 더 빼앗아선 뭘 하겠다는 건가. 누구에게 바칠 땅이어서 그 한 뼘의 땅에다 시체를 쌓아 올리는가.

"빼앗는 잔 누구며 빼앗기는 자는 누구냐. 그리구두 못다 빼앗은 땅은 누구네 땅이냐."

곽수원은 날이 갈수록 더 나빠져 갔다. 그는 차츰 우악스럽고 무자비한 난폭자가 되어 버려서 걸핏하면 마구 총을 갈겨댔다. 모두들 그가 군법회의에 회부되지 않도록 하기 위해 무진 애를 쓰지 않으면 안 되었다. 곽수원이, 전투가 중단되던 날까지 살아 남을 수 있었다는 것은 거의 기적에 가까운 일로서, 그는 전투가 개시되기만 하면 미친듯이 마구 내달리고 쏘아붙이고 하던 것이다.

어쨌든 휴전이 선포되던 그날, 우리는 총구가 벌겋게 달도록 쏘아댔다. 그건 그대로 무모하고 잔혹한 살륙행위 그것이었다. 지구상의 탄약이란 탄약은 모조리 써버림으로써 영원히 전쟁을 추방해 버리라는 거룩한 명령이라도 받은 것처럼 피아간에 마구 들어 부은 것이다. 그러다가 어처구니 없는 전투 중지의 시간이 왔다. 우리가 몰랐던 것이 바로 그 시각이다.

갑자기 누군가 신호탄이 쏘아올려진 걸 봤다고 고함친다. 그러나 그걸 본 두 번째 사람이 없어 모두들 당황한다. 어떻게 해야 하는 것인가. 우리는 각자가 모두 '정전 협정은 발효된 게 틀림없어' 하고 생각하면서도 M1소총의 방아쇠에다 손가락을 끼운 채 엎드려 있을 수밖에 없다. 충분히 30초는 계속되는 숨막히는 정적 속에서 병정들은 버릇처럼 자신의 맥박 소리를 듣는다. 이때 갑자기 들린 총성——섬뜩하리만큼 외롭고 무서운 단 두 발의 총성이 정적을 부채살처럼 찢으며 산등성이를 쓸고 넘어간다. 연이어 뭔가가 병사들의 가슴에 와 털썩 안긴다. 산등성이에서 뭔가가 곤두박질쳐 떨어지는 소리다. 그러자 그 소리를 묻어 버리겠다는 듯이 성급하고 앙칼진 호루라기 소리가 수백 개의 메아리로 물결치며 그들의 가슴을 찢어 놓는다. 그러나 사실은, 그 놀란 듯한 호루라기 소리보다 둔탁한 소리를 내고 떨어진 '털썩' 소리에 놀라 병사들은 하나같이 오줌을 싼다.

이것이 1953년 7월 27일 밤 10시, 전선의 한 귀퉁이에서 일어난 최후의 총격 사건이다. 나는 굴러 내려온 것이 예측대로 사람이라는 것을 확인하는 순간, 오히려 담담해졌다. 나는 결코 그 둔탁한 털썩 소리를 들었을 때처럼 떨고 있지 않았다. 나는 그런 것에 놀라기에는 너무 훈련이 잘 되어 있었다. 너무나 많은 시체 속에서 너무나 긴 시간을 보냈던 것이다.

그러나 그런 아무런 충격도 주지 못할 사건이 우연하게도 곽수원과 나 사이를 위협적으로 비집고 버텨서게 된 것이다. 나는 처음 얼마 동안 그 이유가 무엇일까 하고 곰곰 생각했다. 나는 그것이 적어도 전쟁이 끝막음된 뒤에 일어난 사건이기 때문에 그렇다는 사실을 알아냈다. 사실인즉 나는 그 이유를 캐내려고 마음먹기 훨씬 전부터 이미 알고 있었다. 알고 있으면서도 나는 나와 생사를 같이한 전우를 살인자로 몰고 싶지 않았기 때문에 나 자신에게 시치밀 잡아뗐던 것이다. 그럴듯한 다른 이유를 찾아내고 싶었다. 그러나 아무리 머리를 짜도 그럴듯한 변명은 나서지 않았다.

그래서 나는 한때, 우리가 더 이상 숨바꼭질을 계속할 것이 아니라 툭 터놓고 마는 것이 좋겠다고 마음먹은 일이 있었다. 그러나 나는 그 계획을 곧 취소해 버렸다. 그 이유는 그렇게 함으로써 오히려 곽수원을 잔인한 파국으로 몰고 갈 것만 같은 두려움이 있었기 때문이기도 했지만 사실 나는 그보다는 세월이라는 것을 믿었던 것이다. 시간은 예각을 가장 싫어하지 않는가. 시간이란 무엇이건 예리한 것엔 배겨내지 못한다. 나는 뽀족하고 날카로운 것을 풍화시키는 데는 명수인 시간이 모든 것을 해결해 주려니 자신했다. 그리고 그런 나의 시간에 보내는 신뢰는 별로 저버려지지 않았다.

　곽수원은 정말 할 수 있는 모든 일은 다 했다고 생각하려 무진 애를 썼다. 그는 인쇄소 일에 필요 이상으로 열을 올렸고 나는 나대로, 어떻게도 동정할 수 없는 그의 애절한 비극을 이겨내게 하기 위해 가능한 모든 아첨을 다하였다. 인쇄소의 경영에 대하여는 되도록 혼란을 야기시켰고, 한가한 시간을 없애기 위해선 놀고 있는 기계를 재조립이 막연할 정도로 뜯어발겨 놓음으로써 그를 골탕먹였다.

　그러나 우리는 이런 우리의 모든 노력도 끝내는 우리를 거기서 해방시켜 주지 못한다는 사실을 알았고, 그렇게 됨으로써 우리는 재발한 종기를 앓듯이 다시 시름시름 앓기 시작했다. 나는 이번의 발병이 특히 그에게 있어선 그 어느 때보다 혹독한 시련을 주게 될 것만 같은 예감이 들어 몸을 떨었다. 나는 짊어지기에는 너무나 무겁고 가혹한 형벌을 강요당하고 있는 그를 생각할 때마다 가슴이 저렸다.

　다행히 그런 내 예감은 적중하지 않았다. 그것도 그의 병세가 최악의 지경에 이르기 직전에 말이다. 우리에게 하나의 이변이라고 할 수 있는 일이 일어났던 것이다. 그랬다. 그건 명백히 이변이었다.

　어저께 오후였다. 바깥에 나갔다가 돌아온 서경주(徐慶周)군은, 별로 일이 없는 사무실에서 서로 얼굴만 쳐다보고 앉아 있는 편이긴 하지만, 그래도 사무실을 너무 오래 비웠던 게 민망스러웠던지 겸연쩍은 표정으로 예의 그 피로에 찌든 병사의 사진을 건성 쳐다보고 있었다. 그리고 있다가 불쑥 이렇게 말했다.

"참 이상한 일도 많죠, 정 선생님."
"뭐가?"
하고 나는 한참만에 대꾸하기 싫다는 어조로 대답했다. 나는 그때 좀 화가 나 있었기 때문에 정말 서군의 뚱딴지 같은 소리엔 응대하고 싶은 생각이 조금도 없었다. 그리고 서군은 때로 아무것도 아닌 일에 잘 수다를 떨어대는 편이었다.
"아는 애 하나가 내일 미국엘 간다는 거거든요."
"그게 뭣이 이상하니, 별 어중이두 다 가는 세상에."
나는 말문을 막을 셈으로 더욱 퉁명스런 말투로 말했다. 그렇잖아도 나는 그럼 그렇지, 네가 그런 얘기밖에 더 하랴 싶어 화가 더 났던 것이다. 나는 내가 너무 큰 소리를 치지나 않았나 하고 힐끗 곽수원의 표정을 살폈다. 그는 여전히 까딱도 않고 앉아 두 손바닥으로 턱을 괸 채 창 밖을 멀거니 내다보고 있었다.
"글쎄 말예요. 허지만 오늘 만난 애는 좀 이상하단 말예요, 정 선생님."
"이상하긴 뭐가 이상해. 집어치워, 그 따위 얘기."
하고 급기야 나는 눈치도 없이 끝내 얘기를 계속하러 드는 데 울화통이 터져 빽 고함을 치고 말았다.
서군은 정말 집어치운 듯 말을 끊고 시무룩하게 앉아 다시 그 피로에 지친 병사의 사진을 올려다보았다. 나는 그때까지도 석고상처럼 꼼짝 않고 앉아 눈만 멀뚱거리고 있는 곽수원을 다시 한번 훔쳐본 뒤 그를 따라 시선을 창 밖으로 내보냈다. 사무실 안엔 그렇게 한참 동안 침묵이 흘렀다.
다시 그 침묵을 깨뜨린 것은 역시 또 서군이었다. 그는 자신 없는 표정을 하고 잠시 곽수원과 나를 흘끔 쳐다본 뒤 겁먹은 목소리로 떠듬거렸던 것이다.
"성(姓)두 갈 수 있는 모양이죠, 걘 성까지 갈아치웠거든요."

나는 속으로 약간 이상한 일이긴 하구나 생각하면서도 대꾸를 않고 있는데, 너무 타박만 주는 게 안 됐던지 곽수원이 잘 들리지 않는 목소리로 중얼거렸다.
"무슨 짓은 못할라구. 그래, 어떻게 갈아치웠길래?"
"김씨에서 배씨로요, 배민상으로요."
하고 서군은 자신이 서서 재빨리 대답했다.
"김가가 너무 흔해서 싫었던가부지."
곽수원은 여전히 창밖에다 시선을 꽂은 채 전혀 웃지 않을 기색인데 서군은 키득거리며 웃느라 어깨까지 들썩거렸다. 그러던 서군이 갑자기 웃음을 뚝 끊고 용수철처럼 튕겨 올라갔다. 튕겨 일어서며 놀란 외마디 소릴 내질렀다.
"아니, 곽 선생님!"
나는 그 순간, 뭔가 모르게 머리끝이 쭈뼛 일어서는 것을 느꼈다. 아차! 하는 생각이 들자 가슴이 펄떡거리고 오금을 펼 수가 없어 곽수원을 부둥켜 안고 고함을 지르는 서군을 바로 세 발자국 앞에 두고도 얼른 다가설 수가 없었다.
"곽 선생님, 찾았습니다. 찾았어요, 곽 선생님!"
곽수원도 꼼짝 못하긴 마찬가진 모양이었다. 그의 눈동자는 초점을 잃은 채 흰자를 허옇게 드러내고 있었다.
서군은 헤벌어진 입에 거품을 물고 섰다가 말이 없는 곽수원을 제쳐놓고 몸을 돌려 내 손목을 잡아채며 재빨리 지껄였다.
"맞았어요, 김건임에 틀림없어요. 갠 국민학교를 졸업할 때까지 김건이었어요, 전 확실히 기억할 수 있거든요. 개가 외자 이름을 갖구 있었기 때문이죠. 그리구 갠 저하구 동갑이었거든요. 맞았어요, 동갑이었어요."
서군도 역시 정신을 못 차리는 모양이었다. 그는 이내 잡았던 내 손목을 팽개친 뒤 손바닥을 쫙 펴서 허공을 휘휘 내저어 잠자리를 잡고 있었다. 갑자기 변성된 목소리로 줄창 주워섬기면서.
 우리가 진정이 되기까지 꽤 오랜 시간이 흘렀던 것 같다. 나는 곽수원을 다시 자리에 앉히며 되도록 냉정을 되찾으려 애를 썼다.
 "우린 침착하지 않으면 안 돼. 그 김건이 틀림없이 우리가 찾구 있는 청년이라는 보장은 어디에두 없거든. 우린 또다시 실패하게 될지두 몰라. 자넨 이미 수많은 김건을 만나지 않았는가 말이야."
 "아니야, 이번엔 절대로 실패할 리 없어. 그앤 그때 서소문에 살았기두 했다지 않아."
 "서소문동이란 것두 우리의 창작인지 모르니까."
 "하여튼 이번만은 틀림없어."
 그는 단호하게 말했다. 나는 그가 정말 이번에만은 실패하지 않기를 빌었다. 그러나 그 시험은 하룻밤 동안 지연될 수밖에 없었다. 왜냐하면, 서군은 동창의 집을 알고 있지 못했기 때문이다. 모를 뿐 아니라 어느 방향쯤인지 추측조차 하지 못했다. 단지 그는 그 동창으로부터 이런 얘길 들었을 뿐이었다.
 "내일 오전에 동창 몇이 반도호텔 커피숍으로 나오겠대, 나를 배웅하기 위해서라는군. 너두 시간 있으면 그때 나와서 우리 마지막 인사나 나누자. 오늘은 바빠서 그래."
 곽수원은 그런 위험한 약속을 할 수 없다고 버티었다. 무슨 일이 있어도 오늘밤 안으로 찾아내지 않으면 안 된다는 것이었다. 그런 날은 으레 경황이 없이 분주하게 마련인데, 그러다가 시간에 쫓겨 공항으로 바로 나가버릴지도 모를 다음날만 믿고 앉아 있다는 것처럼 무모하기 짝이 없는 일은 없다는 것이었다. 그러나 그는 끝내 내 만류에 굴복하고 말았다. 나는 어떻게도 그 청년을 당장 찾아낼 방법이 없다는 내 만류를 그가 납득하기 어렵다는 사실을 알고 있었기 때문에 우선 그를 반도호텔로 데리고 갔다.
 일층 입구 오른쪽에 있는 팬 아메리칸 항공사 사무실부터 문은 닫혀 있었다. 우리는 이층까지 모조리 뒤졌지만 열려 있는 여행 대행업 사무실은 하나도 없었다.

"열려 있다고 하더라도 여행사들은 여행자에 대한 정보를 제공하지 않는 것이 하나의 관례로 되어 있거든. 외무부 여권과엘 가서 파일을 뒤져 보면 되겠지만 이 시간에 무슨 수로 그걸 볼 수 있담?"

"……"

"우린 내일 실패하지 않을 거야."

그는 물러서지 않았다. 그가 그 정도로 굴복할 리 없음은 나도 알고 있었다. 나는 그를 비난하는 수밖에 없었다.

"그렇게 서둘면서 왜 전국의 호적부를 뒤적여 보질 못했는지. 오늘밤 안으로 그 청년을 찾아낸다는 건 그보다 더 어렵고 불가능한 일이란 말이야."

그는 한참 동안 아무 말이 없이 서 있었다. 나는 입술을 질근질근 씹고 있는 그의 등을 밀며 말했다.

"돌아가세."

"정말 내일 틀림없이 만날 수 있을까?"

"그렇구말구요."

서군이 재빨리 대답하고 나섰다. 그는 민망스러워 죽으려 했다.

"뭘 그렇구말구야."

"주솔 물어둘 걸 그랬어요. 이렇게 될 줄 알았어야죠, 곽 선생님."

그는 드디어 고개를 숙인 채 앞장서서 호텔 입구로 걸어나갔다.

오늘, 청년은 그의 친구들과 약속했다는 시간보다 거의 한 시간이 늦은 11시 50분을 전후해서야 나타났다. 그는 도대체 여행할 사람의 차림새를 하고 있지 않았을 뿐만 아니라 내 상상과는 너무나 거리가 먼 모습을 하고 있었기 때문에 처음 그를 대했을 때 나는 심한 저항감을 느꼈다. 그런데 나는 전에 그 청년의 인상이 어떨 거라고 상상하고 있었는지 전혀 생각이 나지 않았다. 어쩌면 인상 같은 것에 대해서는 전혀 관심도 갖고 있지 않았을 가능성이 없지 않은데 서군이 "아, 저기 나타났네" 하고 다급한 목소리로 외쳤을 때 나는 명백히, 그리고 상당히 심하게 그 모습을 거부하고 있었다. 이상한 일이었다. 나는 얼른 옆자리의 곽수원을 돌아봤다. 언저리가 바싹 탄 입술이 파르르 경련을 일으키고 있었다. 나는 재빨리 시선을 떼어, 다른 자리에 앉은 친구들에게 반가움을 표시하곤 이쪽으로 너붓너붓 걸어오는 청년을 쏘아보며, 저 청년에게서 어떤 인상일 것을 요구하고 있었는지 또다시 생각해 보기 시작했다.

내가 그의 인상에 대해 어떤 것도 요구하고 있었던 일이 없음은 확실했다. 그런데도 나는 왜 저항을 느꼈을까. 아니, 실망감마저 갖게 되었을까. 나는 서군이 우리와의 약속을 어기고 장황하게 설명을 늘어놓는 동안도 혼자서 줄곧 심히 난처한 인상 싸움을 계속했다.

"네 이름이 뭐더라? 너 무슨 그런 뚱딴지 같은 소릴 하니?"

"나? 서 경주 아냐."

"아, 그렇던가. 그런데 거 무슨 얘기냐?"

"......?"

서군은 갑자기 아연실색한 표정이 되어 청년과 곽수원과 나를 번갈아 쳐다보았다. 그러다가 서군은 말을 더듬었다.

"네…네가 김건이 아니란 말야?"

청년은 다른 자리에 앉아 이쪽을 지켜보고 있는 세 친구들을 부르며 태연스레 말했다.

"너 누굴 보고 그러니, 어저껜 내 이름을 정확하게 기억하고 있더니 그래?"

"그래 배민상이야. 허지만 그건 중학교 때부터 그렇게 바꿨잖아."

"성두 갈아치울 수 있니?"

"……"

그동안에 청년의 친구 셋이 우리 앞에 도열해 섰고, 청년은 그들에게 이렇게 말했다.

"야, 이거 이상한 일인데. 애가 내 이름을 지어주겠다는데."

"이름을 지어주다니?" 하고 셋은 동시에 묻고 난 뒤 잇달아 또 이렇게 물었다. "누군데 그래?"

"국민학교 동창이래."

"중학교도."

서군이 재빨리 거들었다.

"어저께 처음 만났는데, 꼭 차를 한 잔 사야 직성이 풀리겠다구 졸라대길래 오늘 만나줬더니, 기껏 한다는 소리가 내 사주팔자엔 배가보다 그 흔한 김가가 좋다는구나."

"그럼 고치지 그래."

셋은 똑같이 거짓 웃음을 한참 동안 웃었다. 그때 곽수원이 팔을 내저어 웃음을 저지하며 말했다.

"당신들은 참견 않는 게 좋겠어."

그는 시비투로 말하는 것이 앞으로의 대화를 더욱 힘들게 만든다는 것을 각오하고 있는 듯 계속하여 이렇게 말했다.

"자리를 좀 비켜 줘야겠는데. 당신네들 자리로 돌아가줘."

물론 세 청년들의 태도는 옳았다. 이 축복의 날에 시비를 걸러 드는 쓸개빠진 친구가 다 있느냐는 듯이 그들은 얼굴을 일그러뜨리며 노려보았으니까. 그러고는 축복 받을 주인공의 권유를 받아들이는 것이 지성인의 가장 바람직한 태도이자 쓸개 없는 무식쟁이를 여지 없이 모멸할 수 있는 유일한 방법이라는 점에 흡족해 하면서 오만한 자세로 돌아섰으니까.

"미국에 간다니 반갑소."

곽수원은 갑자기 목소리를 낮추어 속삭이듯 말했다.

"그게 지금 선생님의 방해를 받고 있는 중입니다."
"그렇진 않을 거요. 당신이 공항으로 나가야 할 시간까지 방해하고 싶진 않으니까."
"그럼 작별하십시다. 전 오후 세시 발 노스웨스트 비행기를 타야 하니깐요."
"아직 시간이 남지 않았소."
"도대체 얼마가 필요하십니까?"
화가 난 듯 곽수원의 말투가 갑자기 달라졌다.
"자넨 뭔가 오해하고 있는 것 같군."
그러나 둘 사이의 대화엔 아무런 진전이 없었다. 공허한 입씨름으로 빠듯한 시간을 팔아 넘길 위험마저 안은 채 아슬아슬하게 대치하고 있었던 것이다.
곽수원은 보리차를 한 모금 마신 뒤 다탁 위에 놓인 크고 복잡하게 만든 계산서를 건성 들여다보고 있었다. 그는 초조해 있어서 1분 간격을 두고 연방 시계를 훔쳐 보았다. 나는 이번에도 또 실패할지 모른다는 생각이 점점 확실해지면서 몸을 부르르 떨었다. 청년이 아무 그럴 만한 이유도 없이 처음부터 부인하고 나설 리야 없지 않은가. 청년의 완강한 자세엔 조금도 주저하는 기색이 스며 있지 않을 뿐 아니라 서군의 주장은 도대체 신빙성이 없어졌으니 말이다. 청년은 너무나 엉뚱하고 무리한 가족 관계를 승복하도록 강요하는 우리들에게서 심한 곤욕을 느끼고 있는지도 몰랐다. 나는 곽수원의 표정을 살피며 미안하고 자신없는 목소리로 거들었다.
"우린 단지 당신이 가능하다면 먼 길을 떠나기 전에 한 전쟁터에서 일어난 사건을 진지하게 듣고 가 주었으면 할 뿐이오."
"그랬으면 좋겠지만 전 그렇게 한가하지 못하거든요."
"그는 죽었거든요. 죽으면서 전해 주길 희망했거든요."
나는 이 말을 하면서 가슴이 철렁하는 것을 느꼈다. 거의 알아차리기 힘들 정도이긴 하지만 청년은 그가 죽었다고 했을 때 흠칫 놀라는 기색을 분명히 나타냈기 때문이다. 나는 두근거리는 가슴을 누르고 떨리는 목소리로 다시 말했다.

"당신은 전쟁 전에 서소문에서 살았다면서요?"

"도움이 된다면 대답해 드리지만, 전 순화동에서 살았습니다."

"보통 거길 서소문이라기도 하지."

"전 몹시 피곤하군요. 그리구 전 쓸데없는 언쟁을 가장 싫어합니다. 특히 오늘따라 더욱 그렇군요. 왜냐하면 전 곧 비행기를 타야 하니깐요."

"자넨 왜 언쟁을 하고 있다구 생각하나?"

곽수원이 계산서를 확 움켜쥐며 노기띤 어조로 우리의 얘기에 끼여들었다.

"어쨌든 제 아버진 구태여 살아 있음을 증명할 필요도 없이 여러분도 너무나 잘 아실 사람이니깐요, 배신국(裵信國)이라고요. 저를 미국에 보내주고 앞으로도 넉넉한 학비를 부쳐 줄 분이죠. 이따가 공항에도 나오실 걸요."

"글쎄, 난 자네가 배씨건 감씨건 상관 없다니까. 자네 아버진 자네가 끝까지 김씨로 남아 있기를 바랐겠지만 말야."

"전 분명히 입씨름을 싫어한다고 말씀드렸습니다."

나는 청년의 무서운 침착성에 탄복했다. 그것이 어디에 이유를 두고 있든 말이다. 그가 만약 사실의 수긍을 회피하고 있다면 더욱 무서운 침착이지만 엉뚱한 강요를 받고 있는 경우라 해도 25세의 청년으로서는 그럴 수가 없었다. 나는 아직은 물러설 때가 아니라고 생각하면서, 그러나 지름길은 가지 않는 것이 좋겠다고 생각했다. 아무리 시간에 쫓긴다고 하더라도 직선이라고 반드시 최단거리가 될 수는 없기 때문이었다. 사실은 나는 그때 이번만은 절대로 실패하지 않는다는 확신 같은 것을 가지고 있었던 것이다. 청년이 진짜

든 어떻든 간에, 그리고 그가 승복하든 그렇지 않든 간에 마지막에 가서 일방적으로 얘기를 들려줘 버리면 그만이었기 때문이다. 그러고 나선 곽수원에게 이제 모든 일은 끝났노라고 우겨두면 되는 것이었다. 그는 그것으로도 충분히 위안 받을 것이며, 그를 구제할 수 있는 길은 그 길밖에 없다고 나는 단정했다.

나는 청년을 외면하고 나지막이 말했다.

"당신은 참 재미 없는 친구군. 너무 병적으로 냉정해서 말이야. 맞았어, 병적이야."

"……"

"당신은 아마도 한두 가지쯤 신경계통의 병을 갖고 있을 거야."

"수법이 상당히 교묘하시군요. 전 이제 이 이상 더 대답할 건덕지두 없구 대답할 필요두 없습니다. 전 좌골신경통을 앓고 있지요. 밤이면 잠을 잘 수가 없구요. 배신국 씨가 저를 미국에 보낼 결심을 한 동기두 바로 제 병 때문이지요."

"아직두 할 얘긴 남아 있지."

이때 청년이 갑자기 고함을 질렀다. 그의 무서운 침착은 드디어 균형을 잃고 마구 풍랑을 일으켰다.

"자, 어떻게 하시겠습니까, 형사님들. 제 아버진 빨갱이였으니깐요."

나는 잽싸게 청년의 입을 틀어막으면서 곽수원에게 말했다.

"우리 장소를 옮기세."

우리는 청년의 어깨를 양쪽에서 부축하면서 갑자기 수런거리기 시작한 커피숍을 빠져나왔다. 그 동안에도 청년은 계속 고함을 치고 있었다. 빨갱이의 아들 김건이라고.

"그럼에도 불구하고 제가 비행기를 타자면 도대체 얼마를 드리면 될까요, 형사님들?"

사실인즉 나는 적잖이 당황하여, 자칫했으면 그 자리에서 우리는 형사가 아님을 강조할 뻔했다. 그러나 나는 청년을 한 조그마한 여관방으로 안내할 때까지 그 말을 용케 참아냈다. 커피숍에서 만난 많은 놀란 사람들로부터 청년을 보호하기 위해선 그럴 수밖에 없었다. 우리가 그를 여관방으로 안내한 것 역시도 언성이 높아진 그를 믿을 수 없었기 때문이다.
"서군이 보이지 않는군."
우리가 방에 들어서자 곽수원이 말했다. 그러나 서군은 분명히 이 여관의 현관까지 따라왔었다.
"이 사람의 세 친구도 보이지 않구."
"형사란 말에 도망쳤겠지, 다행이야."
방 안은 잠시 어색한 침묵으로 잠잠했다. 나는 얼떨떨해서 앉아 있는 곽수원을 젖혀 놓고 먼저 허두를 뗐다.
"우린 형사대가 아닐세. 자넨 여하한 일이 있어도 오후엔 비행기를 탈 수 있어. 더 이상 오해가 없기를 바라네. 단지 우리가 얘기하고 싶은 건 공교롭게도 휴전이 발효된 순간에 전장에서 일어난 한 사건을 자네가 부담없이 들어줄 수 있기를 바라는 것뿐이야. 다행히 자네가 그 사건의 내용과 관련이 있었으면 좋겠지만······ 어쩌면 자넨 우리의 신분을 오해했기 때문에 엉뚱하게 고함을 쳤을지두 모르겠거든."
"그런데 왜 저를 이런 곳으로 끌고 오셨죠?"
"자넨 드디어 흥분하기 시작했거든. 자넨 그 보안장치가 안 돼 있는 곳에서 쓸데없이 고함까지 질렀단 말이야. 사람들은 자네가 연행된 걸루 생각할 테니 다행이 아닌가."
청년의 눈언저리에 보일듯 말듯한 경련이 스치고 지나가자 눈동자가 힘없이 발 아래로 떨어졌다.
"전 빨갱이 김준의 아들입니다. 하지만 이건 제 어머니가 한 말입니다. 어머닌 그걸 구실로 개가를 했고 제 성까지 갈아치웠습니다

…… 전 미국에 가면 돌아오지 않습니다. 어차피 전 남 행세를 하구 있으니깐요. 김건은 이미 십삼 년 전에 죽어 버렸거든요. 물론 제가 이런 얘길 한다고 해서 두 분을 믿구 하는 건 아닙니다."
 청년은 얘기를 끊고 길게 한숨을 내쉬었다. 무작정 얘기를 듣고 있던 나는 당황할 수밖에 없었다. 이대로 침묵의 시간이 조금만 연장되어도 청년은 울음을 터뜨릴 가능성이 있었기 때문이었다. 곧 먼 여행길에 오를 그를 격한 감정의 소용돌이 속에 빠뜨리지 않을 수만 있었으면 하고 나는 잠시 생각했다. 눈물은 사람을 가장 빨리, 그리고 가장 쉽사리 피로에 빠뜨린다. 나는 시간을 놓치지 않고 이야기를 시작했다. 되도록 담담한 표정을 유지하려고 무진 애를 쓰면서.
 "밤 열 시의 밤하늘에 안개가 자욱하게 끼어 있었다고 하면 자넨 믿지 않겠지. 하지만 그건 사실이었어. 아직 채 사그러지지 않은 포연이 온통 산기슭을 뒤덮고 있었으니까."
 그 자욱한 포연 속에 가지가 꺾어진 채로 서 있는 활엽수들의 모습이 을씨년스럽기 그지없었다. 우리는 개머리판을 가슴 밑에 깔고 엎드려 갑자기 정적을 몰고 온 그 활엽수들 속을 통해 산등성이를 올려다보고 있었다. 그건 분명히 인민군이었다. 그는 날쌘 동작으로 고개를 치켜들고 산등성이 위로 불쑥 나타났다. 순간, 나는 이마를 총신 위에 처박고 두 손으로 귀를 막았다. 그러나 내 동작은 너무 늦어서, 그땐 이미 두 발의 총성을 들은 뒤였다. 그 총성은 너무나 앙칼져서 나는 그 오랜 전쟁을 통해서도 그토록 무섭게 찢어지는 소리를 들은 적이 없었다. 내가 그 부웅부웅 계속 메아리치면서 갈기갈기 찢어져 달아나는 총성에 몸을 떨며 고개를 들었을 때, 이미 그 인민군은 더 구르지 못하고 활엽수 밑둥에 털커덕 걸려 멈췄다. 나는 깔고 누웠던 총을 집어들 사이도 없이 일어서서 뛰면서 "흰 천을 보이고 있었는데, 나무 막대기 끝에 달린 천이 휘휘 춤을 추고 있었는데……" 소리만 자꾸 되풀이할 수밖에 없었다. 두 발의 총탄은 귀밑과 왼쪽 옆구리를 관통한 것 같았다. 신음하는 사람 옆에 무릎을 꿇고 엎드리자 손끝으로 끈적끈적 피가 묻어났다.
　―용서하오, 우린 실수했소. 누군가 흥분 상태에 있던 사람의 착각이었소.
　―뭐가?
하는, 너무나 또랑또랑한 그의 말씨에 놀라 나는 주춤 물러섰다. 뭐라고 제대로 말을 이을 수가 없었다.
　―귀순자였으니까.
　―잘못 봤군.
　―하기야 당신은 치명상을 입었으니까.
"이때 자네 아버진 뭐라고 했는지 아는가?"
하고 나는 침통한 표정으로 앉아 있는 청년을 쏘아보며 말했다.
"같은 나라 사람끼리 같은 땅덩이 안에서 도대체 귀순이라는 것이 있을 수 있소? 난 단지 이제 전쟁이 끝났다기에 집으로 돌아가던 참이었을 뿐이오, 라고 자네 아버진 말했네."
　사실 김준(金峻)은 계속해서 말했지만 나는 청년에게 충격을 줄 것 같아 차마 그 나머지 얘기는 들려줄 수가 없었다. 아니, 그건 거짓말인지도 모른다. 나는 곽수원에게 그가 모르고 있는 또 하나의 상처까지 재확인시키는 것이 두려워 얘길 거기서 끊고 말았는지도 모른다. 김준의 그 다음 얘긴 이랬던 것이다.
　―난 잘못 생각했어. 난 단지 아들녀석 때문에 돌아갈 계획이었거든. 그놈을 만나보려구.
　―걘 지금 어디 있소?
　―아마 서울에.
　이때 누군가 나를 확 밀어붙이고 달려들었다. 곽수원이었다.
　―왜 이러고 있어, 이 병신새끼야!
　그는 한편 고함을 치면서 한편 죽어가는 자의 머리를 감싸안았다.

그러는 동안 김준은 이미 혀가 굳어져서 제대로 이어지지 않는 외마디 고함을 질렀다.
—내버려둬, 난 못사……
그러나 그때 내 귀엔 곽수원이 내뱉은 말만 계속 맴돌았다. 왜 이러고 있어, 이 병신아. 과연 나는 시간을 놓쳐버린 건가. 나는 그 중요한 시간에 더욱 무섭게 붙잡고 매달리는 그 생각에 몸서리치고 있었다.
"그러니까 실제로 우린 자네 아버지로부터 자네한테 들려줘야 할 무슨 부탁을 받진 못했어." 하고 나는 내 이야기를 끝냈다. "그나마 그는 자네 얘길 너무 늦게 꺼냈기 때문에 우린 지금에사 만나게 됐구."
청년은 얘기가 다 끝났는데도 한참 동안 그 자세로 앉아 있었다. 나는 까칠까칠한 입 안을 혀로 쓸며 담배에 불을 붙였다. 말이 없긴 곽수원도 마찬가지였다. 그는 아까부터 여전히 창 밖만 지켜보고 있었다. 그가 어디서건 창 밖을 멀거니 내다보는 것은 거의 15년 이상 계속되고 있는 유일한 버릇이었다.
"도대체 두 분은 어떻게 했다는 겁니까?"
청년이 갑자기 고함치듯이 말했다. 의자의 팔걸이를 잡은 그의 두 손이 부르르 떨고 있었다.
"오로지 수난사 뿐인 민족사의 한 현장에서 우리는 피를 흘리며 싸웠다. 그리고 우리는 부둥켜안고 울었다. 그 중의 몇 사람은 더러운 양놈들, 하고 욕지거리를 했다…… 그랬다는 겁니까? 그래서 어쨌단 말입니까. 두 분은 뭘 위해서 싸웠다는 얘깁니까. 도대체 두 분이 후대에 남겨줄 건 뭡니까?"
청년은 팔을 내휘두르며 계속해서 고함쳤다. 왕조 때는 토색질로 명문 거족이 되고, 나라가 왜놈 손에 넘어가자 잽싸게 친일 간신배가 되어 부귀 영화를 누렸는가 하면, 그렇게 쌓아 온 사회적 기반을 업고 해방 뒤엔 갖은 짓 다했지만 그게 무슨 허물이 된 일이 있는가. 당신네들이 피를 흘리고 싸웠다는 그 전쟁중에 그들은, 요때다 하고 도둑질에 신명이 나지 않았는가. 한때 반민족분자니 부패분자니 하고 낙인 찍기를 좋아하는 사람들이 있었지만 그 질투와 시기심 강한 사람들은 멀지 않아 바로 반민족, 부패로 쌓은 고대광실에 으젓하게 올라 앉지 않았는가. 선열(先烈)과 의사(義士)의 후예는 영락하고, 독립투사와 반독재투사는 단칸 셋방에서 굶어 죽었는데 그래도 정의의 구현을 위해 희생하랄 사람이 누군가.

"권력자가 참으로 지배하기 편리한 이 땅에서 도대체 무엇을 위해 피를 흘리고, 무엇을 위해 미칠 수 있습니까?"

청년은 말을 끝내고 우리를 무섭게 노려보았다. 방 안에 또다시 견디기 어려운 침묵이 내려앉았다. 우리는 그렇게 말없이 앉아서 뭔가 종잡을 수 없는 것들을 골똘히 생각하고 있었지만 사실은 아무것도 생각하고 있던 것이 아니었다. 우리는 단지 연거푸 땀을 씻어내면서 더럽게 더운 날씨를 탓하고 있었다. 그러다가 도저히 못 참겠다는 듯이 셔츠 단추를 끌러 헤치며 곽수원이 투덜거렸다.

"무슨 놈의 날씨가 도대체 이 모양이야."

"전 지금까지 저 자신의 얘길 하고 있었는지도 모릅니다" 하고 청년은 훨씬 가라앉은 목소리로 다시 말하기 시작했다. "지금도 그 기세가 등등한 재벌 박용삼랑(朴勇三郞)씨가 바로 제 외할아버지거든요. 그가 무슨 짓을 해서 돈을 긁어모았는지는 선생님들두 잘 아시겠지만."

그렇다면, 하고 나는 대답을 잊고 생각하였다. 그의 의부(義父) 배신국이 그만한 지위를 얻은 것은 순전히 박용삼랑의 거듭에 의해서였겠군. 물론 청년의 어머니와의 재혼이 불붙는 출세의 야욕을 채우기 위한 정략에서 이뤄졌을 것은 쉽게 상상할 수 있는 일이지만, 내가 도무지 이해할 수 없는 것은 친일 모리배의 딸과 김준과의 사이에 이뤄진 최초의 혼인이었다. 청년은 아까, 불운 속에 돌아간 저 유명한 항일 독립투사 김혁(金爀)이 바로 그의 할아버지라고 말하지 않았던가. 어떻게 그 두 사람은 맺어진 것일까.
"자네 아버진 혹시 동경 유학을 한 게 아닌가?"
나는 생각을 중단하고 이렇게 물었다.
"제 아버지와 어머니가 거기서 만나지 않았느냔 말씀이시겠죠?"
"혹시 그런 게 아닌가 하구."
"당연하죠. 관부 연락선을 타고 건너간 동경 유학생들이란 모두 연애에만 정신이 팔려 있었으니깐요. 그것두 망국한(亡國恨)의 설움을 달랜다는 미명 아래 말입니다."
"그럼, 집안에선 그 결혼을 반대했었겠군."
"두 사돈은 한 번도 만난 일이 없다구 했어요. 물론 어머니두 친정의 문턱을 들어서지 못했구요."
"지금은?"
"지금이라뇨? 김혁도 준도 모두 죽고, 그리고 삼대독자 김건도 죽어버리지 않았습니까."
이때 갑자기 곽수원이 달려들었다. 그는 마치 발작증을 일으킨 사람처럼 보였다.
"그런데 어째서 넌 네 아버지의 죽음을 슬퍼하지 않는 거냐? 누가 죽였느냐고 왜 달려들지 않느냔 말이다, 이 돌배가놈아."
"……"
"네 아버질 내가 죽였어, 내가 죽였단 말야. 건묵인 그걸 여태 숨겨 오고 있단 말이야."
"짐작하구 있습니다."
청년이 나직이 대답했다.
얼굴을 일그러뜨리고 손을 부르르 떨던 곽수원이 순간 흠칫하고 물러섰다. 그러다가 그는 그 동작과 함께 꽈당하고 방바닥으로 나가

자빠졌다. 우리는 앉았던 걸상을 넘어뜨리며 그에게로 달려들었다. 그의 입엔 거품이 꽉 물려 있었다. 속수무책이었다. 그를 침대로 옮겨 뉘고 무작정 아무 데고 달달 떠는 몸을 주물러대는 수밖에 없었다. 그러다가 우리는 놀라 자빠졌다. 누가 우악스럽게 문을 열어젖뜨리면서 뛰어들었기 때문이다. 서군이었다. 서경주는 경황없이 지껄였다.

"저어 있잖아요, 우리 사무실 말예요."
"그래서?"
"건물을 지금 막 부수고 있어요, 노란 바가지 쓴 사람들이 말예요."
"그건 이미 알구 있는 일 아니냐."

나는 울화통이 터져서 냅다 고함을 질렀다. 우리가 세를 들고 있는 그 탄흔 투성이 건물이 도로를 넓힐 계획에 따라 헐리게 된다는 소문은 벌써 석 달 전부터 파다하게 퍼져 있었던 것이다. 뿐만 아니라 20일 전에는 그 건물이 드디어 오늘 헐리게 됨을 통보하는 서울시장의 묵은 공한 사본이 첨부된 건물 주인의 정식 통지서까지 받지 않았는가 말이다. 그 통보를 받고 우린 합의했었다. 사무실 안에 든 모든 것을 그대로 둔 채 부숴버리자고. 사무실이라곤 하지만 그건 또한 인쇄공장이기도 했다. 1938년식 독일제 딸딸이 소형 인쇄기 한 대와 납활자대 하나가 저 안쪽으로 놓여 있고 중간에 명함 인쇄기 하나를 놓아 그 앞쪽을 사무실로 써 왔다.

"이것들을 그만 모조리 쓸어 묻어버리고 마세."
라고 제안한 사람은 곽수원이었다.
"그리곤?"
"그리곤 우리 헤어지세."
"헤어지긴 말자구."

나는 한참 뒤 이렇게 말했다. 다만 서군은 우리의 그러한 결정을 모르고 있을 뿐이었다.
 서군은 멀쑥해져서 말문이 막힌 채 공연히 히죽 웃음기까지 띠고 있었다. 나는 그때 재빨리 시선을 돌려 곽수원이 여전히 경련을 계속하고 있는지 어떤지를 알아내려 했다. 그러나 나는 곽수원이 우두커니 서 있는 우리를 밀어붙이고 열린 문으로 빠져 달아난 뒤에야 내가 갑자기 그에게로 시선을 돌린 것은 그가 궁금해서가 아니라 그가 벌떡 일어나는 기척을 들었기 때문이란 것을 알았다. 그리고는 한참 동안 그대로 멍청히 서서 그가 흘리고 간 말들을 주워 보려 애썼다.
 그랬다. 그는 분명히, "사진, 그 불쌍한 사진을……" 하고 다급하게 중얼거리며 달아났다. 나는 문을 박차고 뛰어나갔다.
 "수원, 곽수원……"
 현장엔 건물을 부수는 장면을 구경하겠다고 몰려든 사람들로 법석을 이루고 있었다. 그러나 멀리서 보기에 그건 아주 질서 정연하고 정중한 관람이었다. 길을 가운데 두고 정확하게 반원을 그리며 몰려 선 그들은 경찰의 호위까지 받고 있는 듯이 보였다. 그 가운데를 거대한 크레인이 장독만큼은 한 쇠뭉치를 달고 어줍잖은 묘기를 보이고 있었다. 둔중한 쇠뭉치가 말을 잘 안 들으려는 듯 머뭇머뭇 벼르다가 쏜살같이 건물의 벽으로 쫓아가 들이받으면 뽀얀 먼지가 마치 포연처럼 물씬 치솟았다. 쇠뭉치는 벌써 이만큼 물러나와 있었다. 그때였다. 그 훤하게 트인 반원의 경기장을 잽싸게 뛰어드는 사람이 있었다. 나는 철렁하고 가슴이 사정없이 뛰는 것을 느끼며 더욱 속력을 내어 뛰었다. 그러나 곽수원은 걸음을 늦추지 않고 내쳐 건물 입구로 사라져 버렸다. 호루라기불며 뒤쫓던 순경들이 주춤 물러서는 순간에 쇠뭉치가 벽에 가 부딪쳤다. 와그르르 하고 벽은 천둥소리를 내며 무너져 내리지 않는가. 모여 섰던 사람들은 어안이 벙벙해져서 아까보다 훨씬 더 극성을 부리며 하늘로 치솟는 먼지를 쳐다보면서 그저 입을 딱 벌렸다. 나는 사람들의 와아 소리를 듣는 순간에 그만 전주에 걸려 넘어지고 말았다.

잠시 후, 내가 의식을 회복하고 있을 때, 누군가가 나를 일으켜 세웠다. 하늘로 치솟던 먼지가 어느새 땅을 덮어버렸고 나는 거기 뿌연 먼지 속에 청년이 서 있는 것을 발견했다. 나는 그를 확인하는 순간 무의식적으로 시계를 들여다보았다. 시계는 깜박 죽어 있었다. 나는 고함쳤다. 먼지에 질식된 사람들로 주위는 아비규환을 이루고 있었기 때문이다.

"자네, 정말 미국 가면 돌아오지 않겠나?"
"떠나지 않겠습니다."
"아니, ……그렇게 얻기 힘든 여권이었다면서."
"종이쪽에 지나지 않더군요."

그리고는 홱 돌아서서 먼지를 뚫고 현장으로 내달리는 그의 뒤통수를 멀거니 지켜보며 나는 그제야 생각이 났다. 내가 처음 그를 만났을 때 심한 저항을 느낀 것은 그의 이마가 너무 넓었기 때문이었다는 것을.

여름나기

    꼭 소쿠리같이 생긴 이 마을의 뒷등에 올라서서 보면 동구 저 아래쪽, 그러니까 이 동네의 한가운데가 되는 지점을 잡아 두어 아름드리는 실히 되는 늙은 팽나무 한 그루가 서 있다. 아직 9월이나 되어야 황갈색으로 익게 될 열매를 잎사귀 속에 감추어 넣고 소담하게 가지를 드리우고 서 있는 그 팽나무 밑에 두 남자가 얼굴을 마주대고 서 있다. 그러나 그들은 그렇게 서서 배내기로 데려온 뉘집 송아지 얘길 하고 있는 것이 아니고 고개를 발딱 젖히고 무겁게 내려앉은 하늘을 올려다보고 있는 것이다. 해거름을 타서 가을 무밭에 오줌이라도 뿌리고 오는 길인 모양 지게에다 똑같이 오줌장군을 얹고. 그리고 서 있다 말고 그들은 약속이나 한 듯이 고개를 떨어뜨린 채 말없이 돌아선다. 지게에 배를 깔고 모로 누운 오줌장군이 성난 주인의 화풀이를 당해 내느라 뒤뚱 요동을 친다. 중간 마을 덕소와 아랫마을 박 서방이다.
    연 닷새 동안이나 끄무레한 날씨가 계속되자 팔등골은 급기야 초상난 마을같이 되어버렸다. 짜증을 이기다 못한 사람들이 시뻘겋게 충혈된 눈을 부라리며 으르렁거리기 시작했다.
"그만했으만 인제 한 줄기할 거 아이가. 하늘도 무심하제, 이거 너무 안하나."

처음 이틀 동안은 그래도 모두들 들떠서 지냈다. 죄없는 가슴만 두근거리면서, 그럼 그렇지 원수 안 진 담에야 비사 오고 마는 기라 하고 연방 고개를 끄덕거렸다. 비가 30리 바깥 들판 저쪽의 산등성이를 뽀얗게 묻으며 곧장 넘어오는 듯하다가 슬쩍 도로 넘어가버리거나 이쪽만 남기고 들판 저쪽 절반을 적시며 빙글빙글 돌아가는데도 비는 오고야 만다고 믿고 있었다. 동네 노인네들은 지금은 쓰지 않는 연자방앗간 위에 엉덩이를 깔고 앉아 구름 속을 찢으며 달아나는 마른 번개에 번번이 놀라면서 장담했다.

"그라이께 여름비는 황우 등을 놓고도 다툰다 카는 기라. 비 올끼다, 걱정할 거 엄다."

"죽산 어른, 지금 비 왔다 캐도 손해 막심입니다. 어데 지대로 되겠십니꺼?"

돌아서서 담배를 피우고 있던 일선이 아버지가 죽산 노인 쪽으로 고개를 돌리며 코먹은 소릴 한다.

"암만, 감수(減收)야 보지. 그래도 지끔이라도 잘만 하만 괜찮네."

장죽을 문 채 한 손으로 허리춤을 토닥토닥 두드리고 섰던 풍양 노인이 혼잣말처럼 중얼거린다. 그는 엄지손가락 끝으로 담뱃불을 다독거리고 나서 다시 말을 잇는다.

"옛말에 안 그러든가, 정칠 잘해야 농사가 잘된다고. 나라 꼴이 이 모양인데…… 지끔이라도 비가 오면사 그만도 다행 아이겠나."

"참, 서울은 굉장하다 캅디다만."

"뭐가 말인고?"

"모르지요, 온 나라가 전부 서울로만 모인다 캅디다만. 정친 서울 서만 하는 긴가…… 이 구석배기에 맨날 처백히 있는 우린 아무 소용 없는 버러지들 아입니꺼."
"허어 참, 자고로 촌백성 멸시하고 나라 잘된 법 없네."
"날씨조차 이릏기 비 애끼는 건 첨 봤네."
"그 사람 참, 여티꺼정 애기하이게 카네. 정칠 잘해야 비가 오지, 이 사람아."
풍양 노인은 담뱃대를 떼어 들고 바지춤을 추스르다 말고 다시 재우친다.
"그만 돌아가세. 걱정 말게, 오늘밤 안으로 비는 오네."
그러나 비는 그리고도 사흘이 넘도록 오지 않고 있었다. 사람들은 드디어 흥분하기 시작했다. 그도 그럴 것이 당장에라도 한 줄기 할 것처럼 자오록하게 내려앉은 하늘이 닷새가 되도록 비 한 방울 뿌리지 않고 버티고 있는 데다 가까운 상류에만 해도 비가 쏟아진 것인지 마을 앞강엔 시뻘건 황토물이 멍석말이로 쓸려내려가고 있지 않은가.
도랑물처럼 쫄쫄 흐르던 앞강물이 비 한 줄기 내린 일 없이 갑자기 불어나기 시작하자 사람들은 공연스레 마을 뒷등에 몰려 웅성거렸다. 말라붙었던 강바닥은 고사하고 5백 미터는 실히 되고도 남을 모래밭까지 휘감아 덮으면서 한 강 뿌듯이 훑어내리는 광경이란 걱정만 없다면 볼 만한 장관이 아닌 것도 아니었다. 그러나 좋아하는 건 애들과 개뿐이어서 발가벗은 채 배만 뽈록하여 꼭 맹꽁이 형국인 아이들은 그저 찢고 뜯고 쌈질로 온통 법석이었다. 그런데도 어른들은 하나같이 거들떠보지도 않았다. 그들은 멍청히 서서 수박, 오이, 호박, 널빤지 할 것 없이 오만 잡동사니가 다 떠내려오고 있는 강을 멀거니 내려다보고만 있었다. 그들은 그러면서도 들판 저 위쪽에 있는 양수장의 가물가물 모터 돌아가는 소리는 듣고 있었는데, 50마력의 기계 소리는 예나 다름없이 멀어졌다 가까워졌다 하며 사람들 애간장을 태웠다.

"갯농사는 저늠으 물이 내리오만 그렁저렁 될 상싶구만 뒷골 논들 하며 밭농사는 영 피농인가베."

"설마 비 안 오겠는가."

"비가 뭣고, 이레다가 날씨 들었뿌리만 그마인 기라."

양수기가 돌기 시작한 게 기껏 나흘 전부터이니 그놈의 물이 언제 이 아래쪽까지 내려오랴. 더구나 양수기가 물 푸기를 멎은 지 스무 날도 더 되어 수로 바닥이 바짝 말라 있으니 그나마 더 더딜 것은 정칙이고.

사실인즉 양수기가 멎지 않게 하려고 근동 사람들은 온갖 짓을 다 했다. 강물이 차츰 줄어들어 뽑아올릴 물이 달렸기 때문이다. 사람들은 의논 끝에 한 마을에 청년 열 사람씩을 뽑아 강바닥의 모래를 파기로 했다. 강 줄기를 흡수구 쪽으로 돌리기 위해서였다. 그러면서 한편으론 추렴을 내어 모래를 퍼낸 장정들의 일당을 거둬주기까지 했으나 그 강물도 더 이상은 퍼올릴 수 없는 지경에 다다르고 말았던 것이다. 아무리 웅덩이를 파내 봤자 흡수구에 닿을 물이 없게 되자 양수기는 그만 어마어마하게 큰 웅덩이만 남기고 스르르 멎어 버릴 밖에. 사람들은 하나같이 탈기가 되었다. 드디어 금년 농사는 망치고 마는구나 생각하자 모두들 하늘이 노랬다.

양수기 얘기가 나왔으니 말이지만, 팔등골엔 그 양수기가 간신히 물을 퍼올리고 있을 무렵인, 그러니까 달포 전쯤해서 끔찍하고 어처구니 없는 사건 하나가 터졌다.

그때만 해도 웅덩이나마 끼고 있는 깊은 논배미에는 물이 짜작짜작 남아 있었고 말라붙은 논이라 해도 먼지가 일 정도는 아니었으므로 모두들 볏잎사귀가 배배 비틀리기 전에 물을 대겠다고 아둥바둥질을 칠 때여서, 동네 사람들은 밤낮없이 들에 나가 살다시피하고 있었다. 동네에는 아녀자들만 남게 되어 밤이 되면 교교하기 이를 데 없었지만 그것도 한밤중뿐이고 초저녁이나 새벽에는 들판에서 밤을 새는 남정네들의 밤참을 나르느라 꼭 야반도주라도 하듯이 온 동네가 소리없이 부산을 떨었다. 예닐곱살배기가 그래도 큰몫을 하느라, 삼베 보자기에 싼 보리밥 광주리를 받쳐들고 그 기나긴 모래사장을 처나가면 발 끝에 뽀얀 먼지가 폴싹폴싹 따라붙었다.

  그러던 어느 날 밤에 그만 들판에서 쌈박질이 터졌던 것이다. 싸움은 윗마을 김 의원과, 마을 뒤 개골창의 풍양댁 채전 옆에 외딴집을 짓고 사는 양승백이 사이에 벌어졌다. 동네 사람들은 처음에는 김 의원이 싸웠다는 소문을 믿으려 하지 않았다. 왜냐하면, 김 의원이 그 밤중에 물꼬를 보러 다닐 사람이 아니었기 때문이다. 고래등 같은 황소 두 마리에 애머슴까지 셋씩이나 두고 떵떵거리는 김 의원이 무엇이 답답하여 들판에서 밤을 새었겠는가면서, 사람들은 하나같이 고개를 가로저었다. 왜정 때 농림학교를 나왔다는 김 의원은 그 동안 이 지방 관청물이란 물은 안 먹은 데가 없어서 수리조합, 면 가가리, 군청 직원, 면의원 등을 거쳐 지금은 부면장으로 있으며, 명절 때 말고는 조선옷 입은 모습을 볼 수 없을 정도로 언제나 고동색 양복에다 여름이면 하얀 중절모를 쓰고 다니는 인사였다. 그런 김 의원(부면장인데도 사람들은 여전히 그가 면의원이던 때에 붙은 이름을 그대로 부른다)이 무엇이 답답하여 밤이 야심해서 들판에 있었겠으며 하필이면 양승백이하고 쌈질을 했겠는가 말이다. 도무지 양승백이하고라면 싸움이 될 턱도 없던 것이다. 물론 둘은 나이로 봐선 엇비슷하지만 양승백이는 천덕꾸러기도 그런 천덕꾸러기가 없어서 동네 사람들은 도대체 그 외딴집에서 보리죽이 끓는지 개떡이 익는지 알지도 못할 정도였던 것이다. 뿐만 아니라 동네 사람들은 아이고 어른이고 할 것 없이 '양승백이'라고 부르거나 그것도 아니면 택호를 따서 '모산이'라고 꼭 뉘집 개 부르듯이 해오는 터

수가 아니던가.

　그런 그 두 사람 사이에 어찌 싸움이 벌어졌었겠는가마는, 그럼에도 그건 사실이었다. 김 의원이 청승맞게 이슬이 눅눅하게 내린 수로 둑에 도롱이를 깔고 앉아 있었다는 것도 사실이고, 당치도 않게 모산이하고 싸움이 붙었던 것도 거짓말이 아니었다.

　김 의원이 들판에서 밤을 밝히게 된 데는 연유가 있었다. 그의 쉰마지기 두 필 논이 들판 너무 아래 쪽에 있다는 게 그 원인이었다. 그래서 양수기가 밤낮없이 물을 퍼올려도 그걸 순서대로 받아먹자면 어느 하세월일밖에 없는 형편인데다 우여곡절 끝에 내려온다손 쳐도 그땐 이미 저 윗논배미들이 말라버리고 말 참이어서 물꼬를 터놓고 물을 뽑아가는 것을 머슴들의 참견만 가지곤 막아낼 재간이 없던 것이다. 그래서 급기야는 김 의원이 삽 한 자루만 둘러메고 행차를 나선 것인데 모산은 그걸 몰랐다. 김 의원과 머슴 셋이 연방 둑을 오르락내리락하고 있었는데도 그는 그 사정을 알아차리지 못했던 것이다. 그건 단지 그때가 밤이었기 때문에 모산이가 그 서슬 푸른 위인을 알아보지 못했을 뿐 아니라 김 의원도 그를 자기 집 머슴쯤으로 알고 그냥 지나쳤던 것이다. 물론 모산이는 처음 좀 이상한 일이긴 하구나 싶었다. 왠가 하면 윗논들이 죄 바싹 타들어가고 있는데 물은 수로 뿌듯이 아래로만 흘러가고 있었으니 말이다. 그러나 그가 이상하다 생각한 건 잠시뿐이고 옛다 모르겠다 하고 수로에 첨벙 뛰어들어 물꼬를 더듬더듬 뽑아들었다.

　그때였다. 드디어 잡았다는 듯이 성깔 돋친 목소리가 빽 터지는 게 아닌가.

　"거 어떤 놈이고?"

　모산이는 엉겁결에 수로 둑으로 기어오르면서도 누군지 몰라 주눅들린 목소리로 건성 대답했다.

　"날세."

"내가 누구고, 누구?"
하면서 뛰어온 사람이 바로 김 의원임을 알아차린 모산이는 눈 앞이 아뜩하였다. 아니, 이 양반이 우째 여길……

그러나 모산이는 어떻게 된 판국인지 "이놈으 새끼!" 하는 소리밖에 기억나지 않았다. 그는 그 소리와 함께 귀를 싸안고, 미꾸라지들이 허옇게 배때기를 까뒤집고 죽어자빠진 웅덩이바닥으로 곤두박질쳤으니 말이다.

"아이고, 나 죽네!"

이렇게 해서 정말 자칫했으면 끔찍한 사건이 터질 뻔했는데 그만하기 다행이었달까, 김 의원이 내려찍은 삽은 요행히 빗나가서 모산이의 귀만 하나 잘라먹고 말았던 것이다. 웅덩이의 시꺼먼 곤죽 속에 꽂힌 모산이를 뽑아 병원으로 업어 간 뒤, 그의 아내는 떨어져 나간 남편의 귓바퀴를 찾겠다고 사흘을 두고 웅덩일 뒤지며 지신을 밟았지만 뙤약볕에 헛고생만 죽도록 하였을 뿐이었다. 눈물과 땀이 범벅이 된 얼굴을 연방 문지르면서 그녀는 등에 업힌 두 살배기 계집애만 애매하게 꼬집어댔다.

이 사건은 일어난 지 사흘만에 깨끗이 해결이 났다. 남편은 병원에서 사경을 헤맨 모양인데 숙맥같은 여편네가 꾐에 넘어가 김 의원네 뒷골 서 마지기 논을 넘겨 받기로 하고 그만 귀때기 잃은 원한을 풀어버렸던 것이다. 하늘만 쳐다보고 있는 천봉답에다 비료를 들어부어도 홑섬 먹기가 힘든 박토 서 마지기를 받고 말이다. 소문은 빨라서 동네 사람들은 그 소릴 듣자 제가끔 한마디씩 했다.

"김 의원은 그 땅 없애삐리고 나서 더 씨원할 끼라."
"나도 진작 귀 하나 띠이고 논 서 마지기나 벌껄."
"모사이 은제 퇴원할 낀가, 돌아오만 가마이 있을까?"
"가마이 안 있으이 지 주제에 우쩔 끼고?"

누구 하나 팔뚝 걷어붙이고 나설 위인도 없으면서 공연스레 쓸데

없는 말만 많았다. 그러나 사건은 그저 그 정도로 끝장이 나고 만 셈이었다. 그 많은 사람들의 입방아질도 김 의원 한 사람의 침묵을 당해내지 못했던 것이다. 이렇게 잽싸게시리 쉬쉬 돼버린 귀 잘린 애기가 사람들의 머릿속에 아른한 기억을 되살리게 한 것은 바로 나흘 전부터 들리기 시작한 양수장의 저 모터 소리 탓이었다. 사람들은 끊어졌다 들렸다 하는 위잉 소리를 처음으로 알아차리는 순간 까마득한 옛얘기처럼 그 사건을 떠올렸다. 그러나 아무도 그 사건을 다시 입에 올리려 들진 않았다. 아니 입에 올린다 해도, 거 모산이, 인제 말소리나 듣는지 모르겠다 하는 정도가 고작이었다. 괜스레 이쪽이 죄 지은 것처럼 김 의원과 마주치기만 해도 면구스럽기만 하여 비실비실 꽁무니를 뽑던 동네 사람들은 모터 소리를 또다시 듣지 않으면 안 되게 된 게 죄송스럽고 안스러울 지경이었다. 그러니 누가 감히 떨어져 나간 귀바퀴 애길 다시 입에 담으랴마는 나흘째 연자방앗간에 나와 서서 그 양수기 돌아가는 소릴 듣고 있던 풍양 노인이 드디어 입을 열어버렸다.

"야들아, 거 이밀레종 이야기 있지 왜."
"예, 풍양 어른, 에밀레 에밀레 운다는 종 말씀입니꺼?"
"그래. 저 양수기 소리 자시 들어봐라, 뭐라 카는가."
"양수기요?"
"아무 말 말고 자시 들어보라 카이."

풍양 노인 애기에 모여 섰던 어른 아이 할 것 없이 정말 무슨 소리가 나는가 하고 성한 귀들을 쫑긋 세웠다.

"아, 안 들리나 저 소리, 귀 떼간 놈 귀 떼간 놈 하는 소리?"

사람들은 그 소리를 듣자 가슴이 철렁 내려앉고 입이 딱 벌어졌다. 파르르 떨리는 풍양 노인의 자반(寸半) 수염을 훔쳐보면서 모여 섰던 사람들은 슬금슬금 뒷걸음질쳤다. 혼자 남은 풍양 노인이, 짙은 구름 때문엔지 다른 때보다 일찍 어두워지기 시작한 하늘을 멀거니 올려다보고 있는데, 누군가 발채가 찢어지도록 꼴 베어 짊어지고는 걸음아 나 살려라 하고 동구 앞을 뛰어들어오고 있었다. 자세히 보니 덕소였다. 무엇이 그렇게 급해맞았는지 발걸음을 옮겨놓을 때마다 쉴새없이 풀이 흘러내리는 것도 모르고 죽어라고 내달려 발끝에 먼지가 폴싹폴싹 일었다. 이 근처에선 부지런하기로 이름난 덕소인지라 소꼴을 베도 어정쩡 시간을 잡아먹는 일이 없어 먹을 풀 못 먹을 풀 할 것 없이 마구 베어젖혀서 속새풀, 여뀌, 쟁피, 산초에 말라 비틀어진 가시나무 꼬챙이까지 마구 섞여 온다.

　말이 났으니 얘기지만, 덕소에 관한 여러 소문은 거짓말이 아니었다. 남의 말하기 좋아하는 사람들이야 그렇게 악을 쓰면서 살아서 뭘 하겠느냐고들 하지만 그건 단지 그를 헐뜯는 소리고, 마을 골목마다 널린 쇠똥 개똥, 심지어는 닭똥까지 모조리 긁어가는 사람은 바로 다른 사람 아닌 덕소였다. 그는 꼭두새벽부터 지게에 발채를 받쳐 지고 이슬맞은 쇠똥, 개똥, 닭똥을 주우러 나서면 한걸음에 온 마을을 돌고 나서 앞강을 건너간다. 들판을 안고 강을 따돌리면서 오십 리 빙 둘러쳐진 강둑에는 쇠똥벌레가 더덕더덕 붙은 쇠똥이 수없이 널려 있었다. 그가 그 짐승똥을 한 발채나 주운 뒤에야 근처 마을들은 파아란 아침 연기를 피우며 부스스 잠을 깨는 것이다.

　"그만하이 아들 서울 유학시키 내지."

　사람들은 덕소를 두고 이렇게 말했다. 쉰줄을 살짝 넘어선 덕소는 딸 둘에 아들 하나를 두어 그 막내 외아들이 지금 서울에서 대학엘 다니고 있었던 것이다.

　"아들내미 내리오이, 자네 더 신바람이 날 끼라."

　동네 친구들이나 노인네들이, 방학으로 집에 내려와 있는 외아들 얘기를 들추어낼라 치면 덕소는 꼭 어린애같이 얼굴이 검붉어지면서 몸을 비튼다.

　그 아들이 바로 조금 전에 논두렁에 서서 제 아비 꼴 베어 지고 뛰는 모습을 못 본 체하고 섰던 종규였다. 아비야 지게를 등에 받친 채 땅을 물고 줄행랑을 치고 있었으니 알아볼 겨를도 없었겠지만 한여름에 팔오금탱이에 땀띠 나라고 무슨 놈의 팔짱은 끼고 동구 앞을 어슬렁어슬렁 서성거리다가 쏜살같이 달려드는 아비를 비켜 슬쩍 논두렁으로 올라서고 마는 아들 종규라니. 엉겁결에 뉘집 논두렁콩 가지까지 꺾어 밟으며 비켜섰다지만 아비가 지나가고 난 뒤에도 그대로 콩대궁을 밟고 서서 몰라라였다. 알고 보니 종규는 저녁 때가 되어 부산을 떨고 있는 동네 앞 우물가를 지켜보고 있는 중이었다.

그런데 우물가의 저것들은 도대체 뉘집 처자들인지, 아니면 누구네 며느리들인지. 그놈의 고덴가 뭔가 때문에 풍양 노인은 동네 젊은것들을 도무지 분간할 도리가 없다.

그건 그렇고, 도대체 덕소는 무엇이 그렇게 급해맞아서 동동걸음이었을까. 집안에 무슨 난리가 난 것도 아니겠고, 행여 일이 났다면 아무리 손끝 꼼짝 않는 종규라 해도 저렇게 어정거리고 있을 수야 없을 테니 말이다. 그렇다고 그 흔한 놈의 쇠꼴 훔쳐 베어 지고 뛸 사람도 아니겠고. 덕소가 그런 맹랑한 짓을 할 위인은 천만에 아니니 도대체 무슨 일일까.

이윽고 덕소가 팽나무 밑에 다시 나타났다. 지게는 어디다 팽개쳤는지 밀짚 도롱이와 삿갓을 왼쪽 겨드랑이 밑에 주려끼고 삽을 둘러멘 품이 어디 물꼬를 보러 가는 길임에는 틀림없겠는데, 물꼬를 보다니 어디 그럴 곳이 있단 말인가. 못바닥까지 떡떡 갈라진 뒷골이라면 물꼬를 백년 열어놔봤자 물 한 방울 기어들 턱이 없고 앞 들은 양수기가 밤낮없이 물을 푼다지만 나흘만에 이 아래쪽까지 닿았을 리 만무했다.

"여보게 덕소!" 하고 불러세울 참인데, 아래 윗마을에서 대여섯의 삽을 울러멘 사내들이 한꺼번에 나타난다.

"예, 풍양 어른."

덕소가 대답하자 풍양 노인은 어딜 가느냐고 물으려던 것을 고쳐 말한다. 대여섯이 나타나는 걸 보면 어딘가 물이 흐르고 있는 것이 틀림없었기 때문이다.

"물꼬 보러 가는가?"

"예, 어르신네, 물 니리온답니더."

"벌써?"

"저 우엔 비 안 왔십니까. 비 안 온 덴 여기뿐입니더."

덕소는 한편으로 말을 흘리며 한편으론 곧장 마을 옆 돌바위 쪽을 향해 뜀박질하듯이 걸어간다.

그 바람에 온 동네가 삽시간에 벌집 쑤셔놓은 것처럼 발칵 뒤집혀 북새통을 쳤다. 채마밭에 구정물 끼얹고 있는 지아비 부르는 소리, 칠월 풀 베러 간 아버지 찾아오란 고함에 혼비백산하여 길이고 밭이고 가릴 것 없이 길길이 뛰는 아이놈, 뛰는 소 더 뛰라고 이까리로 줄창 엉덩이를 두들겨 패는 소리, 마을간 딸 부르는 소리, 애새끼들 빼빼 울어젖히는 소리, 그저 난리통 그것이었다.

이윽고 조금 있자니 갑자기 돌바위 쪽에서 와아 하고 동네가 떠나갈 듯한 소리가 나면서 지난 봄에 새로 무은 배가 머리를 불쑥 내밀었다. 그러나 뱃머리가 보인다 싶자 그것은 강을 가로질러 건너가고 있는 것이 아니라 물길을 따라 쏜살같이 아래로 곤두박질치듯이 떠내려가는 게 아닌가.

"여이차! 여이차!⋯⋯"

배는 아래로 내리달리는데 탄 사람들은 모두 뱃전으로 몰려 삽으로 물을 쳐내면서 장단을 맞추어 악을 버럭버럭 썼다. 동네 사람들은 아녀자 할 것 없이 또다시 마을 뒷등을 향해 허겁지겁 뛰어올랐다. 발정난 암소 궁둥이 냄새를 맡은 김 의원네 황소가 이까리를 세 번씩이나 끊고 달아나는 바람에 쇠똥과 오줌으로 진창이 되어 성한 자리라곤 없는 뒷등 밤나무 밑엔 벌써 동네 노인네들이 자리를 잡고 있어서, 얼마 안 있어 마을 뒷산엔 사람들로 하얗게 덮여버렸다. 그러나 배는 까맣게 떠내려가긴 했지만 무사히 저 건너 강둑에 닿았다. 아무래도 3마장은 실히 떠내려갔을 것이었다. 배가 저쪽 강둑에 가 닿자 한 머리는 내리고 한 머리는 그대로 배에 남아서 또다시 삽으로 물을 밀어내면서 배를 끌고 올라오는 것이었다. 강둑에 내려선 사람들은 밧줄을 길게 풀어내 잡고는 무슨 줄다리기를 하듯이 소복이 매달려 배를 끄는데 먼 데서 보자니 꼭 볏대궁에 줄줄이 매달린 메뚜기 형국이었다.

뒷등에 모여 섰던 노인들과 아녀자들은 배가 마을 저쪽 앞을 지나 다시 두어 마장 저 위까지 끌려 올라갈 때까지 그대로 지켜보고 있었다. 이리 뛰고 저리 자빠지고 재주를 넘는다고 극성을 부리던 아이들도 그새 지쳐버렸는지 제 어미 치마폭을 거머잡은 채 곯아떨어져 있고, 애 어른 치성에 농사 뒷바라지까지 몸을 열 개로 쪼개도 모자랄 아낙네들도 거지반 염치없이 달려드는 졸음에 시달리고 있어서 모기를 쫓는다고 토닥토닥 뺨따귀 치는 소리를 빼곤 쥐죽은 듯 조용했다. 잠이라는 것이 무슨 짐승이라면 세상 그렇게 미련스러운 놈도 또 없을 것이었다. 한 세월 만났다고 모기들이 사람을 떼매고 가겠다고 아우성을 치는 속에 앉아서도 졸고 있으니 말이다. 그까짓 모기 등쌀에 주춤 물러설 졸음이랴. 밥광주리 이고 가면서도 졸고 모 심으면서도, 심지어는 지아비를 배 위에 올려놓고도 딴청을 부리는 판에 말해 무엇하랴.

"자, 인제 모두 니리가야지. 저녁 안할 낀가."

잠을 깨운 건 죽산 노인이었다. 아낙네들은 제 풀에 놀라 펄쩍 뛰었지만 벌써 날은 어두워 강둑만 희끄무레하게 긴 등허리를 드러내 보이고 있을 뿐, 배고 사람이고 하나 보이지 않았다. 죽산 노인은 선잠을 깨어 빼빼 울어쌓는 애새끼들을 가랑이가 찢어져라 무자비로 끌며 구르듯이 쫓아내려가는 아낙네들을 먼 눈으로 지켜보며 중

여름나기 51

얼거렸다.
 "암만 급하기로 낼 아침에나 건너갈 끼지. 어두워졌으이 인제 밸 부릴 수도 엄고 꼬딱없이 저녁은 굶었구만."
 죽산 노인은 연거푸 세 번이나 혀를 찬 뒤에야 지팡이를 더듬거리며 언덕을 내려가기 시작했다.
 그러나 강둑이며 마을 뒷등이며가 어둠 속에 완전히 묻히면서부터 불어오기 시작한 샛바람은 기어코 비를 몰아오고 말았다. 때 아니게 선들선들한 샛바람이 겨드랑 밑으로 솔솔 기어들 때부터 사람들은, 이거 비는 오고 마는 거지 짐작은 했지만, 정작 후두둑하고 알밤만큼한 큰 빗방울이 듣는 듯하다가 이내 쏴아 소나기로 변하는 통에 온 동네가 갑자기 정신을 잃고 말았다. 보리짚가리며, 웬만한 비에 젖을 것들이야 날씨가 며칠째 우중충한 동안에 죄다 다독거려 두었다지만 강을 건너간 사람들은 어쩌느냐 말이다.
 비는 시간이 갈수록 더 기승을 부려서, 어둠결에 보아도 사계가 자오록하게 잠기면서 비안개까지 뿌옇게 끼어들었다. 창호지 문을 펄쩍 열면 들이치는 비에 황토 뜨락이 번들번들하게 젖어 퀴퀴한 흙냄새를 풍겨 오고 샛바람에 놀란 남폿불이 죽겠다고 그을음을 뿜어냈다. 주안댁은 아무도 없는 텅 빈 집에 혼자 앉아 방문을 열었다 닫았다 하고 있었지만 도무지 마음이 놓이지 않았다. 종규야 일년치고 서너 달 집에 와 있으면 많이 있는 편이니 밤이고 낮이고 늘 주안댁 혼자 집을 지키고 있는 편인데 유달리 이 밤은 집이 다 빈 것같이 무서웠다. 아니 오금이 저려올 지경이었다. 집이야 다 빈 게 사실이지만 도둑이 들 것도 아니고 무서울 건덕지 하나 없는데도 꼭 무슨 귀신이라도 넘보는 것같이 소름이 쪽쪽 끼쳐오니 이 일을 어쩌랴. 그건 아마도 지금 집에는 없지만 종규가 내려와 있기 때문일 터이며 겁이 나다 못해 차츰 시름으로 바뀌어가는 강 건너 남편 걱정 때문일 것이었다. 그런데도 비는 조금도 그칠 기세 없이 더 기승을 부리고, 간단없이 냅다 곤두박질치듯하는 번개와 천둥에 성근 귀신 손가락같이 생긴 문살이 번쩍번쩍 드러나는 바람에 주안댁은 연방 놀라 자빠진다. 아무래도 견뎌낼 도리가 없었다. 문 밖에 기필코 뭔가 장승같이 버티고 서 있는 것만 같았다. 문을 벌컥 열어젖혀 볼까 하지만 그러면 관쨰 벌떡 일어섰던 송장이 마당으로 벌렁 나자빠질 것 같아 맘을 아무리 독하게 먹어도 손이 나가질 않았다. 이러지도 저러지도 못하고 애꿎은 남폿불 심지만 한껏 돋구고 있던 주인댁은 마침내 마음을 모질게 먹고 지문을 빼꼼 열었다.

"아이구매!"

아니나다를까, 손바닥만한 황토흙 뜨락에 무엇이 떡 버티고 서 있는 것이 아닌가. 밀짚 도롱이를 입고 삿갓을 반쯤 뒤로 젖혀 쓴 키가 조그마한 귀신이. 머리끝이 쭈뼛 하늘로 뽑혀 올라가고 앞가슴이 섬뜩하면서 주안댁이 막 까무라칠 판인데, 그건 구미댁이었다.

구미댁이 삿갓을 뒤로 벗어젖혀 마당으로 내던지면서 와락 달려들어 손목을 꽉 나꿔채면서 방 안부터 살피는 게 아닌가. 방 안에 주안댁 말고 누가 또 있길래. 한껏 돋군 남폿불 때문에 그을음이 자욱하게 끼어 천장 서까래가 잘 안 보일 지경인데도 꺼멓게 그을린 탓인지 방 안은 밝지 않았다.

"구미떡이가 이 밤중에 와 이카노?"

정신을 차린 주안댁이 그때서야 태연을 가장하면서 소리쳤다. 그러나 구미댁은 그때까지도 무슨 말을 꺼낼 참인지 마주친 얼굴만 뚫어져라 쳐다볼 뿐이었다.

"무섭소, 구미떡이?"

주안댁의 농지거리에 겨우 말문이 틔었는지 방 안을 한 번 더 훔쳐보고 나서 말문을 열었다.

"종규 되린님 집에 엄지요?"

"엄쏘만, 있으만 으떻소. 괜찮소, 들어오소, 무서운가베."

"그, 그기 아이고."

"그기 아이라이? 무슨 말이고, 구미떡이?"

바로 그때 구미댁이 깜짝 놀란 것처럼 고함을 쳤다. 찢어지는 천둥소리 탓이었다.

"큰일 났소, 주안떡이!"

"큰일이라이?"

"종규 되린님이……"

"뭐라고, 종규가?"

주안댁은 엎어지듯이 문지방을 넘어서면서 구미댁의 소매를 끌어 잡았다.

"우리 종규가 우째 됐다 말이요?"

"우찌된 기 아이라!"

그러나 구미댁은 난처한 얼굴이 되어 쏟아지는 처맛물로 고개를 돌리며 말을 얼버무려버린다. 주안댁은 속이 탄다. 아무래도 무슨 큰 변이 일어난 것 같아 조바심을 친다. 비가 억수같이 쏟아지는데 큰일이 생겼다면 뭘까. 주안댁은 한 가지밖에 생각나지 않는다. 도회지에 오래 나가 있어서 이제 헤엄도 제대로 칠 줄 모르기 십상인 녀석이, 주제에 수박덩이라도 줍겠다고 물에 첨벙 뛰어든 건 아닐까. 무슨 일인지 속이 타서 견딜 수가 없다.

"종규가 우째 됐단 말이요, 구미떡이!"

"우째 된 기 아이라이께."

"그럼 뭐요?"

"갈라꼬 간 기 아이라, 그늠으 헛간이 그전에 보만 하도 새쌓아서 또 비가 새나 가봤다 아이요."

하고 구미댁은 말하기 시작한다. 기왕 입밖에 낸 바에야 털어놓는 수밖에 없다고 생각한 것이다. 그런데도 구미댁의 애긴 도무지 종잡을 수가 없으리만큼 떡떡 걸리기만 한다.

"그런데 보이께…… 아이, 나 말 몬하겠구마."
구미댁은 홱 얼굴을 뿌리치며 혀를 찬다.
"아이고 속 답답해라, 그런데 우째 됐단 말이요?"
"그런데…… 종규 되린님 빨갛고 파랗고한 얄궂은 옷 입었지요?"
"예, 그기 비싸고 좋은 기라 캅니다마는."
"틀림없다 카이, 내사 똑똑히 봤그든."
"멀 말이요, 좀 똑똑히 얘기해 보소."
주안댁은 비가 들이친 뜨락 흙을 짓밟아 이기면서 구미댁의 팔을 점점 세차게 잡아끈다.
"무슨 얘기요, 예, 예?"
"아랫도린 다 벗어붙이고…… 아이고, 내사 정말 얘기 몬하겠심더."
"뭐라꼬?"
"치매를 까붙이고 누운 년은 틀림엄시 저 아래 주막집 칠바우네 딸년인 기라."
구미댁은 주안댁한테 잡힌 팔을 뽑아내면서 아른한 기억을 되살려내듯 혼잣소리로 중얼거린다. 그때까지 가만히 서 있던 주안댁이 실을 뽑듯이 줄줄이 흘러떨어지는 처맛물을 치며 훌쩍 마당으로 뛰어내린다. 냅다 고함을 치면서……
"구미떡이, 생사람 잡지 마소, 생사람!"
주안댁한테 지금 어디 삿갓이고 도롱이고 찾을 겨를이 있으랴. 그대로 사립짝을 향해 어둠 속으로 사라져버리는데, 그때서야 구미댁도 정신이 들어 마당에 떨어진 삿갓을 물 속에서 건져 들고 빗속으로 들어선다.
"지금 간들 있을끼 뭣고, 하마 도망간 지가 언젠데. 아이고, 주안떡이도 이 일을 우쩰 낀고."

구미댁네 헛간에 어느 병신이 여태 바지를 까붙이고 엎드려 있으랴. 오방난장으로 보릿짚이 흐트러져 있는 헛간을 돌아나오는 주안댁의 눈엔 아무것도 보이는 것이 없었다. 비안개로 뿌연 하늘이 어째서 노랗게 보이랴마는 주안댁의 눈엔 헛것이 뵈는 건지 아무리 눈을 닦아도 노랄 뿐이었다. 주안댁은 비치적비치적 구미댁네 사립짝 밖을 걸어나와 그 길로 곧장 어떻게 갔는지도 모르게 아랫마을 칠바우네 주막까지 내려갔다. 주막집 사립짝께까진 한걸음에 내달렸지만 더는 발걸음이 내키지 않는다. 아무래도 냉큼 발이 떨어지지 않아 이미 다 젖은 지 오랜 옷에 그래도 비를 피하겠다고 길가로 난 추녀 밑으로 몸을 비켜선다. 물을 먹자 천근 무게로 붙잡고 매달리는 검정 삼베치마를 엉거주춤 움켜잡고 섰자니 오한에 어금니가 딱딱 맞힌다. 이마로 흘러내린 머리칼을 타고 빗물이 줄줄 흘러내려 연방 한 손으로 빗물을 뿌려내고 있는데 코로 물이 들어갔는지 갑자기 콧구멍이 꽉 막히면서 뜨거운 것이 볼을 타고 주르르 흘러내린다. 주안댁은 기어코 코를 훌쩍거리며 하염없이 흐르는 눈물은 훔칠 생각도 않고 멍청하니 하늘을 올려다본다. 찌를 듯이 치솟은 미류나무가 거센 비바람에 견디질 못해 쏴아쏴아 고함을 치며 휘청거린다.

"내, 울 아부지 죽었을 때도 이렇게 안 울었는데, 이릏기 안 슬펐는데……"

주안댁은 그만 치마야 벗겨 내려가도 모르겠다 하고, 잡고 있던 치마 말기마저 놓은 채 두 팔로 벽을 밀고 돌아선 채 눈물만 펑펑 쏟았다. 그놈의 농산 지어서 뭘 하겠다고 하필이면 이런 밤에 광기가 들려 강을 건너갔단 말인가. 주안댁은 사정도 모르고 삿갓과 도롱이 하나에다 모든 것을 의지하고는 무슨 뽀족한 수나 난다고 물꼬 곁에 쪼글뜨리고 앉았을 남편을 생각하면 울화통이 터져 견딜 수가 없다. 울화통이 터질 뿐만 아니라 다시는 못 만날 남남같이 허허하기 짝이 없었다.

샛바람이 요동을 부릴 적마다 비가 쏴아 하고 한 차례씩 뺨따귀며 치맛자락을 쓸고 지나갔다. 입술을 질근질근 씹으면서 하릴없이 서 있던 주안댁이 그 입술을 피가 솟구치도록 깨물며 칠바우네 집안으로 들어섰다.

그러나 아무리 귀를 기울여 봐도 그 계집애 목소리는 들을 수 없다. 이런 날 밤에 손님이 있을 턱도 없겠지만 쥐죽은 듯이 조용한 집 안엔 주인 영감을 빼곤 모두 큰방에 있는 모양이어서 사랑 앞으로 다가서자 주인 영감의 코 고는 소리가 드르렁드르렁 빗소리에 섞여 요란스러웠다. 큰방에서 두런두런 들리는 말소리에는 아무리 따져봐도 딸 목소리는 섞여 있지 않았다. 주안댁은 마루 밑을 서성거리다가 끝내 돌아서고 말았다.

종규는 어느 집에도 없었다. 짐작이 가는 모모한 집들을 모두 찾아봤지만 허탕이었을 뿐 아니라, 마을의 그럴 듯하게 후미진 곳이란 곳도 다 뒤졌지만 종규나 주막집 딸 중의 어느 하나 그림자도 찾아볼 수 없었다. 주안댁은 웃동네 언덕바지의 마지막 집을 나오다 말고 갑자기 두근거리는 가슴을 안고 집을 향해 내달았다. 그건 단지, 언덕바지에서 내려다보자 빗속에 묻혀 보이지 않을 것 같던 자기집 불빛이 유달리 빤하게 밝게 보여 혹시 종규가 헛소문에 상관없이 벌써부터 집에 돌아와 있었을지도 모른다는 생각이 들었기 때문이다.

주안댁은 방문을 벌컥 열어젖혔다. 하지만 방 안엔 사람 그림자 하나 없었다. 문을 열자 돋군 심지 그대로 얼마나 그을음이 뽑혀 올라갔는지 석유 냄새가 코를 찌르고 자욱한 연기 속에 남폿불이 어디쯤인지 잘 분간조차 못할 지경이었다. 마치 남의 방을 들여다보듯 문고리를 잡은 채 멀거니 방 안을 훑어보고 있던 주안댁은 별안간 몸을 가누지 못하고 그대로 고꾸라지는 게 아닌가. 진흙투성이가 된 발바닥에는 어디서 사금파리를 밟았는지 덕게덕게 묻은 흙덩이 사이를 비집고 빨갛게 피가 배어 올랐다. 남폿불이 이 모든 주안댁의 남새스러운 몰골을 겸연쩍은 듯이 쓰다듬어 주지만 열린 문으로 들이닥치는 거센 동남풍의 농간으로 비에 젖은 주안댁의 모습은 쉴새 없이 출렁거릴 뿐이었다.

비는 기세 그대로 밤새 쏟아졌다. 빗속에 갇혀 늙은 짐승처럼 끙끙거리면서 무섭고 몸서리치는 밤을 보낸 사람들은 날이 희붐해 오자 고개를 설레설레 내흔들었다. 도대체 얼마나 쏟아부었는지 동네 모습조차 달라진 것 같았다. 어딘가 코가 비뚤어져도 졌을 테지, 그렇게 쏟아지고도 배겨낼 재간이 있을려고. 날이 차츰 훤하게 밝아오면서 비가 잠시 가랑비로 변하자 사람들은 물 속에 잠겨버렸거나 엄두 안 나게 패어 달아난 골목길을 이리 뛰고 저리 뛰면서 제가끔 뒷등으로 내달렸다.

그럼 그렇지, 그 억수 같은 비가 동네를 온전히 남겨뒀을 턱이 있는가. 사람들은 뒷등에 올라서자마자 우우 소리를 내질렀다. 그새 더 불어난 강물이 동구 앞 우물을 쥐도 새도 모르게 삼켜버렸던 것이다. 사람들은 그제사 푹 퍼드러진 쇠똥냄새까지 섞인 물비린내가 확 풍겨오는 것을 알아채며 동네 앞뒤를 두루 훑어봤다. 풍양 노인네 미나리꽝이 물명당인데 그놈의 물은 그 아랫논 두 배미까지 밀어붙여서 줄잡아 한 마지기는 너끈히 쓸어 묻고도 직성이 안 풀려 콸콸콸 여전 기염을 토하고 있었다. 감 많이 열렸다고 걸핏하면 입이 헤벌쭉해 쌓던 인수네 다섯 그루 감나무가 하나같이 허옇게 가지가 찢어진 채 누워 있고 주막집 옆 미류나무는 그만 꺾어져서 칠바우네 잿간을 악살박살 내놓지 않았는가. 뒷골 논배미들도 저수지의 수문을 벌써 열어놨는지 웬만큼 낮은 곳은 모두 하얗게 물에 잠겨 있고 산사태가 난 비봉산 옆구리도 번들번들하게 물에 젖어 있었다. 그러나 그들은 뉘집 뒤주에 비가 새어들어 보리쌀과 갓 빻아다 놓은 밀가루를 한데 반죽해 버린 거니, 뒷간이 세 군데나 무너지고, 이 닭장 자빠지는 바람에 봄에 깐 올배 병아리 한 배가 한 마리 안 남고 모조리 치여죽은 거니 하는 것들은 알 턱이 없었다.

 뿐이랴. 사람들은 모산이네 오막집이 무너져버린 것조차 훨씬 뒤에야 소문으로 들어 알게 되었다. 후미진 굴터기에 있는 모산이네 외딴집은 뒷등받이에서도 뵈지 않는다. 사람들이 소문을 듣고 우르르 달려가자 모산이네 흙집은 용마루가 견뎌내질 못해 방 하나가 완전히 폭싹 무너앉아 있었고, 달아붙인 부엌 쪽으로 기울어진 남은 한 방도 반쯤은 넘어가 있었다. 사람들이 마당으로 우르르 들어서는데도, 모산이 마누라는 두 살이나 처먹고도 여전히 젖을 빨겠다고 앙탈을 부리는 애새끼한테 젖통을 내맡긴 채 기우뚱한 방 안에 퍼들치고 앉아 본 체도 않았다.

 "이 미련한 것아, 애새끼 그만 두들기패 쫓아내고 퍼떡 일로 나오이라. 그래다가 집 넘어가만 자네도 죽는다. 귀만 떨어지고 말 상싶나."

 풍양 노인이 장죽을 휘두르며 급해 맞은 목소리로 소리소리쳤지만 이 마누라는 여전 움쩍할 생각도 않았다.

 "잠도 몬 자고 저러다가 그만 혼이 빠진 거 아이요? 쯧쯧."

 "탈기가 돼서 앉았구만 그래."

 모여 섰던 사람들이 제가끔 한마디씩 했다.

 강을 건너간 사람들은 드디어 건너오기로 작정한 모양이었다. 마을 사람들은 갑자기 와아 소리가 난 것을 듣고야 그들의 결정을 알아차렸다. 날씨가 완전히 든 것도 아닐 바엔 잠시 비가 그친 때를 놓쳐서는 안 되었다. 뿐 아니라 물이 더 붓기 전에 서둘러야지 꾸물거릴 때가 아니었음은 물론이다. 그러나 그들은 지금 그런 것을 따지고 있을 여유조차 없었다. 우선 춥고 허기져서 아무리 배겨낼래야 배길 재간이 없었다. 가만히 쪼글뜨리고 앉아 있었다고 하더라도 그까짓 밀짚 도롱이와 삿갓 하나론 노드리듯하는 소나기를 피할 도리가 없었을 테지만 그들은 그렇게 논두렁 옆에 죽치고 앉아 있었던 것만도 아니었다. 그들은 물꼬를 열고 기다린 것이 아니라 틀어막느라고 혼백이 상처한 듯이 날뛰었지만 워낙 비가 억수로 쏟아지면서부터는 뗏장 하나 제대로 떠내지도 못하고 수로로 첨벙 빠져 더부렁더부렁 떠내려온 것이다. 뗏장 떠내겠다고 수로 둑에 올라서 있다간 벼락맞기 십상이었기 때문이다. 그렇게 떠내려온 그들은 삿갓이고 나발이고 챙길 겨를도 없이 배에 찬 물을 퍼내기 시작했다. 그냥 뒀다간 반 시간 못 가서 가라앉고 말 판이었던 것이다.

덕소는 삽자루를 거머쥐면서 일어섰다. 쪼글뜨리고 앉아 떨었던 탓에 뼈마디가 아스러지듯 오도독오도독 소리를 내질렀다. 전신만신 쑤시지 않는 데가 없고 오금이 저려 제대로 운신을 못할 지경이었다. 덕소는 꼭 볼기에 종기 난 사람처럼 어기정거리면서 강둑으로 기어올라갔다. 쳐다보자 삼십 리 들판이 그대로 물 속에 잠겼다. 높고 낮은 데도 없이 자오록하게 드르누운 물바다 위에 잔잔한 파도가 쉴새없이 밀려들어 제방둑을 깔짝거렸다. 그래도 물꼬에 뗏장을 육중하게 잘 막아뒀지. 덕소는 남들이 모두 번갯불에 겁을 집어먹고 물 속으로 곤두박질치는 판에도 기어이 뗏장을 떼어 물꼬를 제대로 틀어막고 온 것을 천만다행이라 생각했다. 물꼬가 열려 있으면 저 물이 빠지면서 수로 둑까지 툭 자르고 마구 쓸어묻어버릴 테니 말이다.

모두들 덕소를 따라 요란스럽게 뼈마디 풀리는 소리를 내며 일어서자, 왓샤, 냅다 고함을 질러 오한을 쫓고는 배를 끌고 한 마장은 더 강 위쪽으로 올라갔다. 물이 훨씬 더 불어난데다 물살이 무섭게 날쌔져서 훨씬 위쪽에서 출발하지 않으면 마을 앞에 닿기가 힘들 것이었기 때문이다. 더구나 거기서 조금만 올라가려도, 그러려면 도중에, 지금은 물 속에 살짝 잠겨 보이지 않는 모래둔덕이 있어서, 배를 띄울 데가 없던 것이다.

그들은 샛강을 따라 배를 끌어올렸다. 가운데 모래둔덕에 듬성듬성 서 있는 미류나무들이 거센 물살에 시달리느라 달달달달 춤을 추고 있었다.

"자, 인자 여기쯤이믄 안 되까, 박 서방?"

웬간히 끌고 올라왔다싶자 그 중 나이가 위고 풍채 좋은 권진구 씨가 고함친다.

"예, 그랍시다."

사공 박 서방이 저 아래 마을 쪽을 눈짐작으로 건너다본 뒤 기어들어가는 목소리로 대꾸했다. 아직 자신이 안 선다는 투였다.

"더 올라가만 물살이 꼬릴 치는 여울목일세. 더 갈라만 저쪽 미류나무 있는 데까지 나가서 올라가세. 그 새를 빠져서 말일세."

"예, 그랍시다."

강둑에서 밧줄을 끌던 사람들이 배로 뛰어들자 박 서방이 밧줄을 거둬들였다.

"자, 모두 수금포(삽)만 들고 양쪽 뱃전으로 똑같이 노나 스시오. 그리고 배가 뜨그든 꼼짝 마소. 배가 놀았다 카만 큰일나는 기라."

권진구 씨가 사공이 할 말을 대신 하는 바람에 박 서방은 우두커니 사람들이 삽을 들고 뱃전으로 둘러서는 것을 기다릴 뿐이었다. 이윽고 노를 풀었다. 노를 꺾어 뱃머리를 돌리자 배는 곤두박질칠 듯이 순식간에 아래로 핑그르르 돌아갔다. 뱃전에 둘러섰던 사람들이 별안간 목청을 뽑아 고래고래 고함을 치며 삽질을 시작했다.

"여이차, 여이차! 여이차, 여이차!"

그 외마디 고함질은 이쪽 건넛마을 뒷등에서도 동시에 시작됐다. 몰려 섰던 애 어른 할 것 없이 목청이 떨어져나가라 냅다 소리를 쳐댔다. 빈 손으로 노젓는 흉내까지 내면서. 그러나 이때부터 다시 비가 부슬부슬 내리기 시작하지 않던가.

동네가 떠나갈 듯한 고함소리에 퍼뜩 정신이 든 주안댁은 고개를 절레절레 흔들며 사립짝 밖으로 뛰어나갔다. 마음 한구석 어디에선가, 이거 어디 사금파리가 박혔나 싶게 발을 떼어 놓을 때마다 아려오는 발바닥 생각을 하면서도, 내사 미쳤지 늦잠을 자다니, 지금이 어떤 땐데 내사 미친년이지, 또다시 질금질금 눈물을 쏟으며 연자방앗간으로 내달렸다. 마을 뒷등받이에 사람들이 하얬다. 하얗게 깔린 사람들이 팔을 마구 내두르며 뭐라고 고함을 쳐대고 있었다.

"아이고, 내사 정말 미친 년이지, 온 동네가 다 깨 있구만. 내사 정신나간 년이지."

주안댁은 천방지축, 엎어지고 자빠지면서 골목을 쫓아 올라갔다.

배가 서서히 샛강을 건너 미류나무 곁으로 다가서고 있었다. 하지만 비가 차츰 기세를 더하자 사람들은 점점 조급해지기 시작한다. 이러다가 또 소나기라도 쏟아지는 날엔 볼장 다 보지 않느냐. 배 안에 차는 물을 퍼낼 수도 없으려니와 퍼내겠다고 움지럭거리다가 배가 기울어지면 이 날쌘 물살에 휩쓸려버리는 건 물으나마나한 일이 아닌가.

사람들이 그렇게 초조에 떨고 있는 동안 비는 벌써 제법 소나기로 변해, 미류나무를 후려치는 샛바람에 쫓겨 흩날리는 빗물이 뱃바닥에 후두둑후두둑 쏟아졌다. 바람에 휘감긴 미류나무가 죽는 소릴 내지르자 주눅이 들어 사람들은 사공만 쳐다봤다. 그러나 빗물 때문에 더 성가시게 흘러내리는 땀을 연방 삼베 적삼 소매로 닦아내며 노를 삐그덕거리는 박 서방은 바람 소리쯤엔 끄떡도 않았다.

"자, 인제 들어서세. 이만하면 됐을꾸로."

뱃머리에 앉은 권진구 씨가 박 서방을 향해 소리친다. 박 서방은 다시 한번 마을을 건너다본 뒤 뱃머리를 틀 자세를 취하면서 목쉰 소리를 내질렀다. 그 목소리는 언제나 저렇게 꺽꺽 걸리지만 오늘은 어딘가 비장기마저 서려 있는 것 같았다.

"수금포질 잠간 멈추소."

그러나 삽질이 멎자 스스로 멎는 듯하던 배는 박 서방이 뱃머리를 틀 겨를도 없이 갑자기 뒷걸음질치기 시작했다. 당황한 박 서방이 퍼떡 쌔기 수금포질 하소, 퍼떡, 하고 고래고래 소리를 치며 뻑뻑한 노를 잡고 매달린다. 사람들은 정신을 잃고 삽의 등이고 배고 가릴 것 없이 잡힌 대로 다시 물을 밀어내기 시작한다. 이때다. 떠내려가는 속도가 흠칫 줄어드는 것 같더니 어떻게 된 것인지 갑자기 배가 머리를 틀고 획 돌아간다.

실로 순간적인 일이었다. 사람들이 어, 어, 외마디 소릴 내면서도 더 요란스럽게 삽질을 해대는데 덜커덩 하고 뱃머리가 미류나무 등 걸을 들이받고 말지 않던가. 사람들이 허리를 펴고 뒤로 주춤 물러서는 순간 미류나무를 물고 놓치 않던 배가 기우뚱하고 어떻게 정신을 가다듬을 여유조차 없이 순식간에 발딱 모로 곤두서버렸으니. 그 육중한 배가 그렇게도 쉽사리……

미류나무 근방에서 풍비박산이 난 사람들이 까만 머리만 발딱 젖히고 둥실둥실 떠가는 광경을 보며 제일 먼저 울음을 터뜨린 것이 기욱이 어머니였다.

"이눔아, 이 불쌍한 기욱이 눔아, 그래 네가 죽어. 네가 죽는다카나, 네가!"

금실댁은 주먹으로 땅과 가슴을 번갈아 두들기면서 대성통곡이었다. 그야 당연한 일이지, 팔 하나 없는 기욱이를 두고 어찌 그 어머니가 가슴을 뜯지 않으랴. 외팔이 기욱이가 무슨 재간으로 산무더기까지도 쓸어갈 저 거센 물살을 헤치고 살아 나올 수 있겠느냔 말이다. 일등병인가 뭔가로 그 더운 월남이란 데를 싸우자고 끌려갔다가 오른 팔 하나를 거짓말같이 덜컥 잘리고 돌아온 기욱이를 두고 금실댁은 이태 반 동안이나 무던히도 울어 지냈건만 이 또 무슨 겹친 횡액이란 말인가. 잘 기억도 나지 않는 남편을 여의고 두 아들에 낙을 붙이고 청상과부로 늙어온 금실댁이 소아마비로 쩔뚝거리는 작은 아들만 남기고 기욱이를 물귀신한테 잡혀 보낼 판이라니……
 "아이고, 내사 우째 살꼬, 우째 살꼬. 이 죄많은 년 안 데리가고 와 남의 생금 같은 아들 잡아갈라 카노, 아이고 나 죽네!"
 목발 하나는 내던지고 한 개로 엉거주춤 버티고 서서 어머니 옆구리를 못 살게 쑤셔대던 정욱이도 그만 입이 보기 흉하게 헤벌쭉 벌어지며 황소 울음을 터뜨렸다.
 "울지 마소, 난 우째라고 자꾸 울어쌓노. 내사 그만 눈물이 쏟아져쌓아서 몬살겠구만, 어어엉……"
 그러나 울고 있는 건 그들 모자뿐으로, 두둥실 떠다니던 머리통들이 어느 새 종적도 없이 떠내려가 버리고, 그 고래등같이 허연 배를 벌렁 뒤집고 나자빠진 배도 벌써 보일락말락하게 떠내려가는데 사람들은 여전 꼼짝 않고 그 아무것도 보이지 않는 미류나무 곁만 뚫어져라 건너다보고 있었다.
 그런데 뒤집혀 떠내려가는 배 위에 단 하나 누군가가 달랑 올라앉아 있지 않던가. 그는 마을 앞을 지나면서 무어라고 고함을 질러대며 손을 휘휘 저어댔지만 어귀찬 물소리에 들릴 게 뭔가. 무슨 작별 인사를 하자는 건지. 사람들은 그게 덕소라고 했다. 그건 처음 누군가가 아, 저저 덕소다, 하고 놀란 목소리로 고함을 질렀기 때문이며, 그러고 보니 그 목소리며 행동거지가 영락없는 덕소였던 것이다.
 "아, 뭣들 하고 있노, 사람들이 물에 빠졌는데."
 별안간 저 아래쪽에서 성급하게 고함을 치며 뛰어 올라오는 이는 풍양 노인이었지만 사람들은 하나같이, 아니 저 영감탱이가 노망이 들었나, 누가 사람 빠진 거 모르는 줄 아나, 하고 혀만 찰 뿐 미류나무 곁에서 눈을 떼지 않았다.
 "아, 마실 앞 동신(洞神) 나무에서 사람 살리라고 소리치고 있는데 전부 귀가 먹었나?"

"예?"

"아, 저 소리 안 들려, 저 소리?"

풍양 노인이 장죽으로 줄창 동신나무 쪽을 가리키며 소릴 들으라는데, 사람들은 소린 안 듣고 어느 새 골목이 빼곡하게 마을 앞으로 내달렸다.

동신나무에 걸려 있는 사람은 숨 넘어가는 사람처럼 쉴새없이 울부짖어 대어 사람들 간장을 녹여댔다. 정신이 아뜩해진 아낙네들이 경황을 못 차려 헤엄칠 줄 아는 남정네만 찾아 두리번거리는데 누군가 튀어나오며 야단을 쳤다.

"왜 이리 서 있노, 퍼떡 줄 안 가주 오고."

그 바람에 동네 줄이란 줄은 다 모여들었다. 빨래줄, 이까리, 길마끈, 밧줄 할 것 없이 길길이 이어진 줄을 허리에 매고 장대를 든 하나가 못둑에서부터 물로 첨벙 뛰어들었다. 불어오른 물은 못둑 바로 밑에까지 와서 찰랑거렸다.

"옆에 바짝 달라들지 말게, 그저 먼 데서 장대만 내밀어 끌고 오야지 붙들리만 자네도 죽네."

누군가가 네 번째로 당부를 하고 있는데 물에 뛰어든 사람은 벌써 저만큼 물을 가르며 헤엄쳐 나가고 있었다.

장대 끝에 매달려 온 사람은 죽산 노인네 손자 영주였다. 밧줄을 죽으라고 잡아 끌던 사람들은 맥이 풀렸다. 그게 자기네 아버지, 아들, 남편이 아니었기 때문이지만, 애새끼들은 그런 사정도 모르고 살금살금 못둑을 기어내려가 물방개며 물무당, 소금쟁이, 물빈대, 물장군 따위 벌레를 건져내느라 온통 법석을 떨고 있었다.

사람들이 못둑으로 끌어올리자마자 까무러쳐버린 영주를 엎어놓고 마구 짓이겨댔다. 물을 두세 됫박이나 토해 냈는데, 두어 시간 뒤에야 정신이 들었는지 벌떡 일어나 앉으며 한다는 소리가 뱀, 뱀이었다. 사람들은 제가끔 한마디씩 했다.

"그놈의 뱀이새끼들이 동신나무에 새까맣기 기올라 가 있었을 꺼 아이가."
"어데 물린 데나 없나 보라고, 손부터 보야지."
아니나 다를까, 엄지손가락이 주먹만큼이나 통통 부어올라 있지 않은가. 그래 가지고도 영주는 떠듬떠듬 지껄였다.
"내가 글씨 우째 살았단 말이고, 우째 강을 건너왔을 끼고."
"그래 참, 니 장하다. 그른데 배에 타고 간 사람은 누구고?"
영주는 한참 동안 대답이 없다가 이윽고 꿍얼꿍얼 앓기 시작하면서 도로 물었다.
"누가 배 타고 갔어예?"
알 턱이 없겠지, 하고 모두들 돌아서려는데 영주가 연방 앓는 소릴 내면서 뭐라고 중얼거리는 게 아닌가.
"혹시, 덕소 어른 아일까?"
"그래, 그렇다이께, 내 덕소라 안 카드나?" 하면서 사람들은 돌아서던 발걸음을 멈추지 않고 내처 못둑을 걸어나갔다. 주안댁은 속으로 신명이 나서 가을 논 갈 때 쓰려고 뒤꼍 벽에 걸어두었던 것을 떼가지고 온 왕골 이까리를 주섬주섬 걷어쥐고는 집을 향해 줄행랑을 놓았다. 종규 녀석만 속을 안 썩이만 우리집에 부런 것이 또 뭐가 있노 말이다. 그렇지만 설마한들 그 자석이 그런 짓이야 했겠나, 잘못 본 기지.
그러나 주안댁은 집에 들어서자마자 주막집 마누라하고 대판 싸움을 했다. 덕소가 살아 있다는 소문과 함께 종규가 주막집 딸하고 이러쿵저러쿵하다는 소문이 일시에 퍼져버려 온 동네가 발칵 뒤집힌 것이다. 줄초상난 판세에 무슨 사람들이 그런 데에다 정신을 팔고 있는지. 주막집 마누라는 그 파다한 소문을 업고 한몫 잡겠다고 둘러치고 나선 것이다. 남편을 찾아 천리만리 나설 채비를 하던 주안댁은 졸지에 당한 구설수에 욕바가지만 잔뜩 뒤집어쓴 셈이 되었다.

"이년아, 내 딸 내나라, 내 딸 내나. 우리 그 얌전머리를 왜 화냥년으로 맹그노, 왜 맹글어. 그래 이년, 아들 한번 잘 뒀다. 훌륭한 아들 한번 잘 뒀다, 이년아. 서울 가서 공불 해, 말이 좋지. 그 생쥐 같은 새끼가 서울 가서 배운 기 고작해서 남에 집 생금 같은 딸 겁탈하는 것가? 잔말 말고 지금 당장 내나라, 내 딸 내나. 내 고 생쥐 같은 놈에 새끼 대가리를 안 빠수고는 안 간다, 내나라."

문이란 문을 모조리 때려부수면서 악을 바락바락 쓰던 주모는 그러고도 직성이 안 풀렸는지, 종규가 겁이 나서 자기 딸을 죽여 강물에 떠내려 보내고 나서 줄행랑을 쳤다고 동네방네 일고 다녔다. 그런데도 동네 사람들은 덕소가 살아서 떠내려갔다는 것 때문엔지 아무도 그 주막집 마누라의 걸쭉한 입에 자갈을 물리려 들지 않았다.

그러나 바로 그 이튿날 살아서 돌아온 사람은, 천지간에 그럴 수가 있는가. 덕소가 아니고 권진구 씨였다. 그 말고는 또 한 사람이 구사일생으로 살아 돌아왔지만 그도 역시 덕소는 아니었다. 덕소는 죽었다. 강물이 줄고 나서 보자 미류나무에서 쉰 자도 안 떨어진 샛강 바닥에 알아보기 힘들 정도로 뽀얗게 물때가 오른 그의 시체가 앉아 있었던 것이다. 보고 온 사람들 얘기를 들으면, 덕소는 강바닥에 난 풀포기를 움켜잡고 꼿꼿이 앉아 있더란 것이다. 그 앉아 있는 덕소 허리를, 나 죽여라 하고 껴안고 매달린 시체가 다섯이나 줄줄이 달려붙어 떼죽음을 하고 있었는데 그 끝에 팔 하나 없는 기욱이가 남의 발목을 잔뜩 껴안고 엎어져 있었다.

이 소식을 들은 풍양 노인이 행여나 싶은 생각이 들어 덕소네를 찾아갔을 때는 이미 시간을 놓친 뒤여서, 덕소네 뒤란 감나무에는 끔찍한 여자 시체 하나가 덜렁 매달려 있었다.

허수아비 찌르기

 우리가 만나게 된 것은 실로 우연이었다. 그도 그럴 수밖에 없는 것이, 이미 까맣게 옛일이 되어버려서 기억에조차 남아 있지 않은 사람들끼리의 느닷없는 만남이었으니 말이다. 그것도 대낮이었다면 혹시 모를 일이라 하겠지만 그렇지도 않았는데다, 더구나 사람들로 득실거리는 길거리에서 만나게 되었으니 그게 우연이 아니고 무엇이랴. 그러나 강 선생의 주장에 의하면 그건 우연이 아니었다.
 "자넨 자꾸 그게 우연이라고 우기지만 결코 우연이 아니야."
 "우연입니다."
 "아니래두. 난 자네와 만난 그 네거리 모퉁이를 돌아가기 전에 약간 시간을 지체했었거든. 한 일이 있단 말이야. 동전 한닢을 덜 받았다구 악을 바락바락 쓰며 달아나는 버스를 따라가는 아낙네의 배추 광주리가 끝내 옆구리에 끼여 있을 것인가 어떨까를 십 초 동안 지켜보았으며, 그러고 나서 나는 주차장 맨 구석에 처박힌 육구 년형 캐딜락 운전사의 세도가 앞을 막고 서 있는 여섯 대의 다른 세단들을 밀고 나올 수 있을 것인가, 어떨 것인가를 이분 동안 지켜보았거든."
"그래, 밀구 나왔나요?"
"나왔겠지. 난 신경질적으로 클랙슨을 눌러대다 못한 운전사가 급기야는 냅다 뛰어나와 앞차 운전사의 멱살을 잡아채는 장면까지만 보구 말았으니까. 그 운전산 멱살을 잡아 끌며, 이 차가 어느 분 찬 줄이나 아냐, 이 겁없는 새꺄, 하고 벼락을 때리더군. 그리구 나서 그 네거리 모퉁일 돌아왔으니 내가 거기까지 오는 동안에 시간을 끈 게 얼만가. 아니야, 나는 그러고도 또 무슨 일을 했지 아마. 그렇지, 요즘 부쩍 늘어난 군밤장수 앞을 지나오며 과연 저게 흙덩이가 섞이지 않은 알밤인지 어떤지 갑자기 궁금증이 나서 곁으로 다가가 이 초 동안 무더기들을 훑어본 뒤, 저게 어느 지방에서 반입됐을 가능성이 큰가를 생각해 보느라 걸음을 느릿느릿 걸었거든."
"그렇게 말씀하신다면 그야 저두 마찬가지죠."
"그것 보게, 그래두 우리가 만난 게 우연인가? 우리가 시간을 끌지 않았더라면 못 만났단 말이야."
"전 제 어머니가 지금쯤 눈물을 질금질금 쏟고 계실지 어떨지를 생각하며, 길거리에 펼쳐 놓고 파는 양놈들 나체 사진잡지들을 오 분 동안 뒤적이고 있었거든요. 제 아버진 언제 그런 재주를 닦았는진 모르지만 팔자가 펴서 돈 한 푼 안 들이고 바걸한테 얹혀 살게 되었다니까요. 그런 지는 벌써 반년이 넘었지만 그게 들통이 나자 배짱 좋게 어저께부턴 아주 그 집으루 옮겨 앉는다구 선언까지 하구서 떠나버렸단 말입니다."
"그것 참 팔자 폈는데."
"그럼은요. 그건 그렇구, 전 그 뇌쇄적인, 정말 그건 뇌쇄적이었어요, 나체 사진들 말입니다. 그걸 오 분 동안 정신없이 들여다보다 말고 팽개치구 돌아섰죠. 너무 오래 들여다보고 있다간 도서관인 줄 아느냐고 야단 맞을까 더럭 겁이 나더군요. 손이 떨어지지 않는 걸 뿌리치구 돌아서며 생각했죠. 우리 어머닌 너무 늙어버렸어, 하고 말입니다. 그런 생각을 하며 전 혀를 차면서 그 네거리 모퉁일 향해 선생님이 오시는 방향으로 걸어가고 있었던 거예요."

"그래두 우연인가, 우리가 만난 게?"

강 선생은 아까 바걸 애길 할 때부터 침을 꿀꺽꿀꺽 삼키는 버릇이 생긴 이래로 줄곧 그 짓을 하고 있다가 무엇에 놀라기라도 한 듯 그래두 우연인가, 하고 펄쩍 뛰다가 그만 사래가 들리고 말았다. 나는 그가 기침을 그치기를 기다려 단호하게 말했다.

"우연입니다."

"이런 사람. 어째서?"

"전, 죄송한 애깁니다만 선생님 모습조차 기억하지 못하구 있었거든요."

"정말, 조금치두 말인가?"

"네, 죄송스럽게두."

"그렇지만 자네두 내가 아는 체하자 나를 알아보지 않았는가."

그야 사실이었다. 그리고 내가 강 선생을 조금도 기억하지 못했다는 건 거짓말인지도 몰랐다. 사람이란 누구나 조금씩은 회고적(懷古的)인 데가 있는 모양이어서, 이미 까맣게 기억의 저편으로 사라져버렸을 거라고 단정되던 어떤 보잘것없는 먼 옛날의 일도 뜻밖에 불쑥 머릿속에 떠올려, 실눈을 뜨고 감회에 잠기는 수가 있으니 말이다.

물론 지금 나는 내가 강 선생을 어느 땐가 적어도 한두 번은 기억에 떠올린 일이 있다는 기억까지 해낼 수 있었다. 그러나 그때의 그 강 선생의 기억이란 면구스럽게도 정말 보잘것없는 잠깐 동안에 지나지 않았음을 기억할 수 있다. 말하자면 그 많은 선생들, 아무 데도 쓰잘 데 없는 교육이란 걸 받기 위해 10년 가까운 세월을 흘려 보내는 동안 만났던 그 많은 선생들 가운데 하나로, 나는 강 선생을 한두 번 떠올린 것인데, 생각해 보면 내가 그를 그만큼이나마 기억해 준 것만도 충분한 예우가 됨직했다. 그 매몰차게 굴던 영어선생이나 맹꽁이 같은 수학선생이었다면 또 모르겠으되 그놈의 있으나마나 했던 역사선생을 다부지게 기억하고 있을 제자가 누굴까 말이다. 더 솔직히 얘기한다면 내가 기억하고 있는 건 오히려 강 선생이 아니라, 지금 생각하면 울화통밖에 안 터지는 그의 교과내용 쪽이어서, 산업혁명이니 좌절의 668년이니, 프랑스 혁명, 1914년, 동학혁명, 러시아혁명, 1894년, 실학파, 1910년 8월 29일 하는 등속의 두서 없고 단편적인 숫자와 낱말들이 청승맞게도 여태까지 아물아물 머리 속을 맴돌고 있으니 말이다.

그게 어쨌다는 건가. 가장 중요한 시기에 교육이라는 이름으로 끌려다닌 결과가 무엇인가. 어디 한 군데도 마음붙일 겨를조차 없이, 교복 바꿔 입는 데만 정신을 쏟다가 탕진해버린 10년 — 그 허울 좋은 10년 학창을 떠난 지도 어언 10년 가까운 세월이 흘러갔지만 그 보상이란 도대체 무엇인가. 돌이킬 수 없는 회오밖에 남지 않았는가. 사실이지 학창이라는 곳에 갖다 바친 시간과 돈을 다른 어떤 것에든 그렇게 정성들여 들어부었다면 지금쯤 대견스러운 수확을 거두고 있을 것이 틀림없다고 확신하고 있는 터로서는 어떤 경우에도 학창이라는 것에 대한 추억이 유쾌한 것이 될 수 없었다. 내 심경이 그런 판국에, 설령 내가 우연히 그것도 거의 10년 만에 고등학교 때의 한 스승과 마주치게 되었기로 그게 반가운 일이 될 턱이 없지 않은가.

확실히 그랬다. 뿐만 아니라 나는 미끈덩하게 쏙 빠진 양년 나체 사진과 어머니라는 지지리도 어울리지 않는 대상을 한꺼번에 생각해내느라 혀를 차다 못해 가래침을 칵칵 뱉으며 땅거미가 진 거리를 걷고 있었기 때문에, 누군가 앞을 탁 막아서며 김군! 하고 정감 어린 목소리를 보내왔을 때는 본능적으로 딱 싫은 생각이 앞섰다. 그래서 나는 찡그린 얼굴을 하고 서서히 고개를 들었다. 그건 될 수만 있다면 모르는 사람으로 해두고 싶었기 때문이다. 물론 나는 단번에 상대방이 강 선생이라는 걸 알아차렸다. 그런데도 나는 딴전을 피웠다. 말하자면 굉장히 오래간만에 만나는 사람인 이상 건망증으로 얼버무릴 수도 있겠구나 하는 생각으로 말이다. 나는 멍청한 바보가 다 되어 있었다. 그런데도 상대방은 물러서질 않는 것이 아닌가.

"김군, 나 몰라? 자네 역사선생 강성식을 잊었단 말이야, 이 사람아?"

하는 수 없었다. 나는 내 팔을 덥썩 잡고 서서 필요 이상으로 반가워하는 강 선생을 물끄러미 건너다보다가 마지 못해 대꾸했다.

"강 선생님, 오래간만입니다" 하고 힘을 뺀 말투로 인사를 올린 뒤, 누구나 만나기만 하면 묻는 투로, 요즘 재미가 어떠냐, 아직도 거기(거기가 어딘지 전혀 기억이 없을 때도)에 나가느냐고 물었다. 보통은 거기까지 발전하고 나면 더 할 말이 없어서서 2, 3초 동안 마주 쳐다보며 거짓 미소를 나눈 뒤, 또 만나자는 헛인사를 끝으로 돌아서게 되어 있기 때문이었다. 그래서 나는 그 간단하면서도 약간은 당황하게도 되는 과정을 잽싸게 처러버렸던 것이다. 그런데 이건 엉뚱했다.

"우리 길거리서 이럴 게 아니라, 어디 가까운 대폿집에라도 가자꾸나" 하고는 강 선생은 내 대답도 기다리지 않고 팔을 잡아채어 달아나는 것이 아닌가. 이거 더럽게도 운수 사납게 걸려들었구나, 짜증을 부리면서 나는 강 선생의 뒤꿈치를 연방 밟으며 끌려갈 수밖에 없었다. 반질반질하게 땟국이 끼었을 것이지만 날이 이미 어두워져서 그저 허옇게만 보이는 휘장을 걷어붙이고 들어선 뒤로 나는 마음을 고쳐먹었다. 재수에 옴이 올라 막걸리집까지 끌려 들어온 바에야 딴 생각을 하지 말자고. 그럴 경우 딴 생각은 공연히 사람을 피로하게 만들 뿐이란 걸 나는 이미 잘 알고 있었던 것이다.

"자네두 자칫하면 그냥 스치구 지나갈 만큼 변했는데,"
하고 강 선생은 술상을 마주하고 앉자 다시 한 번 내 얼굴을 뜯어보며 말했다. 그런데 그때의 강 선생의 표정은 너무나 진지하여, 나는 꼭 안과의사 앞에 불려 온 것 같은 착각을 일으킬 지경이었다.

"선생님두 그 편입니다."
나는 처음 못 알아본 체했던 것에 대한 변명삼아 이렇게 대꾸하면서 약간 비굴한 웃음기까지 보였지만 사실은 그러면서도, 내가 강 선생의 작전에 말려들고 있는지도 모른다는 생각이 들었다. 강 선생은 처음부터 내가 기피하려 한다는 것을 알아차렸을 뿐만 아니라, 그래서 지금 내게 변명의 기회를 만들어주고 있는지도 모를 일이었기 때문이다.

어쨌든 이렇게 시작된 우리의 이야기는 그 뒤로 순조롭게 진행되었다. 단지 가끔씩 떨꺽거리면서 걸릴 때가 있었다면, 그건 바로 내가 선생의 얘기에 귀를 기울이는 가운데도 간단없이 그를 비난하는 소리가 마음 속 저 깊은 곳에서 윽박지르며 치솟아 올라올 때였다.

――나는 당신네들 때문에 교육이라는 이름의 밑빠진 독에다 10년 이상이나 헛돈을 쏟아부었단 말이오.

그런데 이때 막 비운 술잔을 내 코 앞에다 바싹 들이밀며 강 선생이 느닷없이 말했다.

"자네 지금, 십 년씩이나 학교에 헛돈 들어부었다고 생각하구 있는 건 아니겠지?"

"네?"

"나, 학교 그만뒀어, 벌써 오륙년 됐지."

"그럼 지금은 무슨 일을 하십니까?"

"응?⋯ 응 그저 좀⋯⋯"

"사설학원에 나가십니까?"

"사실은 재벌이 좀 돼볼까 하구 수련을 쌓구 있는 중이지."

나는 강 선생의 얘기를 들으며 왠지 모르게 속으로, 타락했구나 부르짖고 있었다. 그래서, 당신 타락했군 하는 소리가 자꾸만 튀어나오려는 것을 막기 위해 갑자기 생각해낸 것이 우연이라는 말이었던 것이다.

"이렇게 선생님을 만나뵙다니, 우연이군요"

하고 내가 한편으로 입을 틀어막으며 잽싸게, 그러나 건성으로 내뱉은 이 말에 강 선생은 뜻밖에도 즉각 반기를 들고 나섰으며 그때부터 우리는 장황한 우연 논쟁을 계속하지 않을 수 없었던 것이다.

그럭저럭 한 시간 가까이 마신 술이 제법 알싸하게 취기를 돋구기 시작하자 우린 우연 논쟁이 시들해져버렸다.

"좋아, 우연으루 해두자꾸나."

"아닙니다, 우연이 아닙니다."

"우린 우연히 만났어."

"우연이 아니라니깐요."

"자넨 언제나 선생한테 굴복하지 않는 성미였는데…… 김군, 타락했군."

나는 이때 또다시, 당신은? 스승이 타락했는데 제자가 타락 않을 수 있나요, 하는 말이 튀어나오려 했기 때문에 재빨리 그 입에다 술을 들어부어버렸다. 그러자 강 선생은 내 비어 있는 알루미늄 술잔에다 다시 술을 채우며 말했다.

"자넨 아마 지금 놀구 있지?"

"놀구 싶진 않았습니다."

"언젠가는 소설을 쓰겠다구 한 것 같은데?"

"그랬던가요?"

"아예 소설 쓸 사람이 못 되었었군, 잊어버린 걸 보니. 누구나 한

번쯤은 문학도가 되는 법이지."
"제가 소설을 못 쓰는 이유 딱 한 가지 있습니다."
"시시해서?"
"그렇게두 말할 수 있죠. 도대체 현실이 소설보다 훨씬 재미있구, 어마어마하구, 기가 막히구 엄청난데 어떻게 쓰겠습니까?"
우리는 잠시 얘기를 끊고 말없이 술을 마셨다. 술을 마시기 위해 얘기를 중단한 것이 아니기 때문에 우리는 알싸하게 입 안을 자극하는 낙지 다리를 건성 씹으면서 열심히 생각했다. 나는 나대로 현실이 소설보다 기가 막힘이 틀림없다는 것을 내보일 방증 자료를 수집하고 있었고, 강 선생은 강 선생대로 또 무슨 생각을 하고 있는지 눈을 게슴츠레 뜨고 낙지 다리의 맛을 조용히 음미하고 있었다. 내가 부리나케 방증을 찾아 나서게 된 것도 사실은 강 선생이 내 말을 듣자 느닷없이 심각해진 걸로 보아 내 말을 몇 번 되새겨본 뒤 내게 그 방증을 내놓으라고 들이댈 것 같아서였다. 방증이 없는 건 허위 날조요, 유언비어요, 불평을 위한 불평이라는 딱지를 받는다. 세상에 누굴 믿으랴. 강 선생이 누군 줄 어떻게 알랴. 하지만 나는 자신 있었다. 아, 세상이 얼마나 재미있고 어마어마하길래. 좁은 국토의 설움을 앙갚음하겠다고 고층빌딩이 하루가 멀다 새로 들어서고, 하이웨이를 잘못 달리면 서울에서 떠난 고속버스가 순식간에 부산 앞바다로 첨벙 뛰어들어가버릴 지경인데다가, 아무리 설명을 들어도 잘 납득이 안 가지만 국민총생산량이라는 것이 한반도에 상륙하자마자 단번에 이적(異蹟)을 낳아쌓으니 말이다. 무엇이든 다급하게 서두르면 될 것도 잘 안 되듯이 갑자기 방증이 생각나지 않으면 이렇게 들이대려니 나는 마음 속으로 다짐을 두었다. 그런데 강 선생에 대한 내 예상은 전혀 엉뚱하게 빗나가고 있었다. 그는 이렇게 제의해 왔던 것이다.
"김군, 마침 잘 됐군. 우리 그 소설을 삼켜먹어 버린 세상 얘길 좀 하자구, 어때?"
 나는 어이가 없어졌다. 알고 보니 강 선생도 나처럼 그 방증을 찾아 헤맨 모양이었다. 하기야 스승이 제자한테 물을 수 없는 것이 이 나라의 사도(師道)니까. 나는 멀거니 낙지 다리를 씹고 있는 강 선생의 벌건 입언저리를 건너다보고만 있었다. 콧등이 갑자기 불쑥 두 개로 솟아올랐다 꺼졌다 하는 것으로 보아 뜻밖에도 나는 이미 꽤 취해 있는 모양이었다. 그건 강 선생도 마찬가지였지만 다른 점이 있다면, 선생은 자신의 주량을 너무 과신하고 있는 편이어서 건너편에 앉아 있는 나를 마치 먼산 바라보듯이 우두커니 건너다보다가는 신경질적으로 당신의 눈자위를 북북 문질러대면서도 자신이 취해 있다고는 생각하지 않는다는 점이었다. 그 바람에 강 선생 눈에는 모호하게도 내가 느닷없이 머리통이 두 개씩이나 달린 기형아가 되고 있을지 몰랐다.
 "김군 자아, 자네 그 비뚤어진 코만 주물럭거리지 말구 얘길 시작하자구. 만진다구 찌그러진 코가 일어서나?"
 "코가요? 선생님부터 시작하십시오."
 "코에 대한 집념이 대단한 모양이군. 그럼 나부터 얘기하지. 평화촌 사는 정군은, 사람의 발은 몸 전체를 합친 것보다 크다는 지론을 어디서나 거침없이 내세우는데, 그건 그가 아침마다 콩나물 시루 버스를 타고 다니면서 얻은 결론이야. 도대체 몸은 어쩌다가 구겨져 들어섰는데 아무리 뿌릴 내려보려도 발 놓을 자린 없다는 거야. 그렇게 공중에 뜬 채 하루는 버스를 타고 왔는데 내려서 보니 신발짝은 다 벗겨져 달아나고 웬놈의 핸드백이 손에 들려 있어서 놀란 정군은 황급히 거길 더듬거려 보게 되었는데 웬걸, 연장이구 음랑이구 다 빠져버리구 없더란 거야."
 "그럴 리가 있나요?"
 "이거 이제 신세 조졌구나 체념하고 있는데, 공중에 매달려 얼마나 용을 썼던지 겁을 먹어 절벽을 이뤘던 그놈들이 그날 오후에야 삐쭉이 기어나오더라는군."

"전라남도 사는 곽 주사는 한 해에 칠모작을 거두어들였다는군요. 우리 나라의 식량 문제는 이제 시간 문젤 뿐만 아니라 몇 년이 못 가서 우린 쌀가마니를 동해 바다에다 처넣어 간척사업을 벌이게 됩니다."

"쳇, 자네 당원이군!"

"선생님이 기관원이신지 시험해본 겁니다, 죄송합니다."

"어느 고춧가루 장수가 돈을 벌어 집을 뜯어고치게 되었는데 목수가 그만 톱질을 잘못하다가 손을 썰어버렸다나. 피가 튀었겠지. 그걸 보고 주인은 옳다 이거다 했지. 피로 물든 톱밥에서 톱밥 고춧가루 제조의 아이디어를 얻었다 이거야. 그는 그 다음날로 특허 신청을 냈다지 아마."

"동대문 시장 황 부자는 군화 가죽으로 우피특탕(牛皮特湯)을 끓여 팔다 걸려 솥째 들고 눈물을 질금질금 쏟으며 청계천에다 쏟아 부으러 가는데 그걸 받아 마시겠다고 몰려든 지게꾼들이 줄줄이 따라붙어 장사진을 이루었다나요."

"우동장수 왕 서방은 아무리 반죽을 되게 해도 우동가락이 힘 하나 없이 퍼드러지기만 하여 고민이 자심하였는데 하루 저녁 꿈에, 머리가 허연 노인 한 분이 현몽해서는 하시는 말씀이, 밀가루에다 가성소오다를 타라, 수산화 나트륨 NaOH 말이다, 쉽게 말해서 양잿물이지 했다는군. 왕 서방은 그 길로 뛰쳐나가 양잿물을 마구 들어부었는데 아니나 다를까, 쫄깃쫄깃한 우동을 찾는 사람들이 구름떼같이 몰려들더라는군."

"도둑촌 입구, 골프 재료 아케이드를 지나 둘째 골목으로 꺾어져 들어가 다섯째 집 급조 서재에는 금박이 휘황찬란한 족자 하나가 멋들어지게 걸려 있는데, 왕희지 이후의 명필이 일필휘지로 내갈

긴 그 넉자 휘호는 주도야적(晝盜夜賊)이라나요. 그런데 유식한 주인 양반인 그 높으신 어른께서는 언제나 그걸 주경야독(晝耕夜讀)으로 읽는다는군요."
"내 아내 오빠의 장인의 종질서 아들이 운전사로 있는데, 그 사람 애길 들어보면 버스나 택시 요금은 아무리 올려봤자 수지가 맞지 않는다는군. 왠고 하니 옛날엔 운수사업이란 게 혼자 하는 것이었는데 요즘은 오분업(五分業)이 돼서 그렇다나. 자동차 회사와 차주와 운전사와 차장과 그리고 교통순경과, 그렇게 다섯이서 차 한 댈 나누어 먹는다던가."
나는 대꾸를 포기했다. 시들해졌기 때문이었다. 그까짓 며칠을 두고 해도 못다할 시시콜콜한 애길 자꾸만 늘어놓다간 가까스로 몽롱하게 취해 오기 시작한 술맛만 버릴 것 같아서였다. 세상이 돈짝 만하게 보이는 이 기분 썩 좋은 시간에 사람 잘게 만들기 꼭 알맞을 그 따위 얘기에 신명을 팔고 앉았다니. 나는 잠깐 방심한 바람에 이미 약간 깨버린 것같이 느껴지는 취기를 되찾기 위하여 부옇게 가라앉은 막걸리를, 쓰레기터에서 주워 온 비닐 우산살로 만든 대젓가락으로 휘휘 저어 입에다 들어부었다. 그리고 나선 텁텁해진 목구멍을 침으로 두어 번 닦아 내리면서 생각했다. 이거 사약을 마시고 있구나. 쌀이라곤 한 톨도 안 들이고 만든 독성 화학주를 마시며 하루하루 죽어나는구나 생각 들자 별안간 서글픔 같은 것이 슬슬 몰려드는 것을 어쩔 수 없었다. 만약 강 선생이 이때 마침 때를 맞추어 말을 걸어 오지 않았던들 나는 그만 주책머리 없게 눈물을 흘리고 말았을지도 몰랐다. 하기야 눈물을 보였대도 강 선생이 그 연유를 물어 오면 동정적이면서 가라앉은 목소리로, 시들시들 고은 무같이 돼버린 제 어머니의 다리를 위해서죠, 라고 대답하면 그만이었겠지만 말이다.
"자네, 뭘 생각하고 있는 건가?"

"카바이드로 만드는 술이 있다던가 하는 생각을 하구 있었죠."
"김군, 혹시 돈 벌구 싶어하는 거 아닌가?"
"선생님은 재벌이 될 수련을 쌓구 계신다구 하셨죠, 아마."
"잊지 않구 기억하는군. 그래, 자넨 떼돈을 벌면 어떻게 쓸 참인가, 돈은 쓸 줄을 알아야 돼. 비밀요정엘 갈 참인가?"
"전 양기부족인 걸요. 아마 그건 선척적으루 그랬던 것 같아요."
"그래?"
"하기야 전 이미 수술을 받아버렸으니깐요."
"수술이라니?"
"말하자면 거세를 해버린 거죠."
"건 왜?"
"씨를 뿌려봤자 거둬들일 마당두 없는데요."
"자넨 돈 벌기 틀렸군."
"그래두 벌었으면 하는데요."
"순서가 틀렸어, 돈부터 벌어 모아 보구서 결정했어야 했어. 어쨌든 그럼 자네 돈을 벌어 뭘 하겠나?"
"우선 삼십일 층 건물 꼭대길 올라가죠."
"올라가선?"
"그 떼돈을 활활 아래로 뿌려버리죠."
"그리곤?"
"그리곤 거기다 대구서 오줌을 찍 갈기죠."
"그 양기부족을 가지구서?"

그러나 내 이 얘기는 사실인즉 내 창작이 아니었다. 그건 내 친구의 것이다. 내 친구 가운데 하나가 내게 그 얘기를 들려주었던 것이다. 나는 처음 그 얘길 듣고 얼마나 감명이 컸던지 언젠가는 한 번 이 얘길 훔쳐 멋들어지게 써먹으려고 벼르고 있었을 정도였다. 나는 강 선생한테 너무 싸구려로 팔아먹은 것을 금세 후회하지 않을 수

허수아비 찌르기 79

없었다.

내가 그 친구한테 이 얘기를 듣게 된 동기는, 그가 매일같이 엄청난 액수가 걸린 복권을 사들이는 데서부터 시작됐다. 그래서 나는 왠지 모르게 경멸하는 어조를 섞어가면서 그걸 사들이는 이유를 물었다. 돈을 벌기 위해서라고 했을 뿐, 그의 대답은 너무나 당연하고 간단했다. 그래서 나는 의젓하게 충고를 해줬던 것이다. 마치 강 선생처럼 말이다. 돈이란 어떻게 쓸 것인가를 먼저 생각하구 난 뒤에 벌기 시작해야 되는 거야. 도대체 이 나라엔 돈을 쓸 줄 아는 친구가 하나두 없단 말이야. 돈을 쌓아 놓고 있는 친굴수록 더 그렇거든 하고. 그랬더니 이 친구가 그 엉뚱한 얘길 신명나게 지껄여댔던 것이다.

"자네두 기어이 돈을 벌겠다면 지금부터 훈련을 쌓게" 하고 강 선생은 약간 혀짧은 소릴 냈다. 나는 속으로 코웃음을 쳤다. 강 선생의 재벌될 수련이야 들으나마나 그렇고 그런 얘기일 것이었기 때문이다. 말하자면 완전범죄 같은 것——어느 특혜 매판 재벌의 빌딩에는 사장 전용의 승강기가 건물 한쪽 외진 구석에 따로 설치되어 있는데, 매월 월급날 낮 열두시 정각에는 두 사람의 사장 비서가 다섯 부대의 돈자루를 들고 그 승강기로 들어간다. 이건 내 상상이 아니다. 나는 실제로 이런 광경을 지난 석 달 동안 시간까지 재어가며 관찰한 결과에서 얻은 자료이다. 단지 내가 못한 일이 있다면, 그건 내가 거기까지만 확실한 결론을 얻었지 그걸 어떻게 해야 할 것인가에 대해서 이렇다 할 방법을 찾아내지 못한 것뿐이다. 그러니 이 정도의 나한테 강 선생이 얘길 붙인대야, 그 돈을 몇 층에서 기다렸다가 가로채서는 지하실까지 내려가는 다른 승강기를 전세내어 타고 유유히 내려와 미리 대기시켜 놓은 지하 주차장의 흔해 빠진 크라운에다 싣고 사라진다 정도밖에 더 되겠는가 말이다. 나는 흥미를 잃었다는 투로 되물었다.

"선생님, 이제 자릴 뜨시지 않으시겠습니까?"

"좋지. 그럼 우리, 집을 바꾸세. 우리두 이 차 한 번 가보세, 까짓것 신바람나면 삼 차, 오차두 가구 말이야."

강 선생은 통 중심이 안 잡히는 걸음걸이로 입구 계산대를 향해 걸어가면서 속주머니에 손을 쑤셔넣느라 몸이 더더구나 30도로 기울고 있었다. 나는 남의 술상 위에 덮치고 넘어질 우려가 큰 스승을 부축하기 위해 황급히 뛰어나가는 바람에 아직도 두 개비는 남았을 담배갑을 그 집에다 팁 준 셈이 되고 말았다.

우리가 이백 미터는 충분히 떨어진 다른 술집으로 들어갔을 때, 주인은 적이 실망적인 통고를 했다. 술이 다 떨어져버렸다는 것.

"서로 먼저 죽겠다구 기를 쓰구 퍼마시는 판이군, 그 독약을."

하고 강 선생이 돌아서며 중얼거리자 과부댁이 두어 걸음 따라나서며 헛 인사투로, 쇠주라면 사다 줄 수 있다고 제의했다.

"좋시다, 어느 걸 마시구 죽으나 마찬가지니까. 그렇잖아 김군."

우리는 별로 춥지도 않았지만 몸을 한 번 부르르 떨고 나서 바싹 이마를 마주대고 앉았다. 길거리에 나섰을 때, 걸음새들이 꽤 수다스러웠고, 지금 여기 앉아 있어도 강 선생의 힘에 겨운 숨소리를 역력히 들을 수 있을 정도로 바깥이 조용해진 걸로 보아 통행금지 시각이 가까워 온 것을 알 수 있었다. 그리고 시간이 갈수록 강 선생의 말주변머리는 더욱 악화되어 거의 완전한 혀꼬부랑말이 되어가고 있었다. 선생은 가져다 놓은 2홉들이 소주병을 기울이며 느닷없이 밑도 끝도 없는 말을 했다.

"죽여라!"

그럼 그렇지, 하고 나는 생각했다. 승강기를 타고 가던 두 비서는 20층을 못 올라가서 드디어 죽어자빠져야 한다는 얘길 하고 있는 것일 테니까.

"돈을 벌려면 먼저 사람을 죽일 줄 알아야 하는 거야, 김군! 그것두 잔인하게 말이야."
"그렇지만 선생님의 아이디어는 완전범죄가 안 되겠는걸요."
하고 나는 승강기 사건을 생각하며 대꾸했다.
"그런 게 무슨 소용이야. 그저 누구든 '죽여버려!' 할 수만 있으면 돈은 벌구 마는 거라니까."
"그러기 전에 사약을 마시구 있는 우리가 먼저 죽겠는걸요."
"맞았어, 이 사약이 누구한테서 나온 줄 아나? '죽어버려!'하구 명령할 수 있는 배짱 좋은 사람한테서 나왔단 말이야."
"네?" 하고 나는, 강 선생의 얘기가 내 예상과는 다른 곳으로 가고 있는 것에 놀라 다급하게 물었다.
"'쌀로는 술을 못 만들게 할 뿐 아니라 만든대두 장사가 안 됩니다' 하고 총무부장이 울상이 되어 보고하자 양조장 주인께서, '그럼 화학약품을 섞어'하고 명령했겠다. '그걸 섞으면 마시자 죽게 되는 걸요'하고 맹꽁이 같은 소릴 하자 양조장 주인 왈, '당장 안 죽을 만큼만 섞으면 되잖나 이 맹꽁아, 시름시름 죽게 말이야.'"
"그게 어디 이 기특한 술뿐인가요. 그저 걸핏하면 털어넣는 약두 그렇지요."
"그렇지. 아마도 그 사람들, 소크라테스의 독배에서 힌틀 얻었겠지."
"아니죠, 그 가공할 조선조 당쟁 찌꺼기인 사약에서 암시를 받았을 걸요."
"그러니 '죽여버려!' 라구 할 수 없는 사람은 재벌 못 되네. 어느 직조공장 공장장은 젖내 나는 여공 오십 명의 팬티를 매일같이 갈아 벗겼는데, 쉰 한 번째 애한테서 그만 실패를 본 모양이야. 오십 명이 거기에 용기를 얻어 숫자만 믿구 일어섰겠지. 그런데 모의 중에 하나가 변절하여 그걸 남편이라 믿구 쫓아가서 일러바치자 '없애버려!' 한 마디로 고자질한 공녀는 즉석에서 시체가 되고 다른 쉰 명은 다음날로 즉각 해고됐대지.”
 "어느 특혜 재벌의 부정을 귀띔받은 기자가 은근히 사장실 문을 두드리자 사장이 벼락같이 고함을 질렀대요, 바로 그렇게. 그런데 비서가 발발 떨고 서서 '죽일 순 없습니다요' 하자, '그럼 녹여버려' 하고 두 번째 고함이 터졌지요. 물론 그 말이 떨어지자마자 그 기자는 즉시 녹아 버렸죠. 그런데 미처 몰라서 못 녹아버린 기자가 홧김에 그것을 불어버렸는데 그게 어떻게 신문 귀퉁이에 실리고 방송을 타고 흘러 그 사장의 아버지 귀에까지 들어갔다나요. 이 고전적인 아버지, 아들 재주 덕 보는 줄은 모르고 비서를 붙들고 점잔을 빼면서 꾸짖으려 들자 안에서 벼락치는 소리가 나더라는 거예요. '그놈 없애버려!' 하고 말예요.”
 우리가 세 병의 소주를 깨끗이 핥고 술집을 쫓겨났을 때에, 밖에는 때 아니게 비가 추적추적 내리고 있었다. 강 선생은 사지를 자유 방임제에 맡긴 채로 걸으며 술집 주인 욕을 열 번은 충분히 되풀이 퍼부어댔다. 요지인즉, 사약을 이제 그만 마시라고 만류하는 건 해수욕장 구조원이 천당 갈 꿈을 꾸고 있는 거나 마찬가지로 어리석기 짝이 없는 망상이고, 쉴새없이 벌어도 모자랄 텐데 벌써 돈 그만 벌겠다고 손님을 쫓아내는 과부가 언제나 골프채를 잡아보겠느냐는 것이었다.
 "선생님, 헤어지십시다.”
 '안돼, 못 가. 자넨 오늘 나하구 같이 가야 돼. 자넨 타락했거든.”
 "선생님이 타락시켰습니다. 그런데 어디를 가죠, 비가 오는데?”
 "내 집으루. 보여줄 게 있어” 하면서 강 선생은 별안간 가슴에서 시퍼런 칼을 쑥 뽑아들지 않는가. 순간 나는 흠칫 물러설 정도로 적잖이 놀랐다. 나는 재빨리 생각했다. 칼을 빼앗지 못하는 한 오늘밤은 끝까지 따라가지 않으면 안 된다고. 그는 너무 취해 있어서 충분히 사고를 낼 수 있었기 때문이다.

"우린 분명히 확인했지, 오늘밤에. 죽여버릴 수 있어야 재벌이 될 수 있다는 것을. 하지만 성급하게 단정짓진 말게. 난 아직 수련중이야. 아직은 허수아비밖엔 찌르질 못하거든."

나는 안도의 한숨을 내쉬었다. 생각해보면 그럴 것이었다. 강 선생 정도의 위인으로선 사람을 찌를 수 있을 것 같지 않았다. 그래서 나는 긴장을 풀고 태연스레 물었다.

"저한테 뭘 보여주신다는 거죠?"

"허수아비랬잖나. 내 집 대문을 막 열고 들어서면 허수아비 하나가 떡 버티고 서 있지."

"그걸 찌르시려구 칼을 품고 다니세요? 죽여버려, 없애버려 하시면서 찌르시겠죠."

내가 이렇게 농지거리를 했을 때 강 선생이 갑자기 홱 돌아서며 내 귀를 잡아당겼기 때문에 나는 또 한번 소스라치게 놀랐다. 그러나 그건 강 선생이 귀엣말을 하기 위해서 한 짓이었다. 애긴즉, 강 선생은 그 대문 안 허수아비를 부인한테는, 도둑이 놀라 자빠지라고 해 세운 것이며, 그 기절한 도둑을 매일같이 하나씩 주워다 내버리는 재미로 살아보자고 능청을 떨었지만 속셈은 그게 아니라는 것이었다. 그건 바로 부인이라는 것이다. 강 선생의 머리카락이며 옷자락은 이미 비에 흥건히 젖어 있었다.

"과연 내가 난도질할 수 있을 것인가? 있다면 재벌이구, 없다면?…… 그땐 수련을 더 쌓아야지."

강 선생은, 이 말만은 앞서와는 달리 큰 소리로 떠들어젖히고 나서 내 어깨를 끌어당겨 안고 속력을 내어 걷기 시작했다. 찌를 수 있을 것인지 어떨지 조급해진 모양이었다. 나는 재빨리 그의 표정이 살기를 띠고 있는지 어떤지를 살폈지만 밤이 어둡고 비에 젖어 있어 잘 알아볼 수가 없었다. 다만 입을 꼭 다물고 있는 것으로 보아 적잖이 독이 올라 있는 것만은 틀림없는 것 같았다.
 "자넨 타락했어. 정말이야, 김군은 타락했거든. 내가 녹두장군을 얘기했을 때 울음을 터뜨린 학생은 내 이십 년 역사선생 경력에서 오로지 자네 하나밖에 없었어."
 "제가 정말 그랬던가요?"
 "그럼 자넨 그 감격을 벌써 잊었단 말인가. 난 단지 그것 하나 때문에 김군 자넬 기억하구 있는데. 역시 자넨 구제할 수 없을 정도로 타락해버렸어."
 "그땐 참 저두 치기어려 있었군요."
 "자넨 망쳤다니까."
 이렇게 얘길 하다가 우린 어느 대문 앞에 뚝 멎어 섰으며, 강 선생은 내 어깨를 풀고 살금살금 대문께로 다가갔다.
 "이건 조선집 대문이라서 밖에서 손가락을 집어 넣고 살살 밀어내면 빗장이 벗겨지게 돼 있거든, 구태여 자는 마누라를 깨우지 않구서두 말이야. 자네두 나중에 나 찾아오거든 이렇게 열라구" 하고 강 선생은 손가락을 대문짝 사이에 찌르고 오물거리면서 목소리를 죽여 속삭였다. 바로 그 순간이었다. 대문이 열렸다 싶은데 어느새 비호같이 뛰어들어간 강 선생이 아주 얏얏 하면서까지 그 허수아비를 찔러대는 소리가 났다. 나는 그 외마디 고함 소리를 들으면서 느닷없이 또 서글픈 생각에 휩싸였다. 무엇이, 그리고 왜? 그러나 왠지 모르게 말이다. 나는 왠지 모르게 눈물까지 흘리면서 대문 밖에 서서 강 선생의 고함 소리가 그치기를 기다렸다. 하지만 내 눈물은 혹시 빗물인지 알 게 뭐가 말이다.
 나는 대문 안이 조용해진 것을 확인한 뒤에 조심스럽게 문턱을 넘어섰다. 그러다가 나는 정말 아까보다 몇 갑절이나 더 큰 충격으로 가슴이 철렁 내려앉았다. 마당으로 들어가는 길을 막고 누군가가 자빠져 있었기 때문이다. 그리고 그 쓰러진 사람 앞에 무릎을 꿇고 강 선생이 앉아 있었다. 그건 허수아비가 아니라 사모님이었다.
 나는 소리 없이 오열하는 강 선생의 등 뒤에 멍청히 버티고 서서, 역시 멍청히 마주 버티고 서 있는 허수아비를 건너다볼 밖에 없었다.

성(聖) 유다 병원

뚜드득뚜드득——
 어둠의 장막이 찢겨져나가는 소리에 놀라 석호(石昊)는 펀뜻 눈을 떴다. 이상한 일이었다. 깜빡 잠이 들었던 모양이었다. 오른쪽 뺨이 서늘해 오는 것 같자 아니나다를까, 아침은 그쪽으로부터 밝아 오고 있었다.
 잠을 자다니 석호는 가슴이 철렁 내려앉으면서 팔꿈치로 몸을 받치고 엉거주춤 상체를 일으켜세웠다. 낡은 철침대가 죽는다고 삐그덕거렸다. 몸을 일으키자 오른쪽으로 어둠이 바래져가고 있는 유리창이 눈 앞으로 다가섰다.
 모자이크 무늬가 유난히 도드라지는 붙박이 창살의 실루엣——어둠의 장막이 갈갈이 찢어지면서 쇠창살 틈새로 달라붙고 있어서 새까만 그것은 괴기스러울 정도로 앙상한 모습을 드러내고 있었다. 석호는 머리를 설레설레 흔들었다. 비스듬히 뻗대어 세운 팔꿈치에 파르르 경련이 일면서 골치가 띵해 오는 것을 느낄 수 있었다.
 차츰 정신이 들자 뚜드득뚜드득 나는 소리는 어둠이 찢겨져 달아

나는 소리가 아니라 스팀이 새로 들어오는 소리였다. 보일러는 날이 밝으면서 드디어 말을 들어먹기 시작한 모양이었다. 그놈의 보일러는 사흘에 한 번은 꼭 고장이 나게 되어 있었다. 그것도 반드시 밤에만 말이다. 그리고 고장이 났다 하면 어둠 속에서, 그것은 속수무책이었다. 그놈은 그러면서도 또 신통한 데가 있어서, 애써 손을 쓰지 않아도 이 병원 주인들이 출근할 때쯤이면 으레 고장을 풀고 스르르 돌아가기 시작하기 때문에 주인들이 별 불편을 느끼는 일은 없었다. 단지 밤에 운수사납게 당직이 걸린 의사와 간호사들이 좀 떨긴 하지만.

"망할 자식들!"

석호는 혼잣말로 중얼거리면서 사물함 위에 놓인 시계를 집기 위해 손을 내밀었다. 욕지거리가 내용보다 더 무성한 입김이 되어 허옇게 뿜어져 나갔다. 6시 5분 전이었다. 석호는 시간을 정확히 확인하기 위해 그걸 손바닥 위에 올려놓고 눈독을 들였다. 금속에서 전해 오는 냉기가 짜릿하게 피부 속으로 녹아들었다. 깨알보다 더 작은 숫자판의 점들이 허옇게 바랜 형광등 불빛을 받자 영롱하게 빤짝거렸다. 역시 6시가 못 되어 있었다. 두 개의 바늘은 거의 일직선으로 벌려 서기 직전에 있었고, 그 위를 가늘고 긴 또 하나의 바늘이 영하의 추위를 이기기 위해 줄행랑을 놓고 있었다. 석호는 아무리 잘 봐줘도 장난감이라고 밖에는 할 수 없는 그 여자용의 조그만 시계를 사물함 위에 도로 올려놓고 뒤로 벌렁 나자빠졌다. 그럼, 깜빡 잠이 들었던 시간은 기껏 20분도 못 된단 말인가. 그는 5시 40분에 시간을 확인했었다. 약을 먹어야 할 시간은 아직도 두 시간은 충분히 남아 있었던 것이다.

간호수녀 크리스티나는 세 번 똑같은 말을 반복했었다.

"밤 여덟 시부터 네 시간마다 두 알씩, 알겠죠? 그리구 체온은 두 시간마다 한 번씩 재어 이 용지에다 적어넣구."

"……"

"여덟 알이니까. 낼 아침 여덟 시까지 다 먹어치워야 되는 거예요."

"……"

크리스티나는 물과 컵과 약과 바이탈 사인 체크 용지와 체온계와 볼펜을 차례차례 사물함 위에 올려놓으며 계속 지껄여댔다. 그리고는 마지막으로 그 장난감 같은 팔뚝시계를 벗어놓으며 급기야 화딱지가 나서 쏘아붙였다.

"대답 좀 해봐요. ……시계두 하나 없어서 청승을 떨구."

간호수녀가 울화통을 터뜨린 덕택에 석호는 체온을 재지 않아도 되게 되었다. 그때까지도 아무 대꾸가 없자 크리스티나는 드디어 참을 수 없다는 듯이 바이탈 사인 용지와 체온계를 도로 가져가버리고 말았으니까. 그 용지는 자신이 적당히 메꾸어넣을 작정인 모양이었다. 그녀는 홱 돌아서서 튀어나가며 표독스럽게 쫑알거렸다.

"먹든지 말든지 맘대로 해요, 수술 받을 사람은 내가 아니니까."

팔랑거리며 따라가는 가운 자락에 주렁주렁 심통이 매달려 있었다. 그녀는 임무를 떠맡기고 숙직실로 간 것임에 틀림없을 것이었다. 하지만 그야 당연했다. 어떤 얼빠진 간호사가 이 냉기서린 병실을 밤새 들락거리느라 쓸데없이 잠을 설칠 것인가. 답답한 것은 어디까지나 환자 쪽이니까. 더구나 이제 일반외과 병실은 밤새 지켜주지 않으면 문책을 면할 수 없을 만큼 다급한 중환자가 있는 곳도 아니어서, 석호와 같이 있는 다른 세 환자는 멀쩡하리만큼 상처가 다 아물어가는 사람들이었다.

그러나 석호가 느닷없이 놀라자빠진 것은 그 간호수녀가 쾅 문짝에다 성깔을 부리면서 막 나가버린 순간이었다. 수녀가 그러고 나갈 때까지 얼떨결에 멍청히 거동만 쫓고 있던 석호는 갑자기 가슴이 둥둥 뛰면서 정신이 아뜩해 왔다. 그리고는 속으로 중얼거렸다. 수술을 한다고, 수술을……

　물론 석호가 이런 일이 있을 것이란 걸 전혀 눈치채지 못했던 것은 아니다. 단지 최종적인 확인이 된 셈이었다. 그는 전날 낮부터 뭔가 일어나고 있긴 한 모양이라는 것을 알고 있었다. 그는 그 약을 크리스티나의 명령에 따라 처음 먹기 시작한 것이 아니라 사실인즉 아침 9시부터 줄곧 먹어 왔었기 때문이다. 네 번, 그러니까 12시까지 여덟 알을 거푸 삼키고 나서야 그는 이 계속적인 투약이 뭔가 다른 어떤 사태에 대비한 예비처방임을 어렴풋이나마 알아차렸던 것이다. 그에게 있어 다른 어떤 사태란 수술밖에 없었다. 다만 어느 의사나 간호사도 그 다가올 사태에 대해서 귀띔을 해주지 않았을 뿐이다. 그러나 석호는 묻지 않기로 했다. 그는 소용없는 일이란 걸 잘 알고 있었기 때문이다.

　그것은 그가 난생 처음 병원이란 데에 입원하고 있으면서 알아낸 새로운 사실이기도 했다. 그는 한 달 가까이 병원 생활을 하면서 적어도 의사나 간호사란 환자와 마주치면 여지없이 벙어리가 돼버리는 사람들이라는 사실을 알아차렸던 것이다. 그들은 환자나 그 가족에게까지도 묵비권을 행사함으로써 권위와 존경과 품위를 유지하는 사람들이었다. 그러나 이 말은 급성 맹장염을 수술하기 위해 입원했던 환자가 그에게 들려준 말이었다. 석호는 이미 퇴원한 지 보름이 넘었을 그 맹장염 환자의 모습을 되살리려 애쓰면서 다른 한편으론 전날 아침 모처럼 회진을 왔던 주치의 박홍찬 박사가 무슨 말을 했던가를 기억해 내려 애썼다. 그는 분명히 뭔가 드디어 획기적인 결정을 내렸을 것임에 틀림없기 때문이다.

　석호는 박사의 잠시 심각해지던 모습까지 쉽게 떠올릴 수 있었다. 무슨 얘긴가를 재빨리 일러놓기 전에 극히 순간적으로, 잠깐 표정이 굳어지면서 박사는 뭔가 생각에 빠져 있었던 것이다. 그리고 나서 그는 빠른 말씨로 옆에 선 담당의를 향해 지시를 내렸었다.

아무리 기억을 되살려 보려 해도 생각이 나지 않았다. 박사의 모습뿐 아니라, 그가 뭐라고 말하는 데 따라 담당의 송 의사가 열심히 따라 적고 있던 것까지 눈에 선한데도 말이다. 그런데도 정작 무슨 얘길 하고 있었는지는 기억해 낼 수 없었다. 담당의라지만 다른 사람들의 말에 의하면 그는 인턴이었다. 인턴이란 정말 보잘것없는 대우를 받고 있는 것인지 송수영 의사의 얼굴엔 버짐이 허옇게 피어 있었다. 그는 기숙사 생활의 고달픔을 그대로 드러내고 있어서 잽싸게 세수를 해치우고 식당을 거쳐 막 출근하였기 때문에 마른 버짐이 아침 찬 공기에 얼어붙은 얼굴을 온통 하얗게 뒤덮고 있었고, 급히 들이마신 아침 식사의 찌꺼기도 입가에 흉측한 흔적을 남기고 있었다. 그들은 이런 고달픈 생활과 선배들의 배타적이고 오만하며 악의에 찬 눈초리 앞에서 이기(利己)와 잔인성의 훈련을 받는 것이다. 길을 막고 선 기라성 같은 선배들의 훼방에 불타는 복수심과 울분을 키운다고 맹장수술 환자는 말했다. 주로 어려운 말만 골라 쓰기를 좋아한 그는 말하고 나서 이렇게 물었다. 이런 의사 후보들의 이가는 소리에 소름이 끼치지 않느냐고.

"이 환자, 프리 오퍼레이션 오더가 나왔거든. 처방 잘 보구 실시하도록 해요."

인턴 송 의사가 한 말이었다. 그는 박 박사가 회진을 돌아나간 20분 뒤에 수간호사 테레사 수녀를 데리고 다시 석호의 병실을 들어서면서 분명히 이렇게 말했었다. 그러나 송 의사가 석호를 가리키면서 한 말은 가까스로 기억을 되살려낼 수 있었지만 박 박사가 말한 내용은 도무지 무슨 얘기였는지 여전히 생각나지 않았다. 뿐만 아니라 송 의사가 한 말조차도 그것이 무슨 얘긴지 알아먹을 수는 없었다. 의사들에겐 환자 앞에서 꼭 할 얘기가 있을 때 반드시 암호를 사용하도록 엄중한 지시가 내려져 있는 모양이었다. 그리고 그 암호로는 언제나 외국어만이 채용되고 있었다. 석호가 도무지 박 박사의 지시했던 바를 기억해 낼 수 없는 것도 역시 그가 알아들을 수 없는 암호로 말했기 때문인지 몰랐다.
"그들은 그런 식으루 환자를 속이구 농락하면서 교묘하게 골탕먹인단 말이야. 그리구 그렇게 딴 세상 말을 지껄임으로써 환자한테 위협과 권위와 경외감을 동시에 유지시키거든. 어떤 의사두 환자와 가까워져서 그들의 정체를 노출시키는 법이 없거든."
맹장염 환자가 한 말은 어느 것 하나 틀린 것이 없었다. 그는 도대체 병원을 얼마나 자주 드나들었으면 그렇게 훤한 것일까. 석호는 또다시 그의 모습을 떠올렸다. 점심을 먹은 것이 소화불량을 일으키고 있었다. 너무 신경을 곤두세우고 있어서인 모양이었다. 석호는 혀를 차면서 얼굴을 찡그렸다. 간호사가 들어왔다. 그녀는 약봉지를 침대에 앉은 석호 앞으로 집어던지면서 빨리 말했다.
"그 약 두 알, 지금 먹어요, 네오마이신."
그랬다. 박 박사가 한 말은 바로 네오마이신이었다. 석호는 이미 사라지고 없는 간호사의 뒷모습을 찾아 문께를 바라보며 빙그레 회심의 미소를 흘렸다.
"이 환자 말이야, 아홉 시부터 네오마이신 설페이트 두 태블리트씩 투약하라구."
"네, 알겠습니다" 하고 담당의사가 알았차렸다는 듯이 재빨리 대답하자 주치의는 계속해서 지시하였었다.
"열 두 시까진 매시간 두 태블리트씩, 그 뒤부턴 낼 아침 여덟 시까지 네 시간마다 한 번씩."
"네, 알겠습니다."
주치의 박 박사는 청진기를 가운 주머니에 집어넣고 병실을 나갔다. 그러나 석호는 그때까지도 주치의가 한 말로 뭔가 달라지게 된다는 걸 알아차리지 못하였다. 그가 나가자 곧 아홉 시에 무슨 알약 두 알을 받아먹긴 했지만 그밖엔 별다른 일이 일어나지 않았기 때문이다. 습관이 되다시피한 일과대로 거지반 다 나아가는, 같은 방의 세 환자는 병실을 나가고 없었고, 석호는 혼자 남아서 비닐 화투장으로 갑오떼기를 했다. 화상을 입은 선반공 김 기사는 물리치료실로 갔을 터이고, 치루 환자는 문병 온 사람과 구내다방에 앉아 노닥거리고 있을 것이었다. 그리고 정강이 육종을 수술한 환자는 사람들로 득실거리는 대합실에 가 앉아 줄창 담배를 빨아대고 있을 것이었다. 시장에서 고추 장사를 하던 육종환자 이 주사는 리어카에 정강이가 받친 것을 예사로 생각해 그냥 뒀다가 결국 걸음을 못 걸을 정도로 썩어 들어간 뒤에야 약이 올라 병원을 찾았다는 것이 아닌가. 부랴부랴 수술을 받아 다리병신은 면했지만 그러고도 사람들이 득실거리는 속에서 지내지 않고는 배기질 못했다. 그래서 그는 보행 연습을 해도 좋다는 의사의 허락이 떨어지기 무섭게 당장 대합실로 내려가 거기서 살다시피하고 있는 것이다.

그렇게 병실을 나간 이 주사지만 하루에 세 번은 꼭 병실로 돌아온다. 아침 10시엔 드레싱을 받기 위해, 정오 때는 점심밥을 타먹기 위해, 그리고 마지막 세 번째는 몰려들었던 사람들도 다 돌아가버린 을씨년스런 대합실을 몇 번씩이나 돌아다보며 지친 얼굴을 하고 아주 돌아오는 것이다.

10시가 되자 이 주사가 어김없이 돌아왔다. 몹시 귀찮고 짜증스런 표정이었다. 곧이어 그의 꽁무니를 물고 드레싱차가 밀려들어오면서 의사와 간호사가 병실로 들어섰다. 석호는 이불을 걷어붙이고 침대 위에 벌렁 드러누웠다. 이날은 벌써 두 번째 배를 까고 눕는 셈이었다. 박 박사의 회진 때도 그는 자빠져서 배를 까뒤집어 내보였으니까. 그렇다. 석호는 박 박사 생각을 하면서 편뜻 기억이 되살아났다. 그는 지시를 내리기 전에 뭔가 분명히 물었다. 석호는 의사가 배의 환부를 붕산 스펀지로 연거푸 닦아내고 있는 동안도 열심히 박사 생각을 했다.

"이 친구, 도대체 얼마나 됐길래 그 야단이야?"

박사는 석호를 노려보며 분명히 이렇게 말했다. 짜증 섞인 말투였다. 석호는 마치 치부를 내보였을 때처럼 얼굴이 화끈 달아오르고 송구스럽기 짝이 없었다. 혹시 인턴이 주치의와 맞장구를 치며 거짓말을 하지나 않을까 그는 전전긍긍하였지만 인턴은 차트를 들여다보며 정직하게 대답했다.

"그러니까, 입원한 지 삼십팔 일째군요."

박사는 인턴의 말을 들으면서 잠시 생각에 잠겼다. 그의 손은 석호의 배를 눌러보고 있었지만 눈은 환부를 들여다보고 있지 않았다. 그러고 있다가 박사는 예의 그 네오마이신 설페이트에 관한 처방을 내렸던 것이다.

송 의사는 붕산 스펀지질을 끝내자 소인국(小人國)에서나 쓸 나무주걱 같은 것으로 진콕사이드를 떠서 환부 주위를 덮씌워나갔다. 마치 걸쭉한 회반죽 같은 것이 한 토막 튀어 나온 창자만 동그마니 남겨놓고 그 주위를 덮어나가고 있었다. 석호는 한편으로, 저 회반죽을 다 바르고 나면 거즈 밴디지를 덮어 반창고를 눌러 놓겠지 생각하면서, 다른 한편으로는 회진 때 박 박사가 한 말을 곰곰 되새기고 있었다. 기어이 박사의 귀에까지 그 말이 들어가고 말았구나, 생각이 들자 울화통이 터져 견딜 수가 없었다.

여태까지 잘 참아 오던 어머니가 왜 하필 지금에 와서 말썽을 일으키고 말았는가 말이다. 생각할수록 짜증스런 일이었다. 물론 어머니로서는 이제 더이상 어쩔 수 없는 일이었는지도 모른다. 어머니는 참을 수 있는 한계까지 무던히도 잘 견뎌왔었으니까. 석호는 어머니가 분노를 터뜨리지 않으려고 무진 애를 쓰던 것을 이미 눈치채고 있었던 것이다. 그러고 보면 어머니의 분통은 오히려 늦게 터진 것인지 몰랐다. 석호는 어머니가 세 번째 찾아왔을 때부터 심하게 동요하고 있는 기미를 알아차렸기 때문에 사뭇 조마조마한 불안을 안고 지내야만 했던 것이다. 그도 그럴 것이 아들 하나만 하늘처럼 믿고 살아 온 그녀에겐 사지가 멀쩡하게 집을 나간 아들이 창자가 터진 병신이 되어 병원에 누워 있다는 것은 청천벽력같은 충격이 아닐 수 없었을 것이었다. 그것도 집을 나간 지 닷새만에야 연락을 받고 졸지에 허겁지겁 이 S시의 성(聖) 토마스 병원까지 쫓아와서야 알게 됐으니 말이다. 그녀는 병실에 들어서자, 아들의 상태를 보기도 전에 까무러치고 말았다. 깨어나면서 그녀가 물은 첫마디는 아주 병신이 된 건 아니냐는 것이었다. 그때까지도 석호는 어머니의 관심이 딴 데 있다는 것을 알아차리지 못했다. 그래서 스스로도 무어라 자신있게 판단할 수 없는 형편이면서도 우선 어머니를 안심시키지 않으면 안 된다고 생각했기 때문에 펄쩍 뛰다시피 잡아뗐다.

"천만에, 병시이야 될라꼬요, 이른 어마어마하게 큰 병워인데."

그러나 그녀는 무언가 미심쩍고 할 말이 많은 것같이 서성거렸는데, 이튿날 아침이 되자 아니나다를까 이렇게 물어 온 것이다.

"그래도 차를 다시 탈 수야 없을 기 아이가?"

"아이고, 내사 다 낫는다 캐도 다신 차 안 탈랍니다."

그녀의 낯빛이 금세 달라졌다. 석호는 놀라지 않을 수 없었다. 그리고 그 놀라움은 곧 배겨낼 수 없는 슬픔과 외로움을 몰고 왔으며, 그것은 시간이 감에 따라 차츰차츰 무서움으로 변해 갔다. 밤이 되면 그는 두 가닥짜리 대형 형광등 하나밖엔 아무것도 없는 병실 천장을 멀거니 올려다보면서 생각에 잠기곤 하였다. 무엇 하나 제대로 차분히 따져볼 수 없었다. 온갖 잡다한 상념들이 한꺼번에 몰려와서는 온통 머리 속을 아수라장으로 만들곤 했기 때문에 석호는, 몇 년이고 손질 한 번 하지 않아 거미줄과 얼룩으로 지저분하기 짝이 없는 천장만 나무라고 있었다. 그런 가운데서도 줄곧 머리를 떠나지 않는 것이 있었다면 그것은 뭔가 배반당한 것 같은 느낌이었다. 어머니와 아들 사이를 갈라 놓고 이간을 붙이는 것이 무엇일까. 아니

적어도 18년 동안을 한 지붕 아래에서, 그것도 단 하나뿐인 아들이고 어머니로 섬기며 살아온 육친에 대해 이렇게도 모르고 있었을 수 있단 말인가 하는 생각이 들 때마다 자꾸만 눈가에 이슬이 맺혀 그나마 흐린 형광등 불빛이 더욱 어두워 보였다. 뿐만 아니라 그가 이러고 있는 순간에도 밖에서는 음흉한 음모가 꾸며지고 있을 것만 같아 짜증이 났다.

그날 어머니는 그렇게도 기뻐할 수가 없었다.

"석호야, 내 이야기했니이라."

어머니는 삼전운수(三全運輸)의 트럭 운전사 최씨와 얘기가 다 됐다는 것이었다. 그리고 삼전운수의 전삼도 사장의 신임을 톡톡히 얻고 있는 최씨이고 보면 그가 승낙한 것은 곧 전 사장의 승낙이나 진배 없다는 것이었다.

"야야, 따라댕기다 보만 저절로 운전은 배우고 만다는 기다."

"월급은 얼매나 준다 캅디까?"

"어데 월급 생각할 때가? 공짜로 운전 배우는데 얼매나 좋노. 운전만 배와노만 너사 어데 도락구 운전하겠나. 최씨도 카더라, 운전만 배와 갖고 서울로 가라는 기라. 비까비까하는 차 얼매든지 몰 수 있다 안 카나."

"그럼 월급은 한 푼도 안 준다는 깁니까?"

"와 월급을 안 주겠노."

"얼매나 준답디까?"

"최씨도 카더라, 집에 놀만 백날 가봤자 십 원 한 장 어데서 생기노, 삼천 위이만 됐지 카드라."

"삼천 원요?"

"우선에 그렇다는 기라, 차츰차츰 올리준다 아이가. 최씨 말이 맞제, 삼천 원 카지만 그래도 그기 하루 백 원 꼴이나 되는 기라, 전국 안 가보는 데 없이 슬슬 놀라댕기고 그 돈이만 괜찮은 돈 아이가."

"안 갈랍니다, 어무이."

석호는 잘라 말했다. 그는 그때 왠지 화가 나 있었기 때문에 그의 목소리는 더욱 단호했다. 그러자 어머니의 얼굴빛이 금세 달라졌다.

"뭐라 카노, 니 삼 녀이나 놀고도 그기 무신 소리고? 이 에미 속 웬가이 썩히라이."

그날 밤 석호는 한잠을 못 잤다. 그러나 이런 고민에도 불구하고 그 문제는 그 자신이 결론을 내리기 전에 삼전운수 쪽에서 먼저 결정을 알려왔다. 석호는 그 말이 있은 지 닷새만에 트럭운전사 최씨의 조수로 취직이 된 것이다. 양조장 주인이기도 한 삼전운수의 저 유명한 전삼도 사장은 거물답게, 조수 하나쯤엔 콧방귀도 뀌지 않는 위인이었다. 최씨가 석호를 전 사장 앞에 끌고 갔을 때 그가 한 말은 밑도 끝도 없는 단 한마디의 협박뿐이었다.

"운전대에 손대는 거 눈에 띘다 봐라, 직각 파아며이다 고만."

정작 사장 앞에 나서자 오금을 더 못편 것은 최씨 쪽이었다. 주눅이 들어 사장의 바짓가랑이만 내려다보고 있었다. 그는 손을 비비고 섰다가 돌아서면서 석호를 향해서 떨리는 목소리로 말했다.

"강군, 이 회사의 모또는 신속, 정확…… 그리고……"

"그리고 안전이지요, 그래서 삼전(三全) 아입니까."

"그…… 그래" 하면서 최씨는 황급히 석호의 손목을 낚아채고 사무실 밖으로 튀어나갔다. 이렇게 하여 그의 트럭 조수생활은 시작되었다. 마지막 달 공납금과 앨범 대금, 졸업기념품대를 합친 돈 2천 6백원을 못 내어 2년이 다 되어가는 지금까지도 졸업장을 찾지 못하고 있는 형편인데, 한 달 월급 3천 원이면 어디 그게 적은 돈이랴 싶기도 했다.

그러나 이렇게 시작된 트럭 조수생활이 채 석 달을 채우지도 못하고 이다지도 끔찍스럽고 소름끼치는 일을 당하게 되다니. 얼굴과 목덜미를 온통 마흔 일곱 바늘이나 꿰맸다지만 석호는 아직 거울을 본 일이 없다. 두려움이 앞서서 차마 거울을 들여다볼 용기가 나지 않았기 때문이다. 거기다가 배는 터져서 창자 한 가닥이 배 밖으로 튀어나온 채 한 달 너머를 그대로 지내고 있는 것이다. 길이 끊어진 배설을 거기로 하고 있어서, 의사나 간호사들은 병실을 들어설 때마다 으레 코를 틀어막고 돌아갔다.

  석호는 시간이 멎어버리기라도 한 듯 조금도 더 밝아진 것 같지 않은 창 쪽을 바라보며 그가 마지막 떠나던 날을 생각하고 있었다. 삼전운수에다 밭뙈기째 팔아 넘긴 모동댁네 배추밭엔 사람들이 하얗게 깔려 있었다. 어느 것 하나 속 차지 않은 것 없이 밭 전체가 한 올 같던 배추밭이 삽시간에 지저분하고 황량한 들판으로 변하자 최씨는 기우뚱거릴 정도로 배추를 실은 차에다 시동을 걸었다. 석호는 운전석 문을 잡고 매달려서 차가 방향을 잡을 때까지 앞뒤를 살피며 연방 고함을 질러댔다. 차는 세 번 앞뒤로 왕복하면서 모동댁네 배추밭을 온통 마당같이 지신을 밟아버리고 말았다. 그리고는 갑자기 속력을 내기 시작하면서 매정스럽게 달아났다. 봄이면 나비처럼 장다리꽃을 따먹으러 달려오곤 했던 모동댁네 밭은 놓쳐버린 트럭을 멀거니 바라보고 섰던 사람들이 느닷없이 흔들어대는 손들로 갈대밭처럼 춤을 추고 있었다. 맨 먼저 손을 흔들기 시작한 것은 어머니였다. 닭쫓던 개처럼 넋을 잃고 서 있던 어머니는 갑자기 차가 돌아나간 바큇자국으로 뛰어들면서 마구잡이로 팔을 휘저어대던 것이다. 서리맞은 배추 잎사귀를 움켜쥔 손을 마치 깃발로 착각하고 있는 것같이 뭐라고 냅다 고함을 질러대며 뛰어오는 어머니의 모습을 찾아내려는 순간 느닷없이 코끝이 찡해 오면서 목이 칵 막혔다. 배추포기를 들어올리느라 뻣뻣하게 얼고 곱은 손으로 떨어진 배추 잎들을 주워 모으던 어머니가 하던 말이 생각났다. 그녀는 석호의 흙 묻은 옷보다 더 더러워진 손으로 그의 바짓가랑이에 묻은 흙을 떨어주면서 말했다.
"니, 서울가는 거 아이가, 얼매나 좋노 말이다. 잘 구경하고 오이라."
 석호는 이미 까맣게 멀어져버린 배추밭을 마지막이라고 다짐하고 돌아본 뒤에도 두 번을 더 돌아다보고 나서야 운전석 옆으로 올라앉았다.
 석호는 아무리 생각해도 이해가 가지 않았다. 그런 어머니가 지금에 와서 다시 차를 탈 수 있을까 어떨까에만 신경을 곤두세우고 있다니. 도저히 믿어지지 않았다. 확신하거니와 뭔가가 어머니를 충동질하고 이간시켰음에 틀림없다. 무엇이 그랬을까. 그러나 생각이 나지 않았다. 생각이 나지 않을 뿐 아니라 그 이유를 찾아내려 들 때마다 번번이 엉뚱한 환영(幻影)이 앞을 가로막고 훼방을 놓았다. 석호는 짜증이 나서 견딜 수가 없었지만 그러면 그럴수록 그것은 더욱 능청을 떨었다. 바로 어머니의 얼굴이었다. 무엇에 홀린 듯한 어머니의 얼굴 모습이 눈앞에 아른거리며 생각을 방해한 것이다. 운전만 얌전히 배워서 도회지로 나가면 그 직업만큼 돈 잘 버는 것도 없다고 그 얼굴뿐인 어머니는 나타날 때마다 골백번도 더 타일렀다. 뿐만 아니라 그 꿈꾸듯한 얼굴은 계속해서 말했다.
"우리한테도 인제 조상이 발복하고 나선 기라."
 석호는 이상한 생각이 들었다. 어머니와의 사이를 이간붙인 것이 혹시 귀신이 아닌가 하는 생각이 펀뜻 든 것이다. 귀신이 들리지 않고서야 어머니의 넋나간 듯한 모습이 왜 밤낮없이 어른거리겠는가 말이다. 그러나 생각해 보면 그럴 리가 없었다. 삼전운수로 첫 출근을 하던 날 대문까지 따라나서며 기뻐하던 모습임에 틀림없는 그 어머니의 얼굴에 귀신이 붙었으리라곤 생각되지 않았다. 설령 어머니가 얘기 끝에 조상 귀신을 불러들이긴 했다 해도. 그러면 무엇이란 말인가. 석호는 그 무엇에 대해서 자신이 없었다. 언제나처럼 오늘도 해답을 얻지 못하고 말 것 같은 두려움이 찾아내려는 생각에 앞서 떠올랐다. 그건 그 전날도 전날도 그랬다. 그나마도 전날은 도중에 중단당하고 말았지만. 간호사가 약을 들고 들어왔던 것이다. 오후 4시였다.
"아홉 시부터 열 두 시까진 시간마다 두 알씩 먹었죠?"
수간호사 테레사는 약봉지를 열어 하얀 알약을 내보이며 물었다.
"그 뒤론 쭉 못 먹었심더."
"당연하지."
"그거 무슨 약입니까."
"알 것 없어요, 죽는 약은 아니니까."
석호는 더 묻지 않고 속으로 쾌재를 울렸다. 나는 알고 있걸랑, 그것이 네오마이신이란 걸. 그가 알고 싶은 건 단지 갑자기 그 약을 왜 먹어야 하는가였다. 그러나 예상대로 약 이름에서부터 비밀을 지키려드는 간호사한테서 무슨 말을 들을 수 있으랴. 테레사 말대로 죽는 약은 아니겠거니 생각하고 있는 편이 오히려 마음 편한 일인지 몰랐다. 그런데 영문을 모르고 먹은 약이어서 그런지 배가 사르르 아파오는 것 같기도 하고 헛배가 뿌듯하게 불러오는 것 같기도 하여 거북살스러웠다. 테레사 수녀는 병실을 나가며 말을 흘렸다.
"저녁엔 연식이 나올 거예요."
"연식이 뭔데요?"
"죽을 먹으란 말예요, 어기지 말구."
어머니가 불러일으킨 물의는 여러 가지 면에서 부작용을 가져왔다. 그 이후로 의사들의 눈초리가 더욱 이상해졌는가 하면 더없이 쌀쌀맞고 표독스러워진 간호사들이 언제 또 병실에 얼굴을 들이밀지나 않을까 무서워질 정도였으니 말이다. 그네들의 입에선 한결같이 이런 말이 새어나오고 있는 것 같았다. 야, 네 어머니, 굉장히 무식하고 또 무식하더라.

뒤에 정강이 환자 이 주사가 일러준 귀띔에 의하면, 처음 어머니는 공손히 사정을 얘기했다. 다만 잘못된 것이 있다면, 어머닌 석호의 담당의도 주치의도 아닌 엉뚱한 의사를 붙들고 사정을 늘어놓았다는 사실이었다. 그때가 마침 점심시간이어서 담당의사는 식권을 찢어들고 직원 식당 앞에 열을 서고 있을 때였다. 그렇다고 해도 가운을 입은 의사라면 모두 담당자라고 생각한 어머니한텐 잘못이 없었다. 석호 자신도 입원한 보름 뒤에야 담당의, 주치의 같은 것이 따로 있다는 것을 알아차렸을 정도니까. 어머니가 의국(醫局)의 문을 밀치고 들어서려는 순간, 마침 식당으로 내달리려던 의사 하나와 마주쳤던 것이다.
"선상님, 우리 석호 말입니더."
"석호라뇨, 환잡니까?"
"예에, 저 시째 방에 있는 아아 말입니더."
"왜, 무슨 급한 일이 생겼나요?"
"그기 아이고요……"
 어머닌 식당 생각밖엔 없는 의사의 가운 자락을 붙잡고 장황한 사정 얘기를 시작한 것이다. 집 한 칸도 없는 신세에 애가 두 달이 다 되도록 병원에 누워 있으니 그 입원비를 누가 대겠으며, 그러고도 의사들은 언제까지 그렇게 누워 있어야 하는지에 대해 한마디 말도 들려주지 않은 채 내버려두고 있으니 어떻게 된 영문인지 답답하고 애가 타서 견딜 수가 없다는 등, 트럭 회사에서 처음에는 치료비를 대주마고 했다가 얼마 전에 연락하기를 치료비는 땡돈 십 원도 물 수 없다고 싹 돌아서버렸다는 이야기까지 다 하고 나서, 이 일을 어떻게 하면 좋겠느냐고 애원했다는 것이다. 그러나 어머니가 얘기를 하는 동안도 줄곧 붙들린 가운 자락을 뿌리치고 달아날 기회만 노리던 의사의 표정이 차츰차츰 험상궂어 가고 있어서, 이 주사는 손에 땀을 쥐고 병실 복도에 놓인 방화사(防火砂) 드럼통 옆에 몸을 숨기고 있었다는 것이다. 의사가 어머니의 말끝마다 재빨리 틀어막으려 한 대꾸는 "난 담당의사가 아닙니다, 담당자가 아니라구 했잖아요, 아니라니깐요." 뿐이었다. 이 주사는 그때의 사정에 대해 여기까지 얘기하고 나서 이렇게 말했다.

"그때 내가 왜 도라무깡 뒤에 숨어 있었는지 모르겠어. 하지만 난 그때 의사가 무서웠거든. 당신 왜 남의 얘길 듣고 있어, 하고 야단을 맞을 것만 같기두 하구, 하여튼 난 못 볼 광경을 엿보고 있는 기분이었다니까."

이 주사의 말에 의하면, 그러다가 그 의사의 언성이 갑자기 높아졌고, 그에 따라 드디어는 어머니의 목소리는 가슴이 철렁 내려앉을 정도로 높아져버렸다는 것이 아닌가.

석호는 그때 막 갑오떼기를 시작할 참이었다. 그는 엉겁결에 신발도 꿰어신지 않고 복도로 뛰어나갔다. 병실 안까지 쩡쩡 울려 온 목소리가 섬뜩 귀에 익었기 때문이었다. 아니나다를까, 어머니였다. 어머니는 의사의 가운 소매를 움켜잡고 늘어지면서 빠락빠락 악을 쓰고 있었다. 어물쩡 팔을 벌린 채 두어 걸음 물러서서 어떻게 할 바를 몰라하던 이 주사가 갑자기 달려들면서 어머니의 손가락을 비트는 순간 어떻게 된 영문인지 잡혀 있던 가운의 소매가 뚝 떨어져 나갔다. 면구스럽지만 꼭 꽁지빠진 수탉격이었다고나 할까, 의사는 드러나버린 검정 스웨터의 팔 하나를 황급히 싸 안고 돌아갔다. 그 순간엔 어머니와 이 주사야 말할 것도 없고 의사마저도 적잖이 당황하였다. 하지만 그건 이 주사가 어머니의 손을 채 비틀기도 전에 의사가 팔을 홱 뿌리쳤기 때문에 일어난 사고였다.

다시 상대를 향해 돌아섰을 때의 의사의 표정은 무섭게 일그러져 있었다. 석호는 겁을 집어먹은 나머지, 현장으로 달려가다 말고 돌아서서 병실 쪽으로 내달렸다. 배에 매단 비닐 주머니를 두 손으로 움켜잡고 말이다. 그건 배설을 받는, 말하자면 어른용 기저귀였다.

이 사고의 소문은 두 갈래 물결을 타고 삽시간에 온 병원에 파다하게 퍼져버렸다. 한 갈래는 병원 주인 쪽으로, 또 한 갈래는 환자들 사이로 말이다. 그 바람에 점심 뒤의 오수를 즐기려던 환자치고 걸을 수 있는 환자로 석호의 병실을 기웃거리지 않은 사람이 거의 없었고, 나른한 게으름에 시달리던 의사며 간호사들도 한 차례씩 다 쫓아왔다. 석호의 병실은 말하자면 불시에 동물원이 돼버렸던 것이다. 그 가운데는 물론 담당의사와 담당간호사도 끼여 있었다. 그들은 하나같이 모멸에 찬 시선으로 문제의 모자를 노려보았고, 급기야는 병원 당국의 높은 데서 어머니를 호출해 가기에 이르렀다. 어머니는 그 사람들 앞에서 그 말하기 싫고 송구스러운 사고의 자초지종에 대해서 또다시 설명하지 않으면 안 되게끔 되었다.
 "이 환자를 만약 경찰이 데려오지 않았거나, 데리구 왔다구 하더라두 지금 그들이 개입하구만 있지 않다면 당신 같은 무례하구 막돼먹은 여자의 원대로 당장 퇴원을 시켜버리겠지만…… 병신이 돼도 좋다니까 말이야."
 "경찰이라이요?"
 "아, 그건 알 거 없구. 하여튼 우리 병원으로선 손해가 이만저만이 아니지만 그렇다구 그대루 손해만 입구 말진 않을 거요. 어떻게든 결말이 나면 입원비 문제두 저절루 해결이 날 테니까."
 늙은 수녀는 갑자기 말끝을 돌려 누구를 상대하고 있는지도 모르게 중얼거리고 나서 자기 자리로 가 앉았다. 그러자 누군가가 어머니의 목덜미를 잡아채어 문 밖으로 밀어냈다.
 "좀 여자 안 같이 생겼죠? 병원 행정처장이라구요, 유명한 여자지요."
 병원 어디론가로 끌려갔다가 풀려 돌아온 어머니의 얘길 듣고 있던 화상 환자가 한 말이었다. '마리아 처장님'으로 통하는 그 수녀는 이 병원이 서면서부터 줄곧 있어 왔다지만 사람들의 소문에 의하면,

그녀는 수녀가 되면서부터 병원으로만 돌아다녀서 병원 일이라면 귀신이 다 되어 있다는 것이었다. 석호는 날마다 물리치료실만 드나드는 화상 환자가 어떻게 병원 사정에 대해 저렇게 훤하랴 생각하면서도 쉴새없이 신경이 쓰였다. 어머니가 저지른 이번 사건이 어떤 결과를 가져올 것인가. 어머닌 창자가 튀어나온 이 상태로 좋다는 것인가. 수술을 기다리고 있다가 도중에 퇴원을 해선 어떻게 하겠다는 것인가. 아니 그보다도 화상 환자는 입버릇처럼 항상 말하지만, 과연 그의 말대로 수술만 하면 멀쩡하게 나을 수 있을 것인가.
"강군, 그까짓 건 아무것두 아니라니까. 기다리라구, 수술받을 때까지. 그땐 내 말이 거짓말이 아니라는 게 증명될 테니까."
화상 환자는 늘상 이렇게 얘기한다. 석호는 그의 말을 믿고 싶었다. 그러나 한 번도 그 말을 믿어 본 적은 없었다. 거기다가 어머니가 이렇게 칼질할 사람들의 비위를 거슬려 놓았으니 멀쩡하게 낫게 되리라는 것은 더구나 믿을 게 못되었다. 그러나 석호는 수술의 날이 그렇게 빨리 오게 될 줄은 몰랐다. 왜냐하면 어머니가 병원을 쫓겨나다시피 고향으로 돌아간 뒤에도 사흘이 지나도록 병원 쪽에선 아무런 반응을 보이지 않았기 때문이었다. 담당의는 꼭 지나는 집 들르듯이 한 번 힐끔 들여다보고 간 일이 있지만, 이틀에 한 번씩은 어김없이 들러주던 주치의 박 박사는 그동안 한 번도 나타나지 않던 것이다. 석호는 불안하여 견딜 수가 없을 지경이었다. 이 사람들이 혹시 퇴원 수속을 밟고 있는 건 아닌가 싶기도 하고 온갖 생각이 다 들었다.
"어떻게 되는 깁니꺼?"
"뭐가 어떻게 돼?"
담당의는 퉁명스럽게 되물어 왔다. 그건 간호사도 마찬가지였다. 그들은 시치밀 떼고 있는 것이 분명했다. 그들의 그런 태도 뒤에는 뭔가 숨겨져 있는지도 몰랐다. 화상 환자나 이 주사는 물론, 그럴

리가 있느냐고 우겨댔지만 말이다. 마음 턱 놓고 기다리라지만 그렇게 한가해지지가 않았다.
"이제 보라구, 내일쯤 박 박사가 나타날 테니까."
그들의 예측은 들어맞았다. 아마도 그들은 이 병원이 어떻게 돌아가고 있는가에 대해 훤하게 들여다보고 있는 듯했다. 박 박사가 나흘째 아침에 불쑥 나타나 주었으니까. 그리곤 지시를 내렸다. 회진반이 돌아나가자 그들은 의기양양하여, 하루 이틀 사이로 수술을 받게 될 거라고 했다. 그리고 나서 그들은 예나 다름없이 병실을 나가 버렸다. 하나는 물리치료실로, 다른 하나는 휴게실로, 그리고 또다른 하나는 병원 입구의 대합실로 말이다. 석호는 그들의 거리낌없는 표정과 태도에 약이 올랐다. 그리고 그것은 차츰 공포로 바뀌어갔다. 이 병원 뒤꼍으로 돌아가면 영현실이 있다지 않는가. 그러나 그것은 입구가 뒤로 나 있을 뿐, 사실은 병원 건물의 지하실이라는 것이었다. 이미 퇴원한 예의 그 맹장염 환자가 어느 날 밤엔가 그 시체실 얘길 했었다.
"영현실이 뭔데요?"
"그건 고상한 말이구, 시체실 말이야, 송장실."
석호는 별안간 온몸에 소름이 쫙 돋는 것을 느꼈다. 그러나 맹장염 수술환자는 거침없이 지껄여댔다.
"그 시체실엘 내려가보면 거의 한 시간마다 한 구씩의 송장이 떨어지거든."
"떨어시다니요?"
"엘리베이터에 실려 지하실로 내려온단 말이야."
유족과 함께 시체를 실은 엘리베이터가 지하로 내려가면 문 앞에 두 사람의 늙은 수녀가 불쑥 나타난다. 허리를 굽히고 서 있던 그들은 문이 열리기 무섭게 이렇게 말한다.
"천주교식으로 장례를 지내십시오. 저희가 모든 준비를 해드립니다. 돌아가신 분이 영생을 얻어 천당에 가시도록 해드리지 않으시겠습니까?"
"하아, 그렇게 하면 극락엘 가실 수 있습니까?"
"극락이 아니라 천당이라니까요. 영세를 받으세요."
유족들은 그렇게 주의를 받았으면서도 시체가 영세를 받고, 장례비까지 치르고 나오면서 또 실수를 한다.
"이제 극락엘 가시게 되겠지."
"극락이 아니라 천당이라니깐요."
"그거나 그거나 마찬가지죠 뭐."
그들은 돈을 헤아리고 있는 수녀들을 돌아보지도 않고 간단히 대꾸하면서 가벼운 걸음으로 영현실을 나서는 것이다.
석호는, 그러나 맹장 환자의 다른 얘기는 생각나지 않았다. 그저 시간마다 시체가 뚝뚝 떨어진다던 말을 떠올릴 때마다 머리카락이 쭈뺏쭈뺏 곤두섰다. 머리를 흔들어 생각을 떨어내려 해도 그러면 그럴수록 그놈은 찰거머리처럼 더 악착같이 달라붙어서, 급기야 석호는 겁에 질린 울음을 터뜨리고 말았다. 나는 죽는다, 죽어서 시체실로 떨어진다. 수술을 하려고 배는 쩍 갈라 놓았지만 차에 받힌 뱃속이 워낙 엉망이어서 어떻게 손을 댈 수가 없었던 것이다. 아니 손을 대자 뱃속의 모든 것이 흐물흐물 문드러지고 녹아버려서 앙심 품은 의사들은 얼씨구 잘됐다, 핑계삼아 시간을 놓치고 만 것이다. 그래서 나는 죽는다, 죽어서 송장실로 덜커덩컬커덩 실려 내려간다. 이때 권 형사가 불쑥 병실로 들어섰다. 그는 익숙한 걸음걸이로 성큼성큼 다가오다 말고 멈칫하고 멎어섰다.
"강군, 울구 있는 거 아냐?"
석호는 사람 목소리가 더없이 반가웠다. 그러나 반가운 말이 나오지 않았다. 그는 어깨를 들먹이며 구성지게 흐느꼈다.
"아니 웬일이야, 석호?"

"아입니다, 아무것도 아닙니다."

석호는 한참만에야 소맷자락으로 눈두덩을 문지르면서 떨리는 목소리로 말했다. 수의(囚衣) 빛깔의 환자복 소매에 짙은 얼룩이 졌다.

"우째 오셨습니꺼?"

"널 만나러. 석호, 왜 울었지?"

"그저요. 형사님, 형사도 경찰이지요."

"그럼, 경찰이 아니면 뭐라구 생각하니?"

"경찰 맞십니꺼?"

석호는 순간 이상한 생각이 들었다. 어머니 말에 의하면 마리아 처장은 경찰이 개입됐다고 했다잖는가. 하지만 경찰이 개입됐다면 어떻게 개입이 됐다는 것일까. 자동차가 사고를 냈으니 조사를 해야 겠지만 석호는 이미 모든 것을 다 얘기해 주지 않았는가. 그런데 아직도 개입이 되고 있다면 무엇에 관련이 되고 있다는 것인가.

권 형사는 벌써 다섯 번째 석호를 찾아오고 있었다. 그가 처음 찾아온 것은 급히 달려온 삼전운수의 전이도 상무와 같이였다. 그땐 석호가 온 얼굴이며 목덜미를 붕대로 싸고 있었기 때문엔지 별로 묻는 말이 없었다. 묻기보다는 오히려 스스로 얘기를 들려주는 편이었다. 밤중이었는데도 다행히 길가는 사람 눈에 띄었고, 그 사람이 또 지체없이 지서로 연락을 해주었게 망정이지 조금만 늦었어도 목숨을 건지지 못했을 거라는 둥, 나아가서는 가까이에 이런 큰 병원이 없었더라도 역시 살 수 있었겠느냐는 둥 하고 나서 권 형사는 옆의 간호수녀를 힐끔 쳐다보면서 교인 행세를 했다. 석호더러 하나님께 감사하라는 것이었다. 말이 많기로는 전이도 상무도 마찬가지였다. 사장인 자기 동생이 직접 오려 했지만 일이 생겨 자기가 먼저 왔다면서 아무 걱정 말고 치료나 잘 받으라는 것이었다.

"입원비는 우리 회사가 책임질 터이, 아무 걱정 마라. 내 또 오꾸

마."
 석호는 그들이 돌아간 뒤에야 운전사 최씨는 어떻게 되었는지 물어보지 못한 걸 후회했다. 그러나 정작은 얼굴 근육을 조금만 움직여도 몸서리치게 죄고 찢어져나가는 것 같아 입을 열 수가 없었다.
 "최씨구 뭐구, 입 움직이지 마."
 의사는 간신히 더듬거린 석호의 말문을 한마디로 묵살해 버렸다. 그런데다 온몸을 가시바늘로 찌르는 듯한 아픔은 시간이 갈수록 더욱 나빠져서 석호는 최씨 생각을 얼마 못 가서 잊어버리고 말았다.
 권 형사는 그의 두 번째 방문 때부터 드디어 형사의 본성을 드러내기 시작했다. 그러나 그게 무슨 소용이란 말인가. 아무리 생각해 봐도 병신을 못 면할 정도로 온몸에 성한 곳 하나 없는데 사고 당시에 무슨 일이 일어났었으면 어떻고, 어떻게 된 것인지 알아서는 또 뭘 하겠다는 건가. 그러나 석호로서는 그런 의문보다는 우선 아무 대답도 들려줄 것이 없었다. 아무리 생각해 봐도 무엇이 어떻게 된 것인지 기억이 나지 않을 뿐 아니라, 생각난다 해도 도대체 두 번 다시 떠올리고 싶지 않았다. 그러나 말만 꺼내도 소름이 쭉쭉 온몸을 훑어내리는 당시의 정황에 대하여 어떻게든 애길 하지 않으면 안 된다니 정말 못할 노릇이 아닐 수 없었다.
 "애길 해야 돼, 널 위해서야. 자, 차근차근 생각해 보라구. 뭐가 정면으로부터 확 달려들더라구 했지?"
 "뭐가 말입니까?"
 "네가 그랬잖아, 무슨 찬지 넓고 납작한 자동차가 헤뜨라이뜨를 비치며 쏜살같이 달려들었다구 말이야."
 그러나 그 이상은 생각이 나지 않았다. 형사가 쉴새없이 독촉을 하는데도 도대체 아무 기억도 나지 않았다. 뭐든 생각해 내지 않으면 안 된다고 우겨대면 댈수록 나중에는 자동차가 달려들고 있었다는 사실조차 정말 그랬었는지 자신이 서지 않았다.

"그보다 최씨는 어떻게 됐십니꺼?"
"응, 서울에서 입원하구 있지."
"서울요? 많이 다쳤습니꺼?"
"아니, 별로."
"그럼 최씨한테 물어보시만 안 됩니꺼."
 그런데도 형사는 그 뒤로도 며칠 간격을 두고 계속 찾아왔다. 석호는 형사가 거짓말을 하고 있는 것을 몰랐다. 형사는 네 번째 찾아왔을 때에야 자신이 거짓말을 했음을 실토했던 것이다.
"운전사 최씬 그 사고로 사망했어."
 석호는 처음, 어느 말이 사실인지 종잡을 수가 없었다. 마음 한쪽에선 그럴 리가 있는가 싶으면서도 죽은 게 틀림없을 거란 생각이 들기도 했다. 그렇게 생각들자 갑자기 가슴이 쿵닥거리고 주먹을 쥔 손이 마구 떨렸다. 석호는 어금니를 딱딱 부딪치며 형사로부터 돌아앉았다.
"돌아가이소, 딱 밉소."
 고함과 동시에 뭔가 느닷없이 목을 콱 치받으며 울컥 넘어왔다. 석호는 시트에 얼굴을 처박고 쓰러졌다. 멀거니 창 밖을 내다보고 섰던 이 주사가 다가서서 심한 파도를 일으키는 석호의 어깨를 지그시 누르면서 조용히 속삭였다.
"울지 말아요, 울면 상처에 해로와요."
 이 주사의 가라앉은 목소리에 더욱 견딜 수 없었다. 최씨의 모습이 수백 개는 충분히 포개겨서 눈앞을 어른거렸다.
 쏘는 듯한 헤드라이트를 출렁이면서 달려든 것은 아무래도 세단임에 틀림없었다. 그 미쳐버린 세단은 길을 잡지 못하고도 속력을 줄이지 않고 정면으로 달려왔기 때문에 최씨가 당황하여 뭐라고 고함을 질렀을 것이다.
"고함소릴 듣고서야 알았단 말이냐?"

"전 그때 자불고 안 있었습니꺼."

아, 그랬다. 거의 한 시간 가까이 졸고 있었다. 운전석 안이 너무 춥고, 밤 찻길이 신경질날 정도로 재미가 없었기 때문에 그 털털거리는 차에서 자꾸만 눈까풀이 내려앉은 것이다. 석호는 병실 창 밖으로 바람에 몰리고 있는 눈발을 바라보면서, 그때 최씨가 옆구리를 쿡쿡 찌르면서 하던 말을 생각하고 있었다.

"자불지 마라, 인제 이십 리만 가만 고속도로가 안 나오나. 차타고 자불만 큰일난다."

그러나 석호 자신도 어떻게 말릴 수가 없었다. 그렇게 졸음에 시달리고 있었기 때문에 갑자기 잠에서 펀뜻 깬 것이 최씨의 고함 때문인지, 아니면 달려오는 자동차의 불빛에 쏘였기 때문인지 확실하지 않았다. 혹은 차머리가 별안간 왼쪽으로 꺾어지면서 심하게 요동쳐서 잠이 깨버렸는지도 몰랐다.

"그래, 차가 왼쪽으로 돌면서?"

"모르겠다 안 캅니꺼, 생각이 안 나요."

"전주를 콱 들이받았겠지."

천만에, 그러잖았다. 차머리는 다시 잽싸게 길 오른쪽으로 돌아갔다. 앞차가 길 왼쪽으로 제 코스를 찾아드는 듯했기 때문이다. 그러나 그 미친 차는 다음 순간 다시 길 오른쪽으로 돌아들었다. 최씨의 고물 닛산 트럭은 삐익 하고 죽는 소릴 내면서 또 한 번 왼쪽으로 돌아갔다. 거기까지밖에 정말 더 이상은 생각이 나지 않았다.

"하지만 아무리 조살 해봐두 그 시간에 그 지점을 지나간 차는 없거든, 네가 얘기하는 세단 말이야. 그런 세단이 지나간 일이 없단 말이야. 건 그렇구, 한 가지 재미있는 얘기 들려줄까. 사고 현장엘 가보니까 말야, 최씬 차 밖으로 떨어져서 죽어 있구, 넌 운전대를 꼭 잡은 채 쓰러져 있더란 말야."

"그기 재미있는 얘긴기요. 세단이 안 지나갔다고요?"

"더욱 재미있는 것은 너희 차가 전신주를 들이받아 오던 방향으로 돌아서서 벌렁 드러누운 5미터쯤 뒤에 최씨의 시체가 놓여 있었는데, 차 바퀴자국을 더듬어보니까 최씬 그 오른쪽 뒷바퀴에 치어 죽었더란 말이야."
"최씨가 치어죽어요? 거짓말 마소."
"그리구 넌 온몸이 피투성이라서 처음엔 도대체 어떻게 손을 써야 할지 생각이 안 날 정도였지만, 앞 윈드시일드의 유리 파편을 맞아서 얼굴이 그 모양으로 찢어진 거지. 하지만 배는 유리에 찔렸는지, 아니면 기아 레바에 찔렸는지……."
"그만, 그만."
"우린 사실, 네가 운전순 줄 알았거든."
"그만 돌아가소."
"강군, 운전할 줄은 알지?"
"시동도 걸 줄 모릅니다."
"네 어머니 얘길 들으면 너더러 열심히 운전술을 배우라구 매일같이 일렀다던데?"

석호는 처음부터 운전술을 배우고 싶은 생각이 없었다. 그건 어머니 때문인지도 몰랐다. 운전 때문에 갑자기 어머니가 쓸데없이 말이 많아지고 아들한테 보기 흉한 아첨마저 하기 시작한 걸 생각하면 얼마 타지도 않았는데도 진저리가 쳐졌다. 그리고 첫인사 때부터 걸핏하면 그 소리인 전 사장의 협박에 아니꼬운 생각이 들어 더욱 운전대에 손대 보기조차 싫었다. 그의 이런 결심은 최씨의 얘길 듣고부터 더욱 굳어졌다. 최씨는 그날 밤 운전대를 훑으면서 이렇게 말했다.
"말이 났으이 말이지만, 이놈으 운전, 언제 그만두기 될 건고. 나 이 이순이 다 돼 갖고 이 무신 청승이고 말이다. 넌 본래 운전 배울 생각 마라, 천하에 못해먹을 짓이 바로 이 짓이다. 내사 이왕 잘못 든 길, 눈에 흙 들어갈 때까지 못 면할지 모르지만."

형사가 돌아가자 병실 사람들이 약속이나 한 듯이 석호의 침대로 몰려왔다. 석호는 그들의 경고를 이해할 수가 없었다. 화상 환자가 특히 주의를 주면서 형사의 질문에 잘 대답하지 않으면 뒤집어쓰게 될 것 같더라고. 석호는 뭘 뒤집어쓰게 될 것 같다는 것인지 알 수가 없었다. 차주와 결탁하여 저 모양이라는데 어떤 모양이란 말인가. 죽은 사람의 위자료와 산 사람의 입원비가 어쨌다는 건가. 이상한 생각이 들기 시작하자 무엇 하나 이상하지 않은 것이 없었다. 뭔가 눈발이 쏟아지는 저편 어디에서 해괴망측한 일이 꾸며지고 있는 것이나 아닌지.

 석호는 잠을 이룰 수가 없었던 것이다. 뜬눈으로 새우면서도 그는 배설용 비닐 주머니 때문에 몸을 왼쪽으로는 뒤채지 못했다. 한쪽 어깨와 허리가 끊어질 것처럼 아파오는 데도 말이다. 온갖 생각이 다 떠올랐지만, 사고에 대해선 더 이상 생각이 나지 않았다. 다만 한 가지, 최씨의 두 번째 고함은 아마도 "튀어!"였음이 확실했다. 그러나 그때 석호는 그게 무슨 뜻인지를 알아듣지 못했다. 아니 알아들었는데도 어떻게 튀어야 할 것인지를 몰랐거나 그럴 겨를이 없었는지 몰랐다. 그 말을 듣는 순간에 최씨는 이미 운전대에 없었으니까. 어떻게 생각하면 최씨가 잽싸게 해치를 열면서 차 밖으로 탁 튕겨나가는 것을 본 것 같기도 하지만 확실하지 않았다. 다음 순간, 석호 자신의 발이 날쌔게 브레이크를 찾아누르려 한 것만은 기억이 났다. 차가 석호의 몸뚱이를 한쪽으로 몰아붙이며 홱 돌아갔기 때문에 잽싸게 운전대를 잡고 매달리면서 말이다. 그리고 차가 갑자기 기우뚱하면서 동시에 꽈당하고 전주를 들이받은 것까지도 기억이 날 것만 같았다.

 새벽이 가까워오자 석호는 이상하게도 오히려 기분이 좋아졌다. 모든 것에 자신이 섰다. 사고의 구석구석까지 하나 빼놓지 않고 모조리 기억해 낸 이상 이제 잘 대답해야 할 무엇이 있으랴 싶었다.

그는 그런 생각을 하는 순간에 깜박 잠 속에 빠져버린 모양이었다. 기분이 썩 좋아졌기 때문이었으리라.

석호는 무엇에 놀란 듯 머리를 설레설레 흔들어 생각을 떨고 난 뒤 시선을 창 쪽으로 돌렸다. 어느 새 아침은 완전히 밝아 있었다. 귀를 기울이자 병실 복도를 분주하게 오가는 발자국 소리들이 요란스러웠다. 그 소리는 이미 진작부터 들려왔었다는 것을 석호는 그제야 알아차렸다. 그는 중대한 실수를 저지른 사람처럼 당황한 몸짓으로 시계를 찾았다. 약 먹을 시간을 20분 이상 어기고 있었다. 그는 여자용 시계를 침대에다 내던지고 사물함 위에 놓인 약봉지를 찾아 들었다. 그때 병실 문이 벌컥 열리며 눈두덩이 푸석푸석 부어오른 크리스티나 수녀가 들어섰다. 1천cc짜리 5% 포도당병과 리씨피언 세트 한 벌을 들고. 석호는 간호사를 외면하고 돌아서서 재빨리 남은 마지막 두 개의 알약을 입에 떨어넣었다. 그러자 "약 시키는 대로 다 먹었죠?" 하고 묻던 크리스티나가 갑자기 생철 소리를 내면서 삵괭이같이 날뛰었다.

"시곌 침대바닥에다 깔구 잤단 말야?"

석호는 그 소리가 하도 크고 빨랐기 때문에 어안이 벙벙해져서 뭐라고 대답해야 하는 건지 말문이 터지지 않았다. 그는 간단한 대답을 망설이고 있다가 그만 두 번째 벼락을 맞고 말았다.

"어서 드러누워, 신경질나게."

겁먹은 얼굴로 엉거주춤 서 있던 석호는 옆구리에 비닐 주머니를 받쳐 들고 침대 위로 발을 올려놓았다. 침대에 엉덩이를 붙이자 마자 간호사가 왼팔을 확 낚아채어 고무줄로 포승을 하러 들었다.

"내복 벗어!"

석호는 시간을 끌 생각이 추호도 없었지만 하는 수 없이 다시 비닐 주머니에 주의를 기울이면서 상체를 일으켜세우고 환자복 단추를 푸느라 더욱 시간을 지체시킬 수밖에 없었다. 그러자 급기야 화

성 유다 병원 113

가 치민 간호사가 달려들어 석호를 엎어놓고는 내복 뒷잔등 자락을 잡아 양파 껍질 까듯이 잡아 벗겼다. 그러고도 또 한 가지 말썽이 남아 있었다. 그놈은 입원한 처음부터도 그렇게 미련스러웠지만 여전히 말을 들어먹질 않아서, 고무줄을 조여매고 마구 볼기를 쳤지만 혈관은 도무지 잡히지 않았다.

"골고루 말썽이군."

간호사는 5분은 충분히 석호의 팔을 안고 애무를 즐겼으면서도 뭐가 못마땅한지 연방 혀를 찼다. 환자가 목욕을 못한 탓인지. 그러나 못마땅한 것은 환자 쪽도 마찬가지였다. 포도당병이 너무 차서, 그것이 몸으로 흘러들어가기 시작하자 얼마 못 가서 온몸에 소름이 돋고 오한이 일어 석호는 침대에 누운 채 이를 아삭아삭 갈아야 했으니까.

9시가 되자 병원의 모든 기능이 일제히 돌아가기 시작한 듯 병실 복도를 잰걸음으로 오가는 발자국 소리, 딸딸거리며 드레싱 카 구르는 소리, 속삭이는 소리, "라파엘! 세레피아!" 하고 외국 이름 부르는 소리로 소란스러울 정도로 활기를 띠기 시작했다. 박 박사 일행은 복도가 시끄러워진 지 5분도 채 못 되어 석호의 병실에 나타났다. 박사는 들어서자마자 간호사를 향해 물었다.

"오 프로 저거, 몇 시에 꽂았지, 안나?"

안나가 옆구리에 끼고 섰던 간호 기록부를 들춰 기록을 찾기 시작했다. 그러자 옆에 섰던 수간호사 테레사가 기록부를 확 낚아채어 손가락으로 주욱 훑어내려갔다.

"일곱 시에 꽂은 걸루 돼 있군요."

"됐어. 닥터 송, 어제 이십 일 시에 캐스터오일 60cc 먹였겠지?"

"네, 그리구나서부턴 엔 피 오로 안정을 취하도록 했습니다."

그들은 하나같이 거짓말을 하고 있었다. 관장은 밤 9시보다 40분은 늦어서 했기 때문에 석호는 10시가 넘어서부터 냄새가 등천하는 비닐 주머닐 안고 몇 번씩이나 변소와 수도로 줄행랑을 쳐야 했다. 그가 비닐 주머닐 다시 씻어 차지 않아도 된 것은 아마도 자정이 다 될 무렵이었을 것이다. 거짓말하긴 당직 간호사도 마찬가지였다. 크리스티나는 포도당병을 9시 20분이 넘어서야 매달기 시작해 놓고는 기록부에다간 임무를 다한 걸로 적어넣은 것이다. 아마도 그녀는 안나와 교대하면서 능란한 거짓말을 했을 것이다.

"그놈의 십이지장 천공 환자 땜에 밤새 한잠 못 잤단 말야."

밤새 잠만 잔 당직 핑계를 대고 크리스티나는 지금 뭘 하고 있을까. 못 보게 되어 있는 거울을 훔쳐보면서 표정을 짓고 있을까, 아니면 눈을 감고 자는 시늉을 하고 있을까.

"너 절대로 뭘 먹어선 안 돼, 알겠어? 밤새 뭐 먹은 건 없겠지?"

박사는 차트에다 뭐라고 처방 지시를 적어넣다 말고 물었다.

"있심더."

"뭐라구, 뭘 먹었다구?"

"알약 말입니더, 네오마이싱, 그거 먹으락 카던데요."

석호가 말을 미처 끝내기도 전에 느닷없는 웃음이 터졌다. 둘러섰던 사람들 가운데 웃고 있지 않은 사람이 없었지만 가장 방정맞게 군 것은 안나였다. 그녀는 눈물까지 질금질금 내비치며 웃어젖히다 말고 갑자기 얼굴을 일그러뜨리며 침대를 짚고 꼬꾸라졌다. 배꼽이 빠져버린 모양이었다.

"그걸 줄창 먹어놓았으니 큰일났군."

웃음이 그치기를 기다리다 지친 박사가 농담으로, 사그라져가는 웃음에 다시 불을 질러놓고 돌아섰다. 그의 목덜미를 물고 닥터 송도, 수간호사도 병실을 나가고 있는데 안나는 여전 침대 옆에 쪼그리고 앉은 채 신음을 계속하고 있었다.

"강군, 정말 오늘 수술 받을 모양이다."

마지막 남은 안나가 얼굴을 싸 안고 병실 문을 나가기 바쁘게 이 주사가 한 말이었다. 그러나 정작 의사들은 12시가 가까워오도록 그림자조차 보이지 않았다. 그동안에 달라진 것이 있다면 간호사가 와서 5% 포도당을 갈아 꽂은 것밖에 없었다. 곧 돌아오마고 나간 화상 환자가 물리치료실을 다녀온 지도 한 시간이 넘었는데 말이다. 화상 환자는 드디어 울화통을 터뜨렸다.

"이 자식들, 이렇게 꾸물거리다가 밤중에나 수술실루 끌구 갈 참이지."

그는 혀를 차면서 우악스럽게 병실 문을 열어젖혔다. 낌새라도 보러 갈 참인 모양이었다. 뒤에 남은 이 주사와 치루 환자가 동시에 석호 쪽으로 우호적인 시선을 돌리며 미소를 지어보였다. 그들은 석호가 수술실로 실려갈 때까지 오늘은 방을 비우지 않기로 한 듯했다.

"우리가 옆에 있어 주는 게 나을 걸, 자네가 혹시 불안해 할까봐 그래. 간호사들두 우리가 지켜보고 있으면 함부로 굴기 힘들 거구 말이야."

석호는 제각기 침대를 올라타고 앉은 그들을 건너다보면서도 사실은 엉뚱한 생각에 매달려 있었다. 마치 시계처럼 잠 속에 빠져 있던 그들의 모습을 밤새 지켜보면서 그는 지난밤, 얼마나 무자비한 욕지거리를 그들에게 퍼부었던가. 창 밖의 검은 장막 뒤에선 지금 사람을 잡을 음모가 꾸며지고 있는데도 그들은 배를 찢길 염려가 없다 하여 세상 모르고 곯아떨어져 있었던 것이다. 서슬이 퍼렇도록 칼을 갈고 있는데도 말이다. 석호는 오금이 떨어지질 않아 오줌통을 쓸어안고도 밤새 변소에 갈 엄두를 못냈다. 지하실에 갇혔던 수십만의 망령들이 기회를 노리고 있을 것만 같아서였다.

그런 불안이 다시 찾아온 것이다. 날이 밝아오자 잠시 가셔진 듯하던 그 무서운 환상이 다시금 목을 죄기 시작했다. 석호는 팔소매로 얼굴을 덮고 어금니를 악물었다. 차라리 수술이 취소되기라도 했으면 좋으련만. 화상 환자가 공연히 일을 그르쳐놓는 거나 아닌지, 돌아오지 않는 그에게 짜증이 났다.

그러나 30분 넘어 소식이 없던 화상 환자는 엉뚱한 일로 분통을 터뜨리며 돌아왔다. 그는 너무나 속을 썩였던 나머지 문지방을 채 넘어서기도 전에 소리를 내질렀다. 그는 분을 참지 못하여 가쁜 숨을 몰아쉬느라 씨근덕거리고 있었다.

"이게 무슨 놈의 성 토마스 병원이라구. 유다 병원이지, 유다 병원. 개새끼들!"

"아니 김 기사, 무슨 일이 났어요?"

이 주사와 치루 환자가 침대를 뛰어내리면서 화상 환자를 안고 흔들었지만 김 기사는 도무지 그 다음 말을 잇지 못하였다.

"무슨 일예요, 네? 강군 일이 뭐 잘못되었나요?"

김 기사는 여전히 해명을 하지 못하면서도 석호 애기에는 고개를 좌우로 흔들어, 그에 관련된 일이 아님을 암시하였다. 그는 두 환자들로 둘러싸인 채 가슴에다 탕탕 주먹질만 해댔다. 그는 어느 정도였느냐 하면 숨이 차는 것조차 투덜거릴 지경이었는데, 다행히도 그 투덜거림이 그의 말문을 다시 열어주었다.

"뛰어온 것두 아닌데 웬놈의 숨은 이렇게 차냐 말야."

1층의 응급처치실에는 자동차에 치인 리어카꾼 하나가 들어와 있었다. 화상 환자가 본 것은 그 응급실 정경이었다.

지나가던 고등학생 두 명이 피투성이로 쓰러져 있는 것을 들쳐업어다 놓았다는 이 연탄배달꾼은 응급처치로 우선 지혈은 되었으나 이미 워낙 많은 피를 쏟은 뒤여서 당장 수혈을 하지 않으면 목숨을 건질 수 없는 상태라고들 했다는 것이다.

"그런데?"

하고 이 주사가 다급하게 물었다.

"돈이 없다구 피를 줄 수 없다는 거 아녜요, 그놈의 늙다리 행정처장이 말이야."

"뭐라구?"

"더 목불인견인 것은 리야칼 밀구 따라다녔다는 배달꾼의 열 한 살백이 아들이야. 이게 연탄가룰 뒤집어써서는 새까맣게 돼가지구서 아버질 살려달라구 의살 붙잡구 매달려 우는데……"

화상 환자는 드디어 말을 잇지 못하고 코를 찌룩거렸다. 그러나 이미 그땐 이 주사가 병실문을 열어젖히면서 후닥 뛰쳐나간 뒤였다. 어떻게 된 영문을 모르고 누워 있던 석호의 머리를 스치고 지나가는 것이 있었다. 어머니와의 사이를 이간붙인 그 음흉스런 원흉들이었다. 그것은 가난이었다. 20년래 어머니가 물오징어 광주릴 이고 다니면서 벌어 온 몇 푼짜리의 돈이 아니라 무섭고 끔찍스런 화폐였다. 그것들이 어머닐 저 모양으로 충동질한 것이다. 석호는 이를 갈았다.

"한의(漢醫)한테서야 어디 이런 사례란 상상할 수조차 있는 일인가 말이야. 하지만 의술이 인술인 바에야 한의고 양의고 간에 이런 일은 있을 수가 없는 일이야. 한데 이 나라 양의들에겐 이런 사례는 당연한 상식으루 되어 있단 말이야. 그게 왜 그렇게 된 줄 알아? 그게 다 양의들이 종교병원으로부터 배웠기 때문이야, 썹할. 이 나라 양의사(洋醫史)란 곧 종교병원으로부터 시작된다구 해도 과언이 아닌 이상, 그들 병원으로부터 모든 걸 배우지 않을 수야 없었겠지. 그런데 그놈의 종교병원이란 게 어땠느냔 말이야. 어느 것 하나 민중과 가까이 있었던 게 있었던가 그 말씀이야. 철든 사람이라면 그 이름 모르는 사람이 없을 저 선교사 병원——선교의 일환으로 세워진 그 병원은 바로 요단강 건너편에 세워져 있던 병원이었거든. 남대문역에 내려서 언덕 위를 쳐다보면 하늘을 찌를 듯이 우람우람한 자태로 서있는 빨간 벽돌집들이 있었지.

그것은 얼마나 멀구 고고하게, 그리구 배타적이구 저돌적인 모습을 하구 서 있었나. 사람들은 그 풍경에 주눅이 들어 입구를 기웃거리기에두 오금이 저렸지. 먼발치로 바라보는 것만으루 여한을 풀구 죽어가지 않았는가 말이야, 제기랄. 벽안의 의사들은 토족 조수들에게 가르쳤던 거야, 신앙은 두려움에서부터 시작된다구. 너무 가까이하면 배신자가 생기는 법이라구 말이야. 그들은 또 이렇게 가르쳤어요. ——종교란 돈 있는 자들을 위해 있다. 가난한 자들은 혼자는 믿을 수 있어도 다른 사람들을 끌어들일 능력이 없거든. 그리구 우리는 치료를 사들일 재력이 있는 자들의 항의를 우선적으로 받아들여야 마음이 편하구 병원두 질서를 유지해 나갈 수 있는 거야. 성경에도 씌어 있잖아, 가난한 자는 복이 있나니. 우리는 복을 타고 나지 못한 부자 편에 서지 않으면 안 되는 거야 하고. 이렇게 주일이 돌아오는 걸 무서워하지 않는 사람들로부터 이 나라 신도들과 의학도들은 모든 걸 배웠단 말이야. 우리의 가장 큰 적은 바로 한의들이라는 그들의 모략과 이간에 넘어가 한방의학 타도에 스스로 앞장선 거지. 한의학은 바로 그 때문에 영락하고 말았어. 이 나라의 값진 문화재는 왜 대영박물관에, 불란서에, 일본, 미국에 다 나가 있나. 치부하고 유지가 된 그들이 싸구려로 사들이고 상납받고 숨겨 내갔기 때문이야. 입으로는 갓과 장죽과 지게와 김치와, 그리구 구린내 나는 된장밖에 관심이 없노라고 늘상 지껄여대가면서 말이야."

화상 환자는 입에 거품을 물고 줄창 지껄여댔다. 그러나 석호는 그의 어렵고 빠른 말씨를 거의 알아들을 수가 없었다. 말하자면 세브란스 병원이 어쩌고 할 때면, 아 그 세브란스 병원, 하고 생각해 볼 정도가 고작이었다. 거기다가 말을 다시 한번 차근차근 되물어 볼 여유도 갖지 못한 채 석호는 쫓아들어온 의사 앞에 배를 까뒤집어 내놔야 했기 때문에 그나마도 더 생각해 볼 겨를이 없었다. 담당의는 석호의 상의를 벗기자마자 배에다 머큐러크롬을 들이붓다시피 했다. 그리고는 다시 그걸 스펀지로 닦아내고 또 그러곤 했다. 의사는 복부의 1차 소독을 끝내자 2백 밀리그램짜리 세코날 1정을 석호의 입에다 털어넣었다. 그리고 나서가 문제였다. 의사는 소독보에 싼 워겐스틴 석셔너 튜브를 꺼내어 석호의 콧구멍에다 쑤셔박고 있었던 것이다. 석호는 갑자기 눈에 불이 튀면서 속이 마구 뒤틀리고 재채기가 쏟아져서 미친 황소처럼 몸을 버둥거렸다. 간호사 두 명이 석호의 온몸을 결박하듯이 누르고 고무 튜브를 콧구멍으로 쑤셔박아 넣는데, 의사는 정신을 어디다 팔아먹었는지 그저 한정없이 쑤셔 넣고만 있었던 것이다. 두 번째로 응급처치실을 다녀온 육종 환자가 뭐라고 핏대를 세우고 있었지만 석호에겐 그 얘기가 들리기는커녕 누가 떠들고 있는 것조차도 알아차리지 못했다. 그는 그저 몸부림치면서 눈물을 펑펑 쏟았다.

"온 얼굴이 땀투성이가 된 채 간호사를 기다리다 못한 응급실 담당의 정 선생이 복도로 튀어나오면서, 오지두 가지두 못하구 겁먹은 얼굴로 서 있는 간호사 등에다 대구 냅다 고함을 지르더군, '핏값은 내 월급에서 까면 될 거 아냐' 하구 말이야. 그러자 복도 저쪽 끝에서 무슨 소리가 들려왔는지 압니까? 마리아 처장이 거기 떡 버티고 서있다가 정 선생의 목소리보다 훨씬 높구 독살스런 목소리루 맞받아 소리쳤어요. '월급이 어딨어, 벌써 석달칠 그 식으루 다 가불해 가구선. 아니 이달 들어서서만두 벌써 몇 번째 그 따위 만용을 부리는 거냐구 물어봐' 하구 가까이 가지두 못하구 겁에 질려 서있는 애매한 간호사를 향해 고함을 치는 게 아녜요. 그러자 동시에 응급실에서 뭔가 내동댕이쳐지는 소리가 났어요. 알구 보니 닥터 정이 청진기를 냅다 집어팽개치는 소리였어요."

석호는 0.4밀리그램 애트로핀 피하주사(皮下注射)를 맞고 난 뒤, 코를 꿴 소처럼 씰룩거리면서 수술 카에 옮겨 실렸다. 튜브를 고정

시키느라 온통 얼굴에는 반창고투성이였기 때문에 살갗이 죄어들어서 견딜 수가 없었다. 석호는 병실 밖으로 끌려나가면서 펀뜻 전날 권 형사가 하던 말을 떠올렸다.
"너, 절대로 병실 밖으로 못 나간다는 걸 명심해, 넌 기소돼 있단 말이야."
"기소라이요?"
"살인죄, 알겠어. 수술경괄 봐서 곧 구속하게 될 거야."
"뭐라고요?"
형사는 문 쪽으로 걸어나가면서 뇌까렸다.
"그밖에두 넌 죄가 많아, 무면허 운전에다 도로교통법 위반이구 말이야."
석호는 문 밖으로 사라지는 형사의 등에다 대고 고함을 쳤다.
"또 다른 죄는 생각 안 나는기오?"
차가 승강기를 타고 1층으로 내려섰을 때였다. 응급처치실 쪽에서 갑자기 가슴을 후벼파듯 하는 어린애 울음소리가 터졌다. 승강기를 나서던 의사와 간호사가 차를 세우고 그쪽으로 시선을 돌렸다. 복도에 빼곡하게 모여 선 사람들 때문에 아무것도 보이지 않았다. 그러나 석호는 직감으로 알 수 있었다. 문제의 연탄배달꾼이 드디어 운명을 하고 만 것을. 모여 선 사람들의 머리통이 하나같이 목밑으로 떨어져 보이지 않았다. 석호의 눈에 갑자기 안개가 서리기 시작했다. 그는 아무것도 보이지 않았기 때문에 마음 놓고 소리쳤다. 그러나 목에 튜브가 걸려 있어서 그 고함은 한 마디도 말이 되어 나오지 않았다.
"이 개 같은 자식들아!"
석호의 뭐라고 내지르는 소리에 흠칫 놀란 닥터 송이 차를 확 잡아당기면서 사람들 곁으로 다가갔다. 그러나 더 이상은 어떻게도 뚫고 나갈 수가 없었다. 의사는 사람들이 길을 비켜줄 생각이 전혀 없음을 알아차렸다. 그들은 완강한 자세로 등을 돌려대고 서 있었던 것이다. 차에 누운 석호는 어린아이의 단조로운 울음소리에 끝없이 가슴을 난도질당하는 중이었다.

변씨의 죽음

  나는 무엇에 한 대 호되게 얻어맞은 것 같은 기분이었다. 넋을 놓고 잠시 동안 멍하니 창 밖을 내다보았다. 비가 내리고 있었다. 비는 바람의 심술을 못 이겨 쉴새없이 유리창으로 틀어박히고 있어서, 빗물이 창틀을 타고 자벌레처럼 기어내리고 있는 광경은 스산한 느낌마저 안겨주었다.
  "그가 죽다니!"
  나는 스스로 중얼거려 놓고도 마치 누구한테서 그 경악스럽고 처참한 소식을 처음으로 들은 것처럼 소스라치게 놀랐다. 그러고 나서도 나는 어느 새 또 그 끔찍스런 소릴 되뇌고 있는 자신을 발견하였다. 그가 목숨을 끊다니, 그럴 수가. 아니 하필이면 이런 날에 비는 내리는 것일까.
  종이란 원래 습기에 민감한 것이어서 나는 들고 있는 신문이 그새 눅눅해진 것을 알 수 있었다. 나는 신문을 책상 위에 내려놓고 일어섰다. 습기에 맥을 못 추고 축 늘어진 신문 한 귀퉁이에서 생전의 그가 웃고 있었다. 그러나 자세히 뜯어보면 그는 웃고 있는 것이 아니라 피로에 지쳐 얼굴을 찡그리고 있었다. 처음 그를 발견했을 땐 분명히 웃고 있다고 생각했는데 자꾸 들여다볼수록 그는 역시 웃고 있지 않았다. 나는 그를 외면하고 창가로 걸어갔다. 시가지가 온통 잿빛으로 뒤덮여 있었다. 찬 빗발을 뚫고 나는 뽀얗게 일렁이는 물안개를 지켜보았다. 그 물안개 속에 지친 그의 모습이 잡힐 듯 잡힐 듯 떠올랐다간 지워지고 또 그러곤 하였다.

  그날 내가 그 라디오점 앞에서 발을 멈추게 된 것은 단지 몰려선 사람들을 헤치고 지나갈 수가 없었기 때문이었다. 그들은 그렇게 길을 막고 서서 지나가는 사람들을 하나하나 불러 모으고 있었던 것이다. 나는 라디오에서 흘러나오고 있는 방송 내용을 듣기 전에 우선 모여 선 사람들의 표정에서 뭔가를 읽어내리라 했다. 스피커가 당장 어디로 도망가기라도 하듯 그걸 둘러싸고 빼곡하게 엉겨붙어 있는 사람들의 표정이 하나같이 일그러져 있었으므로. 나는 직감으로 남남북녀(南男北女)의 서글픈 대화가 무모하게 공개되고 있다는 것을 알아차렸다. 한 오누이의 은밀한 통화가 어찌하여 다른 사람들에게 들려질 수 있는가 말이다. 통로가 끊긴 남매가 가진 단장의 아픔, 그것은 적어도 이 나라에서는 그 참담한 비극 자체로 완벽하게 완결지어질 수밖에 없지 않은가. 저 숙연하고 침통한 표정의 어느 누가 그들의 애끓는 서러움에 동전 한 닢짜리 희망인들 던져줄 수 있는가.

  그들의 너무나 짧은 대화는 오히려 너무 길었다. 그들 오누이는 말문이 막힌 통곡만으로 충분했다. 20년이란 세월의 퇴적에 이끼가 끼어버린 그들 가슴 속의 피맺힌 응어리가 성급하고 부질없는 욕심만으로 녹여질 수 있는 것은 애당초 아니었다. 질서를 잃은 그들에게 30분이란 긴 시간은 당황하지 않을 수 없을 만큼 너무나 긴 시간이었다. 그들은 말문이 막히자 지루함에 빠졌다. 전화가 울음만을 실어보내는 기계가 아니라는 사실에 그들은 쉴새없이 시달리고 있없던 것이다. 그러나 그들에게 무슨 잘못이 있는가. 터무니없이 공개되어 버린 그들의 한맺힌 속삭임을 엿들으면서도, 그러나 절망 뒤에 오는 것은 역시 절망밖에 없다고 중얼거리는 저 무능한 사람들에겐들 또 무슨 죄가 있으랴.

나는 귀를 틀어막고 돌아섰다. 더 이상 듣고 있을 수가 없었다. 그러나 돌아서는 순간에 나는 그렇게 하는 것만이 최상의 행동이 되지 못한다는 것을 알았다. 나는 그나마의 자제력마저 잃고 말았으니까. 헉 하는 흐느낌과 동시에 어떻게 할 겨를조차 없이 뜨거운 것이 주르르 볼을 타고 흘러내렸다. 나는 전주에 몸을 의지하고 서서 손수건으로 얼굴을 덮었다.

"오빠 오빠, 아프지 말고 평안히 계셔요……"

뒤에서 한필화(韓弼花) 선수의 목멘 울부짖음이 질펀하게 울려퍼졌다. 작별의 아쉬움에 몸부림하는 여동생의 카랑카랑한 절규에 확성기마저 부르르 떨고 있었다. 그러나 그 소리도 끝내는 뚝 끊어지고 주위가 잠시 납덩이 같은 정적 속에 빠졌다. 아마도 아나운서조차 말을 잊고 있는 듯 방송은 침묵을 흘려보내고만 있었다.

그때 누군가가 내 곁으로 다가서는 듯했다. 나는 재빨리 표정을 고치고 돌아섰다. 라디오 가게 주인이 삐익하고 다이얼을 바꾸어넣는 바람에 경망스럽기 짝이 없는 광고 방송이 까르르 흘러나오고 있는데도 사람들은 무엇에 홀린 것처럼 꼼짝하지 않고들 서 있었다.

"선생께서도 마사리서 사셨시오?"

"네? 아아뇨."

"기럼 진남포에서 오셨시오?"

"아뇨."

"기럼 피안도?"

"아뇨."

"기럼 리북 출신이우까?"

"아니라니깐요."

"기럼 와 돌아서서 보채구 야단이야, 쌍."

"뭐라구요?"

나는 빽 소릴 치면서 처음으로 시비를 걸고 있는 사람을 쳐다보았다. 반백의 중늙은이였다. 새까맣게 땟국이 낀 등산모가 얹힌 귀밑으로 희끗희끗한 머리칼이 삐어져 나와 있었다. 그러나 나를 당황하게 만든 것은 그의 나이가 아니라 시뻘겋게 상기된 그의 얼굴이었다. 부석하게 부어오른 눈두덩 밑으론 흰자 하나 없이 충혈된 두 눈이 무섭게 부라리고 있었다. 그 눈이 당장 나를 요절내지 못하고 있는 것은 단지 언제 넘쳐버릴지도 모를 눈물을 받치고 있노라 아래 눈까풀을 쉴새없이 떨고 있지 않으면 안 되었기 때문이었다. 나는 손을 쓱쓱 비비면서 말했다.

"원은 경상도칩니다만, 코흘리개 때부터 이 도시로 옮겨와 살지요."

"경상도 개늠으 쌔들."

"죄송합니다" 하고 돌아서려는 찰나에 그의 바다는 드디어 넘치고 말아 두 줄기 눈물이 땅바닥으로 주르르 흘러떨어졌다. 나는 다급해져서 엉뚱한 방향으로 돌아선 채 달아나듯이 걸어갔다. 등 뒤에서 그의 마지막 말이 들려왔다.

"미안하게 됐수다."

내가 그를 처음 만난 것은 아무런 인연도 될 수 없는 2월 중순 어느 날의 정오쯤에 일어난 이 하찮은 사건을 통하여서였다. 그러나 그뿐이었다. 그 이상 우리는 얘기한 것도 없으려니와 서로에 대해 알고 있는 것도 없었다. 그러니까 우리의 인연이란 말하자면 복잡한 버스 속에서 발등을 밟힌 정도의 것에 지나지 않았다. 단지 다른 점이 있었다면 그는 내가, 증오해 마지않는 경상도치라는 것을 알고 있다는 점과, 나는 확실하지는 않지만 그가 한필성(韓弼聖)씨와 같은 고향인 마사리(麻沙里) 아니면 적어도 진남포를 고향으로 둔 평안도 출신임에 틀림없다고 생각한다는 정도일까.

그런데도 나는 그날 오후, 도무지 일이 손에 잡히지 않았다. 왠지 모르게 우울한 기분에 휩싸여 넋 잃은 사람처럼 멍청하게 창 밖을 내다보고 앉았자니 속에서 울화통이 치밀어올랐다. 그리고 그런 기분은 오후 3시를 넘기자 드디어 편두통을 일으키고 말았다. 머리통 반쪽이 송곳으로 쑤셔대는 것처럼 아팠다. 나는 두 손으로 관자놀이를 누르고 사무실 복도를 오락가락 서성거렸지만 그 정도론 조금도 좋아지지 않았다. 나는 머리통을 양손으로 싸안은 채 사무실 안으로 들어갔다. 내 꼴이 얼마나 볼썽 사나운 우거지상이었던지, 보다 못한 김 변호사가 말했다.

"당신, 몸이 불편하면 일찍 들어가보지 그래."
"아, 아닙니다."
"몹시 불편한 표정인데."

나는 시계를 들여다보았다. 4시가 넘어 있었다. 좀더 참고 견디지 생각하고 있는데, 사실 그때로선 막상 퇴근을 한다고 해도 갈 데가 막연했기 때문에 더구나 일어설 수가 없었던 것이다. 그런 상태와 기분으로는 찾아갈 만한 곳이 없었다. 집으로 돌아간다는 것은 생각만 해도 답답하고 배겨낼 것 같지 않으니, 그렇다면 세상 갈 만한 곳이 어디란 말인가.

그러나 나는 끝내 견뎌내지 못하고 퇴근시간 30분을 앞당겨 사무실을 빠져나오고 말았다. 그리고 버스 정류장까지 걸어나갔지만 정말 갈 곳이 막연하였다. 행선지가 각양각색인 노선 버스들은 계속 와 닿아 장사진을 이루고 있는데도, 사통팔달로 내달리는 그 어떤 차에도 자신이 서지 않았다. 나는 하는 수 없이 머뭇거리던 정류장을 벗어나 시가지를 걸었다.

그런 얼마 뒤에 나는 한강 인도교 옆의 공지에 왜소하게 서 있는 자신을 발견하고 약간 놀랐다. 내가 왜 여기에 와 있는 것일까. 육중하게 얼어붙었던 한강의 얼음장은 벌써 다 풀렸는데도 아직은 하루의 낮시간이 너무 짧아서, 어느 새 강기슭은 어둠의 그림자로 덮이고 있었다. 나는 가물가물 소리 없이 지워지고 있는 강의 상하류를 번갈아 바라보면서 이 운명의 강이 드디어 사신(死神)의 검은 도포 자락에 삼켜지고 있는 것 같은 착각을 일으켰다.

강을 사이에 두고 밀고 밀리는 사람들의 아비규환. 얼굴에 모래알을 쏴아 끼얹는 폭음과 함께 끊어진 다리. 하늘로 치솟는 물기둥에 얼이 빠져버린 사람들이 몰고 온 숨막히는 정적. 그러나 갈갈이 찢어지고 할퀸 채 스러졌던 그 강은 지금껏 시치밀 떼고 유유히 흘러가고 있었다. 오라반과 동생의 가슴 속으로 피가 흘러내리고, 그 소꿉동무 마태와 명석이 목놓아 울었지만, 인간 가족들의 따사로움에 너무나 진한 열망을 안고 살면서도 마른 톱밥처럼 물기 하나 없는 사람들이 서럽고 억울하고 분통 터지는 굴레를 울부짖었지만, 강은 그것이 부질없는 일임을 침묵으로 말하고 있었다. 그것은 조금도 당황하는 기색조차 나타내지 않았다. 20년의 모조품 같은 어릿광대의 세월을 묶어 던지기에 강은 너무나 크고 미련스럽도록 대범했다. 나는 강둑에다 오줌을 찌익 깔기고 나서 돌아섰다.

시내로 들어오자 또 편두통이 재발하기 시작했다. 나는 별다른 이유 없이 버스가 사무실 근방의 정류장을 통과하기 전에 부리나케 뛰어내렸다. 뭔가 놓쳐버린 거라도 있는 것 같은 허전한 생각이 들었기 때문이었지만, 어쩌면 그렇다기보다는 습관에 젖은 하차였는지도 몰랐다. 버릇이란 인간에게 있어 가장 무서운 망령이다. 그것에 대한 부단한 파수병 노릇을 거부한 인간치고 그 망령에 홀리지 않은 자가 있었던가. 경계를 소홀히 한 순간에 인습의 사악한 반란은 개시되며, 그 찰나에 인간은 망신스런 바보로 전락하고 마는 것이다. 그러나 나는 그걸 따질 겨를이 없었다. 견딜 수 없이 악화되어버린 두통 때문에 어디든 좀 들어가 피신하지 않으면 안 되었다. 나는 급한 대로 휘장을 들치고 들어섰다. 술집 주인이 까르르 죽는 소릴 냈다.

"아이고 조 선생님, 전 아주 술 끊으신 줄 알았죠."

나는 그때야 변명의 건더기를 찾았다. 사무실 근방에서 차를 내린 것은 결코 습관성 하차가 아니라 단골 술집을 찾아온 것뿐이 아니냐. 어쨌든 나는 그놈의 알리바이인가를 성립시키기 위해 다음날도 또 그 술집엘 들렀는데 바로 거기서 그 만나고 싶지 않던 초로의 사나이와 두 번째 해후를 하게 된 것이다.

"막걸리 한 되 주슈."

"특주로 하시죠."

"보통주로 달라니까" 하고 나와 그 깍쟁이 안주인이 말다툼을 벌이고 있는데 누군가가 툭툭 어깨를 두드렸다. 술집에서 만난다는 동지적 우정과 피로한 반감이 동시에 엇갈리는 것을 느끼며 내가 고개를 돌렸을 때, 거기 뜻밖에도 그가 서 있었던 것이다. 나는 순간, 무엇에 들키기라도 한 것처럼 가슴이 철렁 내려앉았다.

"기저껜 실례가 많았수다."

둥둥거리는 가슴을 주체하지 못하고 멀거니 올려다보고만 있는 나를 잠시 지켜보던 그가 건너편의 빈 의자를 끌어당기며 말했다. 내 놀란 가슴은 마침내 공포로 질리기 시작했다. 나는 적어도 그가 품고 있는 비수로 하필 나를 찌를 리야 있느냐고 자신을 안심시키면서 그를 위해 할 수 있는 일이 무엇인지를 생각했다. 없었다. 과연 그에게 들려줄 얘기라곤 없음을 재삼 확인한 다음 나는 낭패한 목소리로 말했다.

"이 근방에 계시나요?"

"선생께서두?"

"네, 남선빌딩 오층에 있습니다. 변호사 사무실이죠."

"내래 이 대폿딥 뒤에 있디요. 이삿딤 센타 인부우다."

그는 말하고 나서 주먹으로 어깨를 토닥토닥 두드렸다. 우리들의 대화는 거기에서 뚝 멎어버렸다. 우리는 입을 헤벌린 채 잠시 동안 서로의 멋적은 얼굴을 쳐다보고 있었다. 그때 만약 주인이 술주전자를 날라오네, 빈대떡이니 낙지볶음 접시를 들고 오네 하면서 상을 차리느라 수선을 피우기 시작하지 않았더라면 나는 불가불 자리를 뜨고 말았을지도 모른다. 나는 여인의 냄새나는 겨드랑 밑에 숨어 숨을 돌렸다.

"한 잔 드십시다."

나는 주모가 돌아서기 바쁘게 주전자 손잡이를 빼앗아 잡으며 말했다. 그는 나의 이 다급한 선제 공격을 상당히 호의적으로 받아들인 듯 얼굴에 고마움을 표시하면서 잔을 받쳐들었다.

"우리 기만 합석헙쉬다래."

"그게 좋겠군요."

그는 팔을 휘휘 내저어 주인을 부르며 저쪽 술상 위에 놓인 것들을 옮겨주도록 부탁했다. 나는 합석에 찬성한 것을 금세 후회했다. 이 양반을 어떻게 하면 떼어버릴 수 있을까 궁리하기 시작했지만 뾰족한 묘안이 나타나지 않았다기보다 용기가 없었다. 나는 슬슬 두통이 다시 시작되는 걸 느끼며 연거푸 술을 들이켜고 있는 그를 멀거니 건너다보았다. 그도 어쩌면 합석한 것을 후회하고 있는지도 몰랐다. 그는 꼭 갈증을 못 이긴 사람처럼 어색한 표정으로 계속 잔만 비우고 있었으니까. 우린 그렇게 30분은 충분히 술만 마셨다. 그러고 나서 그는 잊었다는 듯이 불쑥 이렇게 말했다.

"기러구 보니께, 우리 이거 여태 통성명조차 없었수다 기래."

하지만 그가 실수한 것처럼 하고 나선 것은 진실이 아니었다. 그는 나처럼 여태까지 기회를 잡아 인사를 나누어야 할 것인지 아니면 기피해 버려야 할 것인지를 결정짓지 못하여 주저하고 있었던 것이다. 나는 들고 있던 술잔을 놓고 그와 똑같이 어물쩡한 표정을 지으며 말했다.

"그렇군요. 전 조성구(趙成九)올시다."

"나는 변융치외다. 갓변자 변(辺)가디요. 높을 융(隆)자 다스릴 치(治)자구."

"희성이시군요. 전 흔한 조갑니다."

대화가 여기까지 나가다가 또다시 중단되고 말아버려서 우리는 울화통을 삼키면서 하는 수 없이 또 술을 마셨다. 아까보다 달라진 것이 있었다면 서로가 내기 술을 마시고 있기라도 하듯 번갈아 잔을 건네게 된 것이라고나 할까. 나는 짜증이 났다. 우리가 왜 이렇게 요령부득이 되어 삭막하기 짝이 없는 분위기 속에 두사리고 앉아 있는 것일까. 나는 무섭게 두꺼운 안개 속에 갇혀 있어서, 그만 중대한 실수를 저지르고 말았다. 아무 생각 없이 잔을 주거니 받거니 하던 끝에 공연한 소릴 해버렸던 것이다.

"오늘 두 남매는 동경에서도 끝내 못 만나고 말았더군요."

변융치 씨의 눈가에 파르르 경련이 스쳐가는 것이 보였다. 나는 내 미련스러움에 새삼 놀랐다. 어쩌다 한다는 소리가 고작 그 얘기였을까. 그는 그 얘길 기피하고 있었음이 분명하지 않은가 말이다. 변씨는 갑자기 동요하기 시작하면서 아무 대답도 없이 희뿌연 탁주잔을 들여다보고 있었다. 그러다가 화가 나서 일그적거리는 입에다 황급히 술을 들이붓는 바람에 거의 절반은 쏟아버리고 난 뒤, 그는 뭐라고 말을 하기 위해 입을 달싹거렸다. 나는 그가 말하기 전에 재빨리 사과했다.

"공연한 소릴 지껄여서…… 죄송합니다."

"저러는 한 이제 우리 희망 없이요. 어카가수, 누구래 갬히 저 간악헌 벽을 허물 수 있갔는가 말이우다. 철옹성은 깨틸 수 있디만 고무벽은 깨틸 수가 없이요. 막국수집 남매란 뭬네까, 간악헌 정치적 조작극에 동원된 어릿광대밖에 또 뭐이였나 말이우다. 오매불망 기리던 혈육간의 뼈저린 상봉을 악랄헌 정치적 흥정의 미끼로 삼을 음모를 꾸밀 수 있는 민족에게 무슨 희망이 있갔수. 만나 주겠단다구 따라나선 사람이 어리석었디요."
"한필성 씨가 어리석지 않을 수 있었을까요?"
"기러게 말이우다. 울며불며 쫓아간 사람을 조롱허다니 소름이 끼치지 않을수까."
변씨는 자기가 얼마나 어리석었느냐고 했다. 그래도 혹시나 가족의 안부를 물을 수 있을까 하고 일본까지 쫓아간다는 한필성 씨를 찾아 용두동 126번지 그의 집으로 내달렸었다는 것이다. 나는 그 얘길 들으며 정신이 아뜩해 오는 것을 느꼈다. 변씨가 한필성 씨와 그렇게 무서운 인연을 가진 사람이었던가. 물론 전혀 예상하지 못했던 것은 아니지만 그렇게까지 가까운 인연을 가졌으리라곤 생각지 못했다. 그러나 밤중까지 헤매고서야 찾아낸 그의 집에 정작 본인은 없었다는 것이다. 집을 나간 지 이틀째나 되었다는 그의 집에 남겨 놓을 말이 없었다. 그는 이남 출신의 한씨 부인한테 무엇을 설명할 수 있었겠으며 어떻게 납득시킬 수 있었겠느냐고 반문했다. 그의 반문은 곧 내게 이렇게 들렸다. 너 같은 남쪽 사람, 특히 싫어하여 마지않는 경상도치한테 난 공연한 수작을 하고 있는 거란 말이야, 하고.
"물론이디요. 나두 마사리 마을에서 살디 않았가시요. 바로 기 마을 뒷산 밑에서 살았시요."
변씨는 마치 꿈길에 사로잡힌 듯 눈을 가슴츠레 내리뜨고 잠시 생각에 잠겨 있었다. 그 두 남매가 얼음을 지쳤다는 뒷산 아래 쪽에 그의 집이 있었던 게 아니냐고 중얼거리면서. 그의 애길 대충 간추려 보면 이랬다.
와세다 대학 법문학부 출신인 변융치 씨가 고향 진남포를 떠난 것은 1950년 12월 5일 새벽 3시경, 그러니까 한필성 씨와 우연히도 같은 날 같은 시각에 그도 역시 미싯가루 두 되의 괴나리 봇짐을 싸 들고 마사리 마을을 떠났다. 필성 씨와 다른 점이 있었다면 그에겐 사립문까지 따라나오며 눈물을 질금질금 쏟던 아내가 있었다는 점이다. 그 아내가 미싯가루 자루를 옆구리에 찔러 줬다는 점뿐이다. 변씨는 이런, 우연의 일치라고 하기에는 너무나 기구한 우연을 놓고, 이것이 뭔가 운명적인 무엇을 암시하는 것이 틀림없을 거라고 우겼다.

그가 처음으로 남하한 것을 후회한 것은 인천에서 부산행 배를 탔을 때였다. 겨울답지 않게 비가 억수같이 쏟아지고 있는 부둣가에서 물에 빠진 생쥐처럼 돼가지고도 서로 먼저 기어오르겠다고 아수라장을 이루고 있는 사람들 틈에 끼여 와들와들 떨면서, 그는 처음으로 남하하지 않으면 안 되었던 이유에 대하여 회의를 품기 시작한 것이다. 그리고 그 회의는 한 달도 넘어 바다에만 떠다녔으면서도 부산이란 그림자조차 볼 수가 없었을 때 더욱 짙어가기 시작했다. 그는 급성폐렴으로 죽어간 아이들을 눈발치는 겨울바다에 철썩덕 내던지는 광경을 하루에도 수없이 지켜보면서 어금니가 맞부딪치는 아픔을 앓았다. 모든 다른 변명은 젖혀놓고라도, 아내와 세 자식을 버리고 도대체 어디로 가고 있는 것일까 하는 자책감을 이겨낼 수가 없었다. 그러나 지금은 바다 위, 어찌지도 못하고 파도에 휩쓸릴 뿐이었다.

한 달 나흘만에 부산에 내리자 더욱 막연하였다. 가족은 상상이 잘 닿지 않을 만큼 먼 곳에 있었고, 낯선 항구도시의 바람은 매섭게 겨드랑 밑을 파고들었다.

"내래 부산에서 받은 고난이란 이루 말루 다 할 수가 없이오."

그는 부산에서의 생활을 이 한마디로 끝내고, 더 말하려 들지 않았다. 나도 물론 더 묻지 않았다. 말하고 싶지 않은 그의 심경을 충분히 이해할 수 있었기 때문이다. 사람이란 누구나 자신의 뼈저린 과거에 대해선 말하고 싶지 않은 것이며, 또 스스로도 떠올리고 싶지조차 않은 것이니까. 대부분의 사람들에게 있어서 그런 과거는 은연중에 씻을 수 없는 수치로 화석이 돼버리기 일쑤이며, 그래서 그것은 잊어버리고 싶은 과거인 것이다. 물론 변씨에게 있어서의 쓰라린 과거는 이런 일반적인 고정관념화와는 그 성격이 좀 달랐다. 그가 구체적으로 말하고 싶지 않은 것은 그 응어리진 과거를 되살림으로써 필연적으로 귀결지어질, 처자식을 배반했다는 죄책감에 빠지는 것이 두렵기 때문이었다. 이런 그의 감정은 어떻게 보면 기피 같기도 하지만 사실은 인간에게 있어 그 이상을 요구한다는 것은 너무 가혹하지 않은가.

변씨는 서울로 가는 길이 트이자 즉시 부산을 떠나 북상했다. 그는 그 이유를 처음 부산에 떨어졌을 때 느낀 암담한 절망 같은 것, 말하자면 집으로부터 너무나 멀리 떨어져 버렸다는 좌절감 때문에 그곳에 잠시도 더 머물러 있고 싶지 않았다고 했다.

"우스꽝스럽디만 서울루 올라온 건 내 집으로부터 보다 가까운 곳에 있구 싶어서였시요. 허디만 서울루 왔은들 어카갔수, 잿더미 도시를 바라보자니 막막허기만 헙디다래."

변씨의 얘기는 여기서 또 비약했다. 그는 그 막막한 도시의 잿더미 위에서 어떻게 살아왔는지에 대해 말하지 않았다. 나는 그가 이 연고 없는 도시에서 어떻게 살아왔으리라는 것을 상상하기에 어렵지 않았다. 나보다 기껏 여섯 살 위인 쉰 하나의 나이라지만 누가 봐도 줄잡아 예순의 문턱에 들어서고 있다고 볼 만큼 초로의 인상을 짙게 풍기는 모습이나, 20년에 가까운 세월을 이 도시 한 곳에서만 살아온 그의 직업이 고작해서 이삿짐 센터의 인부라면 거기서 또 무슨 얘기가 더 필요한가. 더구나 그는 학력을 감추고 살아왔다니 말이다. 그를 아는 사람들은 하나같이 말했다고 한다. 왜 학벌을 숨기고 살겠느냐고.

"모두가 남보다 내 잘났다구 간판만 들굴라무네 악다구닐 빠락빠락 쓰는 판국에 내래 어디 나왔대믄 누구래 믿어주가소, 코웃음 티구 돌아서믄 뭘루 딩명 내대가서?"

그러나 그가 애써 학벌을 내세우지 않은 이유는 다른 데에 있었다. 왜냐하면 그의 주변 사람들은 그렇게 무지하고 주변머리 없진 않았기 때문이다. 그들은 언제나 간단한 방법을 제시했다. 모교에다 편지 한 장만 띄우라는 것이었다. 며칠 안으로 누구도 짹소리 못할 졸업증명서가 날아올 게 아니냐는 것. 하지만 그는 그들의 제의를 받아들이지 않았다.

"이렇게 되자 녀석들 어떻게 생각허게 됐는디 압네까. 와세다구 나발이구 말짱 거짓말이라는 거우다. 내레 고갤 끄덕끄덕허구 말 수밖에 없었디요."

그가 이야기 도중에 잠깐 끼워넣은 말에 의하면, 학벌을 숨기고 막일꾼으로만 일관되게 살아온 것은 대략 두 가지 이유에서인 듯했다. 첫째 그는 가족을 버릴 수 있을 만큼 타락한 이기주의자였기 때문이다. 그는 호강스런 생활을 기피함으로써 자기가 저지른 잘못을 속죄한 것이 아닌가 싶었다. 다른 어떤 위대한 것을 위해서 가족을 버릴 수 있다고 주장하는 사람은 비겁한 위선자일 뿐 아니라 악랄한 배신자라고 변씨는 거듭 말하고 싶어했다. 그는 가족을 버릴 수 있는 것은 가족을 갖기 이전의 사람만이 가지는 특권이라고 했다. 나는 그가 남하한 이래로 줄곧 독신자 아닌 독신자로 지내왔다는 얘길 들었을 때 갑자기 가슴이 미어지는 것 같은 답답함을 느꼈다. 나 하나만의 안락을 위하여 홀아비 신세를 벗고 재혼을 한다는 것이 도저히 내키지 않았노라고 말하는 그의 울음 같은 말엔 한 사나이의 무서운 아픔이 깃들여 있었다.

뿐만 아니라 그는 졸업증명서에 기대어 값싼 안락의 타성 속으로 빠질 수도 없었다. 이것이 그가 학벌을 감추고 살아온 두 번째 이유였다.
"인간에게 있어서 가장 매서운 기 타성 아닙네까."
변씨는 이 건망증 심한 구성원들과 섞이어 살면서 그나마 영화의 타성에까지 빠져버리면 자신을 어디서 찾아낼 수 있겠느냐고 했다. 먼지 톡톡 털며 세상을 깔보고 살아가다가 그만 기억상실자가 되어 이 도시에 뿌리를 내리고 살게 되면 내 가족은 누굴 기다리며 살겠느냐는 것이었다.

우리가 술집을 나온 것이 몇 시나 되어서였는지는 알 수 없었다. 하여튼 우린 밤이 꽤 깊어져서 통행금지 시각이 거의 다 되어가려니 생각하고 있었기 때문에 목청을 돋우어 냅다 고함을 치면서 골목을 빠져나갔다. 한참을 걸어나가자 네거리가 나섰는데 알 듯도 하고 모를 듯도 한 곳이어서, 우리는 서로 어깨동무를 하고 서서 잠시 동안 무서운 속력으로 질주하는 차들을 멀거니 바라보았다. 그러다가 우리는 생각이 나서 바지단추를 풀면서 교대로 소리치기 시작했다.

"옛날에 말예요."
"나라가 있었디."
"네 시간이면 멸망하구 말기 때문에."
"티사허게시리 통행금지란 걸 만들었디."
"옛날에 말예요."
"디더분허게시리 기런 나라가 있었디."

그러다가 우리는 붙들렸다. 파출소를 거쳐 경찰서에 무사히 안착하였다. 경찰은 우리를 유치장으로 밀어넣으면서 말했다. 노상방뇨죄에다 노상방가죄. 변융치 씨가 닫히는 철창문에 대고 소리쳤다.
"아직 레코드두 안 맹길었는데 기기 노래야, 방가했게."

우리는 하는 수 없이 앉을 틈새라곤 없을 것 같은 우범들 사이를 어거지로 비비적거리고 앉았다. 세상을 응달에서밖에 살아보지 못한 사람들이 제 집처럼 드나드는 경찰서의 더럽고 냄새나는 유치장에 쭈글뜨리고 앉아 변씨는 금세 코를 골기 시작했다. 우리는 그 이튿날 오후 3시가 넘어서야 풀려났다. 죄수 호송차에 실려 즉결재판소로 넘어가서는 감감소식이었던 것이다. 빠져나갈 재주를 부릴 사람은 다 부리고 한 개비 50원짜리 백조를 사 피울 골초들은 다 사 피워버려서 그저 풀어줄 때만 기다리며 끝까지 남아 있던 사람들은 빈 쭉정이들뿐이었다.

변씨는 재판소를 나오자마자 곧 작별인사를 했다.
"됴형, 우리 또 그 술집에서 만납수다래."
"언제……"
"언제든지, 아니 매일같이."

그러나 그는 술집에 나타나지 않았다. 이틀까지도 나는 별로 이상한 생각없이 기다릴 수 있었지만 사흘째가 되는 날도 그는 나타나지 않았다. 우선 불쾌한 생각이 들었다. 말하자면 꼭 배신당한 것 같은 기분이었다고나 할까. 어쨌든 나는 내가 그에게 아무런 도움도 될 수 없을 뿐 아니라 만나기조차 싫은 상대가 되었다고 생각하자 기분이 나빠 견딜 수가 없었다. 왜냐하면, 나는 그와 함께 밤을 보낸 날 이후로 그에게 상당히 경도되고 있었기 때문이다. 그를 우러러보게 되었다면 좀 어폐가 있을지 모르지만 왠지 모르게 그에게로 쏠렸고, 그를 떠올리기만 해도 내 자신이 부끄럽고 보잘것 없는 하찮은 인간처럼 생각되었다. 그랬기 때문에 그가 술집에 나타나지 않는 것에 나는 더욱 당황하지 않을 수 없었다. 나는 술집 안을 휘둘러보며 주눅이 들린 목소리로 중얼거렸다. 역시 나는 그의 눈에 들지 못하였구나. 생각할수록 그는 비길 데 없이 숭고한 정신의 소유자인 것 같이만 느껴졌다. 나는 그 지고한 정신의 동반자가 될 수 없는 것이 슬펐다. 아니, 내 천박스러운 인간됨이 한없이 싫어지기까지 했다.

나는 그 이튿날로 그의 이삿짐 센터를 찾아갔다. 그런데 나는 거기서 뜻밖에도 그가 벌써 나흘째 결근하고 있는 사실을 알아냈다. 이상한 생각이 퍼뜩 머리를 스쳐갔다. 나는 다급한 목소리로 물었다.

"그분의 주소를 좀……"

"알 수 없습니다. 우리가 떠돌이 인부들 주소까지 비치하고 있을 순 없지요. 또 그럴 필요두 없구요."

나는 오후 늦게 다시 찾아오리라 마음 먹고 이삿짐 센터 사무실을 물러나왔다. 내가 다시 찾아갔을 때 인부들은 일당을 받아내기 위해 사무실 앞에 일렬로 도열하고 있었다. 그러나 그 인부들도 마찬가지였다. 피로에 찌든 얼굴을 한 그들에겐 변씨의 결근쯤엔 신경 쓸 겨를이 없었다. 웬놈의 날씨는 갑자기 쌀쌀맞게 추워져서 땀으로 후줄근히 젖었던 윗도리가 어느 새 뻐덕뻐덕하게 얼어붙어버리자, 그들은 얼음장을 짊어지고 있기가 몹시 거북살스러워 연방 어깨를 일그적거리면서 차례가 빨리 돌아오지 않는다고 벅벅 신경질을 내고 있었다. 한 사람 빼놓지 않고 다 붙잡고 물어봤지만 내가 얻은 소득이라곤 고작 이 말뿐이었다.

"그 친구 워딘가, 저 상계동 워딘가에서 산다두만잉. 고것밖엔 모르겠어라우."

삼륜차 주차장을 물러나오는데 점점 더 이상한 생각이 들었다. 그러나 조바심이 날 정도로 이상한 생각이 들었다고 해도 그 이상한 느낌이 이렇게 그가 죽을지도 모른다는 생각은 아니었다. 단지 어쩌면 그가 이 도시를 떠나버렸을지도 모른다는 생각이 들었을 뿐이었다. 휴전선을 향해서 말이다. 왜 그런 생각이 들게 되었는지는 알 수 없지만 하여튼 그 정도였다. 그랬던 것인데 졸지에 이렇게 그의 부음을 듣게 되다니.

나는 창문에 기대어 선 채, 그를 죽게 한 것이 바로 나인 것 같은, 적어도 그를 붙잡지 못하고 죽도록 방조한 책임을 면하지 못할 죄책감에 사로잡혔다. 사무치는 외로움과 슬픔에도 용케 버티고 살아왔었는데 말이다.
　비는 여전히 내리고 있었다. 오히려 아까보다 훨씬 더 거칠어진 빗줄기를 지켜보면서, 나는 그가 유치장에서 하던 말을 떠올렸다. 쪼그리고 앉은 채 새우잠을 자고 난 그는, 군침을 질질 흘리며 졸음에 시달리고 있는 사람들을 휘둘러보면서 말했다.
　"내래 이 집에도 숱해 와 잔 셈인데두 이렇게 외박허는 날은 꼭 마누라쟁이헌테 소박맞는 꿈을 꾸게 된단 말씸이야."
　나는 그의 이 주장에 뭐라고 대꾸할 말이 궁해진 나머지 눈을 감고 고개를 떨어뜨렸다. 그러자 그가 내 어깨를 으스러지도록 쥐어패면서 냅다 소리를 질렀다.
　"여보 됴형, 누구래 잠자라 해서. 당신은 배신자란 말이야. 이런 밤에 날 이렇기 새벽꺼디 잠재와 놓다니."
　나는 한 손으로 부서져 내리는 듯한 어깨를 움켜잡고 주무르면서 다른 한 손으로 눈꼽을 쥐어뜯으며 그에게로 시선을 돌렸다. 순간 나는 정말인가 싶을 정도로 놀랐다. 그에게 마치 기적같이 느껴지는 일이 일어나고 있었던 것이다. 그의 얼굴은 내가 그를 만난 이래 처음으로 웃음기를 띠고 있었으니 말이다. 나는 느닷없이 그를 와락 얼싸안고 싶은 충동을 느꼈다. 그는 허공을 휘저으며 달려드는 내 팔을 끌어내리며 말했다.
　"텨음엔 말씸이야 됴형, 난 이사를 온 게러니 생각했시요."
　북에서 남쪽으로 이사를 왔을 뿐이라고 생각하려 애썼다는 것이다. 그러나 그 생각은 시간이 갈수록 차츰차츰 허물어지기 시작했다. 또다른 하나의 변융치 씨가 달려들면서 본래의 변씨를 집요하게 추궁하고 나섰던 것이다. 그는 구차하게 이사에다 모가지를 달아매고 산다는 것에 말할 수 없는 혐오감을 느꼈다. 그러나 어쩌랴. 그는 그러면서도 거기에다 유일한 희망과 최후의 절망까지를 한꺼번에 걸어두고 살아온 것이다. 그가 하필이면 이삿짐 센터에서 일하게 된 동기도 거기에 있었다. 그가 거기 인부로 들어간 것은 항상 이사 곁에 있고 싶었기 때문이며, 그것을 통하여 부단히 자신을 확인하고 싶어서였던 것이다. 그는 말하고 나서 또 피식 웃었다. 아마 자신이 가끔 군색스럽기 이를 데 없는 자신의 관념적 그루터기에 어이 없음을 느낄 때가 있는 모양이었다. 그러나 나는 그가 그것을 웃을 수 있을 만큼 여유를 갖게 된 것이 무엇보다도 기뻤다. 그는 내 옆구리를 쿡쿡 찌르며 게걸거리는 목소리를 만들어 말했다.

"와 웃디 않소, 됴형. 우습디 않수까?"

"나, 우습지두 않은 얘기 하나 할까요, 변 선생?"

"당신 같은 경상도치헌테 뭐이 있을려구."

"나 역시 고향두 집두 잃어버렸거든요."

"됴형 당신, 이 아까운 시간에 농담하기요."

"고속도로라는 게 내 고향을 싹 깔아뭉개구 말았더라니까요, 글쎄."

그건 사실이다. 얼마 전엔가, 김 변호사의 심부름으로 부산 출장을 가게 되었을 때, 나는 나선 걸음에 자칫 기억에서도 지워질 만큼 가물가물해져버린 고향이나 한 번 거쳐 오리라 마음 먹었다. 그러나 내 그 어처구니 없는 속셈은 차를 타고 부산으로 내려가면서 산산조각이 나고 말았다. 나는 잽싸게 주위의 지형을 확인하면서 허망하기 짝이 없었다. 양지 바른 산 밑의 길쭉한 마을은 운동장만큼이나 넓은 도로 밑으로 깔려 죽어 버리고 흔적조차 없었다. 나는 뭔가 소중하고 아까운 속주머니 안의 소지품이라도 잃어버린 사람처럼 계속해서 주머닐 뒤지면서 까만 바탕에 노란 선을 선명히 그으면서 달아나는 그 포학한 전제군주의 횡포——나폴레옹과 히틀러의 고속도로 위에다 무력한 항변의 화살을 쏘아보냈다. 양지바른 마을, 이런 것이 인간을 붙잡아 지탱시키는 영원한 관념의 그루터기인지 모른다.

바로 그것이 변씨에게서 무자비하게 꺾여버리고 만 것이다. 신기루처럼 가물거리던 그것이 순식간에 허깨비로 사라져버린 것이다. 그가 직접 가족의 안부를 묻지는 못했다 하더라도 한씨 남매가 이루는 20여 년만의 해후를 그는 그가 지니고 있는 모든 가능성과 희망의 상징으로 삼았던 것임에 틀림없었다. 그러나 그들 남매의 상봉이 단순한 차질에 의해 실패한 것이 아니고 영원으로 통하는 인간의 염원을 짓밟고 민족의 동질성마저 부인하는 폐쇄적이고 잔혹한 정치적 음모에 악용당하고 조롱당하기까지 했을 때, 그는 하늘을 떠받들고 설 기력을 잃었을 것이었다. 철옹성의 벽이라고 믿어온 그에게 이번 사건은 그것이 고무벽임을 노출시키고 만 것이다. 하지만 내가 어찌 그의 죽음을 말할 수 있으랴. 그의 서럽고 억울한 죽음에 대하여 어눌한 내 혓바닥으로 감히 무엇을 말할 수 있으랴.

나는 책상 위에 놓인 신문을 다시 집어들었다. 한 막벌이 인부의 죽음은 신문 귀퉁이에 귀찮은 듯이 찍어붙인 일단 기사로 숨어 있었다. 나는 그의 음독자살에 관한 짤막한 기사를 이미 다 외워버렸음 직한데도 도무지 생소하고 자신이 서지 않아 다시 읽었다. 인쇄된 활자가 둔갑할 리 없는 기사 내용은 습기에 시달리면서도 변하지 않았다. 나는 읽던 신문을 확 움켜쥐고 사무실을 나섰다.

건물 입구로 내려오자 스산한 냉기가 몸을 둘러싸면서 온몸에 소름이 쫙 돋았다. 썩어 문드러지는 냄새가 습기찬 비바람에 범벅이 되어 코를 찔렀다. 나는 코트 깃을 세우고 빗속으로 걸어들어갔다. 등받이에 방망이질을 해대던 빗발은 금세 속옷까지 뚫고 흘러들었다. 지금이 초봄이라고 해야 하는 건지 아니면 아직 늦겨울에 머무르고 있는지는 모르지만 살 속으로 스며드는 빗물은 송곳처럼 따가웠다.

나는 버스를 어디서 타야 하는 건지를 몰랐기 때문에 더욱 옷을 적셨다. 처음 나는 무작정 사무실을 나섰던 것이나, 한동안 걸으면서 버스를 찾아내려 두리번거리고 있는 자신을 발견하였던 것이다.
 그가 죽다니. 잠이 깬 새벽녘의 유치장에서 바가지 긁는 아내 얘기 하던 그가 죽다니. 나는 택시를 잡으면서 중얼거렸다.
 "진작 찰 잡으실 거 아입니까. 옷이 흠빡 젖어 갖고, 감기들겠심더."
 "유치장에 앉아서 그렇게 기분 좋은 표정일 수 없었는데."
 "어데로 가실 낀교?"
 "마치 동화 속의 소년 같았다구 할까, 처음으로 웃음을 머금은 얼굴을 하구 있었는데, 농담까지 할 정도였는데……그게 마지막이었다니."
 "예?"
 "아, 그렇지. 상계동으루 갑시다."
 그러자 운전사가 갑자기 차를 꺾어 길가 쪽으로 몰아붙였다. 그러다가 택시가 가로수 밑뿌리에 울컥하고 멎어서고 문까지 열어주면서 운전사는 화가 난 목소리로 말했다.
 "거긴 갈 수 없심더."
 "왜?"
 "왜라이요, 이 비오는 날 기어들어갔다 진창에 빠졌다 카만 나오지도 몬하는 기라요."
 "그렇다구……"
 "내리이소, 그만. 거언 죽어도 몬 들어가겠심더. 거어가 어데라꼬, 이 비오는 날에."
 "그럼, 상계동 가는 버스 타는 곳까지라두 데려다주시오."
 나는 버스를 타고 거의 한 시간 반이 걸려서야 상계동으로 들어서면서 택시 운전사의 호들갑에 수긍이 갔다. 버스는 수렁을 빠져나가려 신경질을 바락바락 쓰고 있었다. 그냥 앉아 있기가 민망스러울 지경이었다. 뿐만이 아니었다. 그곳 사람들은 낯선 과객이 타고 있는 것을 금세 눈치채어, 나는 승객들이 하나같이 내 거동을 지켜보고 있는 것을 알아차릴 수 있었다. 그러나 알고 보니 그들이 눈독을 들이고 있는 것은 내가 아니라 내 넥타이였다. 그것을 그들은 무서운 눈초리로 쏘아보고 있었던 것이다.

넥타이를 증오하는 동네로 실려가면서 나는 줄곧 며칠 전의 죄수 호송차를 연상하였다. 연상한 것이 아니라 그 차를 타고 가는 것 같은 착각 속에 빠져 있었다. 그렇지만 그 차엔 그래도 모두 정다운 이웃들로 끼여 설 자리가 모자랄 정도였는데, 여긴 하나같이 살벌하디살벌한 원수들만 타고 있을까. 유독 사람들만 그런 것이 아니라 심통스런 버스조차도 꿈틀거리는 틈을 타서 온통 기름을 짜려 들었다. 나는 콩나물 시루 속에 빠져 서서도 사방에서 쏟아지는 질시의 시선에 기가 질려 빨아놓은 행주자락처럼 된 넥타이를 몰래 풀어 주머니 속에 쑤셔넣었다. 그러고도 나는 중랑교를 넘어서면서부터 잘못하면 이 사람들한테 맞아죽을지도 모른다는 생각이 점점 확실해지기 시작하여 숨도 크게 쉴 수 없을 지경이었다.

내가 무사히 상계동 구종점에 내렸을 땐 이미 날이 어두워진 뒤였다. 내가 거기서 내린 것은 더 들어갔다간 주소를 물어볼 집조차 찾지 못할 것만 같은 생각이 들어서였다. 나는 우선 비에 젖어 걸레쪽같이 돼버린 신문을 꺼내들고 근처 구멍가게로 들어섰다. 비는 여전히 구성지게 내리고 있었다.

"신종점 근방인가비유, 번지만 갖구선 찾기가 힘들 틴디……"

가게 주인은 고개를 꺄우뚱거렸다. 나는 기사 내용을 다시 뜯어 읽으려 애쓰지 않아도 되게 번지 숫자를 머릿속으로 되뇌면서 복덕방을 찾아내기 위해 주위를 두리번거렸다. 가게 주인의 자신 없는 지시를 따르기 전에 과연 새 종점으로 가야 하는 건지를 확인하고 싶어서였다. 그러나 정작 복덕방 주인의 얘기도 마찬가지로 막연한 추측뿐이었다.

"통·반을 알아야 해요."

나는 하는 수 없이 새 종점을 향해 물구덩 속을 첨벙첨벙 걸었다. 그가 구종점에 살았을 리 없지. 구종점이란 이미 도심이니까. 서울의 종점이란 한 달이면 쫓겨 달아나야 할 운명을 지니고 있다. 아니 아예 종점이란 없는 거나 마찬가지다. 버스는 밀려나고 쫓겨난 사람들을 싣고 끝없이 달아나고만 있으니까. 그가 하필이면 이런 날에 죽다니. 나는 이마에 흘러내리는 빗물을 코트 소매로 훔쳐내면서 형광등 불빛이 환하게 밝은 약국으로 들어섰다.

"두통약 좀 주구려."

그런데 나는 그 집에서 무섭게 쓴 가루약 때문에 쉴새없이 입을 쩍쩍 다시느라 시간을 지체시키는 동안에 그만 그 젊은 가짜 약제사한테 군색한 실토를 하고 말았다.

"혹시, 오늘 아침에…… 그렇지 오늘 아침에 말이우…… 자, 자살해 버린 평안도 사람 집이 어딘지 아우, 젊은이? 이 근방인 모양인데."

"아, 신문에 난 사람 말이죠?"

무엇에 그렇게 신바람이 났는지 침을 탁탁 튀겨가면서, 전주를 안고 오른쪽으로 돌아 담배집 앞골목, 굴뚝 옆집을 설명하는 청년의 좁은 이마를 쳐다보면서 나는 가슴이 꽉 막혀오는 것을 느꼈다. 그는 정말 죽은 게 틀림없구나. 나는 움켜쥐고 있던 빈 약봉지를 홱 내던지고 돌아섰다. 문지방을 넘어서려는데 뒤에서 청년이 다급한 목소리로 고함쳤다.

"우리 약국에서 키니넬 사갔다구 생각하시는 건 아니시겠죠? 전 단지 오늘 백차와 앰블란스가 이 골목을 드나들었기 때문에 그 사람 셋방까지 따라가 본 것뿐예요. 오해하심 곤란해요. 돈도 좋지만 전 이래뵈두 야, 약사예요. 치사량의 약은 팔지 않는단 말예요."

나는 돌아서서 다시 약국으로 들어가 진열대 위에 놓은 채 잊어버리고 갈 뻔했던 신문을 집어들고 나왔다. 얼굴에 핏기 하나 없이 하얗게 질려 있는 청년의 시선이 물에 젖은 신문지를 코트 안주머니에 쑤셔넣는 내 손을 분주하게 따라다녔다.

밖엔 아직도 밤비를 뿌리고 있었다. 나는 순간 그의 집을 찾는 게 싫어졌다. 그것은 집이 가까워질수록 점점 더했다. 죽음으로 당신의 모든 것을 끝낼 수 있는가. 당신의 가족은 이제 누구를 기다릴 것인가. 가슴에 사정없이 방망이질을 당하며 나는 잠시 대문께를 서성거리고 있었다. 도무지 무서운 사건을 터뜨린 집안 같지가 않았다. 처적처적 낙숫물 떨어지는 소릴 빼곤 죽은 집처럼 조용했다. 부엌일 것 같은, 불이 꺼진 가운데 한 칸을 중심으로 양쪽에 방 하나씩을 달고 있는 슬레이트 지붕의 집 안을 넋나간 사람처럼 훔쳐보고만 있는데 갑자기 안에서 문이 벌컥 열리는 소리가 들리면서 인기척이 났다. 나는 놀란 나머지 나도 모르게 대문을 두드리고 말았다. 주먹을 쥔 손이 달달 떨렸다.

"누구세요?"

나는 대답 대신 대문을 세 번 더 두드렸다. 뜨락에 선 채 성급하게 물어오는 사람한테 들려줄 말이 얼른 생각나지 않았기 때문이었다. 하는 수 없다는 듯이 목소리의 주인공은 물을 밟으며 대문께로 걸어나왔다. 그러나 그는 포기할 수 없다는 듯이 대문을 사이에 두고 마주서자 또다시 같은 질문을 던졌다.

"누구세요?"

하지만 나는 그것이 의심 많은 이 도시 사람들의 의례적인 질문이란 걸 알고 있었기 때문에 위협적으로 대꾸하는 도리밖에 없었다. 주인을 대문 앞까지 불러낸 이상 안심해도 좋으니까 말이다.

"문 좀 열어주시오."

철대문 상회 주인의 농간에 넘어가 이 조그만 무허가집도 육중한 드럼통 철대문을 달고 있었는데, 그 대문의 빗장이 벗어지자 주인은 또 그놈의 똑같은 질문을 되풀이하러 들었다. 그러나 나는 끝내 신분을 밝히지 않고 벌어진 쪽문을 밀치고 마당으로 들어섰다. 문을 열어준 것은 뜻밖에도 아이였던 것이다.

"어느 방이지?"

아이는 알아들었다는 듯이 문고리를 잡고 선 채 턱으로 부엌 왼쪽에 붙은 방을 가리켰다. 나는 아이를 내버려두고 그 방 앞으로 걸어갔다. 뜨락으로 올라서자 지붕 추녀가 머리끝으로 내려와 닿았다. 나는 거기서 잠시 망설였다. 그의 죽어 있는 모습을 보아야 할 것인가. 나는 아이가 마당 끝에다 오줌을 내깔기고 나서 다시 방으로 들어갈 때까지 기다리고 섰다가 조심스럽게 문을 열었다. 30촉짜리 백열등이 빤하게 켜져 있는 방 안에 누군가 남자 두 사람이 앉아 있었다. 그들은 내가 문 앞에 서 있는 것을 눈치채고 있었던 듯, 문이 열리기 무섭게 벌떡 일어섰다. 나는 우선 재빨리 방 안을 휘둘러보았다. 그러나 변씨는 방에 없었다. 변씨만 없는 것이 아니고 방 안엔 아무것도 없었다. 찌그러진 트렁크 하나만이 엉거주춤 버티고 서 있는 두 사람 뒤쪽의 윗목에 놓여 있는 것이 보였다. 나는 더 그러고 서 있을 수가 없어 진흙탕이 된 신발을 벗고 물이 찔걱거리는 발을 방 안으로 들여놓았다. 그렇게 되자 우리는 주인도 없는 방을 차지하고 서서 마치 싸울 사이들처럼 서로의 눈치를 살피게 되었다. 잠시 동안 그러고 있자 그중 한 사람이 참을 수 없다는 듯이 입을 열었다.

"친척이시우?"

"댁에서들은?"

"전 이 집 주인이구, 이쪽은 여기 반장님이십니다."

"친척이 있습니까, 변 선생한테?"

"그럼 고향 친구라도?"

"아뇨."
"그럼 이삿짐 센터에서?"
"아뇨."
"또 경찰이시군, 그럼."
"경찰이 왜요?"
나는 똑같은 대답을 되풀이하여야만 하는 데 신경질이 났기 때문에 스르르 미끄러져 앉으며 재빨리 말했다.
"친척두 되구 아는 분이기두 하구 그렇습니다. 그보다 유해는 어디 있지요?"
"경찰이 싣구 갔지요. 해불 한다나요."
"뭐라구요? 개새끼들 같으니라구."
"우리가 압니까."
둘은 화가 난 목소리로 대답하고 이내 방을 나가버렸다. 나는 아무도 없는 방 안에 다리를 뻗고 앉아 다시 한번 사방 구석구석을 휘둘러보았다. 그때 변씨가 슬며시 내 옆자리로 와 앉아 미소를 머금은 얼굴로 건너다 보면서 말했다. 그는 시간을 아쉬워하면서, 왜 여태 잠자게 내버려뒀느냐고 투정을 부리면서, 대한민국에서는 가장 편안한 자세로 다리를 쭉 뻗고 앉아 농을 걸기 시작했다.

나는 밤새 내내, 그의 방을 며칠 전의 경찰서 유치장이란 착각 속에 빠져 보냈다.

이수일전(傳)

아무도 먼저 입을 열려 들지 않았다. 말을 시작한다는 것이 곧 지금까지 있었던 일들을 빠짐없이 설명하지 않으면 안 될 책임까지를 지는 것이기 때문이었다. 바로 그 일을 아무도 해낼 자신이 없었던 것이다. 누가 과연 영문을 모르고 있는 경찰관 앞에서 졸지에 일어난 끔찍한 사건의 전말에 대해 털어놓을 수 있으랴.

우리는 쉴새없이 서로들 힐끔힐끔 훔쳐보면서 몸을 움츠러뜨렸다. 그러자니 모두들 똑같은 생각에 빠지게 되어 서로의 눈길이 느껴질 때마다, 나보고 얘길 하라는 거구나 하는 압박을 느끼는 것이었다. 그러나 사실인즉 우리의 그 겁먹은 눈초리들은 어느 누구도 그런 강요를 실을 만큼 능글맞지 못했다. 강요는커녕 사건 내용을 대변해 줄 인물을 찾고 있는 것조차도 아니었다. 단지 자신이 그 소름끼치는 사건의 전말에 대해 진술하도록 지명받지나 않았으면 하는 기대로 모두가 한결같이 전전긍긍하고 있을 뿐이었다.

과연 누가 얘기할 수 있으랴.

감당할 수 없는 침묵에 오금이 저려 오면서도 쉬 입을 뗄 수 없는 것은 그것을 얘기한다는 것이 단지 용기만으로 되는 일이 아니기 때문이었다. 경찰관을 상대로 그 사건을 말한다는 것은 곧 우리의 동료 하나를 우리 입으로 고발하고 우리 손으로 영창에 처넣는 결과를 가져오는 것이다. 우리는 결코 김영후(金永厚)를 고발하기 위해 파출소를 찾아온 것이 아니었다. 우리들 가운데 아무도 그를 범죄자로 모함할 사람은 없었던 것이다. 그래서 우리는 침묵 속에 빠지면서 이내 우리가 취한 경솔한 행동에 대해 후회하지 않을 수 없었다. 덮어놓고 여길 찾아오는 것이 아니었다. 하지만 우린 누구를 원망할 수가 없었다. 우리는 누구의 제안이나 암시를 받음도 없이 이 경찰관 파출소를 찾아왔으니까. 왜 그랬을까는 글쎄 알 수 없다. 어쩌면 우리는 우리가 맞은 난처한 사건을 두고 정복을 입은 경찰로부터 어떤 원만한 양해를 얻어 낼 수 있으리라고 생각했었는지 모른다.

"무슨 일로 이 비좁은 파출소로 몰려왔는지 물었잖나?"

쉰줄엔 충분히 이르렀을 늙수그레한 경관이 이미 세 번째로 다그쳐 묻는다. 그럼에도 우리는 여전히 면역이 안 되어 있어서, 그때마다 가슴이 철렁 내려앉으면서 서로의 얼굴만 쳐다본다.

파출소 앞에 이를 때까지만 해도 결코 이렇게 위축되어 있지는 않았다. 주민등록번호라는 이름의 종신 인간번호를 낙인받기 위해 동회 문턱을 넘어설 수 있는 정도의 용기면 일을 처리하고도 남으리라 단정하지 않았던가. 그러나 우리는 파출소 건물을 발견하면서 벌써 충동질하기 시작하는 가슴을 이기지 못했다. 주체할 수 없는 냉기와 위화감에 휩싸이면서 소름이 쫙 온몸을 훑어 내렸다. 어느 순간 우리는 파출소 너무 가까이까지 와 있음을 알았다. 파출소 앞은 우리를 호출할 아무런 기미도 보이지 않고 있었는데도 우리는 그렇게 생각되었다. 그러면서도 우리는 알 수 없는 자력에 끌려 계속 다가가기만 했다. 가면서 1초를 몇 분의 1로 쪼개어, 그때마다 돌아설 수 있는 마지막 기회를 직전에 놓쳐 버린 것처럼 후회했다. 그 후회는 드디어 파출소의 문턱을 넘어서면서도 끝나지 않았다. 아니 우리는 지금도 우리들 가운데 누군가가 나서서 아주 그럴듯한 거짓말로 앞에 앉은 경찰관을 속여넘김으로써 우리의 방문을 위장하고 줄행랑을 칠 수만 있었으면 하고 있었다. 그렇기 때문에도 우리의 침묵은 더욱 가슴 죄게 했다. 우리의 그것이 이 30년 근속의 노경찰관으로 하여금 드디어 뭔가를 눈치채게 하여 저질러진 무서운 사건의 정체가 발각되지 않을까 하는 초조감으로 우리는 거의 오줌을 쌀 지경에까지 이르고 있었다.

"뭐야? 말을 해야 할 거 아냐!"

"아, 네 저어 사람이 주, 죽었……"

"아, 경관님, 그게 아니구요."

세 사람의 세 마디 말은 거의 동시에 이뤄졌다. 우리가 염려한 대로 역시 가장 먼저 말문을 연 것은 김영후였다. 그는 경찰관의 느닷없는 고함에 펄쩍 몸을 솟구치기까지 하면서 떨리는 목소리로 말을 시작했다. 순간 우리는 드디어 들통이 나버렸다고 생각했다. 그러나 재빨리 영후의 말을 가로막으면서 김중배(金重培)가 앞으로 나선 것이다. 워낙 다급했던 나머지 한발짝 경찰관 책상 앞으로 나선다는 것이 너무 달려들어서 우리는 그가 노경찰관을 그만 때려눕힐 작정인 줄만 알았다. 들이받힌 책상이 요란스럽게 찌끄덕거리는 소릴 내고, 놀란 경관은 젖혔던 고개를 곧추세우면서 벌떡 일어섰다. 무서운 얼굴이었다. 뭔가 드디어 눈치챘음이 분명했다.

"뭐야? 솔직히 말해!"

"그게 아니라니깐요."

"잔소리 마라!"

"저흰, 저어 학생들입니다. 그런데……"

"그런데?"

"그런데…… 영활 찍고 있었거든요."

"뭐라구?"

"아, 아닙니다. 영화 촬영이라니까, 무슨 총천연색 시네마스코프 같은 어마어마한 것으로 오해하지 마십시오. 저희가 만들고 있던 영화는 8밀리짜리 장난감 같은 촬영기를 사용하는 그런 영화였으니깐요."

"솔직히 말해. 자네 지금 당황하고 있어."

"그럴 수밖에 없죠, 이 친구와 전 내기를 걸었거든요. 그런데 이 친구가 단도직입적으로 얘길 시작하려 했단 말입니다."

김중배는 손을 뒤로 젖혀 김영후를 가리키고 있었지만 시선은 돌리지 않은 채 빠른 말씨로 계속 너스레처럼 말했다.

"그러니, 경찰관님이 이 친구의 한마디 말만 듣고 판결을 내리시면 전 어쩝니까. 아무 소리 못하고 질 수야 없지 않습니까."

노경찰관은 약간 여유를 되찾은 듯한 표정으로 돌아가면서 다시 의자를 끌어당겨 앉았다. 그는 아마도 '요즘 애들이란 이렇게 엉뚱하고 유치한 데가 있단 말이야' 하고 어이없어하는 것인지 몰랐다.

"그래 무슨 내긴데 내가 판결을 내려야 하나?"

김중배가 긴장이 풀린 자세로 한 걸음 뒤로 물러서며 가쁜 숨을 몰아쉬는데 빙 둘러선 우리 대열에 갑자기 조심스런 동요가 일기 시작했다. 안도의 숨통이 터지는 소리가 나고 쥐가 내린 부동자세를 푸느라 몸이 앞뒤로 흔들렸다.

"우리가 만들고 있었던 영화는 〈장한몽(長恨夢)〉, 쉽게 말해서 〈이수일과 심순애〉였습니다, 읽으셨겠죠만."

"얘길 해봐."

"그런데 거기에 문제가 생겼습니다. 말하자면 결론을 어떻게 내리느냐 하는 문제죠."

"그게 무슨 문제가 되나, 원작대로 하면 되는 거지."

"아니죠. 아시다시피 그 소설이란 조일재(趙一齋)의 창작이 아니구 번안소설이잖습니까. 그러니까 그 작품을 지금 영화화하면서 다시 한번 번안하여 고친다 해서 안 될 것도 없지 않느냐 이겁니다."
"어떻게?"
"……"
"어떻게 고쳐?"
"……"

김중배가 갑자기 얼굴이 창백해지면서 얼른 대꾸할 말을 잊고 우리 쪽을 빙 둘러보았다. 우리는 그의 눈 언저리에 가느다란 경련이 파문처럼 스쳐가고 있는 것을 볼 수 있었다. 그는 몸을 한번 세차게 떨고 나서 돌아섰다. 그러고는 흔들리는 목소리로 말했다.
"그 가운데 한 주인공을 그만…… 죽여 버리자 이거죠."
"어떻게?"
"그러니까…… 이수일이가 심순애나 김중배 중의 하나를 사, 살해해 버립니다."
"그렇게 되면 이수일이가 교도소엘 가야 되는데, 후편에서의 고리대금업은 누가 하지? 좋잖은 생각이야. 너무 심한 번안인데."
"징역을 살고 나와서 하죠."
"그 당시의 법으로는 살인범은 무조건 사형이에요, 미안하지만."
"이수일이 어째 살인범입니까, 윤리는 법에 우선하는데. …… 아니 그럴 필요도 없어요. 우린 이수일이 고리대금업하는 후편은 딱 질색이거든요. 그래서 모란봉에서의 이별로 작품을 끊어 버리기로 했지요."

그건 사실이었다. 우리가 지난 여름 공연을 가졌던 3막 3장짜리 〈이수일과 심순애〉 연극에서도 그 뒷부분은 잘리고 없었다. 물론 조일재는 이 작품의 후반에서 더욱 창의력을 발휘하여 원작 〈금색야차(金色夜叉)〉보다 훌륭한 성공을 거둔 것으로 평가받고 있지만 우린 그 말을 상대적인 평가로 해석했을 뿐 그 작의를 인정할 수 없었다. 그래서 우리는 이 작품을 공연함에 있어 단 한 사람의 이의도 없는 만장일치로써 작품의 후반을 끊어 내버렸던 것이다.

아니 그런 얘기보다도 우선 우리가 왜 이 작품을 취하게 되었는가가 더 중요할지 모른다.

우리가 이 작품을 고르게 된 가장 직접적인 동기는 우리 회원 가운데 김중배라는 이름을 가진 친구가 있었다는 데서부터 출발한다. 뿐만 아니라 우연히도 이 친구의 아버지 역시 금산은행(金山銀行) 두취 김형순(金瑩淳) 이상으로 어마어마한 재벌이었다. 다만 여기서 미리 해명해 둘 것은 중배의 인간됨됨이만은 김형순의 아들처럼 그렇게 부박하고 사치를 좋아하는 퇴물이 아니라는 점이다. 그는 언젠가 스스로 말한 것처럼 못돼먹은 선배 때문에 적지 않은 손해를 입는 편이었다. 그는 자신이 김중배라는 이름 때문에 비난을 받자 그렇게 말했었다.

그를 비난하는 친구는 언제나 김영후였다. 그는 틈만 나면 중배를 물고 늘어져 이죽거리기를 좋아했다. 그리고 그에 따르면 중배는 선배 중배 때문에 피해를 입는 것이 아니라 엄청난 음덕을 입고 있다는 것이었다. 그로부터 많은 교훈과 암시를 받고 있기 때문이라는 것이 그 이유였다.

"만약 그런 선배를 두지 않았더라면 너같은 친일파 재산가의 피를 이어받은 놈이 여태 온전했을 리 없지. 벌써 본색이 드러나고도 남았을 테니 말이야. 그런 네가 우리 클럽의 회원까지 됐으니 그게 음덕이 아니구 뭐냐."

영후는 언제나 중배에 대해선 너무 신랄했다. 그렇다고 중배가 영후의 말을 탓하고 나서는 일은 없었지만. 그는 단지 히죽 웃는 것으로 일관했다. 그건 영후의 말이 아무리 가혹해도 그가 자신의 얘기 속에 악의를 숨길 만큼 암팡진 인간은 아님을 알고 있기 때문이었다.
 "야, 금산은행 평양지점장 나리, 우리 연극하자."
하고 영후가 어느 날 느닷없이 말했다. 그의 손에는 이미 어디서 찾아냈는지 알 수 없는 1930년판 〈장한몽〉의 표지 달아난 대본이 들려 있었다. 우리는 교정의 잔디밭에 둘러앉아 영후의 낭독에 귀를 기울였다.
 "해는 이미 서산으로 넘어가고 가게의 문은 모두 첩첩이 닫혔는데 동으로부터 서으로 향하야 길게 비끼어 있는 대로는 고운 비로 쓸어 버린 것같이 티끌 하나이 날리지 아니하며⋯⋯"
 낭독을 들으면서 우리에겐 인간 누구에게나 조금씩은 남아 있게 마련인 감상적 회고벽(懷古癖)이 머리를 들기 시작했다. 교번소 앞번 서 있는 순사의 데그럭데그럭 칼소리, 야학교 종 치는 소리, 인력거 지나는 소리, 지금사 뒤집 행랑에 군불 넣는가, 인바네스를 두르고 수달피 목도리, 다방골⋯⋯ 등등의 말들이 우리의 결심을 굳혀 갔다. 그러나 우리가 드디어 이 작품을 토대로 한 연극대본을 만들고 배역을 짜서 연습에 들어가게까지 한 결정적인 작용을 한 것은 이 작품의 클라이맥스가 평양의 대동강변을 무대로 하여 전개되고 있다는 것 때문이었다고 할 수 있다. 우리는 모두가 한결같이 중얼거렸다. 아, 가볼 수 없는 땅 평양, 대동강, 모란봉, 부벽루 산보, 능라도, 을밀대⋯⋯
 우리는 이미 우리가 태어나기도 전에 금을 긋고 경비병을 세워 출입이 막힌 땅, 그 선천적인 운명의 땅에 대한 집요한 마음 끌림을 떨쳐 버릴 수가 없었다.
 "좋다, 우린 이 작품으로 연극을 하는 거다."
 이때 김중배가 한 가지 전제조건을 붙이고 나섰다. 어떤 경우에도 자신에게 금강석 반지를 번뜩이는 김중배 역을 맡기지 말아 달라는 것이었다. 그러나 김영후의 계획은 생판 달랐다.

"지금까지 정해진 배역으론 김중배 역을 맡을 중배, 너 하나뿐이야. 너야말로 가장 완벽한 김중배를 해낼 거거든."
"좀 봐다오. 난 죽어도 머리에 기름과 지꾸를 칠할 수 없단 말이야."
"잔소리 마라. 넌 적어도 이번 연극에서 두 가지 역할을 맡는 거다, 김중배 역과 더불어 제작을 말이다. 이번 기회는 바로 네 아버지가 저지른 죄과를 네가 속죄받을 수 있는 최후의 찬스란 걸 알아야 돼."
우리는 영후가 여전히 너무 가혹하다고 생각했다. 중배의 완강한 저항은 더 이상 버텨내지 못했다. 중배는 굴복하고 말았을 뿐 아니라 우리의 박수갈채 속에 무대장치며 진행비 등의 제작비 일체까지 떠맡음을 선언하고 나서기에 이르렀다.
5백 엔짜리 다이아몬드 보석반지를 낀 김중배 역에 김중배, 심택(沈澤) 집에 더부살이하는 사고무친의 이수일 역에 김영후, 자주 모본단 덧저고리에 옥색 삼팔 통치마를 입은 미모의 심순애 역에 유신혜(柳信惠) 양.
우리는 드디어 리허설에 들어갔고 한 달 남짓한 강행군 끝에 여름방학을 맞았다. 우리가 연극을 만든 목적이 대학생 하계봉사라는 이름의 농촌 계몽에 나서기 위한 것이었으므로 강행군은 불가피한 사정이기도 했지만 그렇다고 우리의 준비 작업이 불안한 상태에 머물러 있던 것은 아니었다. 우리가 대망의 발진을 하는 날엔 한결같이 자신에 들뜰 지경이었으니까 말이다.
김중배가 자기 아버지 회사에서 발주한 랜드로버 차에 세트를 세울 간단한 각목과 확성기와 엠프리파이어, 배터리, 배경 그림폭들을 차곡차곡 포개 싣고 아홉 명의 스탭, 캐스트가 빼곡이 올라탔다. 우리는 애국가와 교가만을 뺀 모든 노래에 목청을 뽑으며 경부고속도로를 미끄러져 달아났다. 목적지인 경상북도의 어느 고을(그곳 지서주임을 위해 지명은 밝힐 수 없음)을 향해 질주하는 김중배의 무서운 운전 솜씨를 우리는 경탄해 마지않았다.

반반한 건물이라곤 미장 시멘트발이가 군데군데 벗어져 살풍경하기 짝이 없는 왜식 우체국 하나밖에 없는 고을에 짐을 풀었을 때는 벌써 밤이 깊어 있었다. 우리는 천 년 그 모양으로 퇴색해 가기만 하고 있는 고을 풍경의 냉기에 적잖이 자극을 받은 나머지 모두들 흥분을 가누지 못했다. 그러나 흥분하고만 있을 때가 아니었다. 우리는 씨근덕거리면서 무대 가설 장소를 물색했고, 한편으론 공연 준비를 서둘렀다.

결론부터 말한다면 우린 이곳 우시장에 야외무대를 가설한 나흘 동안에 4회의 공연을 성황리에 끝마칠 수 있었다. 나흘째의 공연엔 너무 많은 면민들이 몰려들어, 마이크 소리 안 들린다, (랜드로버의 발전으로 밝힌) 조명이 너무 어둡다, 앞사람은 맥고모자 벗고 앉아라, 우는 애새끼들은 꺼내 가라 소리소리 지르는, 문자 그대로의 선풍적인 대성황을 거두었음에도 불구하고 더 이상 막을 올리진 못하고 말았는데, 그러기까지에는 우리대로 불가피한 사정이 있어서였다.

닷새째 아침에 일어났을 때 우시장은 황량한 벌판으로 돌아가 있었던 것이다. 가설무대가 무너져 버린 것도 버린 것이지만 아홉 칸 김소사(金召史)의 집과 심택의 집, 모란봉 부벽루 근경을 그린 무대장치마저도 온데간데 없었다. 우리는 도무지 영문을 알 수 없을 정도로 당황했다. 아직도 망막에 잔영으로 남은 운집 군중의 환성 때문에 피곤한 밤을 뒤채던 우리에게 들이닥친 이 이해할 수 없는 사태를 우리는 감당하지 못했다. 여름 밤비가 노 드리듯이 쏟아지는데도 자리를 뜰 생각 않고 끝까지 지켜앉았던 지난 밤의 관객들을 그리고 또 그려 보면서 우리는 계속 우시장가를 배회했다. 어떻게 해야 한다는 생각도 없었지만 그럴 듯한 무엇 하나 궁리가 서는 것도 없었다. 말하자면 우리는 아비규환을 치른 격전장을 돌아보듯이 어설프고 지저분한 흔적만을 남기고 있는 무대 언저리를 서성거리고만 있었다. 그러다가 우리는 내키지 않는 걸음걸이로 기웃기웃 다가오는 청년 하나와 마주쳤다.

"혹시 이윤 아십니까?"
"아침 일찌그이 뜯어갔심니더, 순경들이오."
"경찰이 왭니까?"
"글쎄요."

그러나 지서주임의 말은 간단했다. 무슨 기념식수였는지는 기억나지 않지만 하여튼 주임은 무슨 기념식순가 하는 푯말을 앞세우고 심어져 있는 볼품없는 측백나무 그루터기를 일구면서 말했다.

"오늘은 장날인기라, 장터에다 무댈 세와 들 수 없기 아이오."
"무댈 뜯는 수곤 저희가 했어야 했는데 죄송하게 됐군요. 하지만 무대 장치물은 돌려주셨으면 하는데요."

주임은 그루터기를 긁적거리던 막대기를 휙 팽개치고 일어서면서 우리 일행을 쭉 훑어보았다. 우린 그냥 서서 선을 보이기가 약간 멋적어져서 제각기 얼굴을 찡그렸다. 그러자 주임은 우리를 데리고 지서 건물 뒤쪽으로 돌아갔다.

"저어기 보이소."

우리는 주임의 손가락 끝을 따라 뒷마당 끝에 있는 판자막 변소 옆의 쓰레기장을 건너다보았다. 그러나 거기엔 아무것도 없었다. 주임은 다시 짧게 말했다.

"벌써 다 탔삐맀구만."

우리는 그 말에 놀라 여름 아침 햇살 속에 몰싹몰싹 연기를 피우고 있는 쓰레기장 곁으로 우르르 몰려갔다. 거기엔 타 버린 유화 무대 장치물 잔해가 손대기엔 너무 애처롭도록 아스라이 남아 있었다.

"이거 도대체 어떻게 된 겁니까?"

"잔네들이 더 잘 알 낀데."

"뭐라구요?"

"잔네들은 작품의 내용을 마음대로 바꾸지 안했나."

우리는 주임의 말을 알아들을 수가 없어 한참 동안 대꾸를 잊고 멀거니 서 있었다. 우리는 주임이 다시 짤막한 설명을 붙였을 때에야 그게 무슨 뜻임을 알아차릴 수 있었으며, 그러나 알아차렸다 싶자 또다시 어떻게 된 영문인지 어안이 벙벙해졌다.

"이수일이가 은제 그른 말을 했노 말이다."

이 말이 무엇을 뜻하는지를 알기 위해서는 약간의 설명이 필요하다. 즉 그것은 이수일(김영후扮)이 목숨보다도 더 사랑하던 아내를 빼앗겨 한은 뼈에 사무치고 분은 가슴을 에는 지경에서 심순애와 마지막 단장의 이별을 하는 장면을 말하는 것임에 틀림없었다. 이수일은 격한 분노를 이기지 못하여 피를 토하듯 소리친다.

"순애야 이년, 너의 마음이 이렇게 변한 까닭으로 이수일이라 하는 놈은 낙심되든 끝에 발광하여 일평생을 그르치는고나. 학문이 다 무엇이냐? 오늘 저녁으로 마지막이로다. 김…… 김…… 김중배 부인! 다시는 너와 나, 보지 아니할 터이니 고개를 들어서 아직 사람의 마음을 가지고 있는 이수일의 얼굴을 자세히 보아 두어라……"

여기까지 이수일은 원문에 충실히 따르고 있었는데, 다음 순간 갑자기 고함소리가 높고 빨라지면서 엉뚱한 대사가 좌악 쏟아지기 시작했다. 그것은 눈깜짝할 사이의 일이었다.

"순애야, 이 더러운 년, 김중배 여편네야! 다이아몬드, 보석반지, 사치한 세단에 눈이 멀고 아방궁 대저택에 정신이 홀려 친일 간신배의 며느리로 팔려가는 이 황금에 놀란 더러운 년아, 민족의 혈맥을 끊어 피를 빨며 국기(國基)를 아삭아삭 갉아 먹는 망국적 매판가, 어딘 줄 알고 이 민중의 광장에서 내 소매를 부여잡느냐.

아서라, 놓아라, 이 더러운 미제 구제품 양복 찢어지겠다. 냉큼 이 붙들고 있는 팔을 떼지 않으면 내 이 다 떨어진 구둣발로 네 꽃 같은 젖가슴을 차버릴 거다. 내 이수일이는 사단이 있어 길게 하직을 하노니 네 부모님 내외분께 안녕히 계십사고 말씀이나 여쭈어라. 만약에 이수일이는 어디로 갔느냐고 물으시거든 그 못나고 병신스런 놈은 3월 14일 밤에 별안간 미쳐서 대동강 부벽루 아래에서 부지거처가 되었다고……"

여기서 이수일은 심순애의 가슴을 걷어차 버리고 부벽루의 언덕 아래로 횡하니 사라졌다. 그러자 발길에 채여 어이없이 나동그라진 심순애는 어찌할 줄을 몰라 몸을 일으켜 세운 뒤에도 멍청하게 무대 측면만을 흘겨보게 되었다. 여보 가시면 어디루 가시나이까, 여보 수일씨 잠깐만, 잠깐만 어쩌고 하면서 옷깃을 부여잡고 애원하도록 되어 있는 끝 장면이 어처구니없는 상태로 끊겨 버리고 말았기 때문이다. 우리는 순간 몹시 당황하지 않을 수 없었지만, 그런 가운데도 기민하게 움직였다. 황급히 막을 내리면서 동시에 라이트를 꺼버렸던 것이다. 칠흑 같은 정적 속에 무섭게 쏟아지는 빗소리를 거기 있던 모든 사람들은 듣고 있었다. 관객이며 배역들 할 것 없이 우리는 모두가 그 끝 장면에 심한 충격을 받아 허탈에 빠져 있었던 것이다. 그러다가 터져나온 노래가 있었다. 그 노래는 별안간 무서운 함성으로 번져갔기 때문에 우리는 그것이 꼭 예약이 되어 있다가 '불 켜시오,' 하는 고함소리를 신호로 일제히 목청을 뽑기 시작한 것으로 착각할 정도였다.

대동강변 부벽루에 산보하는
이수일과 심순애의 양인이로다
악수논정하는 것도 오날뿐이요
보보행진 산보함도 오날뿐이라

수일이가 학교를 마칠때까지
순애야 어찌하여 못 참았더냐
………

우리는 다시 불을 켜고 빗속에 일렁이는 군중의 물결을 물끄러미 지켜보았다. 그러나 충천하는 함성은 좀체 수그러질 기세를 보이지 않았다. 쏟아지는 비도 그들의 열기를 식힐 수는 없는 것 같았다. 우리는 무대와 차 속에 각각 흩어져 앉은 채 생각을 가다듬었다. 각본을 무시한 이수일의 대사(글로 옮겨 적어 놓으니 너무 즉흥적이고 상투적이어서 감흥이 훨씬 멀어지지만)와 각본에 거역할 수 없어서 정신 나간 사람처럼 멀거니 서 있던 심순애의 연기가 특히 좋았다고. 그래서 우리는 드디어 무대로 몰려나가 그들을 따라 고함을 지르기 시작했다.

순애야 반병신된 이수일이나
이래뵈도 의기의 일개남아라
………

그렇게 성황을 이룬 공연에 무엇이 어쨌다는 것인가. 우리는 곧 으스러질 위기에 놓인 잿더미를 뒤로하고 돌아서서 지서주임을 바라보았다.
"각본과 달라진 것이 어쨌다는 겁니까?"
"나보고 충고하라카만, 잔네들은 작품 자체부터도 잘못 선택했다고 말하겠어. 그걸 불태운 건 상부의 지시였는 기라. 난 잔네들 때문에 골치를 앓다 못해서 어제 밤중에는 상부에 문의꺼정 했으이, 잡아 놓기 전에 꺼졌삐리는 기 좋을끼라."
우리는 망연자실했다. 그래서 서로 얼굴만 쳐다보고 섰다가 다시 잿더미를 향해 돌아섰다. 우리는 자연스럽게 바지 단추를 끄르고 오줌을 싸기 시작했고, 유신혜 양 역시 조금도 멋적은 기색 없이 자연스런 자세 그대로 서서 우리의 오줌줄기가 가 닿는 곳을 내려다보고 있었다.

대성황이라는 충격적인 장면과 어처구니없이 좌절당한 허탈감을 동시에 안고 돌아온 우리는 그 뒤로 거의 두 달 가까이를 아무런 의미 없이 흘려 버렸다. 그 전처럼 자주 어울리지도 않았지만 만났을 경우에도 별로 할 이야기가 없었다. 우리는 드디어 클럽이 깨어지는 것이나 아닌가 하는 불안감을 안고 어느 새 낙엽으로 덮이기 시작한 교정을 서성거렸다. 그러다가 어느 날엔가 김영후가 새로운 제안을 내놓았다. 우리는 그의 설명을 들으면서 역시 어떤 단위의 집단체이건 리더는 있어야 함을 절감했다. 그는 우리가 개인적인 상념에 휩싸여 있는 시간에도 단체에 대한 구상을 게을리하지 않고 있었던 것이다. 우리는 전폭적인 지지로 그의 제안을 받아들였다. 아, 정말 기발한 착상이로구나.

그렇다고 그의 제안이 무슨 기상천외의 것이었느냐 하면 그것은 물론 아니다. 그는 〈이수일과 심순애〉의 영화를 만들자고 한 것이다. 그것도 대형 화면이 아닌 8밀리 짜리 촬영기로 무성영화를 한 편 찍자는 것이었다. 대형 화면의 유성영화에 식상이 들린 요즘 관객들에게 우리의 소형 영화는 환영받을 것이 틀림없으며, 더구나 이 작품은 무성영화 특유의 변사가 해설을 맡음으로써 훨씬 호소력이 더할 수 있으리라는 것이 김영후의 주장이었다. 그러고 나서 그는 벌떡 엉덩이를 들고 일어섰다.

——먼 산에 월색은 몽롱하고 피륙을 마전하여 고운 잔디밭에 널어 놓은 것 같은 대동강. 흐르는 물은 적적히 잠들어 잔잔한데, 일엽편주로 고기 낚는 배는 이곳 저곳에 흩어져 있어 완연 해중에 있는 섬과 다름이 없도다.

반공에 솟은 듯한 을밀대 옆으로 한 줄기 좁은 길이 소나무 사이로 얽히었는데, 그 길로 좇아 영명사를 지나 부벽루 앞으로 내려오는 한 쌍의 남녀가 있었으니 그 하나는 이수일이요, 또 하나는 심순애였던 거다.

월하에 점점 멀어져가는 이수일의 그림자는 어느 새 소나무 사이로 숨어드는데, 부벽루야 너 잘 있거라. 너와 나는 오늘밤 영영 이별이로구나. 모란봉이 변하야 대동강이 되고 대동강이 변하야 모란봉이 될지라도 너와 나 변치 말자 맹세했더니, 세태야 이다지도 무정하더란 말이냐.

김영후는 한바탕 변설을 끝내자 표정을 풀고 그 끝에다 잽싸게 '어쩌구, 어쩌구' 하고 꼬리를 달았는데, 바로 그 말 때문에 좌중은 웃음바다가 되었다. 그리고 그 웃음은 우리를 음울로부터 다시 깨어나게 했으며 전보다 더욱 억세게 결속시키는 계기가 되어 주었다.

우리는 다음날로 바로 준비를 서둘러 거의 열흘 가까이에 걸쳐 촬영과 조명, 편집에 관한 교육을 받았다. 소형 영화 동호인회 간부 최씨는 신들린 사람처럼 열의를 보였다. 우리는 그를 통해 일제 중고 촬영기를 쉽게 샀는데, 대금을 치르고 나오는 우리를 붙잡고 그와 한 사무실에 있다는 친구가 이렇게 소곤거렸다.

"당신네들, 그 무비 카멜라, 5천 원은 더 주고 산 줄이나 아시오. 최씨가 더 얹어먹었단 말이오."

그러나 우리는 그 친구의 귀띔을 곧 잊어먹고 말았다. 2층에 있는 그의 사무실을 다 내려오기도 전에 우리의 머리에 남은 말이라곤 이상하게 발음이 뒤틀리던 '무비 카멜라' 밖에 없었으니 말이다.

우리는 정월 대보름의 김소사집 윷놀이 장면을 찍기 위해 한국의 헐리우드 충무로 3가에 가서 인력거를 하루 세내기도 했다. 우리는 그 인력거의 등허리에다 K자를 써붙여 굴렸으며 네 칸짜리 안방과 세칸 대청을 가진 조선집을 빌어서는 윷놀이 광경을 연출했다. 이

촬영을 위해 김중배는 왜정 때 자기 아버지가 애용했을 망토를 훔쳐 내 왔고, 심순애는 머리를 히사시가미로 쪽찌고 생국화(원작에는 假花) 꽃송이를 꽂아 사람마다 사귀고 싶은 마음이 스스로 생기도록 치장했다. 이수일은 되도록 촌스럽게 분장한 반면 김중배는 되도록 화려하게 차려, 프록 코트에 조끼를 입고 금시계줄을 길게 늘였는가 하면, 머리는 기름이 듣는 듯이 빗겨 붙이고 스물 네다섯의 나이에 경망스럽게도 콧수염까지 달았다. 금테 안경을 코에 걸고 50원 짜리 가짜 금강석 반지의 광채를 번뜩였다.

그런데 여기서 불가불 밝혀 두지 않으면 안 될 점은 이미 연극 때부터 김소사와 심순애의 모 최씨 부인역을 남자가 대신했다는 사실이다. 아무리 찾아도 여배우를 찾을 길이 막연했기 때문이다. 우리는 궁리 끝에 회원 가운데 그 중 얼굴이 예쁘장한 두 친구를 뽑아 치마를 입히고 가발을 씌웠는데, 그러고 보니 아주 그럴싸하게 어울려 어느 중년 부인 못지않은 미모마저 갖추고 있었다. 사실 연극을 준비하면서부터 봉착한 여자 기근을 말하자면 그 정도가 아니었다. 차출 회원이나 다름없이 되어 버리긴 했지만 사실 심순애도 우리 회원은 아니었다. 물론 요즘 어떤 남자대학의 어떤 학과라도 한두 명의 여학생이 끼여 있지 않은 데가 없을 것이려니와 우리 법학과에도 단 한 명의 여자가 섞여는 있었다. 그러나 이 안경잡이 양양은 안경만 빼앗아 버리면 1미터 앞을 분간 못할 지경이었으니, 박색은 고사하고 우선 시력 1.5는 될 심순애에게 안경을 쓰게 할 수가 없었던 것이다.

"할 수 없다, 밖에서 조달하자. 입은 조그마하고 콧날은 오똑, 눈은 어글어글하며 아침 이슬을 머금은 해당화 같은 미모를 갖춘 여자를 발견하면 신분에 관계없이 즉시 연행하라" 하고 까다로운 훈령을 내린 김영후는 그런 지 이틀만에 스스로 지금의 유신혜 양을 데리고 나타났던 것이다. 우리는 그녀를 만나는 순간 김영후의 수완에 놀라기 앞서 그녀의 아름다움에 취했다. 그리고 그녀는 미모에 못지 않게 감수성이 여간 빛나는 편이 아니어서 웬만한 일이면 못해내는 경우가 없었을 뿐 아니라 눈에 띄게 적응이 빨랐다. 그래서 한 달이 못 가서 그녀는 우리 클럽의 행운을 예고하는 표상처럼 되어 버렸다. 결코 적절한 표현은 아니지만 우리의 마스코트 같은 영롱한 존재로 빛을 반짝이며 떠올랐다고나 할까.

작품의 전반만을 취하기로 한 우리의 입장에서 보면, 작품 전체를 심순애편(沈順愛篇)이라고 불러도 무방하리만큼 그녀의 끊임없는 활약이 필요 불가결한 것이었다. 그런 면에서 그녀는 천생 배우였다. 우리는 며칠이고 계속되는 빠듯한 촬영 스케줄에도 피로한 기색조차 없이 열성을 다하는 그녀를 지켜보면서 천부의 소질을 타고났음이 틀림없다고 감탄하지 않을 수 없었다. 만약에 그녀의 협조가 부진했던들 우리는 그렇듯 쾌속도로 촬영 일정을 밀고 나갈 수 없었을 것이니까. 우리는 촬영을 시작한 지 보름이 채 못되어 작품의 대부분을 완료하고 있었으며, 어저께는 순애 모녀가 평양으로 잠행하는 남대문 정거장의 경의선 발차 광경까지 찍었다. 그 광경 촬영에서의 걸작은 뭐니뭐니해도 김소사 여인 역할을 하던 꼬마 주이명(周利命)이 멀쩡한 남자 열차 판매원이 되어 목판을 걸러메고 창 옆을 외치고 다니던 풍경이었다고 하겠다. 그는 계속 단조롭게 외치고 있었는데, 그 모습이 얼마나 우스꽝스러웠던지 우리는 배꼽을 펼 수가 없을 지경이었다.

"벤또, 삐루, 마사무네, 삼편 사이다!"

한데 그토록 명랑하던 심순애가 평양에 도착하자마자 갑자기 피로의 기색을 보이기 시작했다. 마치 염세의 우울 속에 빠져 고뇌하는 소녀처럼 그녀는 우산을 짚고 만수대로 오르면서도 줄곧 표정을 펴지 않았던 것이다. 그래서 다시 계집아이 하인 역으로 분장한 주이명의 촐랑대는 걸음걸이가 오히려 분위기에 어울리지 않을 지경이었다. 계집아이는 궐련갑과 유황을 수건에 싸들고 뒤따르며 게으름을 피웠어야 했는데, 주이명은 나들이에 신바람이 난 하녀 역을 해내고 있었던 것이다.

우리는 편리하게 생각하기로 했다. 말하자면 그녀도 우리처럼 형용하기 어려운 비감에 젖어 있기 때문이라고 말이다. 우린 사실 처음부터 대동강변의 촬영에 그 중 신경이 쓰였다. 태어나면서부터 이미 인연짓지 못한 대동강변의 풍경——우리는 그 강변을 한강변의 어디에서도 대신해낼 자신이 없었다. 연극 무대에서는 그래도 쉬웠다. 모란봉 근경이나 부벽루를 사진에 근거하여 복사할 수가 있었으니까. 그러나 지금 대동강, 그것은 우리의 땅이면서 템즈강이나 세느와 다를 게 무엇인가, 아니 볼가강이나 황하와 다를 게 없지 않은가. 우리는 하는 수 없이 워커힐 상류의 어느 어귀와 세트를 이용한 부벽루를 따로 찍어 몽타주로 편집할 계획을 세웠다.

촬영 기사가 한강을 원경으로 잡아 촬영을 서둘렀다. 그런데 이때 갑자기 이수일이 발칵 화를 내기 시작했다. 소리치는 그의 모습이 얼마나 일그러져 있었던지 우리는 독사 대가리를 보았을 때처럼 놀랐다. 그러나 그가 화를 낸 것은 단지 워커힐 쪽 언덕 끝에 요트가 나타난 것 때문이었다. 그런데도 촬영 기사는 그걸 놓치면 큰일이 나기라도 하듯 그 괴물을 열심히 따라가고 있었던 것이다. 그렇다고 그렇게 악을 쓸 것까지는 없었다. 하지만 이수일의 노기는 좀체 풀릴 기미를 보이지 않았다. 그는 시뻘건 얼굴을 하고 욕지거리를 퍼붓기 시작했다.

"언제부터 요트놀이를 즐기게 됐나, 우라질 놈의 새끼들. 한 머리에선 굶어 죽는다는데 저놈의 언덕은 주지육림 속에 빠져 허우적거리고 있으니 말이야."

우리는 그가 필요 이상으로 화를 낸 데도 놀랐지만 엉뚱한 데까지 신경을 곤두세워 흥분을 가누지 못하는 것에 더욱 놀랐다. 우리는 그가 지칠대로 지쳐 있는 것이라고 생각했다. 심순애가 오늘 갑자기 우울증에 걸린 것이나 이수일의 신경과민 노출은 모두가 그들의 체력이 한계에 이르렀음을 뜻하는 것으로 여겨졌다.
"몹시 피곤한 것 같은데 우리 내일 다시 오면 어떨까?"
김중배가 이수일 곁으로 다가서면서 소곤거렸다. 그러나 이수일은 단호히 거부였다. 그는 자신이 결코 지쳐 있지 않음을 귀에 거슬릴 정도로 누누이 강변하고 나섰다. 우리는 하는 수 없이 풀이 죽은 침울한 분위기를 씨근덕거리면서 촬영을 계속했다.
경응의숙(慶應義塾) 이재과(理財科)를 나온 새파란 은행 지점장이 순애를 희롱하면서 만수대로부터 기자능으로 내려간다. 김중배는 순애를 가파른 언덕 끝으로 인도해 나간다. 순애의 몸에 자연스레 손을 대기 위한 수작이다. 아름다운 여자의 섬섬옥수를 붙잡고 사람 없는 산길에서 수작을 붙이려는 음험스런 김중배의 충혈된 눈과 옷고름을 물고 배시시 돌아서는 심순애의 수줍음이 한결 격정을 고조시킬 채비를 차리고 있는데 카메라는 잠시 초점을 돌려 솔포기 사이에 몸을 숨긴 중학교복의 이수일을 잡는다. 다음 순간 김중배가 기회를 잡아 슬그머니 심순애의 하얀 손을 붙잡아 자기 앞가슴으로 끌어들인다.
이 순간이었다. 갑자기 악 하는 여자의 짤막한 외마디 비명과 함께 심순애의 치마폭이 허공으로 휙 날렸다. 너무나 순식간에 지나가 버린 이 찰나의 일들을 우리는 누구도 정확히 기억할 수 없었다. 단지 심순애가 팔을 허우적거리기 직전에 우리는 무슨 소린가를 들은 것 같았고, 차츰 기억을 되살리자 그 벼락 같은 고함소리는 아마도 "손목 잡지 마!"였을 것으로 생각되었다. 그 고함소리에 놀라 심순애는 잡힌 손을 홱 뿌리쳤고 그러는 통에 그녀는 기우는 체중을 부지하지 못했음이 분명했다. 아, 틀림없이 그랬다.
우리는 비탈에 미끄러지면서 언덕 끝으로 몰려 내려갔다. 유신혜 양은 우리가 발가락에 힘을 모으고 버텨 선 언덕 끝으로부터 적어도 10미터는 간격을 둔 저 아래쪽 바위 위에 반듯이 누워 있었다. 마치 한 송이 꽃잎이 내려앉은 듯 사뿐히.

전신에 타박상을 입은 유신혜 양의 시체를 끌어안으며 김영후는 우악스런 울음을 터뜨렸다. 꾸부린 어깨에 격렬한 파도가 일면서 그는 무섭게 울부짖었다.

"내가 죽였어, 내가 너, 귀여운 너를 죽였어. 순애야, 나 이수일이가 너를 죽였단 말야!"

그러다가 그는 벌떡 일어나 정신 나간 사람처럼 무엇인가를 허겁지겁 찾기 시작했다. 카메라였다. 그는 그걸 바위에다 사정없이 내리찍었다. 렌즈가 부서지고 쇠가 이지러져서 박살이 났는데도 그는 마치 그만둘 기회를 놓쳐 버린 사람처럼 계속해서 내리 찍어댔다. 우리는 경악과 슬픔에 싸이기에 앞서 그를 떼어말리지 않으면 안 되었다. 그가 무슨 일을 저지를지 알 수 없었기 때문이다. 그가 또한 유신혜 양처럼 언덕 아래로 몸을 날리지 않으리라는 아무런 단정도 우리는 할 수가 없었던 것이다.

우리는 김영후를 진정시키기 위해 그의 팔다리를 결박하면서 한 머리로는 유신혜 양을 랜드로버의 뒷좌석에 옮겨다 뉘었다. 참으로 끔찍하고 허망한 모습이었다. 김중배가 차의 시동을 거는 소리를 들으면서 우리는 용케 참아온 울음을 터뜨리고 말았다. 그것은 중배가 스위치를 넣으면서 소리 없이 눈물을 질금질금 쏟기 시작했기 때문이었다. 차창 밖으론 가파른 절벽이 여전히 능청을 떨면서 버텨 서 있는 모습이 보였지만 너무도 살기 등등한 그 자태에 우리는 주눅이 들어 먼 발치에서마저 바라볼 엄두를 내지 못했다.

우리는 자동차의 소음과 중배의 침착한 운전에 위안이 되면서 왠지 모르게 이 얘기를 떠올렸다.

"영후가 어쩌면 유신혜 양을 진짜로 사랑하고 있는지 몰라."

언젠가 분명히 우리들 가운데 누군가 이런 말을 한 일이 있었다. 그러나 그때 우리는 그 친구가 무리한 추리를 하고 있다고 생각했다. 왜냐하면 우리는 영후가 한 말을 들은 일이 있기 때문이었다. 영후는 우리가 유신혜 양을 어떻게 데려 올 수 있었느냐고 물었을 때 이렇게 말했다.

"골목에서 딱 마주쳤지. 우선 앞을 턱 막아서면서 팔을 벌려 그물을 쳤어. 이때 나는 속으로 다짐을 두었지. 이 여자가 무슨 말을 하든 적어도 3분 동안만 침묵을 지키기로 말야, 그런데 이게 뭐야. 내 결심을 미리 헤아리고 있기라도 한 듯 그 여잔 한 마디 말도 거는 일이 없이 빤히 내 눈동자만 쳐다보고 있잖아. 난 그때 확신했어. 그래 자신있게 말했지. 우리 슬픈 사랑을 합시다, 단 연극 속에서 말입니다. 하지만 인생 그 자체도 연극이라지 않습니까, 하고 말이야. 그랬더니 이 여자 뭐랬는지 아나. 그럼 사랑을 말하다가 제가 죽어야겠군요. 원 천만의 말씀, 헤어지면 돼죠. 흥미 없네요, 그런 종류의 실연은 이내 미화돼 버리구 만다던데요, 헌데 지금 이 세상엔 미화돼선 안 될 것밖에 없거든요. 좋습니다, 그럼 내가 죽어 자빠지겠습니다. 이게 우리가 조금도 웃지 않고 나눈 얘기의 전부야."

오늘 김영후는 절망적인 슬픔에 빠져 울부짖었는데, 그에게 만약 살의가 있었다면, 그렇다면 무엇 때문일까. 질투였을까, 증오였을까. 그러나 그것은 그녀 역시 김중배의 금강석엔 눈이 어두워지고 말 것 같은 무서운 인간의 약점을 노출시키기 시작한 데서 충격받은 참기 어려운 분노였을 것인가. 그는 확실히 유신혜 양을 꿈의 여인으로 그리고 있었다. 그녀의 실상(實像)을 젖혀 놓고 자기 멋대로의 조각품을 만들고 있었음에 틀림없지 않을까.

노경찰관은 히죽 웃음을 흘렸다. 그러자 우린 갑자기 울음이 터질 지경이 되었다. 그의 웃음을 우린 참을 수가 없었다. 뿐만 아니라 우리는 경찰관이 말을 붙이려 들 때마다 우리가 꼭 유신혜 양을 배신하고 있는 것 같은 죄책감을 떨쳐 버릴 수가 없었다. 그래서 우리가 짜증을 부리며 얼굴을 일그러뜨리고 돌아설 참에 노경찰관이 다시 얘기를 계속했다.

"연극에선 죽이지 않았는데, 왜 영화에서는 죽이겠다는 생각을 하게 됐지?"

"……"

"나 같으면 이수일을 죽이겠어, 누구든 한 사람을 반드시 죽여야 한다면 말이야. 그 녀석 면학하여 사민(四民)의 두목이 돼란 가친의 유언을 듣고도 계집 하나 때문에 일개 고리대금 업자가 되다니 말이 돼."

"그래서 후편은 떼버렸다니까요."

"그렇다면 친일 정상배의 아들을 육혈포로 쏴 죽여야지. 그 애빌 회개시키기 위해서도 말이야."

"맞았어요, 제가 죽었어야 했는데……"

하고 중얼거리면서 김중배가 영후를 향해 돌아서고 있을 때 누군가 파출소 안으로 뛰어 들어오면서 다급하게 소리쳤다.

"저 밖에 세워 둔 차, 웬 차야?"

앉아 있던 노경찰관이 후닥닥 몸을 일으키며 왜 그러냐는 기색을 보임과 동시에 김영후가 불쑥 사복 형사 앞으로 나서며 떨리는 목소리로 말했다.

"제가 죽였습니다."

우리 모두는 철거덕 하고 영후의 손목을 감는 수갑의 금속성을 들으면서 갑자기 몽롱한 의식의 혼미 속으로 빠져 들어갔다.

분노의 일기

1

 부관장교 김 대위가 육군본부로부터 특명을 받고 찾아간 부대는 주한 미8군 제18일반지원사령부 12병참보급대대였다. 김 대위는 이 부대의 한국군 연락장교직에 부임하기 위해 육본으로부터 파견된 것이다.
 특명을 건네 주면서 장교보직계의 이 소령은 몇 가지 당부를 했다. 첫째, 미군부대에 근무하게 된 것을 누워서 떡먹기 쯤으로 속단하는 일이 없도록 하라. 여러 가지 복잡하고 미묘한 문제들이 계속 야기되어 골치를 썩히게 될 것이다. 둘째, 이 나라 육군으로서의 체통, 나아가서는 이 나라 국민으로서의 명예와 신망을 오손하는 일이 없도록 항상 세심한 주의를 기울이라. 특히 가는 곳이 병참보급창인 이상 잠시라도 경계를 게을리했다간 수습할 길 없는 난관에 봉착하기 딱 알맞다. 셋째, 수단 방법을 가리지 아니하면서까지 그곳에 오래 남아 있겠다는 수작을 붙이지 말라. 이 나라 군대와는 비교가 되지 않을 만큼 편한 병영생활과 칠면조 고기, 럭스 비누 냄새가 그대를 끊임없이 유혹하게 될 것이다.
"그럼, 고생 좀 해보라구. 호강하겠다구 생각했으면 지금이라두 특명을 취소 받는 게 낫구."
이 소령은 말을 끝내고 악수를 청했다. 전방 구석에 처박혀 있던 대위 하나를 끌어올려다가 진주군 부대로 보내는 마당에 그만한 권위쯤 세워 마땅하다고 생각하는지 몰랐다. 그는 마치 어마어마한 선심을 써서 김 대위의 전속을 결정한 사람처럼 보이려 안간힘을 다하고 있었던 것이다. 이래라저래라 잔소리가 그치지 않은 것은 당부라기보다는 화려한 근무지로 보내는 밑엣 사람을 상대로 한 공치사에 지나지 않았다. 그만큼 소령은 주둔외군에 대하여 필요 이상으로 미화하고 있는 자신을 깨닫지 못하고 거드럭거리기만 했다.
육본을 돌아나오면서 김 대위는 코웃음을 쳤다. 잔뜩 위엄을 부리려 한 소령의 낯짝이 떠오를 때면 속이 메스꺼울 지경이었다. 미군부대를 어떻게 보느냐는 제쳐 놓고라도 도대체 자기가 언제부터 그렇게 명예니 신망이니 하는, 정색하게 만드는 말만 골라 쓰는 위인이었더란 말인가. 김 대위에게 항상 비위에 거슬리는 것이 있었다면, 그것은 바로 군대 내의 위선이었다. 병영 안처럼 위선이 만연하고 있는 곳도 없었다. 다만 그 위선이 도금된 계급장 속에 감춰지고 미화될 뿐이었다. 그래서 상관의 위선 덩어리는 하급자에게 서슬이 퍼런 원리원칙이 되고, 원안이 되며, 위엄에 찬 명령으로 둔갑하던 것이다.
제12병참보급창은 듣던 대로 출입 절차에서부터 기분을 잡치게 만드는 곳이었다. 김 대위는 정문 체크 포인트에 특명지를 들이밀어 놓고 10분 이상 기다렸다. 이 나라 전래의 정자 모양을 본뜬 오각형의 초소 건물에는 두 명의 미군 헌병과 한 명의 한국 민간인 경비원이 함께 근무하고 있었다. 병장인 미군 헌병은 김 대위가 내민 특명지를 창구에 내버려둔 채 저급한 반말투로 물었다.
"용무는?"
"경례부터 하도록 돼 있지 않나, 병장?"
"그것 참 미안하게 됐군요, 대위님."
존슨 병장은 창구 바닥에 놓여 있는 특명지를 주워 들면서 대답했다. 김 대위는 더 말하지 않았다. 첫발을 들여놓으면서부터 기분을 잡치고 싶지 않아서였다. 정 대위가 하던 말이 새삼스러워졌다. 그는 들어가기 전에 밖에서 부대 안의 한국군 연락장교실에다 미리 전화하여 차를 불러내는 게 좋을 거라고 했다.
"장교가 체통머리 없이 체크 포인트까지 줄레줄레 걸어들어가서 특명지를 꺼내 보이면 놈들이 얕잡아본단 말이야."
"장교의 체통이란 별거냐."
"글쎄, 봉변당하지 말구 내 말대루 하라구. 우리 군대가 아니니까 때론 그런 것두 필요하다구."
단청까지 흉내를 낸 타락한 정자의 한 귀퉁이로 비켜 서서 김 대위는 혼자 피식 웃었다. 정 대위 말을 들을 걸 그랬나.
존슨 병장은 연방 밀리는 출입 차량들을 붙들어 세워둔 채 어딘가로 전화를 하고 있었다. 옆에 섰던 흑인 일등병이 맨앞에 서 있는 3/4톤 트럭으로 다가가 보급품 청구지시서와 반출품목 명세서를 확인하고 나서 배차증에 적힌 차 번호와 실제 트럭 번호를 대조한 뒤 서명을 해주자 한국인 경비원이 출입증을 건네주며 들어가라는 손짓을 한다. 그러자 그 드리쿼터의 꼬리를 물고 다음 트럭이 체인 앞까지 둘둘 굴러 들어온다. 자동차의 무게를 재는 계기판 바늘이 2.5톤들이 차량의 무게를 못 이겨 휘청하고 춤을 춘다. 오각형 건물 안에 비껴 세워진 그 계기판의 뿌리는 초소 앞의 차도를 덮고 있는 철판에 연결되어 있어서 모든 출입 차량은 들어올 때와 나갈 때마다 거기를 지나치면서 저절로 차체 무게를 달리도록 되어 있었던 것이다. 즉 나갈 때의 차체 무게는 수령 보급품의 무게 이상으로 무거워질 수 없었다.

철제 폐품 처리장에 그런 대형 저울이 장치되어 있다는 얘긴 들었지만 부대 정문에까지 그것이 설치되어 있는 것이 김 대위는 약간 불쾌했다. 부대 내의 어느 구석에서는 그 자신마저도 달아보려 들는지 모른다는 생각이 들어서였다.

"헤이 임병사, 여기 정문 존슨 병장인데," 하고 백인 경비병은 송화기에다 대고 줄창 지껄여대고 있었다. "카투사 연락장교가 바뀌었나?"

김 대위는 존슨 병장이 전화를 하고 있는 데가 한국군 연락장교실이라는 걸 알고 있었다.

"그럼 파크(公園) 대위는 엉덩이를 채여서 어디로 떨어졌나?…… 좋아, 후임 장교 이름은?…… 뭐, 키임, 키임치라고? 알았다. 현재 김치 대위께서 여기 정문에 나타나셨다. ……그래, 좋아."

떠들어젖히는 경비병을 외면하고 서서 김 대위는 못들은 체 딴전을 부렸다. 정 대위의 권유를 들을걸, 더욱 후회되었다. 병장이 창구로 코를 내밀고 특명지를 돌려주면서 잠깐 기다리라고 했다.

"카투사들이 곧 오겠답니다."

"차량들이 밀려 있다. 빨리 일 봐."

김 대위는 존슨이 초소 안으로 고개를 돌린 뒤에야 녀석이 특명지에다 낙서를 해놓고 있는 것을 발견했다. 통화하는 동안에 긁적거린 모양 김 대위의 성을 노리개로 삼아 여러 번 개칠을 해가면서 또렷하게 써놓고 있었다. 그건 김 대위가 아니라 〈김치 대위〉였다.

김 대위는 못 본 체 자제를 하면서 더럽혀진 특명지를 정복 상의 주머니에 쑤셔넣었다. 그리고는 부대 안을 향해 뚜벅뚜벅 걸어 들어가기 시작했다.

──빌어먹을 정 대위 녀석!

　김 대위는 속으로 욕지거리를 퍼부었다. 그가 이 부대로 오게 된 것은 정 대위의 추천과 주선에 의해 이루어진 것이 아니던가. 정 대위는 그 일이 어떤 경로에 의해 이뤄지게 되었다고는 말하지 않았다. 그는 단지 자신의 파월(派越)이 결정난 며칠 뒤에 수동식 군용 전화기를 통해 김 대위의 미군부대 전속을 성사시켰다고 알려 왔었다. 여러 고비의 교환을 통한 중계에 의해 2군에서 1군으로 달려 온 그의 목소리는 모기 울음만큼이나 가늘게 들렸다.

　"어이, 드디어 파월 특명 났네, 일주일 전에."
　"빌어먹을 출세주의자야."
　"그건 오해야. 그 비참한 전장은 나 같은 사람이 가야 이성을 되찾는다구."
　"잘난 체하지 마. 그런 알량한 우월감으로 더러운 출세욕을 위장하지 말란 말이야."
　"여전 지독하구나. 하지만 난 내 의지를 믿어. 내 행동이 옳을 거야."

　정 대위가 옳을는지 몰랐다. 그는 자기가 가담하지 않아도 누군가가 그 자리를 메꾸기 위해 현장에 가게 된다고 말했다. 그럴 때, 다른 사람은 가도 나는 가지 않았다, 나는 그 처절한 전쟁의 의미를 부정하고 몸부림치고 저주하였을 뿐 가지 않았노라 했다고 구제받을 수 있느냐고 정 대위는 반문했다. 그리곤 이 쪽의 대꾸를 기다리지 않고 재빨리 말했다.

　"그러나 그건 아무 일도 하지 않았다는 결과밖에 안 돼. 혼자서만 외면하고 부정하고 했다 해서 그런 체념이 모든 걸 해결할 수 있다고 생각하나, 자넨?"

　김 대위는 그 말에서 자신이 꼭 비난당하고 있는 것 같은 느낌이었다. 이미 돌이킬 수 없게 되어 있는 현장을 외면한다는 것은 혼자

서만 구제 받고자 하는 약은 처세일 뿐이었다. 혹은 무능의 그럴듯한 자기 발명에 지나지 않을지도 모를 일이었다. 어떤 의미로는 그런 태도를 지킴으로써 역사의 심판을 모면하겠다고 생각한다는 것은 어리석은 짓임을 정 대위는 말하고 있는 것 같았다. 김 대위는 뭐라고 대답할 말이 없어 목청껏 소리치는 그의 얘기를 끝까지 듣기만 했다.

군사학교를 졸업하면서 굳이 부관 병과를 택하겠다 우긴 그를 두고 이해할 수 없다고 만류하던 정 대위는 역시 믿어도 될 군인이었다. 사실 김 대위는 그때까지도 정 대위가, 그럴려면 뭣 때문에 사관학교를 다녔느냐고 항의하는 줄로만 알고 있었다. 장교라면 역시 보병 아니면 포병이라야 한다는 일반적인 통념을 비판 없이 좇고민 있는 것으로 말이다.

김 대위는 심한 자기혐오감에 빠졌다. 우선 무장(武將)에 눈독들이는 일반적인 통념이 싫고, 반도에서 일어나는 어떤 전장에도 직접 가담하고 싶지 않다는 자기 본위의 철학에서 부관 병과를 택한 자신이 아니던가.

"그런데 말이야" 하고 정 대위는 거침없이 말하고 있었다. "떠나기 전에 자네 꼭 한군데 보낼 데가 있었지."

여전 김 대위는 아무 대꾸를 하지 않았다. 그는 수화기를 든 채 딴 생각에 빠져 있었던 것이다. 벌써 군복을 벗었어야 하지 않는가고. 그러다가 그는 펄쩍 놀랐다.

"아니, 뭐라구?"

"8군에 말이야, 미군부대에 한번 근무해 보라구."

"미쳤어?"

"돈 안 드는 경험인데 뭘 그래. 골고루 부닥쳐 봐야 한다구."

"너나 해, 난 못하겠어."

"난 이미 경험했잖어."

정 대위는 2년 전, 포병 교육을 받기 위해 미국으로 건너가 포트 배니건에서 여섯 달 동안 지낸 적이 있었다. 그때도 그는 김 대위한테 이만저만한 욕을 먹은 것이 아니었고, 매주 보내 오는 그림엽서나 봉함엽서에 대해서도 김 대위는 한 번 답한 일이 없었다.

"뺑소닐 쳐두 소용없어, 이미 결정이 나버린 걸."

"그게 나하고 무슨 상관이야."

"내가 무슨 힘이 있나, 어찌어찌 알게 된 실력자한테 통사정을 해서 허락을 받은 거지. 그러니 제발 내 얘기대로 하라고. 한번 가봐, 더 투철해질 테니까."

"집어쳐!"

"내일쯤 특명지 받을 거야."

전화가 딸깍 끊어졌다. 특명지는 그의 얘기대로 그 이튿날로 김 대위의 손에까지 전달되었다. 특명 내용은 육군본부 근무로 되어 있었다. 김 대위는 어떻게 해야 할지 종잡을 수가 없었다. 멍청히 지낸 사흘 만에 정 대위로부터 다시 전화가 걸려 왔다.

"특명 내려갔지?"

"남의 일에 왜 간섭하러 드나, 도대체?"

"더 따지지 말고 곧장 출발하라고. 육본에 나타나는 날 연락해서 만나세. 잊지 마, 어물어물하지 말고 서둘러 출발하는 거."

전화는 대답을 기다리지 않고 거기서 또 끊어져 버렸다. 김 대위는 마지막 순간까지 결정을 내리지 못한 채 육본 출두 날짜에 쫓겨 어물어물 부대를 떠났다. 특명보다도 정 대위의 말에 질질 끌려가고 있는 듯한 느낌이었다. 김 대위는 정 대위를 비판하면서도 끝내 거부할 자신이 없었다. 정 대위의 결정이 어딘가 거역할 수 없는 지상 명령처럼 느껴져서였다.

김 대위는 육본 인사참모부에 신고하는 자리에서 정 대위를 만났다. 그는 김 대위가 빨리 나타나지 않았다고 마구 신경질을 부렸다.

헤어져 지낸 그간의 얘기를 나눌 기회를 놓쳐 버렸다는 것이었다. 알고 보니 정 대위는 그날 파월장병 훈련장으로 떠나지 않으면 안 되도록 명령받고 있었던 것이다.

두 사람은 장교구락부에서 차를 나누며 단 20분간 서로의 얼굴을 뜯어보았다. 정 대위의 표정엔 어딘지 우수가 끼여 있는 듯했다. 매사에 명쾌하고 자신있는 그가 뭔가 회의하기 시작했다는 뜻일까. 그러나 전장에 나가는 사람에게 음울한 회의란 결코 바람직한 것이 아니었다. 김 대위는 불안하여 물었다.

"자네, 자신이 없어진 건 아니겠지?"
"나도 그렇지 않길 바라지만 결정이 난 후로 자꾸 신경질나는군."
"가지 않으면 안 되나?"
"지금은 이미 늦었어."

두 사람은 말을 끊고 식어버린 차를 마셨다. 장교구락부를 돌아나올 때의 정 대위는 다소 기분을 회복하고 있었다. 애써 유쾌해지려 하고 있는지도 몰랐다. 주로 김 대위가 배속될 미8군에 대한 사전 지식을 제공해 주려 했지만, 월남에 떨어지면 곧 작전 임무를 수행하게 될 포병 중대장으로서의 입장도 그는 초조하게 강조했다. 김 대위는 정 대위의 단호한 결의를 들으며 속으로 그의 무운을 빌고 또 빌었다. 정 대위가 헤어지기 전에 다시 재우쳤다.

"결심이 섰겠지? 한번 부딪쳐 보면 더욱 명백해진다고. 우린 그 실감으로 뭔가 해야 해."

김 대위는 육본으로부터 미8군 파견 근무 특명을 받아 이를 다시 8군 사령부 G-1(인사참모부)에 나가 있는 한국군 연락장교단실에 제출, 배속부대가 적힌 영문 특명지를 받아 냈다. 군대란 원래 수속이나 절차 같은 형식적인 것 없이는 오금도 펴지 못하는 집단이다. 김 대위가 제출한 육본 특명지는 검토되는 일도 없이 이미 등사되어 있는 영문 특명지와 간단히 교환되었다. 모든 것은 서류 파일을 채

우는 데 필요할 뿐이었다. 그는 8군 사령부에 들른 당일로 이미 배속부대 영내를 걷고 있는 것이다.

10미터 정도 걸었을까, 왼쪽으로 피엑스와 스낵 바가 가지런히 붙은 회색 퀸셋 건물 앞을 지날 쯤이었다. 저쪽에서 무서운 속력으로 굴러오는 지프 한 대가 있었다. 차는 김 대위 앞에 이르자 급정거로 울컥 멎어 서면서 운전병과 병장 하나가 동시에 뛰어내려 그에게 경례를 붙였다. 마침 스낵바에서 냉콜라가 든 종이컵을 받쳐들고 나오던 백인 일등병이 그 광경을 정신없이 지켜보고 있었다.

"김 대위님, 미리 콘폼을 주시지 그랬습니까?"
"저흰 여태 스탠바이허구 있었습니다."
"앞으로 영내에서 그따위로 차를 몰면 당장 처벌하겠다."

김 대위는 지프에 몸을 밀어넣어 앉으면서 빠른 말씨로 말했다. 두 사병이 삽시간에 기가 꺾여 쌔근쌔근 숨을 몰아쉬었다.

"빨리 가!"

운전병이 김 대위의 명령에 주눅이 들어 당황한 몸짓으로 기어 레버를 잡아챘다. 전진 기어로 바꾸어 넣으면서도 녀석은 쉴새없이 곁눈질을 했다. 김 대위는 알고 있었다. 자신이 이 소령의 말에 코웃음을 친 것처럼, 이들 겁먹은 표정의 사병들도 자신의 필요 이상으로 위엄을 부린 협박에 콧방귀를 뀌고 있을지 모른다는 것을. 그럼에도 그들은 쩍소리 한번 내지 못하잖는가. 그게 군대니까.

김 대위는 우선 부대 내막을 파악하기 위해 나흘 동안에 걸쳐 보급창 안 구석구석을 샅샅이 살폈다. 부대 내막을 파악한다지만 그의 관심은 카투사병들의 동태와 주둔 미군들이 카투사병들을 보는 관점, 그 주둔군들의 품질, 그리고 카투사병과 주둔군 사이의 알력 여부에 있었다. 보급창 안을 두루 돌아보자 뜻밖에도 한국 민간 고용인의 숫자가 많았다. 하지만 그것도 생업인 이상 그들에 관해서는 일절 신경을 쓰지 않기로 마음먹었다. 그들의 문제는 한인 인사처에서 책임질 문제였다.

　김 대위는 우선 본부중대장을 만났다. 새파란 애송이였다.

　"당신은 어떻게 중원데 중대장이요?"

　"선임자가 만기 귀국해서 내가 액팅 커맨더로 임명됐어요. 하지만 나 곧 진급할 겁니다. 라이퍼(장기 복무자의 속칭)거든요. 며칠 전에 지원해 버렸죠."

　"그럼 ROTC였소. 당신은?"

　"네, 그런데 그만 사 년 연장 근무 서약서에 사인하고 말았지요."

　"축하 보너스 타려고?"

하고 물으면서 김 대위는 도처에 붙어 있던 장기복무 권장 포스터를 머리에 떠올렸다. 그것은 장교식당 벽에도, 하사관과 사병식당에두, 데이룸, 게임룸, 오락센터, 심지어는 클럽에까지 붙어 있었다. 거기엔 모모한 장병들이 지원하여 축하 보너스 2천 혹은 몇 백 달러를 탔다는 내용과 함께, 성조기 앞에 서서 지휘관과 마주 손바닥을 펴들고 선서하는 사진이 걸려 있었던 것이다.

　포스터는 그 첫머리에 커다란 글씨로 이렇게 써붙여 놓고 있었다.

　——장기복무자 명단에 당신의 이름도 올립시다!

　"아니지요" 하고 클리블랜드 중위가 말했다. "베트남 전선으로 가려고지요."

　"그래? 경험삼아?"

　"천만에. 돈벌러 가는 거죠."

　"그런데 왜 중대장을 하고 있소?"

　"글쎄 말예요, 지랄 같은 펜타곤이 말썽이어서 아직 스페셜 오더(특명)가 나오질 않고 있잖아요."

　"카투사병들 어떻소?"

　"오, 매우 좋지요."

　김 대위는 더 이상 말을 붙이지 않았다. 클리블랜드 중위는 월남

돈벌이병에 걸려 넋을 잃고 있어서 카투사병이니 뭐니 하는 것 따위엔 아예 관심조차 없음이 분명했기 때문이다. 김 대위는 칼이나 포크에 의해 잔인하게 상처를 입고 있던 장기복무 선서 장면의 사진들을 다시 떠올리면서 중위와 헤어졌다. 그 번들거리는 사진을 하필이면 식사용 무기를 들고 차례를 기다리는 식당 벽에 붙여 놓을 게 뭔가. 포크로 찌르기만 한 것만도 아니었다. 더러는 입에 담지 못할 낙서로 대꾸한 것도 있었다. 〈우라질 놈의 라이퍼들!〉은 너무 점잖은 표현에 속했다.

카투사병들에 대해 말을 안 하기론 그밖의 미군들도 마찬가지였다. 김 대위는 한두 미군을 만나보고 나서 그렇다는 것을 알아차렸다. 1·2종 창고 출납장교, 2·4종 장교, 셀프 서비스(소모품 창고: 슈퍼마켓과 비슷) 출납관, 영선 중대장이나 관리관까지도 한결같아서, 건성으로 내뱉는 똑같은 대답뿐이었다.

김 대위는 그들이 대놓고 얘기하기를 기피하는 한 그들에게서 아무것도 들을 수 없다는 결론을 얻었다. 심지어는 전임자인 박 대위까지도 인계 인수 때 문제점으로 지적될 만한 것은 별로 없다고 말할 정도였으니 외국 군인들이야 말할 필요도 없잖은가. 그들에게서 뭔가 암시라도 받아내겠다고 기대한 것부터가 잘못이었는지 모를 일이었다. 그를 난처하게 만드는 것은 현황을 전혀 파악하지 못해 적절한 작전을 세울 수가 없다는 점이었다.

그러나 김 대위가 더욱 놀란 것은 그 점에 있어선 카투사병들조차 조금도 다를 것이 없다는 사실이었다. 부대원 모두가 뭔가를 숨기고 있음에 분명했다. 말을 안하는 것은 음모를 발각당하지 않기 위해서일지도 모르지 않는가.

김 대위는 위험을 느껴 카투사병들을 다그쳤다. 그러나 그들은 자신들의 병영 생활에 영향을 미칠 얘기라면 한 마디도 하지 않기로 작정한 자들 같았다.

"그 자식들 맨날 하는 소리래야 상투적인 것뿐이죠, 뭐."
"그 상투적인 게 뭐냐 말야?"
"말하자면 저희더러 슬레키 보이(도둑놈)다, 김치 냄새가 난다, 게으르다 하는 등속의 말 말입니다. 세수할 때 세면대에다 코를 푼다, 후적후적 소릴 낸다, 밥먹을 때 입을 헤벌리고 쩝쩝거린다고도 말이 많죠."
고작 그런 것이었다. 그 이상은 어떤 것도 말하지 않으려 들었다. 김 대위는 말을 고쳐 다시 물었다.
"그럼, 제군들의 요망사항은 뭔가?"
"싸아전 이상의 외박, 그리고 카투사병 전원의 백 퍼센트 외출입니다. 양놈들처럼 말입니다."
"앞으로 외박은 당분간 일절 중지하며, 외출은 전원의 1할만 허용한다."
김 대위는 그의 부임을 맞아 2·4종 창고 뒤뜰에 4열 횡대로 집합한 카투사병들을 향해 그렇게 선언했다.
"뿐만 아니라 앞으로 우리 한국군끼리 만났을 때 주제넘게 영어로 말한다거나 단자를 섞어 쓰기를 좋아하는 병사는 제대할 때까지 외출나갈 생각 안 하는 게 좋을 거다. 이상."
처음 부임하면서부터 김 대위는 카투사병들의 말버릇이 딱 귀에 거슬렸다. 그리고 이미 사병들 가운데 몇몇은 그 돼먹지 못한 버릇을 습관으로 지닐 기미 마저도 보이고 있었다. 정작 영어를 쥐꼬리만큼 지껄이기에도 미흡한 축일수록 오히려 그럴 확률이 더 많았다.
사병들은 분노와 증오, 그리고 난처하고 허탈에 찬 눈으로 김 대위를 노려 보았지만 김 대위는 김 대위대로 전임 파견대장이 도대체 재임 중에 무슨 일을 했는지 의심하지 않을 수 없었다. 박 대위가 어떻게 다스려 왔으면 사병들이 그 모양으로 노라리가 되어 있는가 말이다. 더구나 이렇게 어마어마하게 큰 보급창에서, 그러고도 여태까지 이렇다 할 사고가 일어나지 않았다면 김 대위로선 아무리 생각해도 기적에 가까운 일로밖에 여겨지지 않았다.

부대 본부의 한국군 연락장교실로 돌아가면서 김 대위는 어금니를 사려 물었다. 두고 봐라, 눈에 불이 튀게 될 테니까. 그 불 번쩍한 눈을 통해 무엇이 보일 테니까. 도무지 전투 태세가 되어 있지 않을 뿐 아니라 모욕을 당해도 한심하게 굳어버린 면역 속으로 도망하기 바빠서, 슬레키 보이라는 말쯤은 어느새 영광스런 훈장 정도나 되는 것으로 생각하는 판세였다.

3백 미터 전방의 정문 바깥에 창부들이 새까맣게 몰려 서 있는 것이 보였다. 여자들은 팔을 내두르며, 담배를 빨며 법석을 떨고 있었다. 그리고 정문 안쪽으론 일과가 끝난 사복 차림의 GI들이 초소 건물을 둘러싸고 서서 외출 패스를 입초 헌병한테 먼저 내보이려 아우성이었다. 김 대위는 그 광경에 느닷없이 빳빳한 긴장을 느꼈다. 그는 침을 퇴 뱉고 나서 스톡컨트럴 섹션(재고관리과)의 퀀셋 건물 옆길로 돌아갔다. 엽총으로 무장한 한국 민간인 동초(動哨)들이 벌써 영내의 요소요소에 나와 서서 손바닥으로 입을 탁탁 두드리며 하품을 하고 있었다. 김 대위는 속으로, 여긴 한국인이 너무 많이 드나드는 곳이구나 하고 중얼거렸다.

이런 전장에선 무질서한 대군을 거느리는 것보다 정예하게 훈련된 소수가 훨씬 훌륭한 전과를 올릴 수 있기 때문이었다. 지휘권 밖의 오합지졸 우군들을 너무 많이 수용하고 있다는 것은 곧 그만큼 전열에 차질 빚을 소지를 안고 있다는 것을 뜻했다. 울타리를 지키고 있는 사람들조차 한국인이라면 이래도 코리언, 저래도 코리언만 물고늘어질 것이 뻔한 노릇 아닌가. 김 대위는 골치가 띵해 오는 것을 느꼈다.

서치라이트밖엔 살아 있는 것이 없는 정적의 영내를 돌면서 김 대위는 다시 생각에 잠겼다. 카투사병들로 하여금 철두철미 긴장된 병영 생활을 영위하도록 기강을 확립하기 위해서는 더욱 무리한 조처가 취해지지 않으면 안 되었다. 상관에 대한 진한 분노는 곧 무서운 단결로 나타나게 될 것이므로,

그는 다음날로 지시를 고쳐 내렸다.

──카투사병들의 외출이나 외박은 일절 허용하지 않으며 그 기간은 언제 끝날지 모른다.

그리고 나서 김 대위는 며칠 동안을 밤 10시 넘도록 부대에 남아 사병들의 동태를 살폈다. 그러나 분노를 키우기보다 그들에겐 포기가 더 빠른 것 같았고, 마주치기만 하면 비실비실 꽁무니를 뽑는 품엔 어딘가 야합을 꿈꾸는 듯한 기미마저 느끼게 했다. 결과적으로 먼저 분개한 것은 오히려 절망적인 사병들의 정신상태를 확인한 김 대위 쪽인지 몰랐다.

그런 지 며칠이 채 지나지 않아서였다. 부대 안에 해괴한 사건이 꼬리를 물고 터져나오기 시작했다. 그동안 사병들은 역시 일을 꾸미고 있었다. 관보가 날아들기 시작하고, 이 부대 사병들의 가족들에게 느닷없는 불행이 들이닥쳤던 것이다. 조부모의 위독에서부터 부모의 사망에 이르기까지, 온갖 내용의 비보가 하루에도 몇 통씩 배달되어 왔다. 뿐만 아니라 수신인들의 연기 역시 필사적인 것이어서 방성대곡쯤은 축에도 못낄 정도의 연기가 백출했다.

그러나 김 대위는 눈 하나 까딱하지 않았다. 그는 자칫 속아 넘어갈 뻔했던 자신의 우둔함을 깨달았을 때 몸을 부르르 떨었다. 외출과 외박에 직계 존비속의 목숨까지 담보로 잡히는 충격적인 도박꾼들을 세워 놓고 김 대위는 그때마다 분노에 찬 똑같은 말을 되풀이했다.

"이 한심하고 비열한 놈아, 넌 적어도 군복을 벗기 전엔 바깥 세상 구경하기 틀렸다. 각오하라!"

그런 조처가 실시되는 동안 단 한 사람의 사병에게 예외의 혜택이

주어졌다. 김 대위는 자칫 선입견만 고집했던들 서 일병을 놓쳐 버렸을 것이었다. 그 사병에게는 전보가 날아온 것도 아니었기 때문이다. 서무계 임 병장으로부터 편지를 찾아가라는 연락을 받고 온 서 일병은 그것을 받아들자 곧장 사무실 밖으로 사라졌다. 그런 지 얼마 만인가, 김 대위가 우연히 출입구쪽을 내다봤을 때 그 사병이 거기 문 밖에 서 있었다. 서 있는 것이 아니라 김 대위의 시선을 피해 다급하게 몸을 숨겼다. 김 대위는 자리를 차고 일어나 문 밖으로 쫓아나갔다. 그 사병의 눈두덩이 벌겋게 부어 있는 것을 보았기 때문이었다. 사무실 입구를 나섰지만 사병은 이미 보이지 않았다. 그동안에 몸을 사려 도망을 친 것일까. 김 대위는 사방을 두리번거리다 말고 행여나 하고 퀸셋 건물 옆구리로 돌아갔다. 사병은 거기 숨어 있었다. 두 팔로 건물을 짚고 서서 소리없이 눈물을 훌쩍거리고 있었다. 김 대위는 사병의 손에 쥐어 있는 편지를 뽑아드는 한편으로 조용히 말했다.

"사내란 웬간해선 울지 않는 법이야."

거의 알아보기 힘든 글씨였다. 김 대위는 내용을 대충 뜯어 읽고 나서 우선 발신 날짜부터 들쳐봤다. 나흘 전에 띄운 것이었다.

"아버님 연세가 얼마나 되셨나?"

"쉬운이 훨씬 넘으셨시유."

"그럼 예순은 안 되셨다는 얘기냐?"

"야아."

"알았다. 빨리 막사로 가서 옷 갈아입구 와."

김 대위는 의아한 표정을 하고 멀뚱하게 서 있는 서 일병 앞으로 편지를 도로 내밀었다. 국내에 있는 아들의 소속을 쓰기 위해 편지 봉투에는 캘리포니아주 샌프란시스코의 우편번호까지 필요한 긴 영문으로 그림그리듯이 적혀 있었다.

2

그러나 김 대위의 외출 외박에 대한 강경한 조처는 실시된 지 한 달이 채 못 되어 경악할 결과를 불러 오고 말았다. 한국군 파견대의 인사계직에 있는 유 상사가 카투사병들을 상대로 외출증을 팔아먹은 사건이 발생하였던 것이다. 더구나 어처구니없는 것은 이 얘길 처음 그에게 들려준 사람이 본부중대장 클리블랜드 중위였다는 점이었다.

"헤이 김 대위, 얘기 좀 합시다."
"무슨 얘기? 당신 진급 얘기야, 아니면 월남행에 대해서야?"
"천만에," 하고 중위는 손을 와와 내저으며 음흉스럽게 웃었다.
"당신네 상사께선 카투사들한테 외출증을 돈 받고 나눠준다면서요. 그는 아무리 봐도 돈벌이의 천재라니까."

김 대위는 순간 정신이 아뜩했지만 표정을 바꾸지 않고 한 마디로 딱 잘라 말했다. 가슴에 방망이질을 해대는데도.

"클리블랜드, 당신 한 번만 더 그따위 터무니없는 소릴 했다간 즉각 대대장한테 항의하겠어. 추방하고 말 거야!"
"난 당신을 돕고 싶어서 한 말인데."
"도와주지 않아도 좋아!"
"그렇다면 당신네 상사부터 코트 마셜에 보내야지."
"어디서 그따위 거짓말을 들은 거요?"
"미군 병사들한테."
"그놈이 도대체 누구야?"
"하지만 GI들은 또 카투사한테서 들었다거든."
"그 카투사 놈의 이름은?"
"그거야 말할 수 없지, 이름을 알고 있지도 않지만."
"그러니까 터무니없는 헛소문이지."

"나는 확실한 정보를 가지고 있어서 당신한테 말한 거요. 난 당신을 돕고 싶다니까. 한국군은 봉급이 너무 적어요."

본부중대장의 애긴 결코 헛소문이 아니었다. 김 대위는 사흘 동안 수소문을 편 끝에 인사계가 그 짓을 한 것이 틀림없는 사실임을 밝혀 내기에 이르렀던 것이다. 서무계 임 병장도 알면서 시치미를 떼고 있었고, 정문 초소의 한국인 입초 염씨도 김 대위가 퇴근하기 무섭게 카투사병들이 떼를 지어 외출한 사실을 증언해주었다.

"하지만 염씨, 외출증을 모두 회수해서 내 책상 서랍에 넣구 잠가 놨는데 그게 말이 되오? 그리구 그 책상은 언제나 잠겨진 채로 있었고 외출증도 순서대로 놓여 있었단 말이요."

"글쎄올시다. 하여튼 사병들은 분명히 외출증을 가지고 있었습니다."

하고 염씨는 퉁명스럽게 말했다. 그의 얼굴엔 의미를 숨긴 냉소가 어려 있는 듯했다.

김 대위는 도무지 종잡을 수가 없었다. 어떻게 된 노릇이, 이 부대 사람들은 회피하는 버릇만 능사여서, 정직한 데라곤 엿보이지 않았던 것이다.

유 상사 모르게 내막을 조사하기 시작하면서도 김 대위는 이 사건의 결말을 어떻게 마무리지어야 할지에 더욱 신경이 쓰였다. 그리고 무엇보다 울화통이 터져 견딜 수 없게 하는 것은 양놈한테 고자질을 한 카투사병이었다. 암거래를 한 유 상사보다 그놈이 정작은 더 미웠다. 성깔대로라면 찾아내는 대로 주둥아리를 뭉개 버리고 싶었지만 아직 그럴 단계가 아니었다. 김 대위는 벙어리 냉가슴을 앓으면서 혼자 중얼거렸다.

——그따위 간사한 놈 때문에 나라가 팔아먹히고 있어.

김 대위는 비협조적인 사병과 민간인을 상대로 은밀하게 내사를 진행한 거의 한 주간 만에 드디어 실끝이 흘러간 곳을 찾아내는 데 성공했다. 그리고 찾아내는 순간 그는 뒤로 벌렁 나자빠지고 말았다. 그 사건의 정점은 바로 자기 자신이었으니까. 한 주간에 걸쳐 미로를 헤맨 끝에 가까스로 찾아든 실끝, 그것은 바로 가장 가까운 데에 있는 자기 자신에게서부터 실마리가 풀려나가고 있었던 것이다.

사건의 전말은 대강 이랬다.

김 대위가 계속 밤늦게까지 영내에 머물러 있다가 돌아가자 하루는 인사계 유 상사가 부리나케 영내에 갇혀 있는 카투사병들을 샤워장 옆의 공터로 집합시키고, 낮은 목소리로 야간 교육을 시작했다.

"기껏 전보나 치라고 밖에다 성화를 대는 이 맹추들아."

하고 유 상사는 말하기 시작했다. 김 대위가 이 부대에 오자마자 왜 눈에 불을 켜고 날뛰는가를 눈치채지 못한 얼간이가 있다면 그보다 더 한심스런 친구가 어디 있겠느냐고 허두를 떼놓았을 때 이미 사병들은 모든 걸 다 알아차리고 있었다. 엽전 군대의 진흙탕 속에만 처박혀 있다가 이 눈이 뒤집힐 황홀한 별천지에 떨어지자 넋을 잃어서, 여태 그 지옥 같은 데에 있었던 것에 약이 올라 저렇게 날뛰려니 간단히 단정짓고 있던 사병들은 자신들의 얼간이 머저리 같음을 더없이 자학했다. 그만큼 그들 사병들은 주둔군 병영에 생활하면서 야합만 배운 타락한 인간들이었다. 그 이상 어떤 상상도 아예 불가능하도록 매우 잘 단련되어 있었다. 그래서 유 상사는 더 이상의 말이 필요 없었다. 다만 내밀스레, 김 대위가 잊은 척 열쇠를 책상에 그대로 꽂아 놓은 채 퇴근하고 있다고 소문을 퍼뜨렸다. 야합에 잘 단련된 사병들을 상대하면서도 안심이 되지 않았기 때문이었다. 그는 조사를 통하여, 김 대위의 책상 열쇠의 맞쇠를 하나 만들어 갖고 있음이 드러났다. 아니 그 맞쇠는 이미 전임 박 대위가 있을 때부터 사용해 오고 있던 것이다. 유 상사는 그렇게 하여 모처럼 돈을 쓰고 미군부대로 전입 온 김 대위를 위해 상납한다는 조건의 모금을 한 달 가까이 계속했다.

 그럼에도 유 상사는 맞쇠 애기가 나왔을 때 펄펄 뛰었다. 김 대위는 결국 열쇠의 회수에 실패했을 뿐만 아니라 외출증 판매 사실을 자백하게 하는 일에도 성공하지 못했다. 유 상사는 도무지 엄두가 나지 않는 인물이었다.

 김 대위는 무엇보다도 클리블랜드 중위가 유 상사 애길 한 것이 아니라 바로 자기 자신을 조롱하고 있었다는 사실에 참을 수가 없었다. "나는 당신을 믿고 싶소."라고 했던 그의 말투가 의미하는 건 도대체 무엇이었던가. 그깐 돼지같이 미련하고 무식한 반편 자식한테 비웃음을 당하다니.

 그러나 다음날 아침, 김 대위에겐 그보다 더 한층 모욕적인 사건이 예비되어 있었으니.

 보급창 참모 해리슨 중령은 막 출근한 김 대위를 부대본부 참모실로 불러올렸다. 그 소문을 알고 있는 것이 유독 클리블랜드뿐이 아니란 걸 김 대위는 해리슨 중령을 만나보고 나서야 알아차렸다. 중령은 대뜸 이 말부터 꺼냈다.

 "카투사병들의 외출 외박을 규정대로 실시하지 않고 전면 통제한 이유가 뭐지, 대위?"

 김 대위는 잠시 대답을 잊고 망설였다. 당황한 탓도 있지만 바른대로 말하고 싶지 않아서였다. 주둔 외군에 혼성 배속되어 있는 자국군만을 따로 떼어 군기를 세우느니, 정신무장을 위해서니 해봤자 그 이유를 명료하게 설명할 수 없는 한 그건 변명으로 들리게 마련일 뿐 아니라 이쪽의 약점만 노출시키기 십상이었다. 그렇다고 구차한 해명을 하기는 사실대로 말하는 것보다 더 싫었다.

 그냥 두면 위험할 정도로 정신 자세가 허물어져 있었다고 말할 수 있다면 문제는 간단했다. 그러나 그것은 이 나라의 한 초급 장교로선 말할 수 있는 성질의 것이 아니었다. 그럼 위험이란 무엇인가,

하고 엉뚱한 선입견을 개입시킨 반문을 해 올는지도 모르며, 그렇게 되면 일은 더욱 우스꽝스럽게 꼬일 것이었다. 말하자면 슬레키 보이의 위험을 제거하기 위한 조처로 알아듣는다면 볼품없이 되어버리고 말 것이 아닌가. 그만큼 그들에게 협조하였다는 엉뚱한 상찬을 듣고 싶은 생각은 그에겐 조금도 없었으니까.

김 대위는 댈 만한 적당한 이유가 얼른 생각나지 않아 중령의 상판대기를 멀거니 쳐다보고만 있었다. 그러자 중령이 자신에 찬 목소리로 다그쳐 물었다. 그의 표정엔 회심의 미소마저 어려 있었다. 빠져나갈 통로를 드디어 막아버렸다고 생각하고 있음에 분명했다.

"왜 전면 금족령을 내렸느냐고 물었잖나, 대위?"
"그 이율 중령님한텐 말할 수 없습니다."
"그럴 테지, 적어도 한국군 장교의 부업에 관한 정보일 테니까."
"중령님, 함부로 모욕적인 발언을 하면 나도 결코 가만 있지 않을 것입니다. 상부에 항의하겠습니다. 나는 적어도 한국 육군본부에 가서는 내가 취한 조처에 대해 그 이율 명백히 설명할 수 있습니다. 다만 한 가지 말씀드릴 수 있다면 한국군을 다스리는 고유의 방법을 한국군 지휘관은 갖고 있다는 사실입니다. 나는 내 지휘권 안에 있는 한국군을 보호할 의무를 지고 있습니다. 나는 이번 불상사에 대해 한국 육군에 설명할 것입니다."
"카투사병은 미군에 배속돼 있어. 그리고 이번 사건에 대해선 내가 먼저 자네네 군사령부에다 통보할 거야."
"고맙군요. 제발 그렇게 하십시오. 곧 모든 것이 밝혀지기를 기다리겠습니다. 그때 가선 나도 중령님의 발언을 추궁할 것입니다."
"도대체 한국인들은 왜 그러나?"
"도대체 미국인들은 왜 그렇게 간섭하기를 좋아합니까?"
"간섭이라니? 나는 지금 사실을 얘기하고 있는 거야."
"나도 사실에 입각해서 말하고 있습니다, 중령님."

"뭐라고? 너희들의 중요한 특질이 뭔지 아나. 도둑질과 게으름이야. 그건 누구나 다 납득하고 있는 진상이야."

"자신있게 말씀했는데, 미합중국 장교의 체통을 무릅쓰고 만용을 부린 당신의 지금 그 말에 대해 당신은 끝까지 책임을 져야 할 것입니다."

"물론이다, 대위. 이 보급창에 있는 미국 정부 재산이 도대체 온전하게 남아 가는 것이 있는 줄 아나? 피복에서부터 장비품, 식품에 이르기까지 말이야. 심지어는 셀프 서비스의 카트까지 끌어내 간단 말이야."

"그런데 왜 여태 가만 있었지요? 막연하게 얘기할 게 아니라 증거에 입각해서 구체적으로 말씀하십시오."

"김 대위도 아마 서울 시내의 군수품 암시장엘 가본 일이 있을 거다. 나도 그 놀랍고도 무서울 정도로 완벽하게 꾸며진 또 하나의 보급창인 남대문시장의 블랙 마켓을 구경한 일이 있어. 그 이상 구체적인 증거가 필요할까, 대위? 꿰어맞추기만 하면 탱크까지도 만들어낼 수 있다는 그 허가 없는 민간 보급창을 두고 말일세."

"증거라는 건 제가 알기로는 법률적인 용어입니다. 그리고 법률은 막연함을 용납하지 않는 줄로 압니다. 그런 것은 구체적인 명단 같은 육하원칙에 입각하여 명료하게 제시되어야 할 것입니다. 막연한 얘기라면 나도 얼마든지 할 수 있습니다. 대부분의 미국인들은 극히 독선에 찬 선입견을 갖고 있다는 사실을 반성하지 않으면 안 될 것입니다."

"나를 설득하려 드는데……"

"천만의 말씀. 내가 뭣 때문에 중령님을 설득하러 나섭니까, 왜?"

"그러지 말고, 이 안에서 어떤 군용품이 없어졌다는 보고를 받기 무섭게 남대문의 그 암시장으로 달려가보라고, 틀림없이 그 물건은 거기에 나타나고 말 테니까."
"좋습니다. 그렇다면 보십시오, 어떤 한국 군인도 당신네 피엑스에 출입할 수 있는 뢰이션 카드를 가진 사람이 없습니다. 그런데 남대문 암시장엘 가봤다니 보셨겠지만 피엑스 가격표시가 붙은 물품이 산더미같이 쌓여 있습니다. 매일같이 콜 택시를 불러 허가 없는 별의별 물건들을 다 실어 내가는 사람들이 도대체 누구던가요?"
"그게 어디 군용품인가?"
"한국 밀수품 단속반의 눈을 피해 그런 짓을 자행하는 축들이 무슨 짓인들 못하겠습니까. 중령님은 그들이 꼭 일반 물품만 실어 나른다고 단정지을 수 있는 증거를 갖고 있습니까? 군수품엔 손대지 않는다는 보장이 어디 있느냔 말입니다."
"닥쳐! 귀관은 이 서플라이 포인트의 도난과 유출사건의 책임을 전적으로 우리 미군 장병들한테 뒤집어씌우겠다는 수작이군."
"그건 중령님도 마찬가지죠. 제 말씀은 어느 한쪽에 전적인 책임이 있는 것이 아닌, 공모자의 관계가 있다는 겁니다. 그리고 우린 공모자가 될 여지를 남기지 않기를 희망하고 있습니다. 때문에 우린 그런 문제에 대한 입씨름을 되도록 삼가야 하며, 구체적인 사안의 경우에 한해서만 신중하고 예의 바르게 토의하여야 할 것입니다."
"하지만 난 확신해."
"못 알아들으신 모양인데, 나도 확신합니다. 우리가 더러운 공모자가 된건 미군 진주가 낳은 치명적인 오점 중의 하나라는 것을. 명백한 증거를 잡으시는 대로 군 수사기관에 즉각 고발해 주십시오."
"언젠가는 하게 될 거야. 한국인들의 수법이란 워낙 지략적이거든."

"다시 말합니다만, 군인은 무책임한 발언을 할 수 없는 사람들입니다. 나는 당신네들을 알고 있습니다. 당신네들은 한국으로 건너오기 전부터 이미 잘못되어 있었습니다. 캘리포니아에 있는 보충대를 떠나기 전에 당신네들은 교육을 받지 않습니까."

"그래서?"

"한국으로 파병되는 장병들의 오리엔테이션을 맡은 장교와 하사관들은 한결같이 말하지요. ……한국에 가면 도둑을 조심하십시오. 한눈 한번 팔았다 하면 이미 귀관들의 더플 백은 행방불명이 된 뒤일 것이며, 주머니엔 남아 있는 게 없을 것입니다. 특히 귀관들은 영내생활에서 카투사와 한국인 민간종업원인 하우스 보이들을 경계하십시오. 아, 카투사가 뭐냐고요. 그건 '미국육군 배속 한국육군'이란 뜻의 이니셜이죠……"

"계속해, 대위."

"그들은 또 말하지요. 귀관들은 아마도 그곳에선 휴전선을 지킨다는 생각보다는 도둑들을 지킨다는 각오로 십삼 개월을 마치지 않으면 안 될 것입니다 라고. 그리고 나서 그들은 표정을 바꾸어 명랑한 목소리로 외칩니다. 한 가지 희소식이 있습니다. 한국 여잔 굉장히 쌉니다. 일등병 월급이면 여러분들은 적어도 열 명의 미녀들을 거느리고 한 달 동안 허니문을 즐기고도 남습니다. 한국 여자라면 한 사람의 예외도 없이 미제 물품과 영어회화에 미쳐 있으니까요. 귀관들은 다급하면 비누 한 알이나 영어 한마디로 모든 걸 다 해결할 수도 있습니다. 그러나 항상 성병에 조심하십시오. 만약 그점 유의하지 않으면 여러분들 때문에 미국 대륙이 시궁창으로 변할지도 모릅니다."

"현장에 있었던 것처럼 말하는군."

"알죠. 자, 그럼 김치와 하니 버켓(분뇨통) 냄새에 가능한 한 재빨리 익숙해져서 무사히 복무기간을 마치기 바랍니다로 끝나는 거짓말투성이의 흥미진진한 오리엔테이션에 당신네들은 연방 폭소를 터뜨리면서, 특히 여자 값 얘기가 나올 때면 당신네들은 모자와 군화를 벗어 던지면서 탄성을 올리지 않았습니까. 그러면서 당신네 군인들은 그 순간부터 벌써 자꾸만 주머니를 더듬거리는 습관을 기르지 않았습니까."
"끝인가, 대위?"
"중령님이 아무런 증거 없이 함부로 확신을 갖고 몰인격한 폭언을 아무렇게나 내뱉게 된 이유도 바로 거기에 있습니다. 그런 선입견을 갖고 출국하고, 그대로 이 땅에 상륙했기 때문이란 말입니다. 나는 중령님이 사태를 올바로 파악해 주기를 바랄 뿐입니다. 나는 결코 내가 취한 카투사들의 금족령에 한점 의혹을 살 마한 배경이 없다는 사실을 명백히 해둡니다."
"나는 한국 육군본부에다 김 대위, 자네를 소환해 가도록 부탁하겠어."
"이유가 명백할 땐 언제든지."
김 대위는 문을 꽈당 열어젖히고 해리슨 중령의 방을 나왔다. 다리가 후들후들 떨리고 눈이 아렸다.
김 대위가 카투사병 전원을 연병장에 집합시킨 것은 그가 부임한 이래 두 번째였다. 그는 해리슨 중령 방을 돌아나온 즉시, 각 섹션과 숍에다 연락하도록 긴급 지시했다.
점심시간에 카투사병 전원은 연병장에 집합할 것. 적어도 12시 반 전으로 메스 홀을 다녀오지 않는 자가 있으면 전원 단체기합을 받을 것임.
그럼에도 집합이 완료된 것은 12시 45분이 다 되어서였다. 김 대위는 사병들을 4열 종대로 정렬시키자마자 즉시 구보에 들어갔다. 열의 선두에 서서 연병장 트랙을 따라 속력껏 뛰면서 김 대위는 쉴새없이 후미를 확인했다. 대열이 차츰차츰 엿가락 늘어지듯이 길어지면서 연병장 밖에 몰려들기 시작한 GI들의 야유와 웃음이 높아갔다. 김 대위는 괘념하지 않고 속력을 내어 계속 뛰었다. 사병들은 예상했던 대로 다섯 바퀴를 돌기 전에 대부분 땅을 물고 쓰러졌다.

뛰는 동안 2·4종 창고 앞의 차대 위에 잠시 어른거리는 것 같던 유 상사가 금세 어디론가 그 모습을 감추고 보이지 않았다. 그리고 연병장을 점령하고 있는 카투사병들의 심상찮은 집합을 알아차린 본부중대 인사계 매킨리 상사가 조처를 취한 모양, 중대본부의 안경잡이 서무계 하딩 기술상병이 바라크 앞마다 소복소복 나와 선 GI들 앞을 지나가면서 소리를 지르고 있었다.

"노 포메이션, 노 포메이션!"

그 소리에 연쇄반응을 일으킨 GI들이 복창으로 다시 주위에 확인을 시키면서 '일과 시작 집합' 없이 하나둘 근무장을 향해 사라져갔다.

GI들이 제각기 근무처를 향해서 건물 뒤쪽으로 사라졌을 때였다. 배짱 좋게 트랙에 주저앉아 구보를 계속하는 대열을 지켜보고 있던 낙오병 하나가 벌떡 일어나, 뛰고 있는 김 대위 앞을 가로막아 섰다.

"파견대장님!"

김 대위는 순간 그 너무나 위협적이고 갑작스런 사태에 위축감마저 느끼면서 속력을 늦추고 대열 밖으로 벗어났다. 잠깐 머뭇거리는 바람에 보조가 엉망이 돼버린 대열이 뽀얀 먼지를 달고 김 대위를 지나쳐 나갔다.

"뭐야?"

하고 김 대위는 소리를 친 사병 앞으로 다가가며 다그쳤다.

"이거 너무하시지 않습니까?"

"뭐라고?"

"기압받는 것이 싫어서가 아닙니다. 하지만 미군들이 지켜보는 앞에서 이건 너무합니다. 그러잖아도 미개국이니 야만 군대니 하구 야유질 아닙니까. 그리구 기합을 주시겠으면 미리 그 이유를 설명해 주서야 순서 아니겠습니까."

최 상병의 입 언저리에 지체없이 조소가 다닥다닥 올라붙고 있었다. 김 대위는 망연했다. 그럴수록 사병은 더욱 자신이 서는지 독살스런 눈을 가슴츠레 뜨고 그를 노려보기 시작했다. 이런 군대도 있었던가 하는 생각이 들어 김 대위는 여전히 절망감에 사로잡혀 있는데…… 그러나 그는 다음 순간 정신을 가다듬고 돌아서서 큰 소리로 구령했다.

"제자리에 서! 사열 횡대로 집합!"

대오가 풀어지면서 몇 안 되는 사병들이 연병장 가운데로 뛰어들어왔다. 그러자 트랙에 듬성듬성 나자빠져 있던 사병들도 부시시 엉덩이를 떨고 일어나 그들과 합세했다. 김 대위는 낙오병들이 한데 섞이는 것을 묵인했다. 그는 그들 낙오병들의 대부분이 의식적으로 절룩거리는 시늉을 하고 있다는 것을 알고 있었다.

"너!" 하고 김 대위는 정렬이 끝나자마자 최 상병을 불러냈다. 상병은 큰일을 해냈다는 기분으로 의기양양하게 거의 정리된 대열을 빠져나왔다.

"막사에 가서 모기장 받침대 갖구 와!"

그의 명령에 최 상병은 혀를 차고 욕지거리를 퍼부으면서 막사를 향해 뛰어갔다. 구보라지만 거의 걷는 거나 다름없었다. 김 대위는 대열 쪽으로 시선을 돌리고 나지막이 말했다.

"왜 기합을 받는지 아는 사람?"

아무도 대답이 없었다. 그는 고개를 빳빳이 세우고 있는 사병들을 향해 보다 높은 목소리로 다시 물었다.

"우리들 사이가 왜 이렇게 나빠졌는지 아는 자가 하나도 없다, 그 말이야?"

여전히 아무런 반응도 나타나지 않았다. 잡아먹든지 마음대로 하라는 아귀 센 얼굴들이 하나같았다. 아니 호락호락하게 다스리진 못할 거라는 자신에 찬 표정들인지 몰랐다.
"아직 더 뛰어야겠구만."
하고 김 대위는 혼잣말처럼 중얼거리고 나서 부동자세의 구령을 붙였다. 그제서야 사병들은 구령과는 반대로 불안하게 동요하기 시작하여, 당황한 기색을 드러내며 어깨를 오므라뜨렸다.
"본관이 부임한 이래 한 번도 외출하지 않은 사람?"
나서는 사병이 하나도 없었다.
"유 상사한테 돈을 바치고 외출증을 사 가지 않은 놈이 하나도 없단 말이냐?"
역시 하나 없었다.
"아니, 단 한 놈도 없어? …… 그러고도 왜 기합을 받는지 몰라, 이 치사하고 뻔뻔스런 개자식들아!"
그때 최 상병이 1인용 모기장의 쇠받침대 한 벌을 가지고 절뚝거리며 뛰어왔으므로 김 대위는 말을 끊고 그중 긴 세 개를 골라 한 손에 모아 쥐었다.
"엎드려!"
최 상병의 얼굴빛이 금세 하애지면서 뜻밖의 사태에 무섭게 당황하는 빛을 드러냈다. 그러나 다음 순간, 사병은 마지막 수단이라고 생각했던지, 인간으로서 비웃을 수 있는 최대한의 모멸에 찬 눈초리로 김 대위를 노려보면서 빳빳한 자세로 버티어 섰다. 하지만 놈의 그런 도전은 김 대위가 내려친 단 세 대의 타격 앞에 볼품없이 무위로 돌아가고 말았다. 그것은 참으로 비참하고 용렬하기까지 한 몰골이 아닐 수 없었다. 김 대위는 저항의 자세로 버티어서는 최 상병의 어깨를 땅바닥으로 꺾어 처박자마자 연거푸 세 번을 후려쳤던 것이다. 최 상병은 급기야 배를 깔고 땅바닥으로 꼬꾸라지면서 단말마의 신음소리를 내질렀다. 그럼에도 불구하고 김 대위는 처참한 절망상태에 빠진 둔부를 사정없이 내려치면서, 그러나 소곤거리듯이 말했다.
"야만 군대 맛 좀 봐라. 엉덩이 들어! 양놈의 새끼들이 뭐란다고? 기합받는 이율 알아야겠다고? 미개 국민이란 것이 어떤 건지 뼈에 사무치도록 해주겠다. 엉덩이 들란 말이야, 이 더러운 새끼야!"
만약에 보다 못한 사병들이 달려들어 떼어 말리지만 않았던들 김 대위는 끝내 그 사병의 척추뼈를 부숴버리고 말았을는지 몰랐다. 처음 몇 번까진 기어 달아나려고도 하고 떼굴떼굴 구르기도 하던 최 상병이 드디어 땅바닥을 물고 퍼드러진 채 죽어가는 개구리처럼 사시를 파르르 떨고 있는데도 김 대위는 계속해서 철봉을 둘러메고 있었으니까.
겁에 질려 새파래진 사병들이 기회를 잡아 김 대위 앞을 막아서며 철봉을 둘러멘 그의 팔을 붙잡자 남은 사병들이 엎어져 있는 최 상병을 둘러싸고 몰려들었다. 김 대위가 빽 소리쳤다.
"비켜! 건드리지 마!"
김 대위는 결코 사병들의 생각처럼 쓰러진 최 상병이 우려되는 상태에 있지 않음을 확신하고 있었다. 그리고 그 정도에 나무토막처럼 되고 마는 의지와 인내라면 놈은 도대체 아무것도 할 짓이라곤 없었다. 그런 주제에 알량한 교만심만 남아서 제멋대로 주둥이를 나불거리다니. 그따위 자식이 할 수 있는 일이란 비굴과 아첨과 배신밖에 없었다. 김 대위는 사병들을 밀어붙이며 단호하게 명령했다.
"최 상병, 일어서!"
그러나 최 상병은 옴짝달싹도 않았다. 김 대위는 더욱 깎아지른 듯한 목소리로 고함쳤다.
"일어서, 이 새끼야!"

사병들이 그의 단호한 태도에 기가 죽어 비실비실 대열로 돌아가자, 마치 꼬챙이에 찔린 지렁이처럼 잠시 몸을 꿈질거리던 최 상병이 입에 흙이 물린 모습으로 기어코 상체를 일으켜 세웠다. 역시 김 대위가 확신한 바대로 최 상병에겐 아직도 일어설 만한 여유는 있었다. 그는 완전히 일어서자 부동자세를 취하기 전에 한두 번 몸을 비칠거렸다. 그러나 몸의 중심을 잡아, 최 상병은 용케 자세를 취할 수 있을 정도였던 것이다.

"들어가!"

최 상병은 절도 있는 거수경례를 하고 나서 대열 쪽으로 정확하게 돌아섰지만, 그는 마침내 울음을 터뜨렸다.

"닥쳐! 전원 그 자리에 꿇어앉아."

김 대위는 최 상병이 열에 섞여 꿇어앉기를 기다려 자신도 무릎을 꿇었다. 그렇게 땅바닥에 앉아서 그는 말하기 시작했다.

"군대는 기율이다. 그러나 그 기율은 평화롭고 민주적인 방법과 분위기 속에서 자주적으로 준수되어야 한다. 그럼에도 불구하고 우리 병사들은 이성에 입각한 기율의 준수로 병영의 분위기를 평화롭고 민주적인 것으로 만들지 않았다. 부여된 최상의 분위길지라도 이를 악용하게 되면 자연 기율의 강압화와 야성화를 불러오는 것은 너무나 당연한 일이다."

김 대위는 말을 끊고 침을 삼켰다. 사병들이 고개를 들고 그의 입 언저리를 지켜보고 있었다.

"야만 군대의 오명에 모욕을 느끼는 자는 곧 주어진 기율을 어김없이 지키면서 부대 내 상황에 자기 자신을 비춰 보는 자다. 모욕을 느끼기 전에 과연 기율과 주체의식을 겸손하게 지켰는가를 반성할 줄 알았다면 오늘, 최 상병과 같은 불상사는 일어나지 않았을 것이다. 적어도 이곳 주둔 외군에 배속되어 있는 우리의 상대는 명백하다. 군인은 상대가 없이는 존재할 수 없을진대, 더욱이

나 우리의 경우는 나라의 장래와 명예와 신망을 걸고 그들과 예리하게 대치하고 있는 것이 아니냐. 숨이 막히는 빳빳한 긴장 속에, 그리고 우리 국민이 가진 모든 것은 외국 것에 뒤진다고 생각하는 데서 출발하는 무서운 외국 열등의식을 타파하고 우리 자신을 되찾아야 할 마당에 놓여 있는 우리가 아니겠느냐. 이런 상황에서 기율을 허물어뜨린다는 것은 적어도 우리와 같이 외국 군대에 속해 생활하는 장병들에겐 있을 수도 없는 일이며 있어서도 안 되는, 끝까지 경계해야 할 점이 아닐 수 없다."

사병들이 하나 둘 머리를 숙이고 부동자세를 취하기 시작했다. 김대위는 그것이 위장된 경청이 아니기를 빌면서 말을 이었다.

"우리는 적어도 우리의 것에 대해 긍지를 가져 떳떳할 줄 알아야 할 것이며, 도저히 자긍이 가지 않는 어떤 것에 대해서는, 그런 것도 얼마든지 있을 수 있다, 그때는 우리 본래의 모습 그대로를 노출시키는 용기가 필요할 것이다. 노출시켜 비판을 받는다는 것은 개선할 의욕과 자극을 받는 것이 되기 때문이다. 심지어는 그간 유 상사와 여러분들의 외출 외박증을 둘러싼 수치스런 결탁 같은 것도 그대로 드러내 보여 규탄을 받아야만 이후 그런 불미스런 일의 재발을 막을 수 있는 것이다. 우리만 알고 숨겨 놓자 하지만 그걸 언제까지 비밀에 붙여 둘 수 있겠는가. 그러나 제군들 가운데 어느 한 사람도 유 상사의 그런 행위를 본관에게 알려준 사람이 없었다. 본관에게뿐만 아니라 그런 거래에 대해 미군들에게 귀띔을 해준 병사조차 없었다, 그 말이야. 참으로 유감스러운 일이다. 물론 유 상사가 본관을 거기다 개입시켰기 때문에 직접 본관에게 보고하기 어려운 점이 있었을 것으로 짐작되지만, 그렇다면 제군들 가운데 어느 한 사병이라도 본관에게 그 야비한 처사를 분개하고 집어치우라고 항의라도 했어야 할 게 아닌가. 제군들의 그간의 처사는 참으로 창피스럽고 슬픈 일이었다. 제군들은 항의는

커녕 본관과 치사하고 음험한 야합을 하고 있다고 생각하고 있었던 것이 아닌가. 그 젊음을 가지고 말이야."

김 대위는 말을 끝내고 주위를 조심스럽게 둘러보았다. 아니나다를까, 그때였다. 최 상병이 부시시 대열을 뚫고 일어섰다.

"파견대장님은 아무도 말하지 않았다고 하셨지만 사실은 전 그 분 개해 마지않을 처사를 이미 지아이들한테 들려주었습니다. 대장님은 저희 카투사들의 정신상태를 너무 얕잡아 홀대하구 계시는 것 같습니다."

김 대위가 놓은 덫은 적중했다. 그는 순간, 예측했던 대로 바로 네놈이었구나 싶었다. 그러자 갑자기 화가 치밀기 시작하면서 주먹을 쥔 손이 부르르 떨렸다. 이 무서운 배신자, 너는 바로 나라를 팔아먹을 대역배다.

김 대위는 그날로 곧 8군 사령부 인사참모부 한국군 연락장교단에다 특명의뢰 상신을 냈다. 인사계 유 상사와 1·3종 창고계원 최 상병을 한국군 편입(國編) 조처해 달라는 내용이었다. 그는 자기 방에서 손수 타자를 친 특명의뢰서를 아무도 모르게, 사령부로 들어가는 미군 전령의 파우치에다 넣어 전달토록 했다. 직접 들어가서 사건 전모를 설명할까도 했지만 나서서 말하기에는 너무 싫고 창피스런 내용이어서 사유서를 첨부하는 것으로 대신했다.

전령이 떠난 뒤 김 대위는 빠른 걸음으로 부대 본부를 향해 걸어갔다. 일과 종료 시각이 거의 다 되어 있었기 때문이었다. 막사 밖에 나와 있던 GI들이 하기식(下旗式)에 묶이지 않으려 쏜살같이 건물 안으로 뛰어 들어가고 있었다. 성조기가 내려질 때까지 부동자세로 서서 경례를 한다는 것은 그들에게도 귀찮은 일인 모양이었다.

김 대위는 트럼펫 소리를 가까스로 피해 본부 건물 안으로 들어섰다. 그가 가기 싫은 거기로 올라간 것은 BOQ에 빈 방이 있는지를 알아보기 위해서였다. 가능한 한 부대를 잠시도 떠나 있지 않으려면 아예 부대 안에 방을 정해 기식하는 편이 가장 안전할 것이었다.
 그러나 독신장교 숙소에는 비어 있는 방이 없었다. 돌아서서 나오는 김 대위의 뒤통수에다 대고 후버 하사가 비아냥거리는 어투로 한마디 던졌다.
 "미안하지만 비어 있는 방이 있다 하더라도 한국군 장교는 들 수가 없습니다, 대위님."
 "아가리 닥쳐, 네가 결정할 문제는 아니니까."
 김 대위는 스크린 도어를 끌어당기면서 소리쳤다. 이중문의 도어를 밀고 나오기도 전에 견인 스프링이 너무 강한 스크린 도어가 꽝 하고 문설주를 들이받는 소리가 들렸다.
 메스 홀 앞에 길게 도열해 있는 부대 사병들 사이에 간간이 끼여 있는 카투사병들의 태도에는 아직 낮에 받은 기합의 기운이 남는지 어딘가 침울한 데가 있어 보였다. 김 대위는 그것이 그들에게 진정으로 바람직한 반성의 기회가 되기를 속으로 빌었다. 카투사 하사관들은 어느새 빠져나가 버렸는지 그림자 하나 보이지 않았다.
 김 대위는 거대한 창고들로 들어찬 부대 안을 이곳저곳 점검하고 다녔다. 도시 복판의 너무 넓은 땅이 병영으로 점령당하고 있었다. 가시철조망을 높다랗게 두르고 '접근하면 발포한다'는 팻말이 군데군데 내걸린 울타리 끝이 가물가물하게 멀었다.
 식사시간이 끝나 외출을 서두르는 미군 사병들이 샤워장에서 법석을 치고 있는 소리를 들으며 김 대위는 사무실로 돌아갔다. 정문에는 또 양공주들이 아비규환을 이루고 있을 터이지만 그는 애써 그쪽을 돌아보지 않았다. 이런 비참한 장면은 언제나 끝나는 것일까.
 사무실에 들어서자 구석배기에 웬 GI 하나가 처박혀 있었다.
 "너 거기서 뭘 하고 있나?"
 백인 사병은 힐끗 김 대위를 올려다볼 뿐 대답이 없었다. 그러자 옆에 섰던 임 병장이 귀엣말로 소곤거렸다.

"엑스트라 듀티에 걸렸답니다. 우리 사무실 청소하라고."
"왜 하필 여기 와서?"
"그렇게 결정이 났다는군요."
"무슨 일을 저질렀길래?"
"본인은 말을 안 하지만 알아 보니 그저께 저녁에 쎄븐 클럽에서 행패를 부렸다는군요. 기물을 부수고 접대부를 발길로 찼다는 겁니다. 클럽이 형편없이 돼버렸다는데요."

김 대위는 더 묻지 않고 자기 방으로 들어갔다. 죄값에 대한 벌이 고작 한국군 파견대 사무실 바닥을 칫솔로 닦으라는 것이었다면 그것은 무엇인가. 증오를 키우기 위한 너무나 지략적인 징계 방법이 아닐 수 없었다. 그건 단순한 징계라기보다, 당자에게 더 이상 있을 수 없는 최대한의 수모감을 줌으로써 한국인에 대한 적개심을 더한층 키우도록 하려는 처사가 아니랴. 원주민 군대가 쓰는 사무실의 바닥을 칫솔로 쓸어내고 나서 결과 보고하는 사병의 심정이 어떤 것일까는 짐작하고도 남을 일이었다.

3

김 대위가 올린 특명의뢰 상신은 1주일이 지나도록 아무런 소식이 없는데 부대 안에 또다른 불상사가 터졌다. 카투사병 하나가 GI를 코가 비뚤어지도록 두들겨팬 사건이 터진 것이다. 김 대위는 한편으로 속이 후련하면서도 다른 한편으론 문제의 카투사병을 어떻게 해야 할 것인지 묘안이 서지 않아 골머리를 앓았다. 그는 우선 가해자인 송병우 병장을 불러 경위를 들어야 하리라 생각했다. 그러나 김 대위는 송 병장을 만나보기도 전에 부대 본부로부터 호출을 받았다.

부대장실엔 이미 해리슨 중령, 본부중대장 클리블랜드 중위, 인사계 매킨리 상사까지 모여 있었다. 그가 들어서기 바쁘게 해리슨 중령이 들고 있던 X선 사진을 그의 코 앞으로 내밀었다.

"마침 왔군. 이 사진 좀 보라고. 이게 바로 그 송 병장이란 배스터드한테 얻어맞은 이등병 크리스의 엑스레이 사진이야."

"그렇습니까, 중령님."

"이걸 보라니까. 바로 코 부분을 측면촬영한 건데, 요 부분이 으스러졌잖아?"

해리슨 중령은 사진을 김 대위 앞으로 더욱 가까이 들이밀었다. 그러나 김 대위는 사진을 들여다보지 않고 중령의 독기 서린 눈초리를 마주 노려보았다. 불상사를 놓고 드디어 기선을 제압했다고 의기가 충천해 있는 중령이 애처롭기까지 해서 그랬던 것은 아니었다. 들여다본다 해도 김 대위로선 무너졌다는 부분을 분간할 재간이 없었던 것이다. 도드라진 코뼈의 어디에 금이 간 것인지 어떤지를 판독할 능력이란 아무나 갖고 있는 것이 아니지 않은가. 그는 해리슨 중령을 비켜 부대장 부캐넌 대령 자리로 다가서면서 말했다.

"대대장님," 하고 김 대위는 되도록 정중한 어조로 말하려 애를 썼다. "카투사병이 개입된 불상사가 발생한 것을 유감으로 생각합니다."

"자넨 사태를 정확하게 파악해야 돼, 대위. 이 사건은 카투사병이 개입되어 있는 정도가 아니라, 그가 단독으로 무서운 범죄를 저지른 거야."

"본인은 아직 당사자를 만나보지 못했습니다, 대령님."

"그래서 어쨌다는 거야? 인정할 수 없다는 건가?" 하고 옆에 섰던 해리슨 중령이 재빨리 참견하고 나섰다. "송 병장은 한국군에 재편입되어 반드시 군법회의에 회부되어야 함을 명백히 해두고 싶다, 대위."

"중령님은 지금 피해자의 일방적인 진술만 듣고 말씀하고 있는 것이 아닙니까."

김 대위는 약간 화가 난 목소리로 빨리 말했다. 그러자 부캐넌 대령이 자기 책상 위에 놓인 증인진술서를 들어올려 보였다. 그의 털북숭이 손가락에 웨스트 포인트 졸업 반지가 끼어 있었다.

"우리 미합중국 군인은 거짓을 말하지 않는다" 하고 대대장은 위엄을 갖춘 음성으로 말했다. "여기에 사건 발생 시각에 현장에 있었던 사병들의 연기서명으로 제출된 증인진술서를 보라."

"그 서명자 가운데 아마도 카투사병은 한 명도 끼어 있지 않을 걸요."

"대위, 자넨 참 위험한 사고방식을 가졌군. 왜 미군과 한국군을 굳이 따로 떼어서 생각하려 드나. 그들을 왜 적대관계로 보느냔 말이야."

"그건 바로 저도 할 수 있는 말입니다" 하고 김 대위는 한 걸음 더 다가서면서 말했다. "여러분은 저한테 그 질문을 던지기 전에 만약 이번 사건의 피해자가 카투사병이었을 경우에도 이렇게 신속하게 피해자의 치료보다 가해자의 처벌에만 신경을 곤두세웠을 것인가를 미합중국 군인의 양심에 입각하여 조용히 검토해 주십시오. 처벌이란 악의에 의해 내려지는 것이 아닙니다. 처벌에는 교도가 전제되어 있기 때문입니다. 처벌권을 행사할 때는 증오가 개재될 여지를 엄격히 배제하여야 하는 것이 원칙입니다."

"그럼 귀관은 어떻게 하겠다는 건가?"

"나는 가해 사병인 송 병장에게도 반드시 불가피한 이유가 있었을 것으로 확신합니다. 한국민은 전통적으로 우호적인 국민성을 갖고 있기 때문입니다. 나는 물론 우리가 송 병장의 진술도 들어야 할 의무를 지고 있음을 강조하지는 않을 생각입니다. 그리고 여러분들의 희망대로 나는 그를 한국군으로 재편입시켜 징계에 붙일 것입니다. 우방에 대한 예의의 표시로서 말입니다."

"자네" 하는 부캐넌 대령의 어조는 화가 난 목소리였다. "김 대위의 말씨는 참으로 불손하다. 자네네 나라는 우리가 주둔해 주는 사실 하나만으로도 감사해야 하지 않는가."

순간 김 대위는 자기도 모르게 홍소를 터뜨렸다. 그는 천장을 쳐다보며 중얼거렸다, 우리말로.

"어처구니없는 친구군."

그리고 나서 그는 여전히 웃음을 지우지 않은 채 말했다. 이번엔 그들의 말로.

"식탁에 놓인 햄을 보고 나이프와 포크에 대해 감사하란 말씀이군요. 하지만 그러자면 햄이 돼지에 대해 먼저 감사 해야겠는데요."

"뭐야?"

"좀 대화가 유치해져서 말입니다. 사실은 제 의견을 개진하고 싶지만, 가능하면 자제하는 것을 우리 한국인은 미덕으로 삼고 있습니다. 그리고 대령님의 말씀은 너무 비약이 심해져서 우리는 꼭 양국의 대표가 되어 토론하고 있는 것같이 되었지만, 대령님이나 저는 다 같이 결코 그럴 만한 자격을 갖고 있지 않지 않습니까. 안녕히 계십시오, 여러분."

김 대위는 말을 마치자마자 부대장실을 뛰쳐나왔다. 화가 머리끝까지 치밀어올랐다. 그는 사무실로 돌아오는 즉시 서무계 임 병장을 불러 송 병장을 국편과 동시에 육본 징계위원회에 회부해달라고 건의하는 특명의뢰를 상신토록 명령했다.

불려 온 송 병장은 사건에 대해 한 마디도 말하지 않았다. 그가 김 대위 앞에서 한 말이란 처음부터 끝까지 이 몇 마디뿐이었다.

"국편시켜 주십시오. 희망입니다."

"넌 군법회의에 회부될 거야."

"좋습니다. 상관없습니다, 대장님."

"한국군으로 넘어가면 꿀꿀이죽 먹다가 왔다고 괄시가 이만저만이 아니란 것은 알고 있겠지, 송 병장."
"알고 있습니다."
　김 대위는 송 병장한테서 더 이상 아무것도 들을 수가 없었다. 그는 처음 몇 마디의 대화로 이미 그것이 불가능하다는 것을 예상하고는 있었지만, 막상 송 병장이 그렇게도 다부지게 끝까지 버티어 나가자 나중에는 그 사병에게 야릇한 연민 같은 것마저 느껴졌다. 뿐만 아니라 김 대위는 미군들로부터 들은 사건 개요 외에 그 진상에 대해 아무것도 알고 있는 것이 없음에도 불구하고, 적어도 송 병장이 처벌되어서는 안 된다는 확신을 갖기까지에 이르렀다. 물론 그것은 하나의 육감에 의한 확신일 뿐이지만, 송 병장은 그만큼 의지로 뭉쳐진 청년임에 틀림없었다. 그럼에도 불구하고 김 대위는 특명의뢰 상신을 취소하지는 않았다. 우방에 대한 과분한 예의의 표시로서.

　송 병장의 국편 조처는 상신한 지 사흘 만에 특명지가 본인의 손에까지 들어갔다. 특명이 내려왔다는 보고를 받는 순간 김 대위는 가슴이 철렁 내려 앉는 느낌이었다. 그를 처벌이란 뜻으로 전출시킨다는 것이 죄를 짓는 것같아 괴로웠다. 그를 명예롭게 보내는 방법도 있지 않았겠는가. 김 대위는 그에게 특명지를 전하는 일에 심한 죄책감이 느껴졌다.
　송 병장은 떠나기 전에 연락장교실로 김 대위를 찾아왔다. 전출신고를 하기 위해서였다. 그는 둘러메고 온 더플 백을 입구에 놓고 나서 큰소리로 신고했다.
"그만둬, 송 병장."
　김 대위는 화가 난 목소리로 그의 신고를 중단시켰다. 송 병장은 적어도 처벌이란 이름으로 전출될 수는 없다고 항의할 수 있지 않았는가. 그러나 송 병장은 이마에 대고 있던 오른손을 힘없이 떨어뜨리면서 이렇게 말했다.
"대장님, 한 가지 부탁 말씀을 올려도 되겠습니까?"
"뭐가?"
"앞으로, 가능하면 앞으로는 양놈들과의 사이에서 말썽이 난 카투사병의 처벌이 국편 조처가 아니었으면 합니다."
"떠나기 싫은 모양이군, 송 병장은? 진작 말했어야 하지 않나."
"전 이미 특명지를 받아 들지 않았습니까. 오해 없으시기를 바랐기 때문에 특명을 받고서야 말씀드리는 것입니다. 전 여기에 단 한 순간도 더 머물고 싶은 생각이 없습니다."
"그건 도피야." 하고 나서 김 대위는 정 대위가 하던 말을 그대로 송 병장한테 소리쳤다. "혼자만 빠져나가면 다야?"
"그럴지도 모르죠, 대장님. 하지만 제가 어쩌겠습니까. 단지 제가 국편 말씀을 드리는 이유는 그러잖아도 최 상병 말대로 한국군 병영을 야만스러운 병영으로 보고 있는 자들인데 카투사병들에 대한 가장 가혹한 처벌이 국편으로 되어 있으니 그건 저들로 하여금, 국편이란 곧 지옥으로 떨어지는 것으로 생각하게 만든다는 말씀을 드리고 싶은 것입니다. 국편이 가장 무거운 처벌인 한 야만 군대의 인상을 씻을 날은 없는 거죠."
"국편이란, 한국 군인의 문제는 한국 군대에서 처리하도록 한다는 취지에서 처분하는, 말하자면 신병의 인도일 뿐이야. 그 이상의 의미를 붙여선 안 돼."
"허지만 GI들은 그걸 그렇게 생각지 않습니다."
"그건 그렇구, 그래 송 병장두 그때 유 상사한테서 외출증을 샀었나?"
"전 군복을 입은 뒤로 외출 나가 본 일이 거의 없습니다."
"그런데 왜 그때 말하지 않았나?"
"저 혼자 기압 안 받겠다고 나선다는 건 배신이나 같습니다. 저 말고도 외출 나가지 않은 사병이 있습니다. 서 일병 말씀입니다."
"그래, 꼭 국편 가겠나?"
"물론이죠."
김 대위는 자리에서 일어나 송 병장의 손을 잡아 흔들었다. 송 병장의 눈에 갑자기 눈물이 핑그르르 돌기 시작했다.
"남은 복무 기간 건강하게."
"왠지 파견대장님이 염려스럽습니다. 죄송합니다."
송 병장은 눈물을 훔치려고도 하지 않고 돌아서서 더플 백을 둘러 멨다. 서무계 임 병장이 기척을 알아차리고 쫓아 들어와서 송 병장의 백을 빼앗아 들고 나갔다.
"잘 가, 송 병장!"
"안녕히 계십시오, 김 대위님!"
지프를 타지 않겠다고 끝내 우기면서 임 병장으로부터 더플 백을 받아 메고 정문 체크 포인트를 향해 걸어가는 송 병장을 김 대위는 자기 사무실 창가에 서서 지켜보고 있었다. 송 병장이 정문 초소에서 더플 백 밑바닥까지 까뒤집어 검색을 받은 뒤, 드디어 정문 밖으로 사라질 때까지 먼 눈으로 바라보고 섰던 김 대위는 돌아서며 맥없이 중얼거렸다.
"쓸 만한 놈은 저렇게 돌아가고……"
더플 백의 밑바닥을 거꾸로 세워 개인 피복을 땅바닥에다 확 쏟아 부어버리던 송 병장의 모습이 지워지지 않았다. 그는 정문 입초가 엉덩이를 하늘로 쳐들고 엎어져 자루를 끝없이 뒤지는 데 부아가 났던 모양이었다. 송 병장은 그렇게 쏟아 놓고 나서 입초 미군과 뭐라고 입씨름을 하고 있었다. 엎드려 있다가 송 병장에 의해 뒷덜미를 잡아젖혀진 존슨 병장이 뒤뚱하고 자빠질 뻔한 것에 약이 올라 팔을 휘두르며 달려들었던 것이다. 아마도 송 병장은 GI들이 더플 백을 메고 귀국할 때도 그렇게 꼬치꼬치 수색하느냐고 소리쳤을 것임에 틀림없었다. 대꾸할 말이 없었던지 존슨은 봉변을 당하고도 머쓱해져서 정문을 벗어나는 송 병장을 물끄러미 내다보고만 있었다.

그렇게 하여 송 병장이 떠나버린 뒤, 김 대위는 즉시 두 가지 일을 동시에 서둘렀다. 하나는 유 상사와 최 상병의 국편 특명 의뢰를 다시 상신하는 일이었고, 다른 하나는 송 병장이 크리스 이등병과 격투를 벌이게 된 사유를 조사하는 일이었다.

김 대위는 울화통이 터졌다. 먼저 올린 유 상사와 최 상병의 특명은 내려오지 않고 송 병장의 경우만 즉각 처리된 연유를 그는 이해할 수가 없었다.

그러나 그를 더욱 견딜 수 없는 통분 속으로 몰아넣은 것은 송 병장이 크리스를 두들겨 주지 않을 수 없었던 이유였다. 그가 이틀 동안을 두고 은밀히 조사하는 동안 뜻밖에도 GI 하나가 손을 들고 나타났던 것이다. 기술상병 윌슨은, 김 대위가 송 병장이 있던 막사를 찾아갔을 때 침대에 누워 싸구려 문고본을 읽고 있었다.

"연락장교님 마침 잘 오셨습니다. 그러나 너무 늦어버렸군요."

"늦었다니? 자넨 왜 숍에 나가지 않았나?"

"야구를 하다가 어깨를 삐어 식콜을 갔더니 이틀 동안 꼼짝 말고 누워 있기만 하라는 진단을 내려 줬기 때문입니다. 전 그렇게까지 할 필요가 없다고 했는데도 안 된다고 우기는군요. 제가 어쩌겠습니까?"

"늦었다니? 나를 만나고 싶어한 이유는 뭔가?"

윌슨 상병은 읽고 있던 탐정소설을 침대 머리에 던져놓고 일어나 앉았다. 영화 장면에서 잘라낸 듯, 책의 표지엔 모자를 쓰고 넓은 버버리코트 밴드가 묶인 허리춤에 권총 구멍을 가지런히 내보이고 선 누군가 유명한 배우의 험상궂은 스틸 사진이 인쇄되어 있었다.

"분명히 늦었습니다."

하고 말하는 윌슨 상병의 용모에는 어딘가 유태계 혈통을 받고 있는 것 같은 느낌을 주었다. 김 대위는 얘길 해가면서 그가 무척 얌전한 사병임을 알아차릴 수 있었다. 그는 교육학 중에서 행동과학을 전공한 석사였다. 미국처럼 교육이 필요한 나라도 또 없다는 것을 김 대위는 거기서 새삼 확인하고 있는 셈이었다.

"자네네 나라 군대행정이란 것도 엉망이군 그래."

"말씀 마십시오. 전공분야가 참작되는 줄 아십니까. 마구 뚝뚝 잘라 아무 데나 보내 버리는 거예요. 너무 주체할 수 없이 많은 숫자의 병정들을 거느리고 있는 탓이지요. 제가 여기서 뭘 하는 줄 아세요, 스톡 컨트럴에서 하루 종일 남버링만 찍고 있어요. 그뿐입니다, 장교님."

어쨌든 송 병장이 떠나기 전에 만나보기 위해서 연락장교실로 두 번이나 찾아왔었으나 그때마다 공교롭게 김 대위가 부재 중이어서 만나지 못했다면서 윌슨 상병은 꼭 죽은 사람 얘길 하듯이 애석한 표정을 지으며 송 병장 사건의 자초지종을 얘기해 주었다. 그의 얘기는 거의 한시간 가까이 계속되어 김 대위는 그의 얘기만 듣고 곧장 돌아나오기가 뭣해서 한마디 덧붙였다.

"저 책 재미있는가, 상병?"

그 소설은 나찌의 눈을 피해 독일을 탈출하는 유태인 얘기를 소재로 삼은 소설인 듯했다. 표기 밑창에 써 놓은 선전 글귀가 내용에 대하여 대충 짐작이 가도록 한 그런 책이었다.

"제 책은 아닙니다만 유태인의 수난을 추적한 소설입니다."

"그런 것 같군."

"저걸 보니 나찌의 포학상이란 정말 치가 떨릴 지경이더군요. 그 진상이야 이미 다 밝혀진 것이지만 새삼스럽게 실감하게 되는데요."

"폭력은 이 지구상에서 영원히 근절되어야 해."

"그렇고말고요. 독일이 그들의 죄과를 씻고 떳떳하자면 적어도 앞으로 한 세기 이상 속죄의 눈물을 뿌리지 않고는 용서받지 못할 것입니다."

"그들 모두에게 그렇게 요구하는 건 너무 가혹하잖을까, 소수 나찌 범죄집단의 소행이었으니까."

"아녜요, 게르만족 전체에게 그런 잔혹한 피가 흐르고 있어요. 그들은 모두가 한결같은 공범자에요."

"방조자였다곤 할 수 있겠지. 하지만 역사가 냉혹한 심판을 내릴 테니 자넨 되도록 관용을 가져 주게나. 용서로써 이기도록 하세. 용서하지 않으면 그것이 또다른 비극을 부르게 되거든. 그들이 속죄에 애쓰고 있다는 증좌가 보이는 한은 말일세. 왜 자네네 유태인 선각자가 한 유명한 말이 있잖은가. 용서하라, 그러나 잊지는 말라는."

"고맙습니다. 전 한국인을 대할 때마다 죄의식을 느낍니다. 삼팔선을 만든 것이 바로 미국이기 때문이죠. 도대체 강대국들이 품고 있는 제국주의적 야욕이란 건 누구도 이해할 수 없는 것입니다."

"자네 같은 사람이 많아져야겠는데 말이야. 자넬 만나게 되어 반갑네."

4

윌슨 상병의 얘기에 따르면, 크리스 이등병은 원래부터 질이 좋지 않은 사병이었다. 말하자면 너무 어마어마하게 비대한 미국 육군이 낳은 필연적인 부산물이라고나 할 수 있을까. 국제 경찰이라는 이름의 그 많은 병력을 적절히 통할하느라 골머리를 앓고 있는 펜타곤 고민의 상징 같은 존재라고나 할 사병이었다. 그의 인사기록 카드는 아마도 이제 더 적어 넣을 빈 자리가 없을 정도로 온통 전속과 징계기록으로 지저분하기 짝이 없을 게 분명하지만 그의 어떤 유능한 직속상관도 그를 얌전한 병정으로 길들이는 데는 실패했을 것이었다. 그의 상관들은 그를 진급시키는 일보다 징계위원회의 의결로 계급을 강등하거나 일과 후의 중노동 아니면 군법회의에 회부하여 영창에 집어넣는 일을 더 자주 논의하고 명령해야 했던 사병이었다. 19년 동안 군복을 입어 왔다는 장기복무자이면서 아직도 이등병을 못 면할 정도라면 그가 어떤 사병이라는 것은 저절로 자명하지 않은가. 그가 지금까지 달아 본 최고의 계급장은 병장이었지만 그 계급장은 단 1주일 만에 떨어졌다고 했다. 그의 전속 서류에는 반드시 '문제 사병이므로 주의 요함'이라는 전임부대 지휘관의 부전지가 붙을 만큼 그는 미육군의 골칫거리였다.

윌슨 상병은 송 병장이 그런 크리스와 상대하게 된 것부터가 우선 불행이었다고 말했다.

"그런 골칫덩어리와 다투게 되었다는 사실 자체가 이미 송 병장에게는 불행이었죠."

김 대위는 그때 송 병장이 그렇게 사리에 어두운 청년이 아니라는 것에 생각이 미쳐 재빨리 물었다.

"그 둘은 왜 싸우게 되었나?"

"크리스가 송 병장의 침대 시트에 오줌을 쌌습니다. 담배 태우십니까?"

윌슨 상병이 담뱃갑을 쑥 내밀며 말했다. 김 대위가 사양하는 손짓을 하자 그는 러키 스트라이크의 필터 없는 담배에 성냥을 그어댔다. 그러고 나서 기술상병은 담배에 불을 댕기느라 중단했던 얘기를 계속했다.

송 병장이 윌슨 상병의 호의로 그와 함께 영내극장에서 35센트짜리 영화를 보고 돌아왔을 땐 이미 막사 안은 취침 중에 있었다. 그들은 여느때보다 빨리 소등이 됐다 싶었지만 별다른 생각 없이 옷을 벗고 더듬더듬 철침대 속으로 들어갔다. 그들은 개인등(個人燈)을 갖고 있지 않았으며, 모두 잠들어 있는 시각에 막사의 대형 형광등을 켜기는 민망스러웠다. 그런데 침대 시트 속으로 발을 밀어 넣던 송 병장이 별안간 외마디 소릴 내지르면서 땅바닥으로 굴러떨어졌다. 침대에 막 들어가 누워 모포와 시트자락을 끌어당겨 덮고 있던 윌슨 상병이 깜짝 놀라 자리를 걷어차고 일어나 앉는 순간, 막사 안 한가운데쯤에서 킬킬거리며 웃는 소리가 들렸다. 그는 어둠 속에서도 그것이 크리스 이등병임을 알 수 있었다. 송 병장의 침대에다 무슨 짓을 저질러 놓았음에 틀림없다고 그는 직감했다.

 막상 불을 켜자 송 병장의 침대는 참으로 놀라운 상태에 빠져 있었다. 침대 한가운데다 오줌을 흥건히 갈겨 놓은 뒤, 그 가운데를 죽은 쥐 한 마리가 발딱 누워 있었던 것이다. 불이 켜지고 나자 막사 안은 더욱 조용해져서, 모두들 공범자가 되어 죽은 쥐처럼 찍소리 한 마디 내지 않았다.

 잠시 정신나간 사람처럼 침대를 내려다보고 섰던 송 병장이 후닥닥 크리스에게로 달려든 것은 거의 순간적인 일이었다. 그는 반듯이 누워 있는 이등병의 머리채를 잡아채면서 치를 떠는 듯한 목소리로 고함쳤다.

 "일어나, 이 더러운 생쥐새끼야!"

 송 병장이 머리채를 잡아끄는 대로 부시시 상체를 일으켜 세운 크리스 이등병의 입가에는 히죽 웃음기마저 번져 있었다. 그러던 그가 다음 순간 짧고 무서운 비명과 함께 침대 밑창으로 털썩 나둥그러졌다. 송 병장은 날쌘 동작으로 크리스의 머리통이며 목덜미며를 가리지 않고 마구잡이로 짓이겨댔다. 윌슨 상병은 순간, 이등병이 죽게 될지도 모른다는 생각이 들어 엉겁결에 송 병장을 덮싸안고 나자빠졌다. 그러자 누군가가 막사 출입문을 우악스럽게 열어젖히며 달아났다. 그는 뛰어나간 사병이 중대본부로 일직당번을 데리러 가는 것임을 알고 있었다. 송 병장에게 불리하고 모욕적인 사태가 발생하고 만 것에 그는 울화통이 터졌다.

송 병장의 침대를 망가뜨려 놓은 것이 물론 그 골치덩어리 크리스 이병의 소행임은 말할 나위도 없었다. 왜냐 하면, 그들은 그날 오후에 한 전화 사건을 두고 꽤 오랫동안 다투었기 때문이다. 사무실에 나가 있던 크리스가 어떤 GI로부터 걸려 온 장황한 전화 한 통을 받고 나서 느닷없이 송 병장을 붙잡고 트집을 늘어졌던 것이다. 얘기를 싫어하는 송 병장한테 추근추근 늘어붙기 시작한 것이 끝내는 서로의 부아를 긁기만 하는 결과가 되어, 일과 종료 시각까지 그들은 서로 욕지거리를 퍼붓는 일을 계속했다. 하지만 말다툼이 욕지거리로 떨어질 때면 으레 그렇듯이 그들이 주고 받은 입씨름 역시 어린애들의 그것처럼 치기 넘쳐 곁에서 듣기에도 거북한 말들뿐이었다.

"헤이, 똥통에 빠진 구욱(gook : 東洋人에 대한 모욕적인 卑稱)."
"더러운 아가리에선 더러운 말밖에 나올 게 없지, 이 무식한 양키 졸때기."
"국편될까 두려워 욕지거리도 못하는 슬레키 보이."
"야, 이 엉큼한 암여우 같은 새끼야, 네가 지금 딛고 서 있는 땅은 누구네 땅이냐. 바로 너 같은 지저분한 새끼가 슬레키해 간 우리 땅이란 걸 잊었니, 이 야비한 양놈아."

이렇게 맞붙은 입씨름이 일과 종료로 잠시 정전상태에 들어가 있었으니 송 병장의 침대에 쥐를 잡아넣고 오줌을 싼 것이, 충분히 그런 짓을 하고도 남을 크리스의 소행일 것임에는 의심의 여지가 없었지만, 그러나 어디서 그 증거를 잡을 수 있으랴.

"저라도 현장에 있었던들 증언할 수 있었을 텐데 말입니다, 대위님."

윌슨 기술상병은 이렇게 말을 끝맺었다. 김 대위가 물었다.
"그날 오후의 전화 사건이란 무엇인가?"

"송 병장이 굳이 얘기하길 꺼려서 자세히는 알 수 없지만, 아마 어떤 한국 여자와 관련된 일인 것 같았습니다."
"여자라고?"
"내용은 확실하지 않습니다."
 여자가 개입된 듯한 그날 오후의 전화 사건이라고 윌슨 상병은 얘기했지만 그 뒤 김 대위의 조사로 드러난 사건의 내막에 따르면 그 사건은 이미 훨씬 이전으로 거슬러 올라가야만 했다.
 김 대위가 조사를 시작한 것은, 송 병장이 그와 꽤 가깝게 지냈던 것 같은 윌슨 상병에게조차 얘기하길 꺼려했던 여자 관계의 사건이라면 적어도 같은 나라 사람끼리는 알아도 무방한, 어쩌면 알지 않으면 안 될 어떤 사연을 지니고 있을 것같이 느껴졌기 때문이었다.
 김 대위는 송 병장과 같은 사무실에서 근무해 온 재고관리과의 문 일병을 자기 방으로 불러들였을 때 이미 그 사건의 뿌리가 꽤 깊은 곳에까지 이르고 있음을 직감할 수 있었다. 문 일병은 바로 그 사건에 개입된 최초의 인물이었던 것이다.
 거칠기 이를 데 없는 골칫덩어리 장기복무자라는 낙인을 받고 있으면서도 사실은 음험스럽고 야비하기 짝이 없는 일면을 지니고 있는 것이 바로 크리스 이병이어서, 크리스는 같은 사무실에 근무하는 모든 한국 사람 가운데서 가장 어수룩하고 소문 없이 협조해 줄 수 있는 상대를 찾고 있었다. 거기에 전입온 지 2주가 채 안 된 신병인 문 일병이 걸려든 것이다.
 크리스의 입장에서 보면 그것은 당연했다. 재고관리과는 다른 어느 사무실보다 많은 숫자의 한국 민간인 군속들을 고용하고 있었지만 대부분이 나이 듬직한 사무원들이어서 어느 누구도 그렇게 손쉽게 그의 요구에 응대해 줄 것 같지 않았을 뿐 아니라, 카투사병이라야 송 병장과 문 일병 딱 두 사람밖에 없는 형편에, 자기 알기를 발톱에 낀 땟국만큼도 여기지 않는 송 병장한테 머리를 숙이고 애걸한다는 것은 우선 그의 자존심이 허락하지 않았다. 또 모든 것을 제쳐 놓고 부탁을 한다 해도 도무지 들어줄 것 같지 않은 판에 만약 말을 꺼냈다가 거절당하면 그 무슨 망신이랴 싶었던 것이다. 그렇게 되자 남은 후보자라곤 아무래도 만만한 문 일병밖에 없었다. 막 전입 와서 생소한 분위기에 텀벙 빠져버려 정신을 차리지 못하고 있는 문 일병이라면 미군들로부터 부탁 받을 일이나 없을까 하고 기다리고 있을지도 모를 일이 아닌가.

그런데 여기에 문제가 있었다. 도무지 의사 소통이 불가능했던 것이다. 손짓 발짓 온갖 짓을 다 했지만 문 일병이 알아들을 수 있었던 것은 단지 〈대학〉과 〈미스 문〉이라는 단 두 마디밖에 없었다. 속이 타기는 문 일병 쪽도 마찬가지여서, 그는 고민 끝에 송 병장을 찾아와 구원을 호소했다.

"저 친구가 어떻게 알아냈는지 제 누나가 대학에 다니는 것까지 알구서 소개해 달라는 것 같은데 어떻게 하면 좋지요, 송 병장님?"

"어떤 놈이?" 하고, 예하부대에서 들어온 물품신청 카드를 연방 재고번호에 따라 분류하고 있던 송 병장이 고개를 들었을 때 거기 책상 앞에는 이미 문 일병을 뒤쫓아온 크리스가 버티고 서 있었다. 녀석은 비굴한 표정을 한쪽으로 숨긴 채 거드럭거리는 말투로 지껄여댔다.

"이 일등병나으리, 도무지 말이 안 통하는데."

"너한테 우리 말이 안 통하는 것과 무엇이 다르냐."

"잠깐 좀 얘기할 게 있는데."

하고 크리스는 손가락을 세워 까딱까딱 꼬부려 보였다.

"여기서 얘기해. 난 바빠."

"아니, 잠깐만."

송 병장은 잠시 뜸을 들인 뒤 분류하던 카드가 서로 섞이지 않도록 재고번호책으로 눌러 놓고 일어섰다. 그가 따라나선 것은 문 일병의 애기가 아무래도 수상쩍었기 때문이었다. 만약 문 일병의 애기가 사실이라면 그가 더 추궁을 받기 전에 이등병이 헛수작을 못 붙이도록 조처해야 할 뿐 아니라 녀석이 문 일병의 가족상황을 어떻게 알아냈는지도 캐내지 않으면 안 되었다.

그러나 크리스가 한 애기는 문 일병의 애기와는 너무나 거리가 먼 엉뚱한 내용이어서 송 병장은 실소를 금할 수 없었다. 문 일병은 추리에 의해 하나의 훌륭한 거짓말을 꾸며내었던 것이다. 그는 우연히도 일치한 〈미스 문〉과 〈대학〉에 다니는 자기 누나를 인연지음으로써 골치 아픈 봉변을 앓고 있었던 것이다.

크리스 이병은 그 전날 우연히 한 여대생을 만났다. 부대 취사장에서 쓰다가 이번에 신품을 배당 받으면서 폐품으로 처리된 냉장고를 가까운 고아원에 전달하러 가는 장교들을 위해 차를 몰고 따라갔던 크리스는 뜻밖에도 그 곳에서 한 여대생의 유혹을 받게 되었다는 것이다.

"거짓말 마라."

하고 송 병장은 한 마디로 잘라 말했지만, 녀석의 애기에 과장이나 거짓이 섞여 있는 것 같지는 않았다. 그렇지만 송 병장은 양보하지 않았을 뿐만 아니라 이미 수많은 녀석들한테 수없이 되풀이 들려준 일장 설교를 또다시 늘어놓을 수밖에 없었다.

"한국의 대학생들은 그렇게 한가하게 나다닐 시간이 없다. 너희 같은 무식장이는 잘 모르겠지만 대학에 가면 학점이란 게 있는데, 그놈의 것이 얼마나 따기가 어려운지 만약 대학생들이 공부를 않고 쏘다니다간 관 속에 들어가기 전에 학위 받긴 다 틀렸거든."

송 병장은 이런 내용의 설교를 할 때마다 번번이 자신의 능란하기 이를데 없는 거짓말 수완에 스스로 놀라지만 그보다 더욱 놀라운 것은 이 부대의 미군치고 주둔지 여대생을 낚아 보지 않은 녀석이 하나도 없다는 사실이었다. 그래서 송 병장은 부아를 터뜨리기 전에 이미 두꺼운 면역의 껍데기 속에 파묻혀 버려서, 지금은 자신의 거침없는 거짓말에 자기 자신이 설복당할 지경에까지 이르고 있었다.
　——그따위 계집들은 설령 대학에 학적을 두고 있다고 해도 대학생이 아니야.
이것이 송 병장이 자기 자신의 거짓말에 스스로 속아 넘어가는 유일한 근거였다. 그러나 이번 크리스 이병의 경우는 그까짓 서푼어치도 못 되는 여대생이라는 신분 이전에 이 나라 여자라는 동물들의 사고방식을 근본부터 의심하게 만드는 사건이었다.
모 여자대학 보건교육학과(송 병장은 과연 이런 학과가 아직 이 나라에 설치될 형편에 있을 리 없다고 자신했기 때문에, 그래서 이번에야말로 진짜 가짜 여대생이 걸려들었음에 틀림없다고 확신했기 때문에, 즉시 각 숍에 나가 있는 카투사병들한테 모조리 전화를 걸고 크리스가 일러준 '건강교육학과' 혹은 '보건교육학과'라는 학과가 모 여자대학에 설치되어 있는가를 확인했다. 그러나 불행히도 그런 학과는 엄연히 존재하고 있음이 드러났다)에 다닌다는 미스 문은 바로 이 부대에서 찾아간 고아원 원장의 귀여운 영애였다. 그녀는 원장의 딸로서 이 엄숙한 냉장고 전달식에 참석했지만, 아마도 너무나 크고 고장이 잦아 쓸모가 없는 고물 냉장고에 흥미를 잃은 나머지 야성미 넘치는 외인 병사를 덤으로 전달받고 싶었던 모양인지 몰랐다. 그러나 이 외인 병사라는 친구가 또 미련스럽기 짝이 없는 놈이어서 아무리 눈짓을 보내도 놈은 그녀의 추파를 도무지 눈치채지 못했다. 초조해진 그녀는 급기야 식전을 빠져나오면서 둔하기 이를 데 없는 이등병의 옆구리를 쿡쿡 찔렀다. 신경질을 부리는, 자존심 상할 행동도 불사할 수밖에 없었다. 그렇게 하여 그들은 이등병이 몰고 간 트럭의 운전석에 나란히 올라 앉는 데까지 발전했다. 그러나 거기엔 또 하나의 뜻하지 않은 답답한 장벽이 가로놓여 있었다.

그들은 서로 상대방 나라의 말을 알아들을 수가 없는 타국인의 처지였던 것이다.

"그런데 그 여자와 무슨 얘길 했다는 거야? 말을 한 마디도 하지 못했는데도 그게 여대생이라는 거야? 이 나라 대학생들은 적어도 영어를 십 년 이상 배우고 있다는 사실을 알아 둬."

"미스 문은 영어를 알고 있었단 말이야. 어려운 단어도 곧잘 써내던데."

그들은 손짓 발짓으로도 통하지 않을 때 급기야는 단어를 적어가며 고개를 끄떡이고 탄성을 울리고 했다. 그러다가 이등병은 갑자기 몸에 전류가 흐르는 것 같은 짜릿한 흥분에 빠지면서 꿈결 속을 헤매기 시작했다.

――나는 이 나라 남자라는 족속들은 죽어도 싫다. 만약 내가 죽어서 미국 시민으로 다시 태어날 수만 있다면 지금 당장에라도 목을 달아매겠다. 아, 영원한 파라다이스 아메리카.

그녀가 가느다란 목을 매만지면서 종이 위에 내린 선언은 바로 이런 내용의 말이었다. 그러나 그녀는 거기에 그치지 않고 단자를 연결해 가면서 그런 선언을 하는 이유를 이렇게 개진하여 나갔다.

누렇게 뜬 피부 빛깔에 융통머리 없이 쩨쩨하고, 왜소하고, 멋대가리 없고, 치사하고, 지저분하고, 냄새나고, 후진적인 맨 퍼스트고, 방바닥에 그대로 드러눕고, 목석 같고, 조로하고, 김치 먹고, 가슴과 팔뚝에 털 안 나고, 그래서 아니꼽고, 메스껍고, 눈알 안 파랗고, 저주스럽게 앙증맞은 까만 털, 미개 동물…… 아— 저 화사한 모발, 백악처럼 솟은 콧날, 추잉검 씹어 쉴새없는 입, 까맣게 높다란 키에, 이 먼 극동 한구석에 찍어붙은 코리아까지 찾아준 황공스럽기 짝없는 시력의 벽안, 푸른 눈……

그러면서 전화번호를 적어 줬는데 그동안 한 달을 두고 틈만 나면 전화질이었지만 그녀는 묵묵부답으로 쌔근거리지 않으면 동문서답

이기 일쑤여서 전화론 불가능이니, 이 일을 어쩌면 좋으랴.
"찾아가지 그래."
"어디쯤이었는지 모르겠거든."
"이런 멍청이. 그래서 나더러 중간에 다리를 놓아달라 그 말이군?"
"좀 도와줄 수 없을까?"
"못하겠어, 새끼야."
"부탁이야."
송 병장은 잠시 여유를 가지기 위해 또 뜸을 들였다. 그리고 나서 승낙하는 의미로 미스 문의 전화번호를 물었다. 이등병은 다급하게 바지 오른쪽 뒷주머니를 뒤져 지갑을 꺼내 들고는 손때가 반질반질 묻은 종이쪽을 끄집어냈다. 녀석은 꼬깃꼬깃 접힌 종이쪽을 건네주면서 비굴한 미소를 흘렸다.
"송 병장의 도움은 영원히 잊지 않겠어."
"닥쳐!"
송 병장은 이등병을 밀어 젖히면서 빠른 걸음으로 사무실 문께를 향해 걸어갔다. 그로부터 한 주간이 지난 어느날, 송 병장과 크리스 이병은 일과가 끝나기 무섭게 서둘러 외출을 했다. 크리스가 샤워라도 하고 나가자고 했지만 송 병장은 자동차 기름이 더덕더덕 묻은 이등병의 손목을 낚아채어 그대로 사라졌다. 그들이 그날 저녁에 무슨 일을 했는지는 아무도 몰랐다. 문 일병은 송 병장의 설명으로 미스 문이 곧 자기 누나를 뜻하는 것이 아님은 알고 있었지만 그렇다면 송 병장이 드디어 그 미스 문이라는 여대생을 불러냈다는 것인가, 하고 마음이 놓이지 않았다. 그러나 그들은 그날 저녁, 세 시간이 채 못 되어 사이좋게 같이 귀대했다. 문 일병이 사건의 전모를 대충 알아차린 것은 그 이튿날 사무실에서였다.
송 병장은 크리스를 바람맞혔던 것이다. 미스 문이 이등병과 만나기 전에 잠깐 자기와 미리 좀 만나자고 했으므로 나오는 대로 모셔 오겠다는 전제로 크리스를 맥주집에 처박아 놓은 두 시간 뒤에 송 병장 혼자 나타났던 것이다. 그리고는 화를 벌컥 내면서 그따위 여자와는 상종을 말라고 소리쳤다.

"왜, 나타나지 않았어, 미스 문이?"
"약속을 착실히 해놓고 두 시간이 다 되도록 나오지 않잖아."
"미안해. 그런데 웬일일까?"
"웬일은 무슨 놈의 웬일이야. 다른 지아이하고 놀아나고 있는 거지."
"다른 지아이?"
"내 뭐라고 했나. 미스 문이란 여잔 여대생이 아니야. 창녀란 말이야. 여대생이라고 속이는 것도 상술이야, 이 멍청이 놈아."

이등병은 절대로 그럴 리가 없다는 것이었다. 꼭 한번만 더 전화를 걸어 무슨 불가피한 일이 있었는지 알아봐 달라는 것이었다. 송 병장은 견디다 못해 이튿날 사무실에 나오자마자 전화를 했다.

문 일병은 송 병장의 그 전화 통화로 비로소 전날 밤에 일어난 사건을 듣게 되었던 것이다. 송 병장이 통화를 한 상대는 미스 문이 아니고 그의 친구였으니까. 그는 송화기에다 대고 큰소리로 말했다.

"미스 문 있습니까?"

크리스가 〈미스 문〉이라는 말에 겁먹은 표정이 되면서 송 병장 옆으로 바싹 붙어섰다. 그러자 송 병장이 화가 난 얼굴을 하고 우리 말로 고함치기 시작했다.

"놀라긴? 미스 문은 무슨 얼어죽을 미스 문이야. 내 얘기 듣기만 해, 옆에 미스 문의 기둥서방이 지켜 서 있으니까."

송 병장은 그 전날, 실제로 미스 문과 전화로 약속을 했다. 물론 크리스와의 밀회를 주선하는 통변의 입장으로, 미스 문은 지시대로 왼쪽 가슴에 빨간 카네이션을 달고 나타났다. 송 병장은 몇 마디 애길 나눈 뒤, 곧 그녀를 끌고 호텔로 향했다. 방은 이미 예약이 되어 있었고, 송 병장은 방으로 올라갈 때까지 아무런 저항도 의심도 받지 않았다. 그녀는 이등병이 예약해 놓았다는 방으로 올라가기 위해 승강기를 타면서도 어떤 주저하는 눈치도 보이지 않았던 것이다. 그러나 송 병장은 마음이 놓이지 않아 그녀를 이렇게 안심시켰다.

"불안해 하실 리 없으시겠지만 혹시나 해서 말씀드리는데 이곳으로 장소를 정한 건 조용하게 얘기하시게 하기 위하여서였습니다. 만약의 경우가 있다고 하더라도 제가 모시고 있으니까 염려는 마십시오. 여대생의 신분이신데 저같이 못난 통역까지 두고 무식한 대중이 보는 앞에서 얘기하시는 것보다야 이런 곳이 오히려 품위를 지키실 수 있으실 것 같아서 호텔방을 택한 것입니다. 그것도 미합중국 병사와 상의해서 말씀입니다."

방문 열쇠는 이미 송 병장의 주머니 속에 들어 있었고, 방안에 벽 안의 털북숭이가 기다리고 있는 것으로 돼 있는 한 물론 방문은 잠겨 있을 턱이 없었다. 송 병장은 그녀를 방안으로 밀어넣자마자 재빨리 문을 잠가 버렸다. 사실은 잠근 것이 아니고 그 문은 닫는 순간에 저절로 잠가지도록 장치되어 있지 않은가. 방문이 잠기는 예리한 금속성에 처음으로 자극을 받은 미스 문이 거의 반사적으로 홱 돌아섬과 동시에 송 병장의 얼굴이 무섭게 일그러졌다. 송 병장이 당황하여 공포에 질려 있는 그녀 앞으로 한 걸음 성큼 다가서는 찰나에 그녀는 미처 몸을 수습할 겨를도 없이 어깻죽지를 확 움켜잡혔다. 하늘거리는 블라우스 안으로 잡힌 살결이 빳빳한 긴장으로 탄력을 더하면서 무섭게 떨었다. 그리고 그 격렬한 전율은 블라우스가 북 찢어져 내릴 때까지 지리하게 계속되었다.

"짓밟아 버렸느냐구? 천만에. 물론 처음에는 무참하게 덮쳐 버릴 생각이었지. 하지만 벗겨 놓구 보니 더럽다 싶기도 하고 측은한 생각마저도 들더군. 홱 돌아서 버렸지. 문을 따고 나오기 전에 딱

한 마디 들려줄 말이 있었어. 이것이 네가 침을 뱉고 싶어하는 이 나라 남자의 용렬함이다."

송 병장은 전화를 끊고 한참 동안 넋잃은 사람처럼 멀거니 앉아 있었다. 화를 내는 시늉을 하느라 너무 큰소리로 떠들어 기진한 탓인지, 아니면 불쾌한 회상에서 받은 분노와 흥분 때문인지 알 수 없었지만 하여간에 그는 큰소리에 놀라 안절부절 못하는 크리스 이병을 그대로 세워둔 채 말없이 앉아 있었다. 뿐만 아니라 그의 얘기를 빼놓지 않고 귀기울인 다른 일곱명의 한국인 고용원들까지도 쥐죽은 듯이 침묵 일관으로 앉아 송 병장의 표정만 훑고 있었다. 그들은 처음 얼마 동안은 송 병장의 얘기에 깔깔거리면서 웃거나 야유 아닌 야유로 경박한 반응을 보였으나 그것은 얼마 가지 않았다. 그들은 곧 잠잠해졌고, 미군들은 미군들대로 그가 다투고 있음이 틀림없다고 생각했음인지 넘버링 찍는 소리나 타자기 두드리는 소리마저 중단한 채 송 병장의 떠들썩한 통화에 신경을 곤두세우고 있었던 것이다.

그렇게 한참 동안 송 병장의 표정을 훑고 있던 이등병이 드디어 못 참겠다는 듯이 떨리는 목소리로 나직이 물었다.

"무슨 일로 입씨름을 했는지 물어봐도 될까?"

"아가리 닥쳐! 너 때문에 공연히 내가 쓸데없는 싸움까지 했잖아."

"미안해."

"그 여자가 뭐랬는지 아니. 네가 얼마만큼 어리석은 바보인지 한 번 놀려주고 싶었다는 거다. 아니나 다를까, 넌 그동안 적어도 스물 일곱 번의 전화질을 하면서 안달이었다며?"

"그렇게 여러 번은 아닐걸."

"내가 알아, 그 여자 말이 그렇게 여러 번이었다는 거지. 그리고 그 여잔 고아원 원장의 딸도 아니고 대학생도 아니야. 물론 널 만나고 싶지도 않아서 어저께도 약속을 어겼다는 거고. 그 여잔 너보다 나를 더 욕했어. 그 여잔 나한테 줄 수 있는 최대한의 모욕을 주노라고 말했단 말이야. 내가 네놈한테 한국 여자들을 팔아먹고 다닌다는 거야."

송 병장은 말을 마치고 나서 전화번호가 적힌 종이쪽을 신경질적으로 빡빡 찢어 내버렸다. 그러자 이등병이 드디어 포악한 본성을 드러내기 시작하여, 네가 언제 나를 도와줬더냐는 투로 욕바가지를 퍼붓고 돌아섰다.

"내 엉덩이나 핥아라. 너까짓 게 계집한테 모욕을 당했든 말든 내게 무슨 상관이냐, 제에미 씹할."

여대생 미스 문 사건은 그것으로 단락이 지어졌다. 전화번호까지 빼앗겨버린 크리스 쪽에서도 다시 여자 얘기를 입밖에 꺼내어 말썽을 빚는 일이 없이 종전대로 말썽꾸러기 영내 생활을 계속하는 행패 사병으로 돌아가 버렸고, 미스 문 쪽에서도 그것이 좋은 의미인지 어떤지는 알 길이 없지만 하여튼 뭐라고 전화를 걸어오는 일은 다시 없었다. 재고관리과 사무실은 다시 흐느적거리는 평온 속에 지겨운 여름을 짓씹어내고 있었다. 그러던 어느날이었다. 느닷없이 송 병장이 혼잣말처럼 중얼거렸다.

"미처 화제를 꾸려낼 여유가 없었긴 하지만 전화에다 대고 공연히 그 애길 떠들어댔단 말이야."

물론 송 병장이 전화로 그 애길 공개해 버린 데는 그 나름대로, 같은 사무실에 있는 모든 한국인들에 대해 경종을 울리고자 한 의도가 전혀 없었던 것은 아니지만 그 얘기가 뜻밖에도 무서운 전파력을 지니고 부대 안을 휩쓸게 되었을 때 그는 일말의 불안 같은 것을 느끼지 않을 수 없었다. 그도 그럴 것이, 그 화제는 꼬리에 꼬리를 물고, 그 꼬리가 새끼를 치고 발을 달고 날개를 붙여 삽시간에 온 부대 안에 파다하게 퍼져버려서, 한국인이라면 하다 못해 경비원까지도 송 병장을 한번 더 쳐다볼 정도가 되었으니 말이다. 그리고 그 소문은 송 병장이 우려했던 대로 두 달이 채 못 되어 미군들의 귀에까지 들어가고 말았다. 송 병장은 울화통을 터뜨렸다. 도대체 그런 것까지 전염시키는 무서운 똥파리가 어느 구석에 도사리고 앉았을까. 하지만 끄트머리를 찾을 길 없는 그 화제는 그의 염려와는 상관없이 미군들의 입에 오르내리게 되면서부터 더욱 상상 못할 속도로 퍼져나가 드디어는 장본인의 귀에까지 들어가기에 이르고 말았던 것이다.

그것이 바로 송 병장과 크리스 이병이 언쟁과 격투까지 벌이게 된 원인이었다. 그런 가운데도 여기에 그런 대로 다행스런 점이 있었다면, 말을 옮긴 간신배의 구변 능력이 형편없었던 모양으로, 사건 전모가 엉뚱하고 피상적으로 알려져 있었던 점이라고나 할까. 말하자면 미스 문이란 여자는 여대생을 사칭한 창녀 출신이었는데, 그 여잘 송 병장이 가로채어 따돌렸다는 것이다. 그건 천만다행이었다. 만약 그러지 않고 사건 전모가 고스란히 그대로 전달되었던들 송 병장은 취침시간에 살해당하고 말았을지도 모를 일이 아닌가.

김 대위는 송 병장을 국편과 동시에 징계위원회에 회부토록 상신한 것을 후회했다. 그러나 다음 순간, 그는 마음을 고쳐먹었다. 적어도 송 병장은 이 사건으로 인한 어떤 형량의 처벌에도 타격 받지 않을 것이 확실했으므로.

김 대위는 서무계 임 병장을 사무실로 불러 오늘부터 카투사병들의 외출을 30%까지 허용한다는 내용의 지시를 각 중대에 통보하도록 했다. 그러고 나서 김 대위는 결심했다. 그 다음날까지도 유 상사와 최 상병에 대한 국편 특명이 내려오지 않을 경우에는 유 상사로 하여금 손수 그와 최 상병의 특명의뢰 재상신을 작성하도록 하여 자신이 직접 미8군 사령부의 한국군 연락장교단장을 찾아가 담판을 짓기로. 그는 결심을 굳히고 나서 자리에서 일어섰다. 카투사병들과 항상 접촉하고 있지 않고는 안심이 되지 않았다. 외출 허용으로 긴장이 풀어져 버린다면 다시는 그만이었다. 그는 보급품 창고들과 영선 중대를 돌아보기 위해 퀀셋 건물들 사잇길을 걸어갔다.

부대 본부로 올라가는 길목에 헌혈을 권유하는 현수막이 높이 걸려 있었다. 그리고 현수막 아래 세워진 게시판엔 이런 글귀가 적혀 있었다.

——베트남 전선의 미국 병사들을 돕자!
——당신의 전우는 피가 모자라 죽어 가고 있다. 헌혈한 사람에겐 다음과 같은 것이 서비스된다. 우리 모두 헌혈하자.
　　　도너츠 5개
　　　시원한 레몬 주스(혹은 포도 주스) 1컵

김 대위는 피식 웃고 나서 게시판 앞을 떠났다. 그는 본부중대 취사장을 향해 걸어갔다. 가까운 거기부터 들러 사병들을 만나보기 위해서였다. 백여 미터 떨어진 취사장 뒤뜰에 우유 트럭이 멎어 서 있는 것이 보였다.

송 병장이 떠나고 나자 그에 관한 갖가지 일화가 들려왔다. 카투사 병장들이 하사관(NCO) 식당을 출입하게 된 것도 송 병장의 항의와 주선에 의해 이뤄졌다고 사병들은 일러주었다. 송 병장은 그것을 성취시키기 위해 해리슨 중령의 방까지 찾아갔었다는 것이다.

미군 GI들은 E-5(병장) 이상이면 그 식당에 들어가는데 카투사 병장들은 왜 사병식당을 이용해야 하느냐 송 병장의 항의에 전임 본부중대장은 부대 방침이라고만 얼버무렸으므로 화가 난 송 병장이 해리슨 중령을 찾아간 것이라고 했다. 해리슨 중령은 명백하고 타당한 송 병장의 항의에 거절할 구실을 대기가 어려웠다.

"송 병장은 자기 나라 여자인 웨이트리스의 시중을 받는 게 그렇게도 소원인가?"
"그 정도의 구실을 대신다고 물러설 저라면 중령님을 찾아뵙지도 않았습니다."
"그럼, 병장은 준(準)미군이 되고 싶은 거군?"
"제 요구에 답변만 하십시오. 우린 카투사병이 되고 싶어서 여기 와 있지는 않음을 아셔야 합니다."
"좋다, 다음날부터 그렇게 조처하겠다."
"아닙니다, 오늘부텁니다. 그리고 본부중대만이 아니고 D중대까지의 이 대대 모든 중대에 모두 적용되어야 합니다."
"알았다. 그러나 다음주 월요일부터다."
"좋습니다. 안녕히 계십시오."

그러나 주둔군과의 대치에서 대등한 고지를 확보하려는 송 병장의 이런 주선에 호응하려 하지 않은 것은 오히려 카투사 병장들 쪽이었다. 그들은 셀프 서비스 형식으로, 먹고 싶은 대로 푸딩이고 드라이 시리얼이고 파이 종류고 주스고를 가리지 않고 마음대로 가져다 먹을 수 있는 사병 식당이 더 좋다고 주장하고 나선 것이다. 그들은 해리슨 중령의 말대로 한국 여자들의 봉사를 받으며 음식을 기다리기가 거북하다는 이유를 내세우기도 했고, 하얀 식탁보가 씌워진 상 앞에 앉아 식탁 예법까지 지켜가면서 칼과 포크질을 하고 나면 소화가 안 된다고 우기기도 했다. 그들은 송 병장의 의도를 너무 몰이해하고 있어서 어떤 친구는 아예 노골적으로 반발하고 나섰다.
"난 배가 커서 갖다 주는 추레이만 받아 먹어서는 양이 차지 않는단 말야."

국제 신사도에 익숙해졌다고 세련된 예절 흉내에 우월감마저 갖고 있던 그들이 그런 주장을 하고 나서는 데는 어이가 없었다. 그러나 송 병장은 끈기있게 설득했다. 그는 다음 주 월요일 아침부터는 하사관 식당에 들어가도록 카투사 병장들을 종용하기 위해 각 중대를 쉴새없이 쫓아다녔다. 그런 끝에 그는 드디어 성공하긴 했지만 그러기까지에는 완강한 저항을 좋은 말로 설복시켜야 하는 숱한 난관을 넘겨야 했다.
"다음 주 월요일, 알았지?"
"알았어."
"어떤 놈이 뭐라거던 해리슨한테 가서 물어보라구 해."
"알았다니깐."
그리고 나서도 최소한 다섯 명 이상의 이탈자가 생겨 송 병장을 울화통 터지게 만들었다. 그는 무엇보다도 그래야 하는 이유를 그만큼 설명했으면 못 알아들었을 리 없음에도 하찮은 개인적 편의에 집착하여 행동 통일을 깬 사병들이 생긴 것에 서글픈 생각마저 들었다.
송 병장이 이 부대를 떠나고 싶어한 이유 중엔 이런 외로운 싸움에 지쳐 버린 데도 그 이유가 있었을지 모른다는 생각을 하면서 김 대위는 취사장으로 가던 발걸음을 돌려 모터 풀을 향해 갔다.
서 일병이 뭘 하고 있는지 갑자기 궁금해졌다. 겨우 예순에 가까운 아버지가 끝내 세상을 뜨고 만 슬픔에 겨워 있을 서 일병이었다. 김 대위는 열흘 휴가에서 돌아온 서 일병에게 우선 이 말부터 물었었다.
"임종은 했겠지, 서 일병."
조의를 말할 겨를이 없었다. 서 일병의 작업복 웃저고리 가슴에 하얀 상장이 붙어 있었던 것이다.
"예에, 파견대장님 덕분이어유."
"그나마 다행이었군. 너무 상심하지 않기 바란다."
서 일병은 말을 못하고 돌아섰다. 서무계 임 병장은 이런 서 일병을 두고 불만이 많았다. 아무리 군사 행정이 엉망이기로 초등학교도 제대로 다니지 않은 사병을 외국군 부대에 보내면 어떻게 하느냐 것이었다. 그런 처사는 모든 카투사병들의 입장을 난처하게 만들 뿐 아니라 서 일병 자신에게도 더할 수 없는 곤혹이라고 했다. 그러나 송 병장의 의견은 그렇지 않았다는 것이다. 그는 특히 서 일병에 대해 세심하게 신경을 쏟았다고 했다. 주둔 외군 장병들의 말을 알아듣지 못한다는 것 때문에 본국 군인이 곤욕을 당하는 일이 있어서는 안 된다는 것이 그의 주장이었다는 것이다. 아마도 그의 그런 생각이 우스운 얘기를 남기게 된 것이겠지만, 송 병장은 언젠가 대대장의 내무사열이 있었을 때 서 일병에게 황당무계한 대답을 하도록 종용한 일이 있다고 했다.

부캐넌 대령은 막사를 들어서자마자 침대 위에 펼쳐놓은 야전삽, 수통, 모기장 받침대, 식사도구 등의 주로 녹슬기 쉬운 개인 장비품을 들쳐보고 나서 월 라커(옷장), 풋 라커(침대 발치에 놓인 장비품함)를 들쳤다. 대령은 옷장에 걸린 옷들에 견장과 명찰이 제대로 부착되어 있는지에도 관심이 많았다. 그러나 검열을 받는 마당에 녹슨 장비품이나 부착물 안 달린 옷을 그냥 두고 있을 병사는 없었다. 대령은 흑백 미군 사병 두 셋을 검열하는 것으로 끝내 버릴 기세였다. 그런데 지나치려던 대령이 느닷없이 서 일병 앞에 멈춰 섰다.

"내무사열의 목적을 말해봐, 에…… 서 일병."

서 일병으로부터는 물론 아무 대답도 없었다. 송 병장은 약간 조바심이 났다. 대령은 왜 무리한 질문을 하고 있는 것일까.

"내무사열의 목적이 뭐냐니까?"

"대령님," 하고 송 병장이 마침내 소리쳤다. "서 일병은 영어로 답할 줄 모릅니다."

"그래? 그럼 한국말로 말해보라고 해."

"그땐 대령님이 못 알아드으실 텐데요."

"네가 여기 와서 통역을 해."

"네" 하고 송 병장은 민첩한 동작으로 서 일병의 침대를 향해 뛰어갔다. 그는 다가가면서 서 일병이 훈련소에 들어서면서부터 죽으라고 외워댄 그놈의 목적, 수칙투성이들을 잊은 것은 아니기를 빌었다. 그러나 서 일병은 생각이 나지 않는다고 했다. 난처했다. 송 병장은 다급하게 말했다.

"아무 말이나 지껄여, 서 일병. 아니 유행가 뭐 아는 거 없어?"

"생각이 안 나네유."

"아무거나 괜찮아, 여러 노랠 한데 섞어서 지껄여도 좋아."

"그렇지만 워떻게 그래유."

"상관 없다니까."

잠시 머뭇거리던 서 일병이 마침내 동요를 읊기 시작했다. 그건 단지 동요만도 아니었다. 뿐만 아니라 그것은 자칫 곡조가 붙을 위험마저 지니고 있었다.

"푸른 하늘 은하수 하얀 쪽배엔 계수나무 한 나무 토끼 한 마리 돛대도 아니 달고 삿대도 없이 가기도 잘도 간다 서쪽 나라로. 노들 강변의 백사장 휘휘 늘어진 가지에다가. 두만강 푸른 물에 노 젓는 뱃사공……"

송 병장은 너무 오래 계속될까 조바심을 쳤지만 적당한 길이에서 서 일병은 가사 외우기를 용케 끊어 주었다. 얼굴이 벌겋게 상기되어 있었다. 대령이 송 병장을 향해 물었다.

"맞느냐. 송 병장?"

"맞습니다, 대령님."

"한국군은 참 철저해. 꼭 노래하듯이 줄줄 외는군. 통역할 필요 없어."

"신병 훈련소에서부터 죽으라고 외워 왔으니까요."

그 뒤 막사가 달라져 서 일병과 헤어지게 되었을 때 송 병장은 그에게 일터를 옮기지 않겠느냐고 물었다. 그는 서 일병이 매일같이 기름투성이가 되어 차를 닦고 있는 것에 참을 수가 없었다. 그래서 중대 선임하사 매킨리에게 간청하여 그를 취사장으로 보내 주겠다는 약속을 받아 내었던 것이다. 취사장은 열기를 뿜어 여름이면 좀 견디기 힘들긴 하지만 막사를 쓰지 않고 독방에 들므로 그렇게 신경 쓸 일은 적을 것이었다.

그러나 서 일병은 가지 않겠다고 단호하게 선언했다. 이제 그럭저럭 양키들과 얼굴을 익혀 놓았는데 의사소통 안 되는 또다른 GI들을 상대해야 한다는 것이 그에겐 엄두가 나지 않는 일이었던 모양이었다. 송 병장은 어쩔 도리 없이 물러서고 말았다.

"할 수 없군. 하지만 한 가지만 명심해 둬. 양놈들이란 별것 아닌 인간들이야. 글자 하나 제대로 쓸 줄 모르는 놈들이 태반이거든. 싸워 가면서, 열심히 자동차 정비기술이나 익혀 둬."

김 대위가 수송부에 갔을 때 서 일병은 2.5톤 트럭 밑에 드러누워 렌치로 뭔가를 열심히 죄고 있었다. 그는 김 대위가 차 옆에 서 있는 것을 눈치채자 누운 포복 자세로 재빨리 기어나왔다. 서 일병은 렌치를 왼손으로 옮겨 쥐고 거수경계를 했다.

"왜 혼자서만 그러고 있나?"

김 대위는 어리뻥뻥 눈을 멀뚱거리고 서 있는 서 일병을 향해 물었다. 수송부 사무실의 유리창 너머로 잡담을 늘어놓고 있는 GI들의 모습이 보였다.

"저 친구들은 게을러유."

"그래, 정비기술은 좀 배웠나?"

렌치를 만지작거릴 뿐 서 일병은 대답이 없었다. 김 대위가 다시 다그치자 그는 가르쳐 주는 사람이 없어 제대로 배울 수는 없다고 했다. 서 일병의 가슴에 붙은 상장이 시커먼 기름때국으로 더럽혀져 있었다. 김 대위는 뭔가가 치밀고 올라오는 것을 느꼈다.

"서 일병, 내일부터 카투사 파견대 사무실에 와서 근무한다, 내 사무실 말이야."

김 대위는 말하고 나서 돌아섰다. 사무실에 돌아오는 즉시 김 대위는 임 병장에게 서 일병의 자리를 만들어 놓도록 지시하고 수송장교를 전화로 불러 그에게도 그 사실을 알렸다.

"서 일병 대신 내 사무실에 있는 김 상병을 보내 주겠소."

김 상병이라면 계급도 대부분의 수송부 사병들과 맞먹고, 우선 그들의 말을 들을 줄 알아서 혼자 사역만 당하지는 않을 것이었다.

5

서 일병이 카투사 파견대 사무실에 근무하기 시작한 지 이틀째되는 날 오후 느지막이였다. 밖에서 문 두드리는 소리가 나면서 서 일병의 안내를 받은 두 명의 낯선 민간인이 김 대위의 사무실로 들어섰다.

"김 대위님이시죠?"

"그렇소만, 댁에서들은?"

"네, 군수사기관에서 왔습니다."

"그럼 군인이요, 당신들?"

"네, 이분은 장 상사, 저는 오 중삽니다."

"그런데?"

"잠깐 나가실까요, 말씀드릴 게 있는데."

"여기서 얘기하지 그래."

"밖에 저희 과장님이 기다리구 계십니다."

"왜?"

"글쎄 말씀드릴 게 있다잖았습니까."

그들은 위협적인 말투로 윽박지르고 나선 대답을 기다리지도 않고 사무실을 돌아 나갔다. 화가 치밀었지만 마침 퇴근할 참이기도 했으므로 김 대위는 그들의 뒤를 따라 사무실을 나갔다. 옆방 행정실을 나가기 전에 김 대위는 자신의 책상 열쇠를 임 병장에게 넘겨 주었다.
 "외출 패스는 내 책상 서랍에 들어 있다."
 "네, 알겠습니다. 안녕히 가십시오."
 김 대위가 사무실을 나서자 거기 카투사 파견대 건물 앞뜰에 시동이 걸린 채로 지프 한 대가 서 있었다. 김 대위가 나타나자 차 뒷좌석에 나란히 앉아 있던 장 상사와 오 중사가 동시에 손을 흔들어 그쪽으로 오라는 시늉을 했고, 차는 금방 굴러갈 기세로 머플러를 부르르 떨었다. 김 대위는 차 앞자리에 올라앉으면서 짧게 물었다.
 "과장이 기다리고 있다지 않았나, 자네들?"
 "계시는 곳으로 가는 거 아닙니까."
 그들을 실은 지프는 도시 안을 향해 무서운 속력으로 내달렸다. 그러나 과장이 기다리고 있다는 곳은 좀처럼 나타나지 않았다. 김 대위는 자제하느라 무진 애를 쓰고 있어서 연방 침을 꿀꺽꿀꺽 삼켰다. 그러나 그가 그렇게 자제로 이기면서 마지막까지 끌려간 곳은 고작 지저분하기 짝이 없는 어느 골목 안의 술집일 뿐이었다.
 "아니, 여기가 너희 과장이 기다린다는 곳이냐?"
 김 대위의 얼굴에 경련이 일어나고 목소리가 떨려 나왔다. 그러나 그들은 대답하지 않았다. 수사기관원들은 김 대위에 대한 대답 대신 운전병을 향해 말했다.
 "여기서 기다리구 있어, 우리 나올 때까지."
 그들은 이미 그러는 것이 버릇이 되어 버린 듯이 김 대위를 남겨 놓은 채 술집 안을 향해 성큼성큼 걸어 들어갔다. 김 대위는 무던히도 자제만 강요하는 자기 자신과 비참한 혈투를 벌이면서, 에어콘이 내뿜는 냉기 때문인지 음산한 느낌마저 드는 술집 안으로 따라 들어섰다. 겉보기와는 달리 술집 안은 구역질이 날 정도로 요지경 속이었다. 천박하고 색정적인 빛깔의 광선들이 어둠을 가르면서 요란스럽게 교차하는 곳에 거의 발가벗다시피한 여급들이 사내들 사이를 분주하게 누비고 다니며 돈, 돈 ……악을 쓰고 있었다. 김 대위는 현기증이 일어, 입구에 선 채 잠시 술집 안을 들여다보았다. 그러자 누군가가 옆구리에 손을 집어넣으며 그를 앞으로 밀었다. 여급이었다. 짙은 화장품 냄새가 코를 찔렀다. 토악질이 날 지경으로, 그것은 썩어 문드러지는 냄새였다.

구석진 자리를 골라 앉은 녀석들이, 끼고 들어간 여급들을 향해 "오늘, 알았지?" 하면서 의미있는 눈짓을 하자 그 중 하나가 손가락을 딱 튕겨 보였다. 그러고 나서 여급들은 사내들의 박차에 채여 테이블을 떠났다. "알았대두요."

김 대위는 마침내 두 사나이와 살벌한 대좌를 하고 마주 앉았다. 그러나 살벌한 분위기를 유지하고 있는 쪽은 단지 김 대위일 뿐이어서, 두 하사관은 능글능글하게 여유를 보이면서 지겹게 더운 여름 날씨 탓부터 시작하였다.

그러다가 김 대위는 뒤통수를 얻어맞은 사람처럼 별안간 정신이 핑그르르 도는 충격을 받고 잠시 동안 정신이 깜박했다. 그가 그 충격에서 서서히 회복되기 시작했을 때, 끔찍스런 폭음처럼 머릿속을 메아리치는 목소리가 있었다.

"김 대위, 당신 정말 유 상사와 최 상병 국편시켜야만 되겠소?"
"당신 천지도 모르고 날뛰는 모양인데, 누구 빽 믿고 그러는 거요?"
"그 사람들 뒤에 누가 있는지 알고나 그러는 거요?"
"모처럼 그런 부엉이집을 찾았으면 주는 떡이나 받아 먹고 앉았을 일이지, 신상에 해로운 짓을 삼갈 줄 모르고 함부로 까불어. 하룻강아지 범 무서운 줄 모르고 그렇게 설치다간 사흘도 못 넘기고 쫓겨난다고."

김 대위가 서서히 정신을 가다듬어감에 따라 분노는 반대 현상을 일으켜, 피가 역류하는 듯한 격렬한 용솟음으로 튀기 시작했다. 그의 타는 눈길은 두 협박공갈범들을 뚫어지게 쏘아보았다.

"너희 과장이란 작자는?"

"우리끼리 얘기하면 됐지, 이런 자리에 과장님이 무슨 필요가 있습니까. 물론 과장님도 저희끼리 해결하기를 바라서 저희만 보낸 것 아니겠습니까, 김 대위님."

말투가 갑자기 달라지면서 두 사나이는 당황한 눈으로 김 대위를 올려다봤다. 그의 짧은 한 마디 질문에 그토록 태도를 일변하는 놈들의 상판대기를 건너다 보고 있는 김 대위는 이제 더 이상 참아낼 자제력이 없었다. 그는 자리를 차고 일어서면서 두 놈의 멱살을 확 잡아챘다.

"쥐새끼 같은 놈들 같으니라구!"

그러나 김 대위는 미처 말을 끝내기도 전에 놈들의 멱살을 풀어주지 않으면 안 되었다. 하필 그 순간에 예약되어 있었던 것이 분명한 여급 셋이 한껏 교태어린 몸짓으로 그들 사이를 파고들었던 것이다.

"아이, 장난도 짓궂으셔, 장교님은."

"앤, 장교님한테 그게 무슨 말버릇이니."

"앉으세요, 대위님."

제가끔 한 마디씩 했다. 김 대위는 교태를 무기로 그를 끌어앉히려 드는 여급들을 뿌리치고 서서 단호하게 말했다. 그는 정복을 한 장교가 지켜야 할 체통이라는 것이 그토록 사태를 여지없이 망쳐놓는 데에 울화통이 터졌다.

"두 놈 다 내일 내 사무실로 나오되, 만약 나타나지 않을 땐 각오하라!"

김 대위는 말을 끝내자마자 돌아섰다. 여급들과 두 사내가 약속이나 한 듯이 의자를 뒤엎으며 우르르 뛰어나왔다.

"아이, 장교님 술 드시구 가셔야죠."
"김 대위님 앉으십시오. 사과하라면 하겠습니다. 우선 술이나 한 잔 드시면서 조용히 얘기 좀 하십시다. 세상을 어렵게 살 필요 있습니까, 어디. 인생을 술처럼 즐기며 적당히 살아야지요. 그렇잖습니까, 김 대위님."

김 대위는 아무런 저항 없이 결박당하면서, 그러나 무섭고 꼿꼿한 자세로 말했다. 몸이 푸들푸들 사정없이 떨리고 있었다.

"이 군복에서 손을 떼! 즉시 물러서지 않으면 네놈들을 현행범으로 끌어가겠다."

놈들이 김 대위를 묶고 있던 손을 스르르 풀고 두어 발짝 물러서자, 여급들이 먼저 겁에 질려 구석배기로 처박히면서 손가락을 깨물었다. 김 대위는 통로를 막고 넘어진 의자를 들어내기 전에 다시 확인하는 것을 잊지 않았다.

"내일, 알았지 두 놈!"

밖으로 나오자 김 대위는 더욱 견딜 수 없었다. 뭔가 가슴을 짓누르며 숨통을 틀어막으려 들어서 김 대위는 담벼락을 짚고 서서 격렬하게 기침을 했다.

그러나 안에 남은 두 사나이는 그 시각에 시원한 맥주잔을 기울이고 있었다. 그들은 웃음기마저 띤 얼굴로 말을 주고 받았다.

"내일, 어쨌다구? 웃겼어, 그치."
"참 가관이군. 하지만 그 문젠 어떻게 하죠, 최 상병이 구타당한 걸 사건화하여 물고 늘어지나요, 수사기관에 연락해서?"
"안 될 거야. 틀렸어. 손톱도 안 들어가는 친데 그까짓 것 가지고 되겠어. 두 사람 다 국편시켜 놓고 나서 그치도 구타를 문제삼아 끄집어내는 수밖에 없을 것 같은데."
"그럼 티 오 세 자리가 한꺼번에 비겠군요. 이거 술맛 나는데."
"너무 좋아하지 말라고. 이번 일은 신중을 요해."

어떻게 된 영문인지 몰랐다. 김 대위가 정신을 차렸을 때, 그는 어느새 부대 가까이를 걷고 있었던 것이다.
——내가 이 시각에 부대에 들어가선 뭘 하겠다는 건가.
그는 어둠 속에 잠긴 주위를 둘러보면서 잠시 생각했다. 유 상사와 최 상병의 국편 상신은 이미 접수된 게 분명한 이상 이제 서류를 만드는 일은 중요하지 않았다. 제출된 서류의 끄트머리를 붙잡고 끝까지 따라가는 일만이 남아 있었다.
——그럼, 내가 지금 부대로 돌아갈 이유는 없다.
그렇게 속으로 중얼거리면서도 김 대위는 그대로 걷고 있었다. 그때였다. 앞쪽 어둠 속에 이상한 기미가 있었다. 그는 정신을 가다듬기 위해 고개를 흔들어 생각을 떨었다. 분명히 뭔가 이상했다. 확인하기 위해 김 대위는 걸음을 재게 놀렸다. 엔간히 바투 다가가서, 그렇구나 하는 예감이 머리를 스치는 순간, 아아 하는 외마디 비명이 어둠을 찢고 퍼져나갔다. 그는 그 섬뜩한 비명에 놀라 자기도 모르는 사이 현장으로 뛰어들었다. 그러나 그가 달려들었을 땐 이미 두 명의 카투사병 중 하나가 나무토막처럼 땅바닥을 구르고 있지 않던가.
김 대위는 무엇이 어떻게 됐는지 잘 생각이 나지 않았다. 다만 확실한 것은 서 있는 세 놈 가운데 하나의 골통을 후려갈기면서, 동시에 다른 두 놈의 정강이를 발길로 까 주저앉혔다는 사실뿐이었다. 그러나 김 대위가 다시 돌아서서 정강이를 안고 주저물러 앉은 두 놈의 골통을 짓밟으려는 찰나에 누군가의 주먹이 그의 이마를 찍으면서 발끝이 오른쪽 가슴께까지 올라오고 있었다.
그러나 그놈은 또다른 누군가의 발길에 채여, 더 덤비지 못하고 길바닥으로 쭉 뻗어 버렸다.
세 GI가 땅을 물고 쓰러진 것을 확인하기 바쁘게 두 명의 카투사병이 바람처럼 달아났다. 잠시 멀거니 서서 달아나는 자들의 발소리를 듣고 있던 김 대위도 펀뜻 정신이 들면서 엉겁결에 뛰기 시작했다. 방향에 관계없이 숨이 턱에 닿도록 뛰었으므로 그가 정신을 차리고 멈추어 선 곳은 적어도 현장으로부터 2킬로미터는 충분히 벗어났음에 틀림없었다.

다음날 아침, 김 대위는 시간에 맞춰 정상적으로 출근하였다.

그러나 그의 머릿속에는 지난밤 아내가 한 말이 떠나지 않았다.

"질식할 것만 같아요."

아내는 그가 방안으로 들어서자마자 그렇게 말했다. 마치 조금 전의 비명 소리 그것이었다. 김 대위는 대꾸를 않고 방에 놓인 가재도구들을 물끄러미 내려다봤다. 지칠 대로 지친 그의 눈에, 그것들은 서글픔마저 안겨 주는 모습이었다. 언제라도 짊어지고 나설 수 있도록 철제 대형 트렁크 하나와 볼복스 두 개는 묶여진 그대로 임전태세 하에 있었다. 사용할 수 있도록 결박이 풀려 있는 거라곤 옷가지 몇 벌과 이불뿐이었다. 그건 김 대위가 소꿉장난 같은 가정생활을 시작한 이래의 한결같은 풍경이었다. 아내는 그런 단조롭고 가련한 생존을 잘 견뎌 온다 싶었는데 이 부대로 전속된 뒤로 김 대위가 숨 막히는 긴장 속의 부대생활을 지켜워하는데다 그녀는 또 그녀대로 사람들이 한데 엉겨붙어 아귀다툼에 여념이 없는 도시의 소음 속에서 질식할 고독을 앓고 있는 것이었다. 그의 아슬아슬한 일과에 마음 졸이며.

김 대위는 아내의 호소를 외면하고 돌아서서 속으로 외쳤다. 아아, 우리 이혼하자. 나는 어떻게도 군복과 아내를 한꺼번에 붙들고 있을 수 없다. 그걸 양립시키기에는 나는 너무나 무능하고 지쳐 버렸다.

그러나 사무실에 나온 김 대위는 다소 맑은 마음 상태를 회복하고 있었다. 한 가지 확고한 결심을 굳히고 있었기 때문이었다. 그것은 물론 군복을 벗는다든지 하는 종류의 것은 아니었다. 이 나라가 군부의 영향력을 벗어나기까진 아직도 너무 오랜 세월이 남아 있었다. 그는 적어도 군영에 남아 그 영향력이 올바르게 행사되도록 지켜보기라도 해야 했다.

김 대위는 유 상사와 최 상병의 전출 특명을 받아내는 즉시 이 부대를 떠난다는 일정을 새삼 명백히 한 뒤 서무계 임 병장을 불렀다. 자신의 국편 상신을 지시하기 위해서였다. 그러나 불려 들어온 임 병장은 자기 용무부터 먼저 말했다.

"파견대장님, 대대장이 좀 뵙잡니다."

김 대위는 부대 본부로 올라갔다. 부캐넌 대령은 실눈을 뜬 채 문을 들어서는 김 대위를 노려보고 있었다. 그리곤 김 대위가 들어서기를 기다려 야유 섞인 어조로 말했다.

"정말 기분 좋은 아침이지, 대위?"

"부르셨습니까?"

"그럼, 보고 싶었고 말고" 하면서 부캐넌 대령은 더욱 이죽거리는 어조로 말했다. "훈장을 달았군, 대위."

"네, 조금 다쳤습니다."

하고 김 대위는 그의 얼굴을 빤히 쳐다보는 대령을 향해 멋적은 표정을 지었다. 그의 손은 반창고를 붙인 이마를 거의 무의식적으로 만지작거리고 있었다. 그는 대령이 또 무슨 트집을 잡으려고 아침부터 신경을 긁으려 드는지 생각이 나지 않아 아랫배에다 지그시 힘을 주면서 몸을 꼿꼿이 세웠다.

"하얀 딱진 걸 보니 은성 무공훈장인가?"

"용건을 말씀하십시오."

그러나 김 대위의 말이 채 끝나기도 전이었다. 대령이 손바닥으로 책상을 치고 일어서면서 벽력같이 소리치는 게 아닌가.

"닥쳐!"

김 대위가 영문을 몰라 얼떨떨하게 서 있는 동안 대령의 노기 띤 얼굴에는 마치 저녁 나절의 초조한 파도 같은 조소가 스쳐 지나가고 있었다.
"그래, 자네네 군대에서는 장교가 사병을 때려눕히나, 대위?"
"네?" 하고 김 대위는 머리가 아뜩해 오는 것을 느끼며 반문했다. "그게 무슨 말씀입니까, 대령님?"
대령이 책상 서랍을 열고 뭔가를 꺼내들었다. 그건 바로 김 대위 자신의 까만 플라스틱 명찰이었다. 김 대위의 손이 반사적으로 카키 하복 오른쪽 가슴께를 더듬고 있었다.
"자, 보라고. 이게 바로 자네가 지난 밤에 우리 지아이 셋을 때려눕힌 현장에서 발견된 것이거든, 미안하게도."
김 대위는 말을 잊고 대령의 허옇게 드러난 틀니를 노려보았다. 그러나 다음 순간 김 대위는 큰소리로 대답했다.
"그들은 우리 카투사병 둘을 때려뉘고 있었습니다."
"나는 장교의 체통에 대해 말하고 있는 거다. 자넨 즉시 이 부대를 떠나라, 대위. 본관은 자네네 군최고사령관에게 의견서를 내겠다. 규율이 엉망인 당신네 군대의 기강을 바로 세웠다고 과시하고 싶거든, 이 폭력을 휘두른 장교를 엄벌에 처하라고."
"벌을 받는 건 제 죄에 상응하는 정도를 결코 넘지 않을 것이고, 저는 그 벌을 제 의사에 의해 달게 받을 것입니다. 적어도 우리 대한민국 육군에서는 당신의 의견서를 쓰레기통에 던져 버릴 것이 명백할 뿐입니다."
"똑똑히 들어라, 대위. 너희 군사령관은 결코 미합중국 고급장교인 내 의견서를 묵살해 버릴 입장에 있지 않다."
김 대위는 주먹을 부르르 떨었다. 무엇보다도 약점에 너무나 밝은 대령의 자신있는 결론을 참을 수가 없었다. 김 대위는 대령을 외면하고 출입문쪽으로 돌아서며 큰소리로 중얼거렸다.
"싼 어브 비치!"

어느 재회

 안국동 쪽 뒷길은 그래도 좀 한산하려니 해서 그쪽으로 빠지자고 우겼던 곽영교(郭永敎)는 한국일보사 앞 언덕을 다 추어오르기도 전에 잘못 들어선 길을 후회했다.
 나지막한 토요타제 택시 속에 갇히어 밋밋한 언덕배기를 올려다 보자 어안이 벙벙해졌다. 한 치의 빈 틈을 남기지 않고 길을 메운 자동차의 행렬은 영락없는 딱정벌레떼였다. 먹이를 발견한 그것들처럼 요지부동으로 엉겨붙은 꼴이란 도무지 풀릴 기미마저도 보이지 않았다. 급기야 운전사가 투덜거리기 시작했다.
 "그러게 청계천 길로 빠지자구 했잖아요."
 "어디 이럴 줄 알았소. 그리구 여기가 이 모양이라면 청계로라고 안 그렇겠소."
 "망할 놈의 지하철은 뚫는다고……"
 운전사는 네 번을 거푸 혀를 차면서 빈 틈을 비집고 들어서려 핸들을 요리조리 비틀어대며 열심히 발을 놀렸다. 구르려던 차가 간단 없이 울컥울컥 멎어 서면 머플러가 부르르 떨면서 악을 써댔다.

전차가 다니던 선로를 걷어내고 아스팔트로 말끔이 포장을 한 지 사흘이 못 가서 느닷없는 지하철을 판다고 온통 길을 막고 금방 포장한 종로통을 다 파헤치며 소란을 떠는 바람에 후미진 뒷길이던 이 안국로에 자동차 홍수가 지기 시작한 모양이었다. 곽영교도 운전사한테 배운 버릇으로 혀를 차면서 시계를 들여다봤다.
"지하철이 뚫리면 교통난이 좀 해소될 것 아니오?"
"여보쇼, 그런 소리 마쇼. 뚫어봤자 돈만 처들였지 한 줄 뚫어가지곤 말짱 헛일이오."
"그런데 왜 수선들이오?"
"그걸 내가 어떻게 알우, 내가 서울시장이오?"
곽영교는 입을 다물었다. 공연한 입씨름을 벌였다 싶었다. 그러나 그들이 신경질을 부리는 동안도 딱정벌레떼들은 꼬물꼬물 부지런을 피워 어느새 언덕배기에까지 이르고 있었다. 곽영교는 뒤쪽을 내려다보면서 위안을 삼았다. 그들의 꼬리를 물고 따라오는 자동차의 행렬은 그 동안에 멀리 중앙청 앞까지 길어져 가고 있었던 것이다.
그는 시선을 돌려 앞쪽의 안국동 로터리 쪽을 내려다보면서 다시 시계를 들쳐보았다. 생전 가봤자 좀처럼 택시 탈 일이라곤 없는 그가 모처럼 시각을 다툰답시고 잡아 탄 차가 벌써 30분 너머를 길바닥에서 어물쩡거리다니. 곽영교는 욕지거리를 퍼부어대는 운전사에 맞장구라도 치듯 혀를 차면서 얼굴을 일그러뜨렸다.
녀석은 벌써 죽었을지도 모른다. 곽영교는 다시 시계를 들쳐보면서 수화기가 바르르 떨리도록 총알같이 쏟아지던 전화의 목소리를 떠올렸다.
"너 혹시 동욱(東旭)이 임종을 보려거든 지금 곧바로 서울대학병원으로 와라. 너무 불쌍하고 허망해서 그런다."
그러나 곧장 오라는 박정훈(朴正勳)의 재촉을 받고도 곽영교는 한참을 그대로 앉아 있었다. 박정훈의 말대로 허망스럽고 가련해서는 아니었다. 한 재수 좋고 팔자 늘어진 녀석이 갑자기 간암이라는 사형선고를 받았다고 했을 때, 이미 그런 동정과 인생 무상의 감정을 묶어서 보내버린 뒤였고, 이제 드디어 사신의 집행관이 왔다 해서 새삼 충격받을 아무것도 없었기 때문이다.

자, 내가 그 팔자 좋은 친구의 임종을 지켜줘야 할 것인가, 어떤가. 결코 짧지만도 않은 세월을 한껏 구가하면서 살아온 녀석의 죽음을 슬퍼해야 할 것까지 있을까.

곽영교는 결정을 내리지 못한 채 20여 분을 그대로 망연히 앉아 있었다. 거미줄에 얽어매여 페인트마저 벗어진 형광등을 올려다보고 있던 그는 결정을 하지 못한 채 일어섰다. 옷걸이에서 코트를 떼어 들고 사무실을 나서며 그는 자신도 모르게 중얼거렸다.

——그러나 가봐야지, 가련한 녀석!

차는 아직 안국동 로터리를 언제 통과할 수 있을지 모를 지점에서 마치 바다를 표류하는 돛배처럼 크고 작은 자동차 행렬 속에 파묻혀 허우적거리고 있는데 곽영교는 갑자기 조바심이 나서 견딜 수가 없었다. 그는 손수건으로 빼지직 이마에 솟기 시작하는 땀을 훔치면서 자욱한 홍수 속을 내다보았다.

정동욱은 이미 운명했을 것임에 틀림없다는 생각이 들었다. 이제 도착한다 해도 때를 놓쳐버려, 기껏해야 헛배만 땡땡하게 불렀을 뿐 귀신같이 여윈 흉측한 송장을 보는 게 고작일 것이었다. 아, 몹쓸 병에 걸린 녀석.

"운전사 양반, 우리 차 돌려 종로로 나갑시다."

곽영교는 도무지 길이 뚫릴 기미가 보이지 않아 이렇게 제의했다. 그러나 영업이 안 되어 속을 끓이고 있는 운전사의 신경질도 보통은 아니었다.

"여보시오, 이게 어디 비행긴 줄 아오. 도대체 이 자동차 홍수가 눈에 안 뵈서 어디로 가자, 어디로 돌려라 멋대로 주문이오. 옴쭉

달싹도 못하고 있는 판에 종로다, 을지로다 무슨 재주로 빠져나가겠소?"

"미안합니다. 길이 트이거든 그러자 그말입니다."

곽영교는 항복을 하고 나자 약간 마음이 편했다. 그런데 승자의 기쁨을 만끽하느라 침묵을 지키고 있던 운전사가 또다시 평온을 되찾은 그의 가슴에 돌을 던지고 나섰다.

"그럼 대학병원엔 안 가시려우?"

곽영교는 운전사의 느닷없는 간섭에 적잖이 당황하였다. 그는 어떤 죄책감마저 느끼면서 더듬거리는 말씨로 대꾸했다.

"이미 주, 죽었을 게요……"

"죽다니, 누군데요?"

"불쌍한 친구가."

"이 나라 백성치구 불쌍하지 않은 사람 있겠소만 안 됐시다."

"이 녀석은 불쌍한 백성은 아니었소."

이때 차는 안국동 로터리 앞까지 밀려 내려와 있었다. 그러나 사태는 더욱 절망이었다. 두 사람은 차창 밖으로 목을 뽑아 내다보면서 동시에 소리쳤다.

"어어, 저 친구들 보게."

좌회전을 하려는 반대 방향의 차들이 사이를 비집고 들어서면서 이쪽 진행 차량들 앞을 정면으로 가로막고 나왔다. 하지만 그들 앞에는 다시 세 대의 이쪽 진행 차량이 진로를 막은 채 엉겨 붙어 있어서 로터리는 각기 방향이 다른 차량들로 얽히고 설키기 시작했다.

화가 난 운전사는 차창 밖으로 뭐라고 소리를 치고 나서 드디어는 엔진마저 꺼버렸다. 곽영교는 발동이 꺼진 차에 앉아 한숨을 쉬었다.

다음 순간이었다. 그는 머리끝이 쭝긋 일어서는 것을 느끼면서 앞을 막고 선 차의 뒷자석에 앉아 있는 인물을 뜯어 보기 시작했다.

분명했다. 교통의 무질서 속에 파묻혀서도 천하 태평으로 누운 저 반백의 노신사. 그는 분명히 타나카 카즈오(田中勝男) 씨였다. 남의 나라에 와서 자기 나라에서보다 더 편안한 자세로 누워 전근대적인 이 나라의 교통지옥을 비웃고 있는 위인은 타나카에 틀림없었다.

곽영교는 잠시 여유를 두고 생각했다. 어차피 시간 여유는 충분했기 때문이다.

내가 이 옛 스승을 만나봐야 할 것인가, 아닌가. 아니 그보다도 저 신색이 훤한 노신사가 과연 타나카 카즈오에 틀림없을까.

이때 갑자기 앞쪽에 가로 누운 차가 스르르 미끄러져 나가기 시작했다. 곽영교는 놀란 목소리로 고함치듯이 말했다.

"저 차, 저 회색 토요타차를 따라갑시다. 빨리빨리 돌리세요."

운전사가 빽 고함을 지르고 나섰다. 여기서 어떻게 차를 꺾느냐는 것이었다. 그러나 그렇게 신경질을 부리면서도 핸들을 우악스럽게 꺾으며 미끄러져 나간 앞차의 꽁무니를 물고 오른쪽으로 돌아갔다. 바싹 뒤따르려던 저쪽의 좌회전 차량이 단말마의 경적을 울리며 울컥 멎어 서고 잇따라 다른 차들도 연쇄반응을 일으키면서 주위는 순식간에 북새통을 이루었다.

주위가 질서를 회복한 뒤에 운전사는 땀을 훔치며 중얼거렸다. 백미러에 비친 운전사의 시뻘건 얼굴이 무섭게 일그러져 있었다.

"문상 가는 손님 태우면 재수 좋다는데 당신은 왜 그렇게 말썽이요?"

"난 아직은 문상이 아니라 문병을 가고 있잖소."

곽영교는 드디어 확신했다. 왜냐하면 앞에서 굴러가는 차는 오사카(大阪)시가 내준 번호판을 달고 있었던 것이다. 부관(釜關) 페리를 타고 일본차들이 상륙하기 시작한 것은 어제 오늘의 일이 아니다. 그들은 벌써 언젠가부터 코오베(神戶)·후쿠오카(福岡)·나고야(名古屋)……의 청색 번호판을 선명하게 드러내면서 서울 거리를 질주해 왔던 것이다. 섬나라 사람 근성의 천박한 위세를 번뜩이면서 말이다.

오사카의 먼지가 낀 71년형 뉴 크라운은 와중을 뚫고 나오자 시원스레 빠져 달아났다. 곽영교는 그 신형차를 따르느라 빠락빠락 용을 쓰면서 좇아가는 고물 코로나 뒷좌석에 도사리고 앉아 손에 땀을 쥐었다.

"바싹 따르시오, 놓치면 못 찾으니까 바싹 말이요."

하지만 내가 따라가서 어쩌겠다는 건가. 식민지의 한 학생을 퇴학처분하고도 세월과 배경만 믿고 저렇게 위세당당히 다시 찾아온 옛스승을 따라간들 무슨 일을 할 수 있을 것인가. 곽영교는 마치 음모가 탄로난 범인을 추적하듯이 하는 조급증을 이기지 못하면서도 한편으로는 좌절감에 젖어들고 있었다.

차는 화신백화점 앞을 빠져 광교쪽으로 미끄러져 내려가고 있었다. 타나카는 여전 그대로의 자세로 비스듬히 드러누워 있는 듯 희끄무레한 머리를 반쯤 드러낸 모습이 아까 그대로였다. 곽영교는 차츰 눈이 아려 오면서 지켜보고 있는 타나카 씨의 뒤통수가 조금씩 조금씩 시트 밑으로 미끄러져 떨어지는 듯한 착각에 사로잡히곤 했다. 아니 그런 착각이라기보다는 그도 정동욱처럼 죽어가고 있는 것이나 아닌가 하는 불안이라고 하는 편이 더 옳았다. 곽영교는 머리를 흔들어, 이 감회 새로운 조선의 수도에 와서 객사할 리가 없는 그 외국인을 다시 뜯어 보았다. 그러나 그의 머리에 떠오르는 타나카 씨의 모습이란 아무리 생각을 떨어버리려 해도 반백의 노신사가 아닌 20대의 독기서린 열혈청년으로밖에 떠오르지 않았다.

곽영교는 급우들과 농담을 하고 있었다. 하지만 농지거리라야 그건 나라를 잃은 학생들의 대화치곤 참으로 한심하기 짝이 없는 내용의 것이 아닐 수 없어서, 도무지 태극기에서 자꾸만 사괘의 위치에 혼돈이 일어나 제대로 알 수가 없다는 정동욱의 말에 욕바가지를 퍼붓고 있었을 뿐이었다. 곽영교는 정동욱의 머리통을 쥐어박고 나서 건곤감리(乾坤坎離)의 4괘 자리를 자세히 설명하였다. 그러다가 곽영교는 어느새 그들의 뒤켠에 나타난 담임한테 들켜 훈육실로 끌려갔다. 물론 정동욱과 박정훈은 무사했다. 왜냐하면 곽영교만 우리말로 떠들어젖히고 있었을 뿐 그들은 꼬박꼬박 일본말로 대꾸하고 있었으니까. 훈육실로 끌려간 곽영교는 세 시간, 오리걸음으로 훈육실을 스물세 바퀴 돌았고, 5천 자에 이르는 반성문을 쓰고 난 다음 2주간 열여덟 칸 변소를 도맡아 닦았다. 변소 바닥에 양초를 문지르고 있는 그의 뒤통수에다 대로 타나카 선생은 표독스럽게 쏘아붙였다.

"똥통에서 나는 구린내보다 조센징, 네 입에서 나는 구린내가 더 지독하다는 걸 네 스스로가 알아차릴 때까지 시킬 테니 각오하는 게 좋을 거다."

그러나 2주간의 변소 청소가 끝나자마자 곽영교도 가만 있지 않았다. 그는 돌팔매로 타나카 선생의 이마빼기를 깨뜨려버린 것이다. 땅거미가 내린 교문을 나서다가 변을 당한 타나카 선생은 측백나무 울타리에 숨은 곽영교를 발각해내기 전에 얼굴을 싸안고 돌아갔다.

타나카 씨를 태운 차는 옛 조선은행 앞을 거쳐 남대문을 향해 유유히 달아나고 있었다. 곽영교는 아무리 따져봐도 그의 행선지가 어디쯤인지 생각이 나지 않았다. 허구한 호텔을 다 놔두고 내닫는 그는 과연 어디로 가고 있는 것일까. 혹시 김포공항으로 나가고 있는 것이라면? 그러면 그는 불가불 도중에서 추적을 포기하는 수밖에 없었다. 그의 주머니엔 딱 오백 원짜리 한 장밖에 들어 있지 않기 때문이었다. 택시 미터는 벌써 이백 원을 올라서려 하는 참이었다. 제발, 또다시 당신네 세상인 이 한국의 수도에서 좀더 머물러 있어주시오.

그러나 곽영교는 더 이상의 벌을 받지는 않았다. 정말 타나카 선생의 소원대로 2주간의 변소 청소 덕택에 밥상을 마주하고 앉아서도 코에서 떠나지 않고 구린내만 물씬거렸으니까 벌은 그것으로 충분하지 않았는가.

다음날 아침 조회 때 담임 타나카 선생은 마치 깨진 마네킹처럼 온통 붕대로 머리통을 싸매고 등장했다. 타케야마(武山) 교장이 이 붕대 교사를 교단 위에 세우고 침을 튀기면서 욕설을 퍼붓기 시작했다. 요지는 은공을 저버린 악질 조센징의 야수적 만행으로 선량한 황국의 스승이 봉변을 당했지만 그 몇 백 몇 천 배의 보복을 즉각 되돌려 받게 될 것인즉 전교생이 기합을 받기 전에 범인은 지체 없이 자수하라는 것이었다. 8월의 뙤약볕 아래 세 시간을 꿇어앉은 채 버티는 동안 적어도 열두 명의 생도들이 일사병으로 쓰러졌다. 곽영교는 더 이상 참을 수가 없었다. 그는 벌떡 일어서면서 고함쳤다. 그러나 그는 오금을 펴지 못하여 앞으로 폭 꼬꾸라지고 말았다.

"제가 그랬습니다."

그는 다시 일어서서 대열 앞 쪽으로 뛰어나갔다. 그러나 불과 몇 발걸음을 뛰기도 전에 학생들로 둘러싸여버렸다. 그를 둘러싸고 학생들은 제각기 소리쳤다.

"제가 그랬습니다."

"아닙니다. 제가 그랬습니다."

"돌로 친 사람은 접니다."

처음 그것은 마치 화음이 안 된 합창이었다. 그러나 이내 화음을 이루면서 숨가쁘게 외쳐져 나갔다.

"제가 그랬습니다. 우리 모두가 돌을 던졌습니다!"

지하철 공사가 한창인 남대문 옆으로 돌아 서울역을 향해 달려가며 곽영교는 하늘을 찌르는 듯한 그 함성을 듣고 있었다. 그때처럼 눈물을 질금질금 쏟으면서.

돌덩이처럼 움켜쥔 주먹을 부르르 떨면서 결의를 표시한 타케야마 교장의 단호한 한 마디로 (그는 '좋다!' 한 마디밖에 말하지 않았다) 전교생은 한 달 동안 새벽부터 자정까지 집총훈련을 받았다. 목총을 배에 깔고 운동장을 포복하고 제식교련을 구보로 받거나 총검술로 허기진 하루 해를 넘겨야 했다.

"조센징의 썩은 정신을 뜯어고쳐 놓고야 말 테니 각오들 하라."

타나카 씨를 태운 날씬한 토요타산 차는 막 서울역 앞쪽으로 내닫고 있었다. 곽영교는 그때 그 고된 강훈련을 한 사람의 낙오자도 없이 전교생이 용케 참아낸 사실에 새삼 감격 같은 것마저 느끼면서 얼룩이 간 얼굴의 눈물자국을 문질러댔다. 박정훈과 정동욱은 시선이 마주칠 때마다 피로한 원망의 눈초리를 끊임없이 쏘아 왔지만 다른 대부분의 학생들은 그가 반드시 진범이라고 생각하지는 않는 것 같았다. 아니 그렇다기보다 그들은 아무런 근거 없이도 그들 모두가 다같이 공범이라고 생각하고 있는 편이었다. 심지어는 이렇게 말을 걸어오는 친구도 있었으니 말이다.

"나, 영교 네가 일어나서 어떻게, 내가 그랬노라고 말할 수 있었는지, 그 용기 감탄해 마지않아."

"고생을 시켜 미안하다, 돌을 던진 건 정말 나였어."

"넌 그렇게 말하겠지. 우리도 네 그 희생정신을 배워야 해."

곽영교는 학병으로 끌려가지 않으려 숨어 다니다가 연행되어간 김용주(金龍周)가 살아 남았는지 갑자기 궁금해졌다. 그는 끌려가면서 이런 말을 남겼다고 한 친구가 그에게 전해 주었던 것을 기억하고 있었다.

"난 끌려가지만 어떻게든 탈출할 거다. 곽영교한테서 용기와 희생정신을 배웠기 때문이다."

곽영교가 뜻하지 않게 한 동료의 인생을 청부맞게 된 것 같은 죄책감에 몸을 뒤척이는 찰나에, 달리던 자동차가 갑자기 찢어지듯 하는 바퀴 끌림 소리 내면서 멎어 섰다. 신호가 바뀌었던 것이다. 곽영교의 가슴이 사정없이 뛰기 시작했다. 그러나 앞차는 유유자적으로 내달았다. 적어도 오사카에서 온 차는 서울역 앞 지하도 위쯤을 통과하고 있음에 틀림없었다.
"놓쳤시다, 손님."
"바짝 따라붙으랬잖았소. 아주 틀렸소?"
"글쎄올시다. 여기 신호는 워낙 길어놔서……"
곽영교는 주먹으로 앞좌석의 등받이를 툭툭 두드리면서 서울역 앞 육교의 램프 뒤로 사라져 가는 앞차의 뒷모습을 열심히 쫓고 있었다. 그러나 그것도 잠시이고, 그 차는 영영 자취를 감추어버리고 말았다. 이곳 신호등은 여전히 빨간불을 변함 없이 비추면서 전진을 완강하게 막고 있는데도 말이다. 곽영교는 울화통이 치밀었다. 그는 드디어 미행자를 떼버린 쾌감을 즐기며 유유히 사라져 가버린 문제의 승용차가 달리고 있을 지점을 계속 점찍어 보면서 한편으론 쉴 새 없이 신호등에 눈독을 들였다. 참으로 지루한 시간이었다. 그가 느닷없이 고장을 일으킨 신호등을 가정하기 시작한 순간에 드디어 푸른 신호가 들어왔다. 동시에 그는 문제의 차량이 엉뚱하게도 횡단로를 건너오고 있는 것을 발견했다. 그는 자신도 모르게 운전사의 어깻죽지를 쥐어박으며 소리쳤다.
"앗 저기……"
그러나 그가 외마디 고함을 지르고 있는 동안에 그 차는 어느새 그들의 왼쪽을 스치며 바람처럼 달아났다. 곽영교는 아예 돌아앉다시피하면서 남대문으로 빨려 들어가듯 내닫는 뉴 크라운차의 바퀴 자국을 눈으로 더듬었다. 그쪽엔 버스가 너무 많이 몰려 있었고 그가 탄 차는 너무 빨리 역 앞으로 질주했기 때문에 그는 육중한 버스 사이로 숨바꼭질을 하는 타나카 씨의 차를 얼마 지켜보지도 못한 채 역광장 앞쪽으로 밀려나고 있었다. 차를 놓치자 그는 재빨리 추리를 펴기 시작했다. 적어도 그 차는 길을 잘못 들어 역 앞의 중앙분리대를 돌아 되돌아간 것 같지는 않았다. 왜냐하면, 그 차는 그동안 한 번도 주저하는 기색 없이 자신있게 질주해 왔으니까. 그렇다면 정말 미행자를 알아차리고 따돌리려 했던 것일까. 하지만 그렇다면 퇴계로 방향으로 빠지든지, 아니면 후암동으로 넘어갈 것이지 다시 모습을 나타낼 리 없지 않은가.

그가 이런 추리를 계속하는 동안 그가 탄 택시는 역 앞의 중앙분리대를 돌아 오던 길로 되돌아 달리고 있었다. 남대문이 다시 그 자태를 드러내기 시작하면서 곽영교는 두 가지 가능성을 생각했다. 신세계백화점 혹은 남대문시장에 들어갈 일이 있어서거나, 아니면 남산쪽으로 올라갔을 것이었다. 아무래도 시장이나 백화점과는 연분이 닿을 것 같지 않다면⋯⋯. 곽영교는 자신에 찬 어조로 말했다.

"남산 쪽으로 올라갑시다."

택시는 남대문을 왼쪽에 남겨 두고 적어도 50도 이상의 우회전으로 언덕받이를 기어오르기 시작했다. 그는 차가 완전히 회전하여 오르막길로 들어서기 바쁘게 눈길이 닿는 언덕 꼭대기까지를 잽싸게 훑어 나갔다. 그러나 용의 차량은 보이지 않았다. 그는 약간 절망적인 상태에 빠져들면서 여태 꼿꼿이 세우고 있던 등을 시트에 털썩 내던졌다. 택시는 60킬로그램이 채 안 되는 곽영교를 언덕 위로 끌어 올리기에도 힘이 달릴 만큼 폐차처분 직전의 상태에 있어서, 시속 5킬로도 안 되는 속도에 악만 바락바락 쓰듯하고 있었다. 곽영교는 인력거를 타고 언덕을 오르는 것보다 더 신경 쓰이고 안쓰럽기까지 한 처량한 택시 속에 갇혀 앉아, 괴나리봇짐 하나를 옆구리에 끼고 압록강을 향해 집을 나서던 때를 떠올렸다.

밤낮으로 순사들이 찾아와 수갑을 절그렁거리던 어느 가을밤, 곽영교는 드디어 결심을 굳히고 먼 길을 나섰다. 서리가 밟히는 밤길을 적어도 50리는 넘어 걸었을 때, 길가에 멎어 선 트럭 한 대를 만났다. 세 사람이 차 위에 올라앉아 숯불을 쬐고 있었다. 그는 신탄

(薪炭)으로 움직이는 그 트럭에 편승해도 좋다는 허가를 얻은 덕분에 밤새도록 숯불에 부채질을 하지 않으면 안 되었다. 그리고 기어가듯 하는 차가 아침을 맞기도 전에 일산화탄소에 취해 쓰러지고 말았다.

곽영교는 숯불에 취해 졸도한 기억을 갑자기 중단하고 소리쳤다.
"아, 잠깐 잠깐!"
"그 차가 저기 서 있구먼."
오사카에서 온 차는 거기 하늘을 찌를듯 한 솟은 건물 앞에 죽은 듯이 서 있었다. 언제 그런 숨바꼭질을 했었느냐는 듯이 시치밀 떼고 서 있는 회색 승용차 안에는 그러나 아무도 보이지 않았다. 곽영교는 차를 내리자 건물 입구를 향해 잰 걸음으로 걸어 올라갔다. 서울 토큐 호텔이라는 현판이 화사하게 건물 이마빼기를 장식하고 있었다. 그는 프론트 데스크의 등록계원 앞으로 다가가서 나지막이 말했다. 비위를 건드리지 않도록 정중하게, 그리고 속삭이듯이.
"타나카 카츠오 씨가 든 방이 몇 호실인지 좀 가르쳐주시면 고맙겠습니다."
어느 나라 옷인지 알 길이 없는 제복을 입은 계원은 대꾸를 않는 대신 투숙객 명단을 손가락으로 짚어 내려갔다. 곽영교는 별안간 불안감이 온몸을 휩싸는 걸 느꼈다. 명단에 없을 땐 어쩔 것인가. 과연 그 반백의 노신사가 타나카 씨임에 틀림없을까. 지금까지의 확신이 한꺼번에 모래성처럼 무너져 내리면서 나른한 피로가 찾아 드는 느낌이었다. 세상에 비슷한 모습을 가진 사람들이란 얼마든지 있다. 그리고 30년 가까운 옛일이 돼버린 세월 속에서 아직도 한 외국인의 모습을 기억하고 있다면 자체로 무리가 아닐 수 없지 않은가.
"천팔백삼 호실입니다."
곽영교는 순간 마치 꿈에서 깨어난 사람처럼 터무니없이 기성을 질렀다.

"예?"

"십팔 층 삼 호실이라구요. 에에또…… 지금 계십니다."

계원은 열쇠 박스를 훑어보느라 외면하고 서서 습관에 밴 목소리로 말했다. 하지만 곽영교가 기성을 지른 것은 어쩌면 문제의 사나이가 적어도 타나카 카츠오가 아니라고 끈질기게 우겨대는 또 하나의 그에게 최후의 순간에 무참한 참패를 안겨준 데서 온 것인지 몰랐다. 그는 사실 망설임과 오기가 비참한 혈투를 계속하는 가운데 추적을 해 온 것이 아닌가. 그는 내키지 않는 발걸음으로 승강기 있는 데를 향해 걸어갔다.

나를 퇴학 처분한 제국주의자를 만나서 무엇을 말할 수 있을 것인가. 나의 퇴학을 기념으로 지니고 곧장 학교를 떠나 귀국해버린 침략자의 졸병을 다시 면대하곤 무슨 말을 할 것인가.

전쟁이 말기 증상을 드러내기 시작하자, 총독부의 광기는 눈에 쌍심지를 켜고 달려들어서 부민관이나 덕수궁은 매일같이 궐기대회니 결성대회니 하는 것으로 법석을 떨어댔다. 학생들은 무엇보다도 그럴 때마다 그놈의 집회에 동원되어 목청을 뽑지 않으면 안 되는 것이 가장 견디기 힘드는 고역이었다. 곽영교는 늘 그 부민관의 변소에서 엉덩이를 까고 앉아 파하는 시간을 기다렸지만, 그날도 학생들은 부민관 안으로 꾸역꾸역 밀려 들어갔다. 그런데 자리를 차고 앉자마자 사방의 출입구가 닫혀버려 곽영교는 정작 용변을 보지 않으면 안 될 상태에 있었는데도 그날은 빠져나갈 길이 없었다. 이때 연단에 우뢰와 같은 박수갈채를 받으며 나타나는 사람이 있었다. 국민복을 단정히 입고 모습을 드러낸 사람은 다름 아닌 카야마 코로(香山光郎) 이광수였다. 아, 그 유명한 대작가 춘원(春園)은 애써 시적인 분위기마저 풍기려는 위장된 목소리로 읊조리듯 말하기 시작하지 않던가.

"학도여, 조선의 학도여 나가라! 영명한 천황의 황은에 보답함이

어찌 이제 아니랴! … 조선의 학도여, 황국의 부름에 기꺼이 나서라. 궐기하라. 지원하라!"

천장을 무너뜨리고 말 듯한 박수세례가 두어 차례 스쳐가는 찰나에 어디선가 느닷없이 고막을 찢을 듯이 높고 앙칼진 고함소리가 들렸다. 이어서 우지직하며 살이 으깨어지는 소리가 나고 가슴에 품었던 백지가 과단성있는 동작으로 펼쳐지면서 선혈이 뚝뚝 듣는 피투성이 손가락이 백지를 피로 물들이기 시작했다. 운수가 사나왔다면 그런 소름끼칠 일들이 바로 곽영교의 옆자리에서 일어나고 있었다는 점이었다고나 할까. "옳소!" 하는 외마디 고함과 함께 '학병 지원 만세'라고 쓴 핏덩이를 드높이 흔들고 있는 것은 바로 옆자리의 박정훈이었다. 곽영교는 그 소란이 가져온 충격 때문에 몸을 덜덜덜 떨었다. 그러다가 그는 자기도 모르는 사이에 손가락 두 개를 짓씹어버린 녀석의 따귀를 후려갈겼다. 순식간에 장내는 아수라장으로 변했다. 학생들이 "와아" 하면서 일어서는 순간, 곽영교는 허리를 꾸부려준 급우들 틈을 타고 현장을 벗어났다.

"누구냐, 어떤 새끼야?" 하는 소리가 사방에서 들리고 호루라기 소리, 몽둥이 휘두르는 소리가 높아지면서 학생들은 출입구를 차고 몰려나가기 시작했다. 곽영교는 지금 생각해도 그때 무슨 재간으로 그 집회장을 빠져나올 수 있었는지 알 수 없었다. 확실한 건 급우들의 도움이 컸었던 점이지만, 그렇다 하더라도 그 넓지 않은 출구를 어떻게 용케 빠져나올 수 있었는지. 그러나 이런 모든 일들은 너무도 뜻밖이자 순식간에 일어난 일이어서 관헌들이나 교원들이 미처 손쓸 겨를이 없었는지도 몰랐다.

어쨌든 곽영교는 바로 그 시각으로 집에도 들르지 못한 채 도시를 떠나지 않으면 안 되었다. 그로부터 거의 한 달 만에 그는 자신이 퇴학 처분을 받았을 뿐 아니라 학교 당국의 고발에 따라 수배되고 있다는 사실을 알았다. 그리고 박정훈과 정동욱을 비롯한 적어도

30여 명에 가까운 학생들이 황국신민의 용맹무쌍한 조선 학도병으로 지원 출병했다는 소문을 들었다.

곽영교가 막 승강기 앞으로 다가서려는 때였다. 승강기 문이 스르르 열리며 안경을 낀 노신사가 불쑥 나타났다. 마음의 준비가 되어 있지 않던 곽영교는 순간 빳빳한 긴장으로 온몸에 소름이 돋는 것을 느꼈다. 덧니처럼 뻗어 있는 이빨. 아직도 그 흔적이 역력한 이마의 흉터. 곽영교는 재빨리 타나카 씨의 모습을 뜯어 읽으면서도 어떻게 해야 할지 생각이 나지 않아 석고상처럼 몸이 굳었다. 그러나 움직이지 않기론 상대방도 마찬가지였다. 타나카 씨의 미간에 아스라히 경련이 스쳐가고 있으면서도 노신사는 그것을 느끼지 못하는 것 같았다. 그러다가 그들은 동시에 똑같은 소리를 냈다.

"어어어……"

"어어어……"

그것은 자동 엘리베이터의 문이 닫히려 했기 때문에 튀어나온 뜻 없는 소리일 뿐이었다. 그러면서 그들은 약속이라도 한 듯이 똑같이 승강기의 단추를 눌렀다. 다만 한 사람은 밖에서, 다른 한 사람은 안의 것을. 곽영교는 단추를 누른 손을 떼지 않고 말했다.

"타나카 선생님?"

"혹시…… 곽상 아니오?"

"알아보시는군요."

"역시 그랬군. 이거 어찌된 영문이오, 이렇게 만나게 되다니."

"저도 선생을 다시 한국에서 뵙게 될 줄은 몰랐습니다."

"당신을 얼마나 만나고 싶었는데 그래."

"아니, 그러실 필욘 없습니다. 솔직히 말씀드려서 전 그런 수인사를 나누고 싶은 생각이 없으니깐요."

"자넨 여전하군. 어쨌든 우선 내 방으로 다시 올라가서 얘기하세."

곽영교는 갑자기 어투가 달라지면서 또다시 스승으로 군림하려는 타나카 씨의 말에 불쾌감마저 느끼면서 단호하게 말했다.

"제가 그 방으로 가야 할까요? 선생님 방은 일본에 있잖습니까?"

타나카 씨는 대답을 않고 곽영교의 팔을 승강기 안으로 끌어들였다. 그는 손이나 한 번 잡아보자면서 곽영교의 두 손을 모아 쥐며 조용히 미소를 지어 보였다.

타나카 씨의 방은 서울 시내를 한눈에 내려다볼 수 있을 만큼 높은 곳에 있었다. 그는 방에 들어서자 우선 담배부터 권하고 나서 새삼 감격한 듯한 목소리로 처음 내뱉은 말을 다시 되풀이했다.

"이거 어찌된 영문인가. 이렇게 자네를 만나게 되다니, 정말 우연인데."

"우연이 아닙니다. 제가 찾아온 것입니다."

타나카 씨는 곽영교의 해명에도 불구하고 그가 찾아왔다는 말을 신용하지 않는 눈치였다. 그 이유는 한참 뒤에야 밝혀졌다. 즉 박정훈에게 그의 안부를 물었을 때, 박정훈은 그가 그때 학교를 그만둔 후로 어디로 가버렸는지 아무도 행방을 알지 못한다고 말했다는 것이었다. 그리고 이틀 전에도, 박정훈의 주선으로 동창들이 모여 새삼스레 사은회까지 열어주었지만 그 자리에 모인 제자들 역시 한결같은 대답이었다는 것이다.

"이 나라엔 어떻게 오셨습니까, 선생님?"

"응…… 내가 관계하는 회사가 한국의 한 회사와 합작투자로 사업을 하는 게 있어서. 난 이런 기회로 자넬 만나게 되길 바랐지. 그런데 우습게 됐다고 할까, 공교롭게 됐다고 할까, 그 한국의 회사 사장이 바로 박정훈군이었거든."

"또다시 그렇게 되었었군요. 그런데 정훈이가 왜 제 연락처를 모른다고 했을까요?"

"그야 뻔하지 않은가. 자네가 또 돌팔매질을 할까봐 그랬겠지, 하하하……. 그렇게 되면 저네 회사에 올 피해가 너무 크다고 생각했을 테지, 하하하……"

곽영교는 아무 말도 하지 않았다. 타나카 씨가 이마의 옛 상흔을 거푸 문지르고 있었기 때문이었다.

"그때 돌을 던진 건 자네였지?…… 그런데 오늘 만나보니 자넨 아직도 이 타나카 카즈오를 오해하고 있군."

"제 코에선 아직도 구린내가 나고 있거든요."

"내 그 점 진심으로 사과하네. 그리고 내 이마에선 아직도 피가 흐르고 있으니 우리 그것으로 상쇄해버리세나, 하하하……"

타나카 씨는 자연스레 웃음이 사그러질 때를 기다려서 얘기를 시작했다. 자기는 곽영교가 돌을 던지는 충격적인 사건이 계기가 되어 교직을 그만두게 되었다는 것. 교장의 끈질긴 추궁으로 돌팔매를 맞았다는 사실을 자백하지 않을 수 없었지만, 그 사건으로 그는 자기가 감히 식민지민의 노예교육을 맡을 수 있다고 자원하고 나선 경박하고 잔인하며 무모한 인간이 못됨을 뼛속 깊이 참회했을 뿐 아니라, 곽영교와 같은 2세가 건재하는 한, 그리고 자네와 보조를 같이 하는 전교생이 있는 한 조선은 그 누구도 지배할 수 없다고 단정했다는 것이다. 아니 그렇다기보다 이 지구상의 어떤 약소민족이나 국가도 영원히 누구의 지배를 받지는 않는다는 사실을 알았다는 것이다. 그래서 그는 그의 친척인 총독부의 한 고위층을 움직여 교원직을 면하도록 간청을 넣었다고 털어놓았다.

"공교로운 일이지. 내 면직발령이 떨어지던 날, 자네의 부민관 사건이 다시 터졌네. 나는 타케야마 교장을 잡고 매달렸지. 자네의 죄를 묻지 말며 자네를 벌하지도 말아달라고. 조선인의 입장에서 보면 너무나 당연하고 상찬 받지 않을 수 없는 일이 아니냐고 말일세. 심지어는 자네를 구제하는 것만이 식민교육을 성공시킬 수 있는 길이라고까지 애원했지만 일본도(刀) 가는 일밖에 할 줄 모르는 교장은 끄떡도 하지 않았어. 그뒤 나는 귀국을 미루면서까지 자네를 찾아 헤맸었지. 결과적으론 이렇게 너무 늦게야 만나게 되었을 뿐이지만 말일세."

"선생님의 그때 생각은 감상적 동정 같은 것이었겠죠."

"글쎄, 그렇게 받아들인다면 더 할 말이 없지만. 헌데 자넨 그래 무슨 일을 하나?"

"무슨 일이랄 것도 없죠. 선생님 덕분에 일본어를 익혀 두어서 그저 이 출판사 저 출판사 찾아다니며 일본책이나 번역해 주는 게 고작이죠. 구미 작품 베껴내기도 하지만 때론 토쿠가와 이에야스 같은 것도 베낀답니다."

곽영교는 말을 마치고 나서 속으로 완강히 부르짖었다. 하지만 토쿠가와 이에야스 같은 것만은 굶어죽어도 소개하지 않소, 나는 당신을 대하면서 관대해지려는 나 자신에 울부짖고 있소. 당신의 무슨 말도 실인즉 나는 신용할 수가 없소, 왜냐하면 당신은 또다시 건너온 것이 아니오.

"몹쓸 정복자들이 한 청년을 망쳐 놨군."

"동정은 필요치 않습니다. 그게 다 우리 자신이 못났던 탓으로 받는 업보니까요."

타나카 씨는 곽영교의 손목을 덥석 잡아채어 창가로 걸어갔다. 무질서하게 부푼 도시 하나를 완전히 제압할 수 있을 만큼 높은 위치에 그들은 서 있었다.

"이 호텔엔 방마다 이런 국보급 자기를 진열해 두는 모양이죠."

곽영교는 확신은 없지만 적어도 국보급에 들 듯한 고려대의 상감청자병을 가리켰다. 그것은 창문의 커튼이 끝자락을 내린 문턱 위에 조심스레 얹혀 있었다.

"웬걸, 박정훈군이 내게 선물로 갖다준 거라네. 뿐이 아닐세. 난 이번에 와서 너무 많은 선물을 받았어. 인삼이며 그림이며 별의별 것을 다 말일세."

"예?" 하고 튀어나오려는 외마디 소리를 깨물면서 곽영교는 물었다. "아까 어디로 나가려던 참이 아니었습니까?"

그는 금방 들어왔던 사람이 다시 호텔 입구로 내려온 것을 보면 무슨 일인가 외출할 일이 있었을 거라는 데에 생각이 미쳤기 때문이었다. 그러자 타나카 씨는 그제야 생각났다는 듯이 시계를 들여다보면서 말했다.

"잊고 있었군. 정동욱군이 입원을 하고 있는데 위독하다는 얘길 어저께 듣고도 깜박 잊고 그냥 돌아와서, 거길 가려던 참이었지."

"지금은 벌써 죽었을 겁니다. 저도 임종을 하라는 연락을 박정훈으로부터 받았죠. 실은 거길 가려고 나섰다가 선생님이 탄 뉴 크라운 세단을 발견하고 방향을 바꾸어 이쪽으로 뒤따라 온 거죠."

타나카 씨는 약간 놀라는 기색을 보이면서 얼굴을 찡그리고 혀를 찼다. 그도 다른 사람들처럼 정동욱의 죽음을 허망하고 불쌍하게 여기는 모양이었다. 그는 잠시 생각에 잠기듯 물끄러미 서 있다가 이윽고 고개를 돌리며 물었다.

"우리 그럼 같이 문병 아닌 문상을 가는 게 어떨까?"

"정훈이가 난처해 할지 모르겠습니다."

곽영교가 옷걸이에 걸린 코트를 떼어 들며 말했다.

"참 안됐어."

"그보다도 저 도자기 저를 주실 수 없습니까? 국립박물관에나 갖다 놓을까 해서 그럽니다."

"역시 그래야겠지. 자네가 들고 나가세."

두 사람은 18층의 방을 나와서 승강기를 기다렸다. 훅훅 밀어닥치는 스팀의 열기가 오히려 잊고 있던 겨울을 되살려 주었다. 곽영교는 혹시 놓아버릴지도 모른다는 우려 때문에 촌스럽게 끼고 있던 장갑을 벗고, 도자기를 조심스럽게 싸 안았다. 호텔 정문을 나와 날씬한 차체의 오사카 승용차로 다가가며 타나카 카즈오 씨는 엉뚱한 농을 걸어오는 것이었다.

"자네가 나를 여전히 선생님이라고 부르는 게 내겐 이상하게 들리네 그려, 허허허."

"우리가 사제지간이라는 비참한 운명 때문이지요."

"이제 난 한 개 장사꾼에 지나지 않는데?"

"선생님이 또다시 이 나라에 오시는 일이 있으시면 그땐 환영하지 않을 것입니다."

제가끔 속으로 마지막 해후를 다짐하는 두 사나이를 태우고 차는 도시의 중심부를 향해 미끄러져 들어갔다.

동상(銅像) 주변

아마 그 신문을 받아 보는 대부분의 사람들은 기억하고 있을 테지만, 얼마 전 한 신문의 사회면 귀퉁이에 손바닥만한 기사가 실린 일이 있다. 명함판 정도 크기의 사진 한 장이 곁들여 있었기 때문에 실제로 기사는 몇 줄 되지 않은 셈이었지만, 그 내용을 간추리면 대충 이러했다.

즉, 장충 공원 안에 세워져 있는 의사 윤봉길 선생 동상 앞을, 그것이 세워진 날로부터 오늘에 이르기까지 하루도 빠짐없이 말끔히 비질을 해 온 한 무명의 시민이 있었다, 정도의 내용이 기사의 전부였다.

그런데 이 짤막한 기사 때문에 다른 한 신문의 편집국이 발칵 뒤집힌 것이다. 발칵 뒤집혔다고 하면 적잖은 과장이지만, 아무튼 출근길의 기자들은 복도에까지 쩡쩡 울리는 편집국장의 고함 소리에 심장이 펄떡거리지 않을 수 없었던 것이다. 국장 앞에 끌려가 있는 사람은 조 기자였다. 그는 고개를 숙이고 선 채 한 마디 말도 없었다. 그는 국장의 성미를 알기 때문이었다. 그에겐 변명의 여지가 없었다. 명백한 사실에 쓰잘 데 없이 이러쿵저러쿵 이유를 다는 걸 국장은 가장 싫어하는 것이다. 더구나 중요한 것은 저렇게 고함을 칠지 언정 화가 그 목소리의 옥타브만큼 높은 경우는 없었다. 시쳇말로 해서 화끈한 사람이라고나 할까. 고함소리에 관계 없이 악의를 품고 비난하는 사람은 아예 아니던 것이다.

조성욱 기자는 국장의 고함 소리가 끝나기를 기다려 자리로 돌아갔다. 돌아가 앉자마자 우선 담배 한 개비를 뽑아 물고 문제의 신문을 다시 펼쳐 들었다. 집에서 읽었을 때 이미 이런 일이 있을 것을 예상하곤 있었지만, 아무리 다시 읽어 봐도 그 기사는 내용이 너무 소홀히 다뤄진 것 같은 느낌을 버릴 수가 없었다. 하나의 미담 소개 정도로 쓰고 있는 것은 어딘가 편집자의 경박스러움이 드러나는 것 같았던 것이다. 그렇게 생각하고 있는데 국장이 또다시 버럭 소리를 지르기 시작했다.

"야, 조 기자, 그 기사 제대로 된 거야?"

"안 된 겁니다."

"그럼 제대로 한번 만들어 볼 거야, 안할 거야?"

"써볼 작정입니다."

"그럼 빨리 찾아가볼 것이지 왜 그러고 있어, 빨리 엉덩일 뽑지 못하겠어?"

국장은 곧장 잡으러 올 기세로 그 거대한 몸집을 일기죽거렸다. 조 기자가 쫓겨 달아나는 시늉으로 의자를 박차고 일어나 편집국 입구를 향해 뛰어나가자 뒤이어 편집국 안에 와아 하는 웃음 소리가 터졌다.

밖으로 나온 조성욱은 잠시 질주하는 자동차들의 속력을 재어 보면서 다시 담배 한 개비를 뽑아 물었다. 불을 그어 붙이면서 그는 돌아서서 신문사 건물 안으로 걸어 들어갔다. 수위실 앞까지 가서 구내 전화로 배차계를 찾았다. 아무래도 마감 안에 대자면 차를 몰고 다니지 않을 수 없을 것 같았다. 그는 수화기를 내려 놓고 나서 자동차가 입구로 나오기 전에 주차장 쪽으로 걸어갔다.

장충 공원 북쪽 끄트머리쯤에 윤봉길 의사의 동상은 서 있었다. 동상도 상당히 조잡스럽게 조각되어 있었지만, 공원의 북쪽 경계선 가까이에 서 있었기 때문에, 동상 주위의 불과 몇 미터 안에 가게까지 다닥다닥 서 있어서 분위기가 더욱 산만하고 천박스럽게 느껴졌다. 조성욱은 공원 입구에 세운 차를 잠깐 확인한 다음 동상을 안고 천천히 돌기 시작했다. 그날 아침에도 그 문제의 인물은 다녀간 것이 분명했다. 아직 공원 나들이로는 이른 시각이긴 하지만 빗자루 끝이 스쳐 간 흔적이 주변 도처에 남아 있을 뿐 아니라, 발자국조차 거의 없을 정도로 말끔하게 비질이 되어 있었다.

동상 주위를 돌던 조성욱이, 동상에서 겨우 10여 미터밖에 떨어지지 않은 곳에 놓인 긴 의자에 노인 한 사람이 앉아 있는 것을 발견한 것은 그로부터도 한참 뒤였다. 하얀 조선옷에 백발이 성성한 그 노인은 미동도 없이 바위처럼 앉아 그의 거동을 지켜보고 있었던 것이다. 조성욱은 뭔가를 들키기라도 한 것처럼 섬뜩하게 놀랐다. 그러자 놀란 빛을 감추지 못하고 있는 그에게 노인이 먼저 말을 걸어 왔다.

"여보 젊은이, 무영탑 돌듯이 그렇게 돌고만 있으면 뭘 하오. 그 양반 다녀간 지가 벌써 언젠데 지금사 와서……."

"네?"

"젊은인 신문사서 왔잖우"

"어떻게 아세요?"

"척하면 알아야지, 그렇잖음 이 나인 헛 먹은 거게, 당신은 우겨 봤자 신문 기자야."

"그 정도야 저두 알겠습니다."

하지만 그 노인도 그날 아침에 문제의 인물을 만난 것은 아니었다. 그날 아침뿐 아니라 지금까지 통틀어도 열 번 남짓 동상 주변을 비질하는 그의 모습을 봤을 뿐이라고 했다. 처음엔 깨끗이 비질이 된 걸 보고, 이제 이 나라도 제 정신이 드나보다 했고, 비질하는 장본인을 새벽에 발견했을 땐 나라에서 보낸 청소부가 아니라 자손쯤 될 거라고 생각했다는 것이다.

"요즘같이 못돼 먹은 세상에 자손치고도 어디 그런 자손이 있을라구, 하는 생각이 들더군."

그래서 이 근방에 살고 있는 덕택에 그를 자세히 뜯어보려고 아침마다 이 곳을 찾아왔지만, 여간 일찍 나오지 않고는 벌써 다녀간 뒤이기 일쑤였다. 시간을 재어 보니 새벽 네 시반 아니면 그 전후로 와서 다섯 시 전으로 비질을 끝내고 돌아간다는 것이다.

"신문에 난 사진은 동상을 향해 서 있는 뒷모습이긴 하지만 그 사람이 아닌 것 같더군."

노인은 느닷없이 이렇게 말했다. 조성욱은 갑자기 귀가 쫑긋해 옴을 느꼈다. 설마 그럴 리가, 하는 생각마저 들어 노인의 얼굴을 쳐다보자, 노인은 또 이렇게 말했다.

"요 며칠 동안 나두 매일 나왔지만, 그 꼭두새벽에 사진 찍어 간 사람은 없었거든, 그리고 그가 낮에 여길 찾아온 일은 아직 한 번도 없어요. 난 알지, 그는 자기가 하는 일이 세상에 알려지는 걸 꺼려해요. 그래서 날이 밝으면 나타나는 법이 없어."

노인의 얘기에 의하면 그가 문제의 인물과 얘기를 나누려고 시도한 일은 한두 번이 아니었다. 그러나 번번이 실패였다. 그는 무슨 질문을 받든 한 번 싱긋 웃음기만 띨 뿐 더 대답이 없었다. 청소부인가, 친척인가, 자손인가, 제자인가, 무명의 애국자인가? 노인은 말했다. 애국자인가라는 질문을 자기도 모르게 내뱉았을 때처럼 자신이 부끄럽고 창피스러웠을 때는 없었다고. 도대체 애국자인가라는 질문이 성립되지도 않지만 그보다도 그에게 그런 질문을 던진 것이 그와 그의 행동을 더없이 모욕한 것 같은 생각이 들었다는 것이다. 그런 질문을 던지고 나서부터 노인은 한 달 너머를 이 근방에도 얼씬거릴 수 없었다. 도저히 얼굴을 들고 나타날 수 없었기 때문이다.

 조성욱은 이상한 흥분 같은 것에 휩싸이기 시작했다. 아니, 그렇다기보다 뭔가 몽둥이 같은 것으로 뒤통수를 호되게 얻어맞은 듯한 몽롱한 상태이기조차 했다. 우선 문제의 인물 장창수(張昌守) 씨의 집을 찾지 않으면 안 된다는 생각을 하자 조바심이 나서 견딜 수가 없었다. 그는 느닷없이 벌떡 자리를 박차고 일어나면서 노인의 이름과 나이와 주소를 물었다. 그리고 나선 공원 입구를 향해 줄달음질치기 시작했다.

 고급 주택가로 이름난 장충동의 우람한 집들 사이에 그런 천막집이 끼여 있을 줄은 정말 몰랐다. 조성욱은 신문 보도에 밝혀져 있는 주소를 따라 장충동 고급주택가 일대를 한시간 이상 헤매고도 장씨의 집을 찾아낼 수가 없었던 것이다. 찾아낼 수 없었다기보다 심한 저항감과 무서운 절망에 빠져 버려, 꼭히 찾아봐야 한다는 생각조차 시들해지고 있었던 것이다. 왜냐하면 번지를 따라 골목을 누벼 나가자 단 하나의 예외도 없이 벽돌담 높다란 저택들뿐이었기 때문이다. 이런 무서운 집에 살고 있는 사람이 꼭두새벽에 빗자루를 들고 대문을 나섰다면 새벽 산책 이상의 또 무슨 의미를 붙일 수 있을 것인가. 아니 그 이상의 의미를 붙여야 한다면 그것은 정치적인 얄팍한 몸짓 이상 또 무엇이 있겠는가 말이다. 나라를 지탱하는 모든 진실된 민중들이 가난에 찌들어 있는 오늘의 현실을 외면한 사람들이란 그런 선열 앞에 나타날 여유도 자격도 없는 사람들이기 때문이다. 이런 고대루각(高臺樓閣)에 사는 사람들이 도대체 민중을 폭압하는 일 외에 또 무엇을 할 수 있는가. 조성욱은 C 일보가 장창수 씨 애기를 소홀히 다루는 것에 충분히 이해가 가고도 남았다. 그는 조금씩 울화가 치밀기 시작했다. 꼬락서니라도 봤으면 했지만, 그 명백한 울타리로 구분지어져 있는 집들을 죄다 훑고도 문제의 집은 나타나지 않았던 것이다. 그는 골목을 뒷걸음질로 내려가면서 머리 속으로는 열심히 번지수의 진행 방향을 더듬어 나갔다. 조심스럽게 집과 집의 경계를 살피면서 번지의 발전을 계산했다. 가장 의혹이 짙은 골목의 마지막 점검이었기 때문이다. 그는 이번에도 실패할 경우에는 그냥 포기하고 말겠노라 이미 몇 번이나 다짐해 두었던 것이다.

그러다가 그는 거의 백 미터는 충분히 파고들어간 막다른 골목 하나를 발견했고, 그 막다른 골목의 끝간 데쯤에서 쓰레기더미 같은 납짝하고 빛바랜 천막 하나를 발견했던 것이다. 조성욱은 갑자기 두근거리는 가슴을 안고 천막을 향해 뛰었다. 뛰어가면서 그는 이미 단정을 했고, 단정하고 나자 울화통이 터졌다.

그는 아까도 이 막다른 골목을 훑어 갔었던 것이다. 그러면서도 그는 천막을 발견해 내지 못했다. 천막을 지나쳐 곧장 골목을 막고 서 있는 육중한 대문 앞으로만 내달렸던 것이다. 번지의 추세로 봐서 그 집이 거의 틀림없었기 때문이었다. 그러나 그 집엔 번지와 주소를 적고 있지 않았다. 명패만이 높다랗게 걸려 있었는데 그 이름은 장씨가 아니었다. 그래서 탈기가 되어 돌아섰던 것이다. 물론 그때 길 옆에 뭔가 쓰레기 무더기 같은 것이 있다는 것을 어렴풋이나마 알아채고는 있었지만, 조금도 미심쩍은 데가 있었던 것은 아니었다. 이런 화려한 골목 안에 설마 그런 천막집이 있으리라고 누가 생각할 수 있었으랴.

그것은 이번에도 마찬가지였다. 조성욱은 결코 의혹의 눈으로 그 천막을 바라보던 것은 아니었으니까. 그는 단지 분노와 피로의 눈으로 그 골목에 대한 마지막 작별을 고하고 있었던 것이다. 그러다가 그의 눈이 번쩍 빛난 것은, 흐린 눈동자에 어떤 여자의 어른거림이 편뜩 와 박혔기 때문이었다. 그 여자는 쓰레기더미 같은 천막의 휘장을 휙 들치면서 몸을 불쑥 내밀고 있던 것이었다. 조성욱은 이 인

기척 없는 골목에서 사람을 발견했다는 반가움과, 그게 쓰레기더미가 아니었다는 충격을 동시에 안고 후다닥 몸을 솟구쳤던 것이다.

그러나 그 여인은 너무나 말수가 적었다. 조성욱이 밖으로 나온 여인의 앞을 가로막아 서면서 대뜸 장 선생을 만나러 왔다고 했을 때도 조금도 동요하는 빛이 없었다. 동요는커녕 무표정한 얼굴 모습 그대로 그를 천천히 뜯어보고만 있었다. 그러고 있던 여인이 입을 떼게 된 것은 조성욱의 조급한 행동 때문이었을 것이다. 조성욱은 그를 지켜보고만 있을 뿐 대꾸가 없는 여인을 제쳐놓고 천막의 휘장을 들추고 있었던 것이다.

"집에 계시지 않아요."

여인은 조성욱이 휘장 속으로 몸을 밀어 넣기 전에 말했다.

"어디 가셨을까요?"

"일 나가셨어요."

"어디를 말씀이십니까?"

"어디서 오셨습니까?"

"신문사에서 왔습니다."

"어디루 가셨는지 모르겠군요."

"알리지 말라고 하셨나요, 장선생님이?"

"어디루 가셨는지 모르겠어요."

조성욱이 여인으로부터 장창수 씨가 채석장에 나갔다는 대답을 듣기까지엔 시간이 걸렸다. 그러고도 여인은 돌아서는 그의 등에다 대고 나직이 경고하였던 것이다.

"찾아가셔도 못 만나실 거에요. 그 분은 신문에 보도돼선 안 된다구 말씀하셨거든요."

창신동 뒷산 밑의 채석장엔 뽀얀 돌먼지가 아지랑이처럼 피어 오르고 있었다. 수십 명의 석공들이 이리저리 흩어져 앉아 자욱한 먼지를 피우며 망치질을 하고 있어서 조성욱은 우선 막연한 느낌이 앞섰다. 뿐만 아니라 먼저 가장 가까운 곳에 있는 사람 곁으로 다가가서 말을 걸어 보려 해도 도무지 망치를 놓고 상대해 주지 않았다. 그들은 조성욱을 구경꾼쯤으로 생각하고 있는 한에서는 망치질을 멈출 기미가 없었다. 그는 튀어 오르는 돌부스러기를 피하느라 얼굴을 찡그리면서 말했다.

"말씀 좀 묻겠습니다."

하지만 석공은 여전히 대답이 없었다. 그의 말은 수많은 망치 소리에 빨려들어가 버려서 내뱉은 흔적조차 남기지 않았기 때문이다. 그는 팔을 내저으면서 더욱 큰소리로 고함쳤다.

"말 좀 물읍시다."

그러나 그 석공은 수많은 동료들의 이름을 전혀 알고 있지 못했다. 이름은커녕 성씨조차 말이다. 그런 사람은 유독 그 석공만이 아니고 조성욱이 채석장 안으로 걸어 들어가며 맞닥뜨린 대부분의 사람들이 그랬다. 그들이 아는 것은 자기 자신의 이름뿐이었다. 난처했다. 그는 먼지 속에 휩싸여 있는 채석장 가운데 서서 휘휘 둘러보고만 있었다. 가장 유력한 용의자를 찾기 위해서였다. 그러나 그는 장창수 씨의 용모에 대해 아는 것이라곤 아무것도 없었다. 그는 모든 석공들을 차례로 찾아다니면서 당자의 이름을 하나하나 확인해 나가는 길밖에 없었다.

그는 목청을 뽑아 "실례지만 성함이?" 하고 고함을 치기 시작한 지 스물 세 번만에 대답을 않는 사람과 마주쳤다. 물론 조성욱은 그가 장씨임에 틀림없다고 단정했기 때문에 이렇게 물었다.

"장창수 선생이시죠?"

사람에겐 뭔가 육감이란 게 있는 모양이었다. 장창수 씨는 "나는 장창수 선생이 아닙니다" 하고 부인했음에도 조성욱은 그를 계속 장씨로 확신하고 있었으니 말이다. 그들은 한참 동안 맞다, 아니다로 단조로운 입씨름을 계속했다. 입씨름에 쉽게 지쳐 버린 쪽은 뜻밖에도 장씨 편이었다. 그는 항복을 하면서 신경질을 부렸다.
"왜 남의 작업을 방해합니까?"
"죄송합니다만 잠깐만……."
 잠깐만 얘기를 나누려 했지만 채석장 가장자리를 벗어나 망치 소리가 극성스럽게 들리지 않을 정도로 떨어진 곳까지 오는 동안은 물론, 그 뒤로도 장창수 씨는 좀체 입을 떼지 않았다. 조성욱은 처음 장씨가 신원에 대한 입씨름에 왜 그렇게 쉬 항복을 하고 말았는지 이해가 갔다. 그는 아마도 조성욱이 자신의 인상을 알고 있는 것으로 생각했으며, 그래서 그는 오래 승강을 벌이느니보다 처음에 양보하고 뒷얘기를 간단히 처리해 버리려는 속셈이었던 것 같았다. 그래서 그는 이 한 마디밖엔 더 하지 않았던 것이다.
"집에서 동상이 가깝거든요. 그래 산책삼아 찾아가는 거죠. 신문에 날 만한 일이 전혀 못 된다니깐요."
 하지만 사회부 기자로는 노련하다는 평을 듣고 있는 조성욱이 이미 C 일보에 인용 보도된 그 한 마디 말만 듣고 물러날 수는 없었다. 그는 바로 이런 자신의 고집을 알렸다.
"협박은 아닙니다만, 저도 장 선생님만큼이나 고집이 세서 그 한 마디 적어 들고 물러나진 않습니다."
 이런 협박에도 사십대의 장창수 씨는 끄떡 않았다. 조성욱은 궁지에 몰리기 전에 대책을 세우지 않으면 안 되었다. 이럴 때 필요한 것이 그가 입을 떼기 어려운 자기 저항을 극복할 수 있도록 협조하는 것이다. 얘기를 꺼내어서는 안 된다고 스스로에게 우기고 있는 억제의 고삐를 한 가닥씩 풀어 나가는 방법은 본인을 대신하여 허두를 떼어 주는 길이 최상임을 조성욱은 알고 있었다.
"윤봉길 의사와 어떤 인연을 갖고 계셨군요." 하고 그는 말을 시작했다. "말하자면 장 선생님의 선친하고 둘도 없는 지기 사이였다든지 하는……."

사실 그가 이렇게 말하게 된 것은 장창수 씨의 나이로 미루어 봐서 그 선대와의 인연이 가장 가능성이 짙을 것으로 생각되었기 때문이다. 장창수 씨는 여전히 담담한 표정인 채로 반응을 보이지 않았다. 조성욱은 조금 전보다 훨씬 안정을 찾고 있는 듯한 장씨의 표정으로 보아 침묵이 긍정을 뜻하는지도 모른다는 생각이 들었다. 그는 내처 말했다.
"두 분은 처음 어떻게 만나셨던가요. 죽마고우라도……?"
여기까지 밀고 나간 것이 엉뚱한 유도였을 때는 완전히 실패하고 만다는 위험을 각오하고는 있었지만, 조성욱은 자신의 목소리가 떨리고 있는 것을 알았다.
"그럴 듯한 각본이군요." 한 것은 기대하지 않았던 장창수 씨의 반응이었다. 조성욱은 회심의 미소를 지었다. 말의 고삐는 풀렸음이 확실했다. "하지만 한 가지 틀린 데가 있어요. 아버님과 윤 의사는 중국에서 만났어요."
"틀려야지, 제가 다 맞혀 버리면 싱거워지잖아요. 얘기 계속 들려주십시오."
왜국 천장절(天長節) 행사장에 투탄하기 위해 홍구 공원(虹口公園)으로 가겠다고 나선 항일 청년 투사들은 윤봉길 의사 말고도 몇 사람이 더 있었다. 그는 몇 사람의 자원자 중에서 최후까지 명단에 남은 사람이 바로, 그 전에도 상해 부두에 있는 무기고 폭파 계획에 함께 지원했던 윤 의사와 또 한 사람, 그의 아버지 장 군(張軍) 씨였다. 그들이 전에 없이 울분을 참지 못하고 있었던 것은, 무기고 폭파 계획이 실패로 돌아간 데 대한 통한이 겹쳐 있었기 때문이다.
장창수 씨는 별안간 여기까지 말하고 나서 말을 뚝 끊어버렸다. 조성욱은 그가 거침없이 설명해 온 자기 선친의 행적을 잠시 동안 스스로 재음미하고 있는 줄로 알았다. 그러나 그는 여기서 완전히 얘기를 중단하고 만 것이다. 조성욱이 아무리 추궁을 하고, 나중에는 비난까지 퍼부었지만 소용 없었다.

말하자면 장창수 씨의 입장에서 보면, 이 세상이 독립투사의 생애 같은 것엔 아예 콧방귀도 뀌지 않을 만큼 완전히 파괴되어 있기 때문인지도 몰랐다. 아니, 그것은 옳지 않은 판단일 것이다. 장씨는 이 세상이 자기 선친의 얘기를 들려 줄 만한 아무런 가치도 지니고 있는 것이 아니기 때문에 얘기를 회피해 버렸을 것이었다.

조성욱은 다시 어떻게 할 도리도 없었을 뿐 아니라, 우선 더 캐어 볼 자신이 없었다. 다만 그가 확인한 최후의 것은, 장군 씨는 그 뒤 광복을 찾은 조국의 품으로 돌아올 수 있었다는 사실뿐이었다. 이렇게 못돼먹어 가기만 하는 세상을 볼 바에야 죽어 외로운 원혼이 되기만 못했다는 탄식 속에 장군 씨는 가난을 안고 갔을 것이었다.

조성욱은 다시 자욱한 돌먼지 속으로 걸어 들어가고 있는 장창수 씨의 뒷모습을 지켜보면서도, 뭐라고 들려 줄 작별 인사도 생각나지 않았다. 그는 침울한 기분에 휘말린 채 귀가했다. 도대체 어떻게 기사를 만들지 윤곽조차 잡히지 않았다.

그는 국장의 성화에 시달리면서도, 그 후 이틀 동안 기사 한 자도 쓰지 못한 채 흘려보냈다. 누가 보면 꼭 넋을 잃은 사람이었다. 사흘째되는 날 아침이었다. 드디어 국장의 시한폭탄이 폭발하고 만 것이다. 그것은 문제의 C 일보에 장창수 씨에 대한 속보가 또다시 실렸기 때문이었다.

——중구청장이 장씨를 표창

C 일보의 정 기자는 자신의 발굴 기사가 드디어 당국의 눈에 띄어 장본인의 갸륵한 정신이 빛을 받게 되었다고 자못 흥분하고 있어서, 기사의 행간마다 경박한 흥분이 더덕더덕 묻어 있었다. 물론 그 속보에도 장창수 씨의 배경이나 장군 씨에 대한 사연은 한 마디도 언급이 없었다.

그러나 조성욱은 신문 뭉치로 면상을 갈기면서 노기등등해 있는 국장 앞에서도 끝내 장씨의 얘기를 털어놓을 수가 없었다. 물론 국장의 노기를 거품처럼 사그러들게 할 수 있다. 선수를 빼앗겼다고 하더라도 알맹이를 놓쳐 버린 졸속과 태만의 C 일보 기사를 여유있게 비웃어 줄 수 있는 것이다.

하지만 그럴 수는 없었다. 들려 줄 만한 가치가 없는 세상이라고 생각하고 있는 장창수 씨를 위해서도 얘기를 꺼낼 수는 없었다. 그는 국장의 힐책을 끈기로 참아냈다. 참아 내면서 그는 다짐했다. 다음 날 새벽에 그 동상 앞을 찾아갈 것이다.

그 이튿날 아침, 조성욱이 장충 공원에 닿은 것은 새벽 네 시 조금 지나서였다. 그런데 장창수 씨가 나타나지 않았다. 여섯 시가 가까웠을 때 나타난 사람은 엉뚱하게도 며칠 전의 그 노인이었다. 노인은 조성욱을 알아보자마자 대뜸 신경질을 부렸다.

"당신네들 등쌀에 그만 그 양반 가버리고 말았잖우."

"가버리다뇨? 언제부터 나타나지 않았습니까?"

"벌써 사흘째라오."

조성욱은 곧장 장충동으로 내달렸다. 그러나 쓰레기더미같이 누워 있던 천막은 흔적조차 남아 있지 않았다. 큰 저택을 지키는 셰퍼드 집같은 그 집이 말끔히 치워지고 없었다. 그는 완전히 허탈 상태가 되고 말았다. 그러나 그를 더욱 허탈감에 빠지게 한 것은 문제의 구청 표창장 수여식 때였다. 장내에 물을 뿌리고 걸레질을 하고, 모두가 엄숙을 가장했다. 찬조라는 이름으로 관내 유지들이 모은 얄팍한 흰 봉투 금일봉과 표창장이 마련된 가운데 기자들이 몰려오고 카메라 눈깔이, 빌로드로 덮인 시상대 쪽에 눈독을 들이고 있었으나, 예정 시각 한 시간이 지나도 표창을 받을 장본인은 그림자조차 비치지 않았다.

맥이 풀린 조 기자는 식장을 빠져 나오면서 연방 홍소를 터뜨리고 있었다.

모월 모일(某月某日)

　변성민(卞聖民)씨는 그러고도 S 잡지의 마지막 판 정판까지 완전히 끝내어 인쇄로 넘긴 다음에야 손을 씻기 위해 수도로 간다. 시들시들 말라빠진 무뿌리처럼 나뒹구는 비누 조각을 우선 집어들어야 하겠는데 도무지 몸을 꾸부릴 수가 없다. 허리를 굽히려 하자 아랫도리가 후들후들 떨리면서 상처 부위가 빳빳하게 당긴다. 변 노인은 손바닥을 들여다보고 나서 혀를 차면서 돌아선다. 그냥 가는 수밖에 없다. 그는 절뚝거리며 다리를 끌고 사무실 쪽으로 걸어간다. 인쇄 잉크가 까맣게 오른 출입문을 삐죽 열고 고개를 디밀자 안에서 공장장이 놀란 목소리로 묻는다.
　"아니 영감, 여태 안 갔었소?"
　"지금 갈 참입니다."
　"그러지 말구 웬만하면 병원에 가보는 게 어때요?"
　"그럴 것 없어요. 강판 끝냈으니 집으로 돌아가 쉬려구요."
　"그럼 그러시오."
　하면서 공장장은 비스듬히 드러눕다시피하고 있던 자세에서 몸을 일으켜 세운다. 변 노인이 들이밀고 있던 목을 뽑고 문을 닫으려 하자 공장장이 자리에서 일어나 두어 발걸음 입구께로 걸어나오면서 재빨리 말한다.

"형편 봐서 며칠 쉬어도 좋아요. 무리하면 쉬 낫지 않을 거거든."

변 노인은 아무 대꾸도 않은 채 인쇄소 정문을 향해 걸어나가기 시작한다. 다리를 떼어 놓을 때마다 상처가 쿡쿡 쑤셔 제대로 걸을 수가 없다. 이런 걸음걸이로 걸어나가는 모습을 지켜보고 있던 교정실의 S 잡지사 기자들이 한 마디씩 내뱉는다.

"저 영감님 조퇴는 역사적인 사건인데."

"집에 가서 잠을 자는 것두 아마 이, 삼년 내엔 첨 있는 일일걸. 영감님 자신이 언젠가 그렇게 말했었으니까. 내가 저 분더러 이제 퇴근하셔야잖아요 라고 하니까 저 분이 뭐라구 했는지 알아. 참 퇴근이란 말 들어 본 지도 꽤 오래 됐군, 이 공장이 오히려 내 안 방같이 느껴지니 말이야. 밤이 깊은 것 같은데 어이들 돌아가야지 라고 말했거든. 그러구 나서 저 분은 잠시 무슨 생각에 잠긴 듯 멀거니 앉아 있었지."

하고 변성민 노인에 대해 설명하고 있던 기자가 다급한 몸짓으로 교정실의 창문을 열어젖힌다.

"변 사장님, 변 사장님."

변 노인이 그 소리에 주춤 절뚝거리던 걸음을 멈추고 고개를 비틀어 돌아본다.

이 인쇄 공장에 인쇄물을 위탁하고 있는 거래선들은 한 사람의 예외도 없이 이 공장의 터줏대감이나 다름 없는 삼십 년 근속의 저 변성민 노인을 그렇게 '변 사장'이라고 부른다. 뿐만 아니라 그 빈틈 없이 성실한 품성과 철두철미한 책임감으로 해서, 인쇄라는 일로 밥벌이를 하고 있는 사람이면 또한 모르는 이가 없다. 어느 정도냐 하면, 이름보다는 '변 사장'이라고 불러야 이 노인을 가리킴을 알아차릴 정도이며, 경우에 따라서는 이 인쇄소의 이름을 알지 못하는 사람도 '변 사장'을 대면 고대 고개를 끄덕이게 마련일 정도이던 것이다.

출판사나 잡지사에 갓 입사한 신출내기들은 간혹 이 '변 사장님'을 진짜 사장으로 착각하는 경우가 잦아 놀림감이 되곤 하지만, 그러나 '변 사장'은 고작해야 일개 정판공에 지나지 않는다. 그래서 '변 사장'은 사람을 두 번 놀라게 한다는 말이 생겼는지도 모른다. 그 노련하고 빈틈없는 정판 솜씨를 가진 시커먼 작업복의 영감이 사장이라는 말에 놀라고, 그보다는 그가 사실은 삼십 년을 한 공장에 살고도 정판과장조차도 아닌 한 개 정판공에 지나지 않는다는 사실을 알았을 땐 더욱 어이 없어지지 않을 수 없도록 놀라다는 것이다. 사장이 손에 인쇄 잉크를 묻히고 납덩이를 나르다니 아직도 이 나라엔 희망 있는 구석이 있구나 하고 생각하던 사람들이 정작 사장은 크라운을 타고 다니는 피둥피둥한 사십대라는 걸 알게 되면서 웬지 모르게 허탈감마저 느끼는 것이다.

다급하게 변 사장을 불러세운 젊은 기자는 틈을 주지 않고 연이어 고함친다.

"변 사장님, 오늘은 집으로 들어가시지 말구 따님한테루 가세요. 그 집에 가셔서 드러누워 버리세요."

"………"

"네? 그렇게 하시는 거죠?"

그러나 변 노인은 끝내 대꾸를 하지 않는 채 얼굴에 보일락말락하는 미소를 띠면서 다시 걸음을 떼어놓기 시작한다. 절뚝거리는 걸음걸이지만 기자들이 더 말을 붙이지 못하고 어물어물하는 사이 어느새 변 노인은 정문 밖으로 사라져 버린다.

기자가 변 노인 딸 얘기를 들은 것은 바로 퇴근 얘기가 나온 날 밤이었다. 퇴근이란 말에 넋을 놓고 뭔가 깊은 생각에 잠기던 것에 부쩍 호기심이 동한 기자는 밤 열 시의 을씨년스런 빈 사무실에 앉아 심심풀이로 물었던 것이다. 그러자 변 노인은 기자의 짓궂게 끈질긴 추궁에 끝내는 그의 딸 애기를 털어 놓고야 말았다. 애기를 듣고 나자 사무실 구석구석에 웅크리고 앉아 있는 어둠이 더욱 침묵을 강요하는 듯하여 기자는 뭐라고 입을 뗄 수조차 없었다.

변성민 노인에게 혈육이라곤 젖먹이 때부터 스스로의 손으로 길러 온 딸 하나밖에 없었다. 그는 그의 아내와 사별한 것이 딸을 낳은 지 반년도 채 못 되어서였다고 했다.

"내 그 녀석을 업어 기르느라 저고리 몇 벌이 헤져 달아났구만."

하지만 그 딸이 출가한 지도 어느새 햇수로 삼년을 헤아리게 됐다는 것이다. 강보에 싸인 것을 업고 젖동냥을 다니면서도 눈물 한 방울 흘리지 않았던 변 노인이 처음으로 눈물을 질금질금 쏟은 것은 딸을 시집보내고 난 허전하기 이를 데 없는 밤의 어둠 속에서였다. 평생을 홀아비로 살아온 아버지를 두고는 죽어도 시집갈 수 없다고 몇 달을 두고 뻗대는 딸의 버팅김 앞에서도 표정 하나 바꾸지 않고 견딜 수 있었던 변 노인이 말이다. 더구나 꼭 시집을 가야 한다면 아버지를 한 집에 모시겠다는 최후의 타협안을 내놓았을 때도 한마디로 잘라 버릴 수 있을 만큼 흔들림 없던 그가. 딸의 눈에는 죄 많은 인생행로에 원한을 품고 살아온 사람같이, 혹은 인연을 끊을 날을 벼르고 있던 것은 아닐까 하는 느낌을 줄 만큼 변 노인은 도무지 꿈쩍도 않았다. 그렇게 냉혹하게 딸을 쫓아버릴 수 있었던 변 노인이었지만 그도 드디어 딸이 떠나버린 밤을 이겨내기는 어려웠다.

"그러나 하루 이틀 지나고 나니까 또 그렁저렁 지내게 되더군."

변 노인은 한숨을 섞어 그렇게 말했지만 사실인즉 그때부터 그는 집에 들어가는 것이 허전하고 마음 내키지 않을 만큼 싫었던 것이다. 그것도 자기집이 아닌 셋방임에랴. 변 노인은 차츰 싫은 느낌에 지배당하면서 공장에서 밤을 지새는 날이 많아졌다. 무슨 핑계라도 대고 공장에서 잘 수만 있었으면 하는 궁리를 하기에 이르렀다. 야근이나 철야 작업이 있을 때는 물론 운김에 어울려 밤을 보내게 되는 것이 더없는 낙이었지만 그런 일거리가 없는 날에도 되도록 숙직 돌아오는 것을 싫어하는 젊은이들 대신 인쇄소를 지켜 주는 일을 맡으려 눈치를 살필 정도였다. 그러자 이번에는 숙직을 대신해 줄 수 없겠느냐고 넌지시 청탁의 뜻을 비치는 경우가 늘어나게 되었고, 그것이 차츰 소문처럼 퍼지면서 숙직제도라는 게 어물어물 없어지고 말았다. 무슨 뚝 잘라 결정을 보거나 한 일도 없이. 경영주쪽에서 보면 미덥지 않은 젊은애들보다 자상하고 빈틈없는 변 노인을 영구 숙직으로 공장을 지키게 하는 것이 훨씬 마음 놓이기도 했지만 우선 무엇보다도 숙직비가 따로 나가지 않아 더욱 좋았다. 물론 종업원쪽에서도 마찬가지였다. 무슨 재판소 호출장만큼이나 싫은 일을 걸핏하면 당해 온 터에 이 무슨 떡이랴 싶을 지경이었다.

이런 판국에서도 변 노인이 딱 한 가지 처리하지 못한 것이 있다면 그것은 바로 가재도구였다. 아니 가재도구랄 것까지도 없었다. 우선 손쉽게 갈아 입고 빨아 널 옷가지 몇 벌과 식기 몇 개를 가져다 놨으면 더 바랄 것이 없겠지만 그럴 비위가 없었다. 남의 공장에 빌붙어 지내면서 자기 집이라도 된 것처럼 생활집기를 날라 오네 취사도구를 쌓아 놓네 할 염치가 서지 않았던 것이다. 그래서 그는 몇 해가 지난 지금까지도 며칠만큼 한 번씩은 꼭꼭 집에 들러 옷을 갈아 입고 있으며 취사도구는 다른 인쇄공들이 하나 둘 사다 줘서 쓰고 있는 형편이었다.

변 노인은 뭔가에 쫓겨 달아나듯 재촉이 심한 차장의 성화에 밀려 거의 기다시피 버스 승강구를 기어오르면서야 자기가 아무리 다리를 다쳤기로 굳이 집으로 갈 것까지야 없지 않은가 후회한다. 그는 두리번거려 빈 자리를 찾으며 왜 집으로 가야겠다고 생각했던가 곰곰 따져 본다. 인간은 어떤 형태의 생채기든 간에 그런 일을 당하면 우선 보금자리를 생각하게 마련이고 거기로 기어들게 되는 것인지 모른다는 생각이 들기도 한다. 어쩌면 그것이 인간에게 일생을 두고 남아가는 유일한 응석 같은 것은 아닐지.

하지만 변 노인이 집으로 돌아가게 된 것은 반드시 그런 무의식 중에서 행해진 것이라고만 볼 수는 없었다. 그가 부상을 입고 자빠졌을 때 누군가 최초에 그렇게 권하던 것이다. 곧장 집으로 돌아가라고 말이다. 물론 말한 뜻은 혹 이 고집 세고 책임감 강한 영감이 저러고도 계속 일을 하겠다고 우기지나 않을까 하는 염려에서 불쑥 재촉한 말이었을 것이다. 말하자면 그 말의 의미란 곧장 손을 털고 나가서 무슨 조처라도 취하라는 뜻으로, 말한 사람의 집은 이 공장 안이 아니기 때문이었다. 그들이 집으로 돌아가는 것은 곧 일을 끝낸다는 것을 뜻하고 있었던 것이다.

이런 누군가의 제의에 반기를 든 사람은 물론 아무도 없었다. 하기야 종업원들에겐 웬만한 병으로도 병원이란 데를 가봐야겠다는 엄두를 내본 일이 없기 때문에 집이 상처를 치료할 수 있는 유일한 장소라고 생각하는 능력밖에 갖고 있지 않았으므로 경영주 쪽처럼 무슨 꿍꿍이속이 있을 턱이 없었다. 그러나 종업원들의 이런 반응은 난처한 궁지에 빠진 경영주를 구제하기에 알맞았다. 변 노인이 집으로 돌아가지 않고 공장 숙직실에라도 드러누워 며칠씩 기동을 못할 경우 치료와 뒷바라지까지 책임져야 한다는 약삭빠른 계산 속으로 보면 그를 오래 비워 둔 옛집으로 돌아가게 하는 것이 최상의 길이었던 것이다. 여기에 또 한번 맞장구를 친 것이 바로 변성민씨 자신이었다. 그는 집이라는 말에 적잖이 흥분하기까지 하고 있었던 것이다. 마치 흉가로 돌아가는 것 같은 공연한 혐오감에 사로잡히기도 하고, 탕아의 귀가처럼 망설여지기도 하는가 하면 전쟁이 끝난 전상자의 귀환처럼 허무감마저 들면서 변 노인은 단순히 지척에 있는 보잘 것 없는 한칸의 자기 거처로 간다는 생각보다는 백발이 성성한 나이로 소시적에 떠난 옛집을 찾아가는 것 같은 근거없는 상념에 빠져 있었던 것이다. 귀향한다는 생각에 추호의 망설임도 없었을 뿐 아니라 이런 끝없는 상념에 휩쓸리어 걷고 있는 그에게 무슨 말이 들릴 턱도 없었다. 딸네집으로 가라는 잡지 기자의 말을 변 노인은 한 마디도 제대로 알아듣지 못하고 있었던 것이다.

변 노인의 꿈을 박살낸 것은 버스였다. 넋을 빼놓는 차장 아이의 성화에 쫓기는 동안 그것은 마치 신기루처럼 깜빡 사라지고 만 것이다. 대신 거기에 모습을 드러낸 것은 고달픈 인쇄공의 얼굴이었다. 그것도 솜보퉁이같이 중심을 잡지 못하고 나뒹구는 초라한 모습으로.

변 노이은 어떻게 몸을 세울 경황조차 없이 휩쓸리다가 급기야는 전주처럼 육중하고 단단한 뭔가를 끌어안고 매달린다. 그러면서 다급하던 나머지 앞자리의 빼꼼히 트인 틈새에 엉덩이를 돌려대고 냅다 들어박힌다. 갑자기 옆구리가 선뜻해지면서 누군가가 자리를 차고 불쑥 튀어나간다. 변 노인은 튀어나간 사람이 자기 앞에 장승처럼 버티고 서는 것을 확인하고 나서야 고개를 들어 그를 아랫도리로부터 조심스럽게 훑어 보기 시작한다. 떡 벌어진 어깨로부터 목덜미로, 그리고 귀밑을 더벙하게 덮은 답답한 머리채부터 확인한 다음 드디어 그의 눈길과 마주치는 순간, 가슴이 섬뜩해 오는 것을 느낀다.

불꽃이 튈 것같이 독기서린 눈길로 노려보고 있는 사나이의 소름끼치는 눈초리. 변 노인은 얼결에 시선을 피하여 옆사람으로 건너간다. 그러자 거기에 또 하나의 사나이가 있다. 변 노인이 끌어안고 매달렸던 것은 육중한 전주가 아니라 바로 그 사나이던 것이다. 무서운 적개심으로 내려다보고 있기로는 그 사나이 역시 마찬가지다.

변 노인은 통증마저 잊은 채 살벌한 포위망 속에서 낭패감에 빠진다. 무엇보다도 아픈 다리가 문제 아닌가. 바짓가랑이를 둘둘 말아

올리고 광목 붕대로 감아 논 상처 부위는 너무 쉽게 남의 눈을 끌기 때문이다. 실수처럼 간단히 구둣발길에 차이기라도 하면 어떻게 하랴. 그들의 눈길은 충분히 그런 기회를 노리고도 남을 듯하니.

변 노인은 발끝을 되도록 좌석 밑 깊숙이까지 끌어당겨 넣으려 애쓰는 한편 그들의 뾰족한 구두 끄트머리에서 시선을 떼지 않는다. 하지만 상처 부위가 결려서 도무지 발끝을 좌석 밑 안전한 곳까지 끌어들일 도리가 없다. 변 노인은 눈치를 채지 못하도록 조심스럽게 엉덩이를 좌석 가장자리로 끌어내면서 발끝을 안쪽 깊숙이 끌어들이기를 계속한다. 거의 꿇어앉다시피 몸을 앞으로 끌어내자 이번에는 코끝이 그들의 바짓가랑이 앞으로 바싹 다가선다.

이번에야말로 무릎으로 면상을 쥐어 박힐지도 모른다는 생각이 들어 고개를 젖히고 그들을 올려본다. 여전 표독스러움을 풀지 않는 눈길이 쏟아져 내리고 있다. 그러나 그들은 아직 애들이 아닌가. 스무 살 남짓 되었을, 등치만 우람한 젊은이들. 변 노인은 자칫 버스가 심하게 요동하면 바닥으로 미끄러져 떨어질지도 모를 불안한 자세로 엉덩이만 걸치고 앉아서 중얼거리듯 말한다. 두 번씩이나 올려다봤으면 이번에야말로 뭐라고든 말을 붙이지 않을 수가 없기 때문이다.

"이거…… 미안스러워서……다릴 좀 다쳐서 자리를……."

하지만 변 노인은 떨리는 목소리마저 도중에 끊어 버리고 만다. 두 젊은이는 그가 허두를 떼어놓았음에도 불구하고 대꾸는커녕 표정 하나 흔들릴 기미를 보이지 않았기 때문이다. 그들의 독기 서린 눈초리는 변함없이 쏟아져내리고만 있었던 것이다.

변 노인이 숨막히는 대결에서 풀려날 수 있었던 것은 그들 사이에 차장이 끼여들었기 때문이다. 차장은 깜빡 잊고 있던 버스 요금을 받아내기 위해 청년들 사이에 고개를 들이밀고 성급하게 소리친다.

"아저씨, 요금 주세요."

그러나 차장은 말을 끝내기 바쁘게 문께로 돌아선다. 차가 어느새 정류장에 스르르 멎어 서고 있어 재빨리 문을 열고 승객을 받지 않으면 안 되기 때문이다. 요금을 잊고 있었던 것은 차장뿐만이 아니다. 변 노인 역시 여태 까맣게 잊어버린 채였던 것이다. 살기등등한 포위망 안에 갇혀 그런 걸 기억할 겨를이 없었다. 무안을 당한 사람처럼 얼굴을 붉히면서 변 노인은 주머니를 뒤적거린다. 그런데 낭패 아닌가. 십 원짜리 동전 하나밖에 없으니. 그리고 집혀 나온 지폐는 백 원짜리도 아닌 오백 원짜리이고. 가뜩이나 시기를 놓친 요금 지불에 잔돈마저 준비하지 못했다면 이 노릇을 어쩌랴.

적어도 이 도시에서 이십 원짜리 입석 버스를 타면서 잔돈 준비를 못하면 얌체로 낙인받고 만다는 것을 변 노인은 너무나 잘 알고 있다. 그런 망신을 당하는 꼴을 한두 번 본 것도 아닐 뿐 아니라 스스로도 경험을 갖고 있기 때문이다. 언젠가, 그때는 버스삯이 십 원이 채 안 될 때였는데 백 원짜리를 냈다는 죄로 온 버스 안에 광고가 되고 적어도 다섯 번 이상 되풀이 힐난당했다. 그러나 망신은 거기서 끝나는 것이 아니었다. 내릴 때에야 겨우 거스름을 챙겨 받으면서 어깨를 무자비로 떠밀려 변성민씨는 그만 땅바닥을 물고 나가떨어지고 말았다. 그런 중에도 자빠지느라 미처 받아 쥐지 못한 지폐를 줍겠다고 잽싸게 길바닥을 기기 시작했지만 자동차의 머플러 바람에 풍비박산이 난 지폐는 낙엽처럼 쓸려 달아나고 있었다. 구경꾼들이 몰려들지 않았더라면 눈치 못챈 다음 버스에 치여 죽었기 십중팔구였다. 그런 일을 겪은 이후로 변성민 씨는 잔돈 없이 차를 타는 법이 없었다.

변 노인은 차장이 다시 찾아오기 전에 잔돈을 한번 더 찾아보기 위해 분주하게 주머니를 뒤진다. 있을 턱이 없었군. 하나만 달랑 잡히는 동전이 손을 쑤셔 넣을 때마다 그를 놀라게 할 뿐이다. 변 노인은 자백하는 수밖에 없다. 차장이 내민 손에 오백십 원 재산 전부를 올려 놓고 처분을 기다린다. 그런데 뜻밖에도 차장은 잔돈 준비를 미처 못했다는 그의 이런 식의 의사 표시를 금세 알아차렸다는 듯 자비에 찬 미소를 띠고 동전을 도로 주면서 소근거리듯이 말한다.

"잠깐 기다리세요, 아저씨."

변 노인은 너무나 황송스럽기까지하여 되돌려 주는 동전을 받아도 괜찮은지 어떤지 망설이느라 손 끝에 잡힌 그것을 요령 없이 만지작거린다. 그러나 별다른 탈이 생길 것 같지는 않다. 탈이 나기는커녕 오히려 차 안의 분위기가 훨씬 누그러져서, 문제의 청년들은 느닷없이 목청을 뽑기 시작한다. 그것은 정류장 바깥의 전파상회에서 흘러나오는 스피커 소리에 전염된 것이지만. 볼륨을 있는 대로 높여 논 그 음반 돌아가는 소리는 이 곳 버스 안까지 찌렁찌렁하게 울려 오고 청년들은 갑자기 발작이라도 일으킨 듯 몸을 비비 꼬면서 그 알 수 없는 서양 유행가를 따라 부르기 시작하던 것이다.

그러나 변 노인은 쥐고 있던 동전 한닢을 주머니 속으로 떨어뜨려 넣으면서야 그들이 그 미치광이 발작 같은 노래를 따라 부르기 시작한 것이 지금 처음으로 그러는 것은 아님을 알아차린다. 청년들은 확성기 소리가 들리기 시작한 정류장 전부터 이미 흥얼대기 시작하고 있었던 것이다. 그들은 단지 차장이 그들 사이에 끼여들어 변 노인의 돈을 받아가는 순간에 떨꺽 잠깐 중단한 그것을 다시 잇기 시작했을 뿐이다.

이제 살았구나 하고 변 노인은 순간 안도의 한숨을 돌린다. 차가 이미 정류장 멀리까지 떠나 버려 확성기 소리가 들리지 않는데도 줄창 목청을 뽑아내고 있는 것을 보면 그들은 드디어 살기등등하던 대결을 풀었음이 분명하지 않은가. 그들은 서로 뭔가 의미있는 눈짓을 교환하면서 줄창 소리지르는데, 아마도 그것은 이번엔 또 무슨 노래를 이어 부를까 하는 신호인가.

변 노인에게 단 한 가지 마음 놓이지 않는 것이 있다면 그것은 점점 우악스러워져가는 그들의 몸짓이다. 마치 미꾸라지의 요동 같다고나 할까, 뼈 없는 동물처럼 몸뚱이를 배배 꼬아가면서 팔다리를 내어 흔드는 품은 언제 그의 정강이를 걷어차 버릴지 모를 일이 아닌가. 그렇다고 모처럼 흥에 겨워 몸부림치는 그들을 어떻게 할 수 있으랴. 변 노인은 전전긍긍 몸을 움츠려 들이면서 무지개같이 눈앞을 일렁이는 그들의 셔츠 빛깔에 눈이 부신다. 분홍과 노랑, 파랑 빛깔의 그들 셔츠 끝자락이 엉덩이 밑에서 쉴새 없이 펄럭인다.

중심가를 벗어나자 버스가 속력을 내기 시작하지만 아직도 종점까지는 지루하게 많은 시간이다. 자리가 듬성듬성 비기 시작하는데도 가서 앉을 기미를 보이지 않는 이 아이들한테서 언제나 풀려날 수 있을 것인가. 변 노인은 조바심에 사지가 저려 올 지경이다.

그러나 변 노인의 조바심에도 불구하고 그들은 우연히도 변 노인과 동행하고 있지 않던가. 변 노인이 하차를 서두르는 구종점에서 그들은 변 노인보다 한 발 앞서 뛰어내린다. 그리고는 차장의 부축을 받으며 조심스럽게 발을 내리는 변 노인을 지켜 서 있지 않은가. 변 노인은 순간 불안한 느낌에 휩싸인다. 지금은 종점이 옮겨질 만큼 이 변두리에도 집이 들어찼다곤 하지만 아직도 좁은 골목길은 음산한 분위기를 자아내기에 충분하던 것이다. 그 후미지고 험상맞은 골목에서 대낮에 몰매를 맞거나 물건을 빼앗기는 경우도 예사로 있는 일이다.

변 노인은 차에서 내리자마자 청년들을 외면하고 곧장 돌아서서 길을 건넌다. 그들과 마주 쳐다보는 것이 어쩐지 마음내키지 않는 일이기 때문이다. 길을 가로지르면서 변 노인은 재빨리 궁리한다. 어느 길로 갈 것인가. 그러나 좀 돌더라도 넓은 길로 들어서는 것이 안전하다. 변 노인은 결리는 다리를 끌면서 태연을 가장하여 걷기 시작한다.

그렇게 불과 백 미터를 채 못가서다. 섬뜩 여러 사람의 다급한 발걸음 소리가 들리는가 싶자 미처 돌아볼 사이도 없이 어느새 누군가가 어깻죽지를 꽉 움켜 젖히면서 잽싸게 팔을 꺾는다. 변 노인은 가슴이 철렁 내려앉는 것 같은 공포에 사로잡혀 고개를 비튼다. 아니나 다를까, 그를 둘러싸고 있는 것은 그 울긋불긋한 셔츠의 청년들이다. 몸을 어떻게 결박하고 있는지 도무지 고개조차 마음대로 뒤틀 수가 없다. 등뒤에서 위협적인 음성이 들린 것은 그 직후였다.
"꼼짝 마, 움직이지 말란 말이야!"
"아이, 왜 이러……"하고 주눅 들린 목소리를 내던 변 노인은 그만 어안이 벙벙해져서 말문이 막히고 만다. 그의 팔을 꺾어 잡고 있는 사람이 뜻밖에도 경찰이었기 때문이다.
심장이 둥둥 뛰고 눈앞이 아찔하다. 그러나 그것도 한 순간이다. 잠시 분홍빛깔이 눈앞에 어른거린다 싶자 번쩍 허공을 자르는 날렵한 발길에 배를 걷어차이면서 변 노인은 '헉'하고 고꾸라진다. 길바닥을 물고 엎어진 사람을 덮치고 달려들어 그들은 잽싼 동작으로 몸을 뒤지기 시작한다. 변 노인은 어쩔 도리도 없다. 주머니를 뒤지는 것이 아니라 옷을 홀랑 벗긴대도 말릴 재간이 없다.
변 노인은 거품 문 입을 헤 벌리고 가쁜 숨을 몰아쉰다.
"파출소로 끌고 가자."
하는 순경의 단호한 명령이 떨어지자 두 청년의 손이 변 노인의 옆구리를 콱 쑤시고 들어온다. 물먹은 소금가마니처럼 축 늘어진 몸을 들어 올리기 위해 그들은 무릎을 꾸부린다. 두 사람의 어깨가 맞붙을 듯이 그들은 변 노인을 압박하여 기름을 짜려 든다.
변 노인은 스스로 일어설 시기를 놓친 채 질질 끌려간다. 무엇보다 견딜 수 없는 것은 상처의 고통이 아니던가. 살이 찢겨 달아나는 듯한 참을 수 없는 아픔을 이겨 내기 위해 변 노인은 계속 이를 악물려 하지만 그럴 때마다 혀가 먼저 씹힌다. 어떻게든 상처가 땅에 닿지 않도록 일어서지 않으면 안 되었다. 그러나 그것은 생각뿐이고 우악스런 청년들 사이에 끼여 마지막 순간순간을 끌려가고만 있다.

 변 노인이 파출소에 닿은 것은 완전히 의식을 잃은 뒤다. 청년들은 기절한 피의자를 파출소 바닥에 눕힌다. 그리고는 둘러서서 몸의 어느 부분이 가장 혐의가 짙은가를 알아내기 위해 차근차근 뜯어보기 시작한다. 한참 만에 순경 하나가 서둘 것 없다는 어조로 말한다.

 "가면 아닌가 확인하고 독침 같은 거 없는가 뒤져봐."

 다른 경찰이 무릎을 꿇고 앉아 변 노인의 머리카락과 눈썹을 쥐어 뜯어 보고 나서 실망한 듯이 중얼거린다.

 "아닌 것 같은데요."

 변 노인이 깨어났을 때는 이미 청년들은 보이지 않는다. 순경 두 사람이 책상 앞에 앉아 있다가 변 노인이 몸을 뒤척이는 기미를 보이자 동시에 소리친다.

 "어이 영감, 일어나!"

 그러나 좀체 몸을 움직일 수가 없다. 사지가 말을 들어먹지 않는다. 변 노인은 성의를 다하여 몸을 꼼지락거린다. 그러자 그 중의 하나가 자리를 차고 일어나면서 신경질을 부린다.

 "죽는 시늉한다고 될 줄 알아? 좋게 말할 때 순순히 일어나."

 그는 결국 발로 변 노인의 목덜미를 들어 일어나 앉도록 도와 준다. 그리고 일어나 앉자 멱살을 잡아 채어 의자로 끌고 가서는 한쪽 손목을 긴 의자에다 결박한다. 그는 그런 일을 다 해낼 때까지 아무런 저항도 받지 않는다. 변 노인은 수갑이 채이는 손목을 내려다 보기도 힘에 겹기 때문이다.

 "자, 이제 자백을 하시지."

 순경은 일을 끝내자 앞을 막아 서면서 말한다. 변 노인은 자신의 머리통이 그렇게 무거운 줄은 몰랐다. 아무리 들어올리려 해도 움쩍을 하지 않으니 말이다. 순경의 얼굴을 올려다보는 것은 포기하는 길밖에 없다. 변 노인은 뭘 물어 오는데도 쳐다보지조차 않는 불손함에 대해 마음 속으로 용서를 빈다. 순경은 같은 말을 다시 되풀이한다.
"자백을 하시는 게 어때, 영감?"
"………"
"자백을 하라니까."
"네."
"그렇지, 어떻게 된 거야?"
"뭘 말씀입니까?"
"이것 봐라, 딴전 피우겠다는 거야?"
"………"
"언제 넘어왔느냔 말야."
"언제 넘어오다니요?"
"어렵쇼, 안 되겠구만."
하고 순경은 강경한 몸짓으로 돌아서서는 파출소 뒷문을 향해 노기 찬 걸음으로 걸어간다. 그가 우악스럽게 문을 열어젖히고 사라지자 여태 관심 없다는 듯이 가장하고 앉았던 다른 순경이 슬며시 다가선다. 그들은 이미 그런 수법에 이력이 나 있어서 우정 나긋나긋한 목소리로 지껄이기 시작한다.
"영감, 솔직히 불어버리세요, 저 친구 성깔이 보통이 아니거든. 기왕에 털어놓을 걸 갖구 괜시리 욕볼 거 없지 않아요."
"뭘 말씀입니까?"
"말하자면 언제 휴전선을 넘어왔으며……"
"네, 휴전선요?"
"딴전 피면 욕본다니까 그러네요. 그 다리는 어느 산에서 부상한 거죠?"

변 노인은 그제서야 잊고 있던 상처를 내려다본다. 아니 그랬다기보다는 외면했다는 편이 옳다. 아무리 자신의 상처라곤 하지만 차마 들여다볼 수가 없을 지경이 아니던가. 이렇게 험상궂게 다쳤던가 싶을 정도로 그것은 무서운 상태로. 무릎 밑으로 온통 시뻘겋게 드러난 정강이는 아직도 굳지 않은 시커먼 선혈로 번들거리고 있던 것이다.

순경이 쓰레기통에서 뭉쳐진 붕대 뭉치를 찾아내 오면서 혼잣말처럼 중얼거린다.

"붕대를 감은 것두 위장의 하난 줄 알았죠."

그는 메마른 목소리로 말한 뒤 태도를 바꾼다. 규정에 없는 친절을 베풂을 강조하는 몸짓으로 다가선 그는 마치 소곤거리듯이 말한다.

"상처가 대단한데 이거 도로 감으십시다. 진작 그런 생각을 할걸, 이거 아직도 피가 흐르고 있잖아요."

"그만두시오."

"그럴 것 없다니까 그러시네, 내가 감는 동안에 마음이 내키거든 털어놓으시구 말이야."

"관두라니까."

변 노인은 화가 난 목소리로 고함친다. 무릎을 꿇고 다가앉던 순경이 흠칠 한 걸음 뒤로 물러선다. 그는 자신을 못이겨 놀란 토끼처럼 손발을 떨면서 얼굴을 일그러뜨린다. 금세라도 주먹을 휘두를 기세를 갖춘 채. 그러나 노련한 수사관임을 과시하기 위해선 경박한 행동을 삼가야 한다.

"내 한번 참았다." 그는 이어 말했다. "그 대신 정갱일 짓뭉개버리기 전에 부상 경위에 대해 말하시오. 성미 급한 아까 그 친구가 다시 나타나기 전에 털어놓는 게 영감한테 여러 모로 좋을 거요, 괜히."

그러나 뒷문으로 사라졌던 순경은 끝내 나타나지 않는다. 변 노인은 한 마디 말도 하고 싶지 않지만 그러는 것만이 최상이 아닌 것은 확실하다. 그는 괴로움을 참아내느라 쉴새 없이 어금니를 악물면서 상처에 대해 설명해 나가기 시작한다.

납 공목(호目)을 나르던 견습공원 아이의 부주의였다. 공목을 공장 바닥에 내동댕이치는 경우는 간혹 있어 온 일이지만 그것 때문에 사람이 다친 일은 아직 한번도 없었다. 더구나 이렇게 다치기는 그가 인쇄공장에서 일하는 동안 목격한 일도 없었다. 언젠가 기계공이 롤러에 손끝을 씹혔을 때와, 아직도 재단기를 맡고 있는 정 군이 검지손가락을 끊어 버렸던 경우가 지금까지의 가장 큰 사고에 속했다. 물론 손가락이 잘린 경우에 비하면 이번 변 노인의 부상은 치명적인 것이 아니라고 할 수도 있지만 상처 부위로 봐선 그 중 가장 엄청난 사고임에 틀림없었다.

그때 변 노인은 약물활자(約物活字)를 찾아 들고 막 돌아서는 찰나였다. 몸을 획 돌려 돌아서는데 뭔가가 아랫도리를 짓찍으면서 와그르르 쏟아져 내렸다. 힘겨운 납공목통을 안고 오던 견습공 아이가 정판대(整版臺) 다리에 발이 걸려 넘어진 것이다. 변 노인은 콰당 하고 뒤로 벌렁 나자빠졌다. 그러자 온몸이 감전된 것처럼 저려 오면서 어느결에 아랫도리가 천근 무게로 마비되기 시작했다. 곁에 있던 정판공이 달려들어 공목을 퍼내고 변 노인의 오른쪽 다리를 끄집어 냈지만 당장의 격렬한 경련은 멎지 않았다. 손에는 찾아든 약물활자를 그대로 움켜 쥔 채. 그러나 어떻게 하지 못하고 있기론 그들도 마찬가지였다. 어느새 찢겨진 바짓가랑이 사이로는 시뻘건 피가 솟구치고 있는데도 그들은 넋 나간 사람들처럼 서로의 얼굴만 쳐다보고 있던 것이다.

"거짓말 마요. 그런 얄팍한 수에 넘어갈 것 같소, 영감?"

"좋도록 생각하시오."

"이젠 배짱이군."
"거짓말이라니 어쩌겠소."
"바로 불면 되잖아."
"입씨름하긴 싫소. 맘대로 하시구려."
 순경은 드디어 본색을 드러내기 시작한다. 그는 붕대 뭉치를 걷어차면서 악을 빠락빠락 쓴다. 변 노인으로선 어떻게 위로할 길조차 없는 상태여서 그저 제 풀에 수그러질 때를 기다리는 수밖에 없다. 그는 입에 거품을 물고 씨근덕거리는 순경의 눈길을 피하기 위해 수갑이 채인 오른손을 멀거니 내려다본다. 탈진한 것 같다기보다는 싱거워진 것 같은 표정이라고 할까. 하여튼 순경은 결론을 내리듯이 내뱉고 나서 말을 끊는다.
"영감, 이것만 대답하면 풀어 주지, 구공탄 한 개에 얼만지 말이야."
 그러나 하필 그 시커먼 놈의 값을 변 노인은 알고 있지 못하다.
"그것 봐, 그래도 불지 않겠다는 거야? 구멍탄 값, 쌀 값도 모르고 뻐스 요금을 오백 십원씩이나 내놓고두?"
"뭐라구요?"
"뭘 시침일 뗄려구 그래, 아까 뻐스 요금으로 오백십 원이나 줬었잖아."
 순간 변 노인은 정신이 아득해 옴을 느낀다. 유일한 혐의는 바로 거기에서 출발하고 있던 것이다. 그 오백십 원에 그들이 눈알을 홉뜨고 찾아헤매던 오열이 숨어 있었던 것인가. 변 노인은 갑자기 솟구치는 홍소를 참을 길이 없다. 이 나라 청년들을 홀리는 것은 서양 노래 뿐만이 아니었군. 그들을 더욱 사족 못쓰게 하는 것이 있었군. 바로 오십 만 원의 현상금이었다.
"어, 웃어?"
"당신네들, 왜 그렇게 자신이 없소. 꼭 이 나라 백성이 모조리 오열이기를 바라는 것 같군 그래."

불온하고 위험하기 짝이 없는 오백십 원의 내력을 설명하기 위해 또 한번 괴롭고 치졸스럽기까지 한 역겨움을 겪고도 변 노인의 수갑은 쉽게 풀리지 않았다. 조일인쇄소(朝一印刷所)의 소재와 전화번호를 대고, 현주소와 수없이 옮아다닌 셋방들을 일일이 주워섬기고, 그리고 그 모든 것을 확인하고 나서 마지막으로 백지 한 장이 변 노인 앞에 던져진다.

"일찍 나가서 치료라도 하겠으면 여기 주민등록증 소지 안 한 사유를 쓰시오. 상처만 없으면 영감을 하루쯤 경찰서에서 재우고 싶지만."

변 노인은 코밑에 떨어져 있는 종이를 외면하고 들창 밖으로 시선을 내보낸다. 도시에서는 좀처럼 눈에 띄지 않는 달이 거짓말같이 거기 창틀에 걸려 있다. 어느새 말이다.

바다와 겨룬 사나이

 파도는 쉴새 없이 밀려오고 있었다. 바위에 쫓아와 부서지는 그것은 어둠 속에서 유달리 하얬다. 아까보다는 좀 기세가 꺾인 듯도 했지만 아직도 여전히 넘실거리는 사나운 짐승의 혓바닥처럼 그것은 바위를 핥아대고 있었다.
 쏴아 좌르르르, 쏴아 좌르르르
 서울댁은 나지막한 소나무에 등을 기대고 을씨년스럽게 서서 포효하는 바다를 내려다보고 있었다. 썰렁한 바람은, 그렇잖아도 바닷바람에 제대로 자라지 못한 소나무를 사정없이 흔들어 댔다. 바람에 묻어 온 소금기로 온몸이 눅눅히 젖어 들었지만 그런 것엔 아랑곳없었다. 그녀는 그렇게 서서 정신 나간 사람처럼 단지, 정확한 간격을 두고 거의 일정한 크기로 허옇게 부서지는 언덕 밑의 파도를 내려다보고 있었다. 아니 내려다봤다기보다 그 쪽으로 시선을 던져 두고 있을 뿐이었다.
 달조차 뜨지 않은 밤——그러나 시커먼 먹구름이 음흉스럽게 몰려들어 아주 땅덩이를 씻어내리고 말 듯이 비바람을 퍼부어 대던 지난 사흘 동안과는 달리, 하늘에는 유난히 파란 별들이 모래알처럼 도드라졌다.

파도가 씻겨 내려갈 때마다 자갈밭에 깔린 고기 비늘의 인광이 꼭 별처럼 명멸했다. 아무 생각 없이 거기를 내려다보고 있던 그녀가 갑자기 숨이 터지는 듯한 깊은 한숨을 깨물며 눈길을 저 멀리 트이지 않는 수평선 쪽으로 내보냈다.

시선은 결코 멀리 나가지 않았다. 그저 저기 어디쯤에 극락섬이 있고 왼켠으로는 자살섬이 있으려니 여겨질 뿐, 실제로 그들 섬은 모두 두꺼운 어둠의 장막에 가려 보이지 않았다. 시선이 차단당하는 것이 더욱 가슴을 답답하게 하였다.

그러나 이런 조용한 하늘과 소금기 묻은 칠흑의 어둠과는 달리 파도는 아직도 여세가 대단한 강풍에 밀려 길길이 튀어오르며 어둠 속에 흰 휘장을 치고 있었다.

"그 놈의 옹고집!"

그녀는 속으로 중얼거렸다. 그러나 그 목소리는 가라앉고 힘없는 목메임이어서 물기 하나 없는 솜뭉치 같은 것이었다. 그 속에 무슨 분노나 울분 같은 것이 배어든 것 같지도 않을 정도였다.

"그 놈의 옹고집!"

그녀는 다리를 꼬아 세우고 앉으며 똑같은 소리를 다시 되뇌었다. 드디어 목소리에 물기가 서리기 시작했다. 그녀는 치마에 얼굴을 파묻고 눈물을 찍어 냈다.

그러면서 그녀는 아무 생각 없이 '옹고집, 왕고집'을 머리 속에서 되뇌이고 있었다. 그 만큼 그녀는 지쳐 있었던 것이다.

옹고집이란 다름 아니었다.

"남해안 일대에 태풍 주의보!"

날씨는 전혀 그럴 기미를 보이지 않고 있는데 라디오에서 불쑥 이런 예보가 튀어 나왔었다. 바다와 너무 멀리 떨어져 앉아 거침없이 허튼 수작을 늘어놓고 있는 기상대니 측후소 하이칼라들의 얘기란 언제나 이런 투였지만 말이다.
"무신 청승맞은 개수작이고."
그러나 그녀는 라디오의 예보보다 사실은 남편의 이 말에 가슴이 철렁 내려앉는 듯했다. 그것은 남편이, 으레 헛수작이기 일쑤인 예보라곤 하지만, 그래도 그 소리가 아무리 허무맹랑한 것이라 해도 바다에 나갈 사람이면 누구나 마음이 써늘해지기 마련인 그 예보에 한갓 욕지거리로 응수할 만큼 쓸데없는 만용을 부리는 사실 때문이었다.
그녀는 뛰는 가슴을 누르고 잠시 생각에 잠겼다.
"우쨌든 우리 뱃놈덜언 저 놈을 믿어 두는 기 해롭잖은 기라."
언젠가 남편은 그때도 폭풍 예보를 전하고 있던 라디오를 가리키며 이렇게 중얼거렸다. 그날 남편은 바다로 나가지 않았다. 심상찮은 예보에 굴복하였던 것이다. 그런데 웬걸 예보는 맞지 않고 남들은 엄청난 어획고를 올렸다.
그날 밤, 남편은 술에 고주가 되어 돌아왔고 그 덕분에 엠프 라디오는 마당으로 날아가 박살이 나고 말았다. 그 뒤로는 설령 그녀가 죽으라고 매달려 봤자 예보에 발을 묶고 앉아 있는 법이 없었다. 그것이 남편으로 하여금 세 번씩이나 죽을 고비를 넘기게 했음에도 말이다.
"거 보세요, 믿지 않다가."
그때마다 그녀는 의기양양하여 예보의 신빙성을 들고 나섰고, 남편은 수긍이 가는 듯 말이 없었지만 그러면서도 속으로는 불신감만 키워 왔는지, 도무지 그때뿐 아무 소용이 없었다. 그렇다고 누구 하나 관심조차 없는 조그마한 이 어촌에 출어(出漁) 못나가도록 만류하는 감시선이나 통제자가 따로 있을 턱도 없으니 누구라 그 만용을 꺾을 수 있으랴.

이번만 해도 그랬다.
"당신, 그거 무슨 말씀이세요?"
"왜, 내가 뭐라 캤는데 그라노? 니, 내 죽을까봐 그라나? 에라이, 그른 재수 없는 생각 마라. 닌 걱정 안 해도 된다."
"그래두 이번만은 안 돼요. 태풍에요, 태풍."
그녀는 다 챙겨 놓은 어구를 집으며 밀짚모자를 비껴 쓰는 남편을 붙잡고 매달렸지만 도무지 막무가내였다.
"두고봐라, 니 내앨 아침에 용바우 옆으로 나오만 놀라 자빠지고 말끼다. 나올 땐 본래 조심해라이."
남편은 이렇게 능청을 떨고 싱긋 소웃음까지 웃으면서 기어이 삽짝을 나서지 않았던가. 그녀는 포기한 채 집 밖으로 사라져 가는 남편의 목덜미를 멀거니 지켜보아야 했다. 아니, 그녀는 처음부터 만류한다는 것이 소용 없는 일임을 알고 있었다. 그러면서 마음 한 구석에서는 이렇게 혼잣말로 중얼거리고 있었는지도 몰랐다.
——오늘 예보는 정말 엉터리야. 날씨가 도대체 그럴 기미조차 보이지 않는데 무슨 뚱딴지같은 태풍이야, 태풍은. 내일 새벽이면 그인 뱃머리가 기울 정도로 고기가 잔뜩 실린 배를 용바위 머리에 묶으며 오늘처럼 히죽 소웃음을 흘릴 텐데.
그런데 날씨는 두 시간이 못 가서 돌변하고 만 것이 아닌가.
저 바다 왼편에 보이는 자살바위 쪽에서 손바닥 만한 뭉게구름이 두어 쪽 폴폴 날아오는 듯했다. 연이어 심상찮은 새초롬한 바람이 나뭇가지를 마구잡이로 흔들며 험상맞은 구름을 휘몰아오기 시작하지 않던가.
배를 바다로 내보낸 온 마을은 갑자기 부산을 떨며 갈피를 못 잡고 허덕거렸다. 사람들은 마치 넋을 잃은 듯 이리 뛰고 저리 뛰고 했지만 음산해져 가는 바다를 바라본들 할 수 있는 일이 없었다. 어느새 하늘은 먹구름으로 육중하게 덮혀 버렸고, 물결은 점점 더 높아져 마을에 앉아서도 파도 부서지는 소리를 역력히 들을 수 있을 정도였다.
 그러자 사람들은 누가 시키기나 한 것처럼 모조리 마을 앞산으로 헐레벌떡 기어올라갔다. 그들은 마치 멱감으러 나간 아이들을 부르러 가기라도 하듯 이럴 때면 으레 산꼭대기로 올라가지만 그래서 어떻게 하겠다는 건가. 누구할 것 없이 그날도 산등성이로 몰려 들었지만 그랬다고 손을 흔들면 보이기라도 한단 말인가. 물론 그녀도 재경이와 재옥 두 아이의 손목을 잡아 끌며 산등성이를 향해 기를 쓰며 뛰었다.
 "엄마야, 무섭다, 저 하늘."
 숨이 차서 걸음을 늦추자 그때까지 아무 말 없이 따라붙고 있던 일곱 살배기 재경이 숨찬 목소리로 말했다.
 "뭐 무섭노, 아빠 보러 가는데."
 뒤뚱거리다가 엄마 등에 업혀 온 재옥이 널름 받아 지껄였지만 그녀는 아이들의 주고 받는 얘기가 귀에 들어오지 않았다. 숨이 턱에 닿는 듯하여 가쁜 숨을 연거푸 몰아쉬며 아직도 꽤는 남은 산등성이로 조급한 시선을 올려 보냈다.
 그러나 그들은 채 산등성이를 오르지도 못하고 후두둑 떨어지기 시작하는 소나비를 만났다. 곧 이어 쏴아 들이부어 대는 비 때문에 산등성이는 별안간 아수라장으로 변했다. 마치 벌집을 건들인 아이들처럼 몰려 섰던 사람들은 풍비박산이 되어 갈팡지팡 뛰어 내려오기 시작하고 있었다. 서울댁은 어디라고 비집고 들어설 겨를도 없이 길섶의 처마 밑으로 들어섰다. 낙수물이 떨어지기 시작하자 썩은 이영은 금세 소 오줌 냄새를 풍기면서 불그죽죽한 물을 줄줄 쏟았다.
 마치 해가 식어 버리기라도 한 듯 금세 날이 어두워졌다. 아우성 소리가 차츰 잦아들고 날이 어두워지자 빗소리는 더욱 아귀차게 쏟아붓는 듯했다. 물결은 얼마나 높아졌는지 간간이 으르렁대는 천둥

사이로 몸부림치는 파도 소리만 동네를 온통 휩싸가려 들었다.

서울댁은 남의 처마 밑에 그러고 서 있을 수 만은 없었다. 추녀 아래 들어서서 비를 피한다고는 했지만 어느새 아랫도리가 다 젖어 버린 상태였다. 그녀는 이유 없이 겁에 질려 매달리는 두 아이를 주려끼고 아예 빗속으로 들어섰다. 몇 발짝 떼어 놓지 않아서 홈빡 물귀신처럼 되어 버렸는데도 아이들은 옆구리에 끼어 쥐죽은 듯이 찍 소리 한 마디 없었다. 아이들의 그런 어른스러움에 한결 마음이 놓이기도 했지만 한편으로는 그것이 더욱 뭔가를 예감하게 하는 것 같이도 느껴져서 그녀는 몸을 부르르 떨었다.

어쨌든 이렇게 하여 내리기 시작한 비는 잠시도 쉬지 않고 꼬박 사흘 동안 쏟아졌다. 바람조차 수그러질 기미 없이 바다 밑둥까지 뒤집어 놓고 말듯이 불어 댔다.

사람들은 누구나 그랬겠지만 그녀는 추위와 무서움에 오금을 펴지 못하는 아이들한테 붙들려 호롱불 하나 켤 수 없는 밤을 꼬박 앉아서 새웠다. 몸을 움쩍거리려고만 해도 기겁을 하고 달려드는 아이들을 양 옆구리에 끼고 방 한쪽 구석에 처박혀 앉았노라면 별의별 생각이 다 들었다. 발기발기 찢어져 버린 문틈으로 뿌리친 빗물이 굼실굼실 방 한가운데로 기어 내려온 모양 발바닥 끝을 간지리는 그것에 소스라치게 놀라면서 그녀는 발을 오무려들였다. 그녀는 방을 훔칠 생각도 않은 채 그대로 앉아 쉴새 없이 달려드는 불길한 예감에 떨었다.

첫날을 이렇게 보낸 서울댁은 이튿날, 날이 밝기 무섭게 가마니때기의 배를 갈라 문을 막고 빗장을 걸었다. 그러나 워낙 억수같이 들이치는 비는 가마니까지 뚫고 방안으로 끝없이 습기찬 기운을 들여보냈다. 그나마 세찬 바람을 막아주긴 했다고 하지만 그 통에 방안은 대낮에도 온통 밤중이었다.

"아빠 왜 안 돌아오노, 엄마야?"

그녀의 옆구리에 끼여 살폿이 잠이 들었던 재경이 어느새 깨어 짜증 섞인 목소리로 다그쳤다. 이틀째가 되어도 나타나지 않는데다 엄마로부터 이렇다 할 아무런 해명이 없는 게 제 딴에는 몹시 궁금했던 모양이었다.
"곧 돌아오신다, 고기 많아 잡아 갖고."
"비가 이렇기 씨기 오는데 고길 우째 잡는단 말고. 고긴 잡아 뭐 할꺼고. 난 고기 싫다, 아빠 보고 싶다, 엄마야."
"곧 돌아오셔요, 곧 오신다니까 그러네."
대답을 하려들자 갑자기 목이 칵 막히고 콧등이 찌릿해 왔다.
"그 밴 글씨 발람개비처럼 밀려가드라 앙 카는 기오."
숙이 엄마가 그녀에게 들려 준 말이었다. 그것이 전부였다. 빗속에 갇혀 있는 것이 좀이 쑤셔 견딜 수가 없어 그녀는 수소문을 나섰던 것이다. 알고 보니 잽싼 사람들은 거의 풍랑에 휩쓸리기 전에 용케 돌아온 모양이었다. 그 가운데는 배를 부숴 버린 사람들도 있었지만 날씨가 이상해지기 시작하자 곧장 그물을 걷고 돌아들 섰던 모양이었다.
그렇게 하여 돌아온 사람들이 숙이 엄마한테 들려 준 소식이라곤 단지 바람개비처럼 날려 달아나더라는 말 한 마디뿐이었다는 것이다. 숙이의 아빠는 서울댁의 남편과 같은 배를 타고 나갔고, 그래서 눈물을 질금질금 흘리고 있던 숙이 엄마는 그녀를 만나자 대뜸,
"우린 우째 살끼고?"
하며, 그만 꺼이꺼이 흉칙한 여편네 울음을 터뜨렸던 것이다.
여태 비바람에 쫓기느라 정신을 차릴 겨를이 없었던 그녀에게 숙이 엄마의 울음은 무서운 실감과 공포를 휘몰아 왔다. 정신이 아뜩해 오면서 하늘이 노래졌다.
"그렇기 방정맞은 소릴 하는 뱁이 앙이다."
누군가 옆에서 듣고 있던 나이 지긋한 여인이 숙이 엄마를 나무라

바다와 겨룬 사나이 297

고 나섰다.
"눈물 거두고 조용히 기다리소. 오늘 내일 중에 돌아올 끼구만. 숙이 오맨 안죽 젊으서 그라지만 우린 한평생 그라고 안 살아 온 기오."
하고, 또 다른 늙스구레한 노인이 위로하러 들었지만 그녀에겐 그런 말이 귀에 들어오지 않았다. 이 곳 용진곶 마을의 노파치고 그렇잖은 모습들이야 찾아 볼래야 찾아볼 수도 없는 형편이긴 하지만. 허구한 세월을 그런 풍상에 시달려 오느라 모두가 쭈그렁 호박 같은 얼굴들이었다. 나이 갓 마흔을 넘어서면서 찌들어들기 시작하는 얼굴의 주름살은 쉰 살에 이르기 전에 벌써 기름기 빠진 그 형국이 되고 만다. 서울댁이 처음 이 곳에 왔을 때는 아무리 놀라지 않으려 해도 만나는 여인네마다의 그런 모습에 섬뜩한 느낌마저 들었었다. 이젠 거의 아무렇지 않을 정도로 면역이 되었다 할 수 있지만 아직도 음산한 골목 같은 데서 느닷없이 딱 마주치는 경우에는 자기도 모르게 몸을 사리는 일이 한두 번이 아니었다. 그러나 그보다도 그녀를 더욱 놀라게 한 것은 역시 그 상당수의 아낙네들이 과부라는 사실을 알았을 때였다. 남편은, 그녀가 그들의 흉측스런 주름살에 대해 경악하지 않을 수 없었던 사실을 얘기했을 때 그렇게 말했다. 그러나 남편은 곧 이어 덧붙이고 나섰다.
"그래서 이 마실을 과부촌이라 부르기도 한다 아이가. 당신 겁 묵었제. 그르치만 걱정마라. 내는 절대로 당신 과부 맹글지 안 할 끼다."
서울댁은 숙이 엄마를 내버려둔 채 자기도 모르게 뛰었다. 남편의 하던 말이 시시각각으로 온몸을 요지부동으로 옮아매는 듯했다. 그녀는 소름이 돋는 것 같은 전율과 조바심으로 몸을 떨었다.
마른 자리를 골라 눕혀 둔 아이들은 아직도 간밤에 잠을 설친 탓으로 잠에 떨어져 있었다. 아이들을 지켜보는 순간 그녀는 목이 콱 막히는 것을 느꼈다. 다시 거적대기를 들치고 밖으로 나왔지만 억수같은 비 속에 마을 앞산조차 보이지 않으니 어디라고 나서 볼 만한 곳이 없었다. 흙이 미적미적 쓸려 내려가는 뜨락에 서서 멍청하게 빗줄기만 지켜보고 섰던 그녀는 탈진한 사람처럼 맥없이 거적대기를 들치고 다시 방 안으로 들어섰다. 그러나 방 안은 더욱 견딜 수가 없는 공간이었다.

그녀는 다시 밖으로 나왔다. 하지만 이 빗속을 어떻게 한단 말인가. 빗속이 아니라고 한들 망망한 바다의 성난 파도를 어떻게 할 수 있단 말인가. 그녀는 우두커니 서서 가슴을 쥐어뜯었다.

눈물 때문일까, 눈앞이 뿌옜다. 마을을 덮고 물안개가 자오록이 서려 있었다. 저 건너편 해룡이네 집 뒤란에 한 포기로 멀쑥하게 뻗어 섰던 포플러가 간밤 비에 기어이 꺾여 버렸는지 보이지 않았다. 이렇게 우악스런 비에 무엇 하나 남아날 것이 있을 것 같지 않았다.

그날 밤은 참으로 지루하고 짜증나고 견디기 어려운 밤이었다. 그러나 그 긴 밤 내내 비바람은 처음의 우악스런 기세 그대로였다. 지치고 시달릴 대로 시달린 그녀는 이제 저 빗소리 바람 소리가 없었다면 이 밤이 얼마나 더 지루하고 착잡했을까 느껴질 정도로 무감각이 되어 버렸다. 노래와 율동이 있는 밤——한숨과 하품과 울음이 뒤범벅이 된, 무엇 하나 제대로 잡히지 않는 밤의 잡념들이 머리 속을 휘저었다. 그러나 길고 지루한 밤도 드디어 끝나는 때가 있어, 기어이 날은 밝았다. 그녀는 밝아오는 아침을 지켜보며 좀 마음이 누그러지는 느낌이기도 했다.

하지만 정확히 얘기하면 그렇게 고통스러운 시간을 헤아려 오는 동안 그녀는 자꾸만 한 가닥 기대를 무자비하게 짓밟고 몰래 절망을 키워 왔던 것이나 다름 없었다. 말하자면 허리끈이 풀리듯 긴장이 흐물흐물 풀어지는 것은 곧 자포자기를 뜻하는 것이기도 했다. 물론 그렇다고 하여 그녀가 이제 깡그리 모든 희망을 포기해 버린 것은 아니었다. 어쩌면 절망이 요령 좋게 마음 한 구석을 차지해 갈수록 그만큼 기대쪽에 더 무게를 주려고 안간힘을 쓰고 있던 것인지도 몰랐다.

"우리 둘인 잘 살끼다. 당신은 내만 믿고 내는 당신만 믿고 살만 무어 안 될끼 있겠나 말이다, 앙 그르나?"

남편은 그렇게도 힘들었던 결혼식을 치르자마자 이렇게 말했었다. 그녀는 그렇게 기뻐하는 그를 본 일이 없을 정도로 행복감에 겨워 있는 새 신랑을 넌지시 지켜 보면서 자신도 더 없이 기뻤다. 그러나 이게 무엇인가. 가슴이 답답하고 숨이 가빠 오는 것 같았다.

그래 잘살 거란 것이 하필이면 과부를 만드는 것이란 말인가, 그녀는 생각했다. 아내에 대한 애정이 식은 것이 아니고서야 그런 방송을 듣고도, 아니 그녀의 애원하듯 하는 만류까지 뿌리치고 바다로 나갈 리 없지 않은가. 그녀는 무엇보다도 그것이 가장 무서웠다. 어디 그럴 수 있는가.

그러나 그녀는 다음 순간 고개를 절레절레 내저었다. 그럴 수 없었다. 설령 자기에 대한 애정이 식었다손 치더라도 그것으로 해서 죽음의 바다로 나갈 위인이 어디 있는가. 남편의 자기에 대한 애정이 식어 버렸다는 아무런 기미도 찾을 수 없을 뿐 아니라, 설령 그런 냄새가 났다 해도 그것으로 해서 죽음 속으로 줄달음질칠 만큼 심각한 갈등이 그들 사이를 비집고 들어앉아 있었을 아무런 건덕지도 찾아지지 않았다. 죄가 있다면 그런 날에도 바다엘 나가지 않으면 안 될 가난에 있지 않은가. 그녀는 고개를 흔들어 생각을 떨었다. 내가 왜 이런 방정맞고 못된 생각을 하고 있지, 하는 후회가 머리를 스치고 지나가면서 그녀는 거적대기를 들치고 밖으로 뛰쳐나갔다.

비는 여전 억수로 쏟아지고 있었다. 확 비린내가 풍겨 오면서 밝은 방 안보다 더 견디기 어려울 정도로 무시무시하고 무슨 음모가 숨은 것같은 풍경이었다. 빗발치는 소낙비. 더욱 억척스럽게 바위를 부스러뜨리는 파도 소리. 세상은 온통 맹수의 으르렁거림에 주눅이 들대로 들어 있는 모습이었다.

그녀는 잠시 멈칫하고 멈춰 섰다가 곧 이어 내처 빗속으로 뛰어들었다. 기세 좋게 퍼붓는 비는 이내 온몸을 홈빡 적셨다. 싸늘한 아침 빗물이 등골을 타고 흘러내렸다. 그러나 그녀는 그런 것엔 아랑곳 없이 뛰었다. 발걸음이 도무지 종잡을 수 없을 정도로 가누어지지 않았지만 어디고 온통 물바다뿐인 바에야 골라 디딜 만한 곳이 따로 없었다.

그녀는 산꼭대기를 다 추어오를 때까지 뒤도 돌아보지 않고 뛰었다. 창자가 마구 뒤집히는 것 같았다. 그러나 숨을 돌이키기도 전에 그녀는 언덕 저 아래로 펼쳐지는 바다로 눈길을 내달렸다. 짙은 회색으로 내려앉은 하늘에 눌린 검푸른 바다…… 거기엔 남편이 타고 나간 배보다 훨씬 크다 할 파도만이 밀려 들어오고 있을 뿐 나무 조각 하나 물 위에 떠있는 것이 없었다. 더구나 그 바다는 짙은 비 안개 때문에 바로 턱밑에서 끝나고 더는 보이지 않았다. 바다는 없고 그저 희뿌연 공간만 거기를 가로막고 있었던 것이다.

——행여 뱃조각이라도…… 그 한 모서리라도…….

그녀는 그런 조급한 생각에 쫓겨 산 너머로 뛰어내려갔다. 속으로 웅어러진 체념을 되씹으며 점점 더 우악스럽게 지각을 뒤흔드는 파도 가까이로 달려들었다. 하지만 용바위 주변엔 아무것도 보이는 것이 없었다. 길길이 뛰어오르는 허연 물기둥만이 뒤집어씌울 듯이 으르렁댈 뿐 나무 조각 하나 눈에 띄지 않았다.

그녀가 몇 발자국 맥없이 발걸음을 돌렸을까 할 때였다. 별안간 하늘을 찢는 무서운 소리를 내며 우지끈하고 무엇이 부서지는 소리가 났다. 그녀는 고개를 꼬고 소리나는 쪽을 찾았다. 순간 또다시 똑같은 소리를 내며 동강이 난 배가 저 쪽 바위틈에 덜커덕 올라앉고 있었다. 그녀는 머리끝이 쭈뼛 일어서는 것을 느끼면서 그 쪽을 향해 정신 없이 뛰었다.

그뿐이었다. 그녀는 갑자기 정신 없이 줄달음질쳐 간 것밖에 생각나지 않았다. 어쩌면 그 반 동강이 난 조각배를 봤던 듯도 하지만 도무지 확신이 서지 않았다. 그녀가 정신이 들면서 눈을 떴을 때는 자기 방에 누워 있었던 것이다.

사람들의 웅성거리는 소리가 어렴풋이 들리는 듯하자 갑자기 그 소리가 엄청난 고함처럼 귓가를 때리고 달려들어, 그녀는 무엇에 놀란 사람처럼 벌떡 일어나 앉았다. 눈물과 콧물에 뒤범벅이 된 두 아이가 그녀의 가슴을 쥐어뜯으며 목쉰 울음을 울고 있었다. 그 지치고 절망적인 울음이 그녀의 가슴을 후벼파는 듯했다. 그녀는 아이들을 알아보자 와락 부둥켜안고 엎어졌다.

"서울떡이요, 서울떡이요, 정신 차리소. 깨났으이 그른 다행이 엄지 않소. 엉이, 서울떡이."

누군가의 이런 말소리가 들리고 이어 소매를 잡아끄는 손길이 있었다. 그녀는 정신을 차리고 다시 눈을 떴다. 눈물로 흐려진 시야에 사람들의 그림자가 들어찼다. 그녀는 내처 몸을 벌떡 일으켰다.

"엄마야, 엄마야."

그녀가 일어나자 아이들이 팔을 잡고 매달리며 겁먹은 목소리로 다급하게 불렀다. 무슨 변이든 일어난 것이 틀림없다는 생각이 펀뜩 들었다. 남편에 대해 뭔가를 알아냈기에 이 사람들이 주르르 몰려든 것일까. 그녀는 가슴이 철렁 내려앉는 것을 느끼며 둘러선 사람들의 표정들을 훑어나갔다. 그들은 방안 가득히 들어앉아 있었다. 아낙네들 뒤로는 남정네들까지 엉거주춤 위태로운 자세를 하고 서서 그녀를 지켜보고 있었다.

"웬일이세요, 모두들?"

"웬일이 다 뭔기오, 서울떡이. 서울떡인 오늘 죽을 뻔한 사람 살아 온 줄이나 아이소."

　그들의 얘기에 의하면 그녀는 그 부서진 배로 뛰어가다가 바위를 걷어차고 그대로 나둥그라졌다는 것이었다. 마침 그 배 부서지는 소리에 동네 청년들이 뛰어들 나갔으니 망정이지 억수로 쏟아지는 비를 꺼려하여 못 들은 척하고 있었다면 그녀는 영락없이 파도에 말려 들어가 버렸을 것이 뻔하다는 것이었다. 청년들이 현장으로 뛰어갔을 때는 이미 그녀가 파도에 쓸려 5미터는 충분히 바다로 굴러 들어가고 있었다니 말이다.

　"그 배는……?"
하고 그녀는 수다가 지나친 여인의 말을 가로막으면서 물었다.
　"아따, 성미도 와 그리 급한기오. 그 밴 어디서 떠니리 온 배였다 아잉기요. 굉장히 큰 뱁디더. 이 근방엔 암만 해도 그렇기 큰 밴 없을꺼루."
　이 말이 그녀에겐 착잡한 안도와 실망을 한꺼번에 안겨다 주었다. 남편은 살아 있는 것일까? 아니면 남편은커녕 그렇게 소중히 여기던 배의 한 조각 널빤지조차도 찾지 못하고 모든 것을 깡그리 잃고 말 것인가. 그녀는 소리 없이 눈물을 질금질금 쏟기 시작했다.
　"서울떡이요, 그라지 말고 그만 서울로 올라 가이소. 우선 친정에 가 있으소. 집양반 돌아오만 금방 올라가도록 할낑게. 우리 꼭 그라께."
　"맞소, 그라소, 서울떡이. 여기가 뭐 좋다고 니리와서 그 고상인기오, 쯧쯧. 영소(永昭) 돌아오는 대로 곧 쫓아 올려보낼 팅께 다신 내리 보내지 말고 서울떡이도 니리 오지 마소. 우리 같은 비렁뱅이사 하는 수 엄다 카지만 와 사서 고상하겠소. 살아도 서울서 살고 죽어도 서울서 죽어야지, 이기 무슨 변인기오."
　남정네의 그 말을 듣는 순간 그녀는 울화통이 터졌다. 그것은 누구한테 대한 것도 아니었다. 그러면서도 그녀는 그만 마음에도 없는 소리를 그 사람들한테 퍼붓고 말았다.

"모두 왜들 이러세요. 돌아오긴 이 태풍에 무슨 장사라고 살아 돌아온단 말예요. 벌써 끝장난 거예요. 다들 돌아가세요. 저야 친정으루 가든 삼수갑산으루 가든 제가 결정할 테니까요."

"아이고, 거 무신 소릴 그렇게 하요, 서울떡이. 이보다 더 한 때도 살아 오드구만. 서울떡인 안죽 안 겪어 바서 모른다 아이요. 그보담도 그른 소리 함부로 하는 뱁이 아이구마."

다음날이 되자 언제 그랬냐는 듯이 날씨는 활짝 개었다. 사람들은 다시 분주하게 뛰기 시작했다. 뛴다고 당장 그들이 해낼 수 있는 일이 있었던 것은 아니지만 그들은 꼭 시기를 놓치지 않으려 기를 쓰는 사람들처럼 경황 없이 내달았다. 그러나 그녀는 도무지 손끝 하나 꼼짝달싹할 수가 없었다. 음울하고 칙칙한 습기로 들어찬 집안에 웅크리고 앉아 한나절 내내 실성한 사람처럼 있던 그녀는, 해가 이우면서 느지막해서야 아이들을 데리고 집안 치닥거리는 내버려둔 채 앞산 등성이로 올라갔다.

말끔한 수평선이 전날과는 달리 파랗도록 멀리 뻗어나가고 있었다. 그녀는 저 바다 끝 가물가물 하늘과 맞닿은 수평선을 바라보면서 문득 아련한 생각에 잠겼다.

"시원하기 트인 바다만 보고 살겠다 내 작심했십니다. 그릏다고 매미처름 바다만 읊고 살겠다는 기 아이라 그 짓푸른 바다에 노를 젓으며 성한 팔뚝을 견주 보겠다 이겁니다. 바다는 성을 잘 낸다 캐도 도전하는 성실한 일꾼한테는 너그러운 기라요. 절대로 심술만 부리진 않는다 아입니까. 바다에 들어서 보만 압니다, 바다라는 기 얼매나 유유자적이고 뿌리 깊은 미덕을 지니고 있는가 말입니다."

언젠가 남편 영소가 주먹을 휘두르며 토로하던 말이다. 그녀가 여학교 3학년 때였다. 제복 속에 감춰진 소녀의 꿈이 풍선처럼 부풀어 있던 그런 그 때. 끝이 없는 꿈의 나래를 펴나가고 있던 그런 나이의 그녀는, 어머니가 하숙생을 치고 있는 것조차 몹시 못마땅할 정도였던 것이다. 그런데 그 싫은 일을 하는 어머니가 하루는 하숙생과 승강이를 벌이고 있었다. 물론 으레 그랬지만 그날도 어머니는 하숙생을 상대로 밀린 하숙비를 어떻게 하겠느냐고 다그치는 중이었다. 막 대문을 들어서다가 어머니의 입씨름과 부닥뜨린 그녀는 재빨리 생각했다. 제발 그걸 구실로 하숙 학생을 쫓아내 버렸으면 하고. 그리고는 다시 그런 학생 치는 일을 말아 주었으면 속으로 빌었다.

그런데 그날 저녁, 달빛이 싸늘하게 마당에 내린 밤이었다. 그녀는 봉창을 하얗게 밝히는 달빛에 눈이 아려 좀체로 잠을 이룰 수가 없었다. 줄창 몸을 뒤채던 그녀는 이불을 차고 일어나 살며시 문을 열었다. 마당으로 사뿐 내려서자 화사한 달빛에 흰 옷은 더욱 눈이 부실 지경이었다. 그런데 그 달빛에 빛이 바래 잘 분간이 가진 않았지만 분명히 건넌방 부엌에 웬 불이 타고 있었다. 이상한 생각이 들어 그녀는 발소리를 죽이고 그 쪽으로 다가갔다.

문틈으로 들여다보던 그녀는 하마터면 소리를 지를 뻔하였다. 하숙생이 한 아름 책들을 쌓아 놓고 한 권 한 권 찢어서 아궁이에 쳐넣고 있던 것이 아닌가. 순간, 그녀는 뭔가로 뒤통수를 호되게 얻어맞은 것 같은 느낌이었다. 도대체 웬일일까. 벌겋게 불빛에 익은 볼은 두 줄기로 흘러내린 눈물로 번들거리고 있지 않던가. 뿐만 아니라 볼썽 사납게 얼굴을 찡그리며 줄곧 울고 있던 것이 아닌가.

그 광경을 지켜보고 서있던 그녀는 갑자기 가슴이 뭉클하면서 온몸이 와들와들 떨리기 시작했다. 그러나 그것도 순간이었다. 그녀는 자기도 모르게 문을 열어젖히고 부엌 안으로 뛰어들었던 것이다. 그녀는 그가 집어드는 책을 빼앗으며 그를 밀어젖혔다. 갑자기 뛰어든 침입자에 당황한 나머지 그는 잠시 어쩔 줄 모르고 사방을 두리번거리고만 있었다. 그때서야 그녀는 와락 달려드는 수치심을 느꼈다. 얼굴이 화끈 달아올랐다. 그녀는 잠옷바람인 채였던 것이다. 그녀가 멈칫 몸을 사리자 둘은 엉거주춤 물러선 채로 한참 동안 말 없이 서로 바라보고 서 있었다.

"들어가 주무시이소."

먼저 입을 연 것은 역시 하숙생 편이었다. 그러나 그녀는 아무 대꾸도 없이 그대로 서서 그의 시선을 피하고 있었다. 뭐라고든 말을 해야 한다고 생각하면서도 할 말이 생각나지 않았던 것이다.

"들어가시이소, 밤도 깊었는데."

"왜 책을 태우시죠?"

그녀는 기껏 뚱딴지 같은 질문을 던진 것에 울화통이 치밀었다. 고작 그 말밖에 할 말이 없었단 말인가. 하숙생은 말을 않고 땅이 꺼질 듯한 한숨을 내쉬면서 고개를 떨구었다.

"그러시지 마세요."

"인제 모든 기 끝났십니다."

"무슨 뜻이세요?"

"난 여지껏 싱겁고 허망하기 짝이 없는 꿈을 꾸고 있었다 아입니까. 늦었지만 이제사 그걸 깨달았십니다. 여긴 내가 설 자리가 아입니다. 내 보금자린 역시 바답니다……"

이때 그는 처음으로 5대를 이어 내려오면서 바다에 떠서만 살아온 자기네 집안 얘길 했고, 그 뱃사람의 자손이 무서운 집념이나 각오도 없이 한낱 사치한 백일몽에 사로잡혀 겸허하고 인자한 품 안 바다를 훌쩍 떠난 것이 얼마나 후회가 되는지 모른다고 몇 번이나 되풀이 강조했다.

그의 사연은 대충 이랬다.

죽어도 자기까지 뱃놈짓은 할 수 없다고 다짐을 굳힌 영소는 3년 동안의 뼈아픈 노력 끝에 드디어 서울로 올라가는 청운의 뜻을 실천에 옮겼다. 그러나 오산이었다. 그의 어줍잖은 준비는 빠락빠락 악다구니를 쓰는 서울에서 2년을 공부하는 동안에 기어이 바닥이 나고 말았다. 막연했다. 별의별 일자리를 다 찾아다녔지만 학비와 하숙비를 꾸려 갈 재간이 없었다. 새벽부터 신문을 돌리고 부자집 돌대가리를 데리고 가정교사라는 이름의 씨름을 벌였지만 남은 것은 오늘 같은 하숙비 타령의 불상사밖에 없었다. 막다른 골목에 다다르고 나서야 그는 마침내 깨달았다. 내 할아버지의 할아버지가 바다로 나가면서 시작되었고, 내 아버지가 그 바다에서 돌아오지 않아 나를 끝내 유복자로 만들었지만 내가 몸담을 곳은 역시 이 무기질이면서도 악랄하고 인색하고 왜소한 도회지가 아니라 짓푸른 바다라는 것을. 그 바다를 외면하고 기피할 것이 아니라 뛰어들어 아버지가 무릎 꿇고 만 바다를 이겨야 한다고.

그녀는 한사코 말렸다. 마음 다그친 꿈을 키워 보지도 않고 조그마한 시련에 너무 쉽게 좌절해 버린 것 외에 아무것도 아니지 않으냐고 윽박질렀다. 사나이들은 역발산의 기개를 키운다고 했는데 그 정도에 자포자기가 된다면 그것은 허망한 종이호랑이지 않느냐고 비난하기도 했다. 그녀는 가능하기만 하다면 자신도 그를 위해 무슨 도움이든 주고 싶다고 말하기도 했다.

"이건 결코 소녀적 감상이 아녜요. 사람이란 누구나 한 인간의 무서운 의지에 감복 않을 수 없는 거예요."

그때 그가 아무 대꾸도 않고 있었던 것을 그녀는 잘못 판단한 것일까. 하여튼 다음날부터 그녀는 그를 도울 수 있는 방법이 무엇일까를 골똘히 생각하기 시작했고, 충분히 공감의 유대를 맺고 있다는 판단 아래 갖은 수단을 써서 타낸 용돈을 그의 방으로 밀어 넣곤 했지만 이런 소견머리 없는 소녀의 짓거리들이 그의 결심을 더 빨리 실천에 옮기도록 재촉했는지, 그는 급기야 학교를 뛰쳐나오고 말았다. 그녀는 처음 그 소식을 전해 들었을 때 뭔가 허망하고 배신당한 듯한 느낌이 들기도 했지만 한편으로는 바위처럼 육중하고 건장한 사나이를 뿌듯하게 실감할 수 있었다.
 그러나 이게 뭔가. 그 바위처럼 육중한 것에 눌려 그 뒤 대학 1학년을 미련 없이 내팽개치고, 그렇게 집요하게 매달리는 어머니의 사생결단하는 만류조차 뿌리친 채 직장마저 잃고 바다로 내려가는 그를 따라 훌쩍 여기까지 내려왔지만 그 결과는 무엇이란 말인가. 그런 주제에 무슨 염치로 아이들을 데리고 친정을 찾아갈 수 있을 것인가.
 그녀는 주책스럽게 기어내리는 눈물을 닦으며 아이들을 데리고 일어섰다. 다리가 휘청거리고 현기증이 일었다. 그녀는 벌써 나흘째 먹는둥 마는둥 하고 있었다.
 어둠에 싸인 집안은 꼭 유령의 집처럼 썰렁하고 음침했다. 이런 공기를 마시며 밤을 지샐 생각을 하면 정신이 아뜩했다.
 그러나 그 악몽 서린 밤은 기어이 가고 날이 밝았는데도 여전 아무런 소식도 없었다. 날이 갈수록 마을은 질서를 하나하나 되찾아 갔지만 그녀의 집은 점점 더 짙은 먹구름 속으로 묻혀 들어가고 있었다. 절망이 그 빛깔을 하루하루 더 짙게 했고, 그녀는 때로 환영에 사로잡히는 순간을 빼고는 맥없이 자지러들고 있을 뿐이었다. 그러던 1주일째되던 날이었다. 그녀는 엉뚱하게도 친정 어머니로부터 편지 한 장을 받았다. 남해안에 태풍 피해가 자심하다는데 무슨 변고는 없는가 궁금해서 쓴다는 내용이었다.
 ……웬만하면 올라오너라. 굳이 거기서 고생을 사서 할 이유는 없지 않으냐. 인수 녀석도 군복을 입으러 집을 떠나고 나니 온 집안이 텅 빈 것 같아 허전하기 이를데 없구나. 김 서방과 의논하여 되도록 올라오도록 하여라. 너희들도 그렇겠지만 이 어미는 옛일을 잊어버린 지 이미 오래란다……
 이젠 눈물조차 말라 버렸던 그녀에게 친정 어머니의 편지는 다시 한번 설움을 북받치게 하였다. 그녀는 눈물을 질금질금 쏟으며 발기발기 찢어진 창호지 문이며 얼룩진 천장을 올려다보았다. 어디 하나 서럽고 슬픈 비극의 자국이 남아 있지 않은 곳이 없었다. 그것은 바로 남편 영소의 체취며 그의 땟국이었다.

"사람이 살아간다는 것은 결코 도박이 아니다."

언젠가 그녀가 떠나지 말도록 만류하면서 타이르던 어머니의 말이 생각났다. 수긍이 가는 말이었다. 하지만 한 사나이의 끈덕진 의지와 집념은 그럼 무엇이란 말인가. 아무것도 아닌 한갓 허울 좋은 껍데기뿐이었단 말인가. 그녀는 결코 거기에 대해선 인정할 수 없었다. 남편 영소의 그것은 그런 값싼 것일 수 없었다. 그러나 지금 이 지경이 된 즈음에야 모든 것이 한갓 옛이야기처럼 돼버리지 않았는가.

——그래, 가자. 재경아, 재옥아, 우리 이제 이 마을을 떠나자. 아주 떠나 버리자. 아버지까지 실패한 이 땅에 미련 같은 건 남기지 말고 가자.

그녀는 떨리는 손으로 옷가지를 주섬거리기 시작했다. 오래 장롱 밑바닥에 남아 있던 옷가지들이 튀어나올 때마다 슬픔은 더욱 새삼스러워져 그녀는 몸의 어느 한 부분씩이 차례로 굳어가는 것 같은 괴로움을 견딜 수가 없었다.

이때였다. 갑자기 바깥이 소란해지면서 누군가가 소리소리 지르는 기척이 있었다. 분명히 누군가 경황없이 뛰어오고 있는 중임이 틀림없었다.

"서울떡이, 서울떡이요! 문 열어요, 서울떡이 집에 엄소? 서울떡이!"

그녀는 놀란 가슴을 안고 문을 펄더덕 열어 젖히면서 한걸음에 마당으로 뛰어 내려갔다.

"서울떡이, 서울떡이 거기 있구만. 춤이나 추소. 서방님 안 돌아오는 기오."

그녀는 정신이 팽그르르 도는 것을 느꼈다. 자칫했으면 마당에 그대로 뭉개고 앉아 버릴 뻔했다. 그러나 그녀는 다음 순간, 아이들을 내버려둔 채 사립문을 향해 쏜살같이 달려나갔다. 마을 앞 용바위 옆에 까맣게 사람들이 몰려 서 있는 것도 그녀의 눈에 들어오지 않았다. 길이고 아니고를 가리지 않고 그대로 줄달음질이었다. 모여 선 사람들이 제가끔 한 마디씩 했다.

"동해안꺼정 밀리갔다 카등가."

"그래도 배는 멀쩡하드구만."

저 쪽에 장승 같은 한 사나이가 터덜터덜 걸어나오고 있었다. 피로의 기색도, 감정의 동요조차도 보이지 않고 손가락을 펴서 머리를 빗어 올리며 땅을 쿵쿵 밟아 오고 있는 모습을 바라보며 한 노인이 마치 그들의 얘기에 결론을 내리듯이 말했다.

"바다도 저 사람은 몬 이긴다 아이가."

사표

 '가족적인 분위기'란 말이 있다. 오늘 이 나라에서 이 말처럼 편리하게 쓰이는 말도 없을 것이다. 한약방의 감초격이다.
 하기야 생각해 보면 이 가족적인 분위기만큼 따뜻하고 마음 든든한 말도 없겠다. 믿음과 의리로써, 인간을 윤리적으로 연결짓고 묶어 주는 이 분위기로 해서 이 땅에 평화와 안락이 깃들지 않을 수 없으며, 거꾸로는 이런 분위기 아니고는 신의도 평화와 안락과 미래도 있을 수 없다. 문제는 이렇듯 막중한 뜻을 지닌 이 말이 악랄하게 타락한 세상에서 드디어 견뎌 내지 못한 데 있다. 아니 견뎌 내지 못했을 정도가 아니라 세상과 더불어 형편 없는 사기한처럼 돼버리고 말았다 할 것이다.
 생각해 보라, 이 말처럼 편리한 말이 있는가. 월급을 안 주고 혹사만 해도 가족적인 분위기만 들추고 나서면 찍 소리 한 마디 못한다. 모가지를 시궁창에 처박고 누르면서도 이 국가 비상시국에, 수출 전선에, 가족적 분위기로 뭉쳐야지 않느냐면 만사 형통이다. 대가리를 처박힌 자는 불쌍하게 숨이 넘어가도 지켜보는 축들은 그 가족적 분위기에 눌려 옴짝달싹하지 못한다. 이렇게, 따귀를 얻어맞아도 사지를 찢겨도 꼼짝 못하게 하는 가족적 분위기라는 마귀를 사람들이 몰래 증오하기 시작한 지는 이미 오래지만 특히 그것에 심한 진절머리를 느끼는 사람들은 역시 직장생활이란 빛좋은 개살구에 목을 달아매고 사는 축들일 게다.

직장생활을 하는 사람들을 붙들어 세워 놓고 한번 물어 보라. 당신이 직장생활을 하는 동안에 가장 통쾌했던 때가 언제였느냐고 말이다. 보나마나 그들은 한결같이 이렇게 대답할 것이다.

"그야 물론 뭐니 뭐니 해도 사직서를 휙 내던졌을 때죠. 바로 그 순간 말입니다."

그러고 나서 그들은 일갈로 후려칠 것이다. "가족적인 분위기, 옛다, 엿이나 먹어라, 이 사기한들아" 하고 말이다. 가족적인 분위기란 이렇듯 사람들을 앙심 품게 만들었지만 사표를 쓰는 사람들의 통쾌함이란 물론 이 분위기를 벗어나는 데만 있는 것이 아니다. 이치에 전혀 닿지도 않는 잔소리와 명령을 상사라고 해서 마구 남발하는 꼬락서니에 더 이상 속끓이지 않아도 되지 않는가. 허구헌 날 비지땀을 흘리며 직무에 용을 써봤자 목구멍 다스리기에도 겨운 생존권의 위협에 혁명적 단안을 내릴 계기를 만든 결의 또한 뿌듯하려니와, 좀더 여유가 있다면 동료 직원이었던 사람들 앞에 어깨를 쫙 펴고 으시대어 봄직도 한 일이기 때문이다. 그럴 수밖에 없는 것이, 그들 동료들이란 제 보릿자루 찢는 짓인 줄도 모르고 공연히 동료간에 적개심만 키우려 들기 일쑤였기 때문이다. 지식과 능력으로 겨룰 생각은 아예 없고 아첨과 알량한 재간만으로 윗자리를 넘보는 경쟁자가 되어 살기등등한 눈초리를 늦추는 법이란 결코 없다.

그러니 이들, 행여나 밥줄이 끊어지지나 않을까 목덜미를 쓰다듬어 보면서 온갖 아첨과 시기와 모함을 꾸며 온 그들에게 "자, 봐라, 나는 너희 같은 졸보들과는 경쟁하고 싶지 않다, 마음 푹 놓고 부러

워만 해라" 하고 무언의 질책과 시위를 할 수 있지 않은가. 말하자면 이럴 때의 사직자란 감히 누구도 상대가 될 수 없는 무쌍의 영웅이 되고 마는 것이다.

이런 통쾌무비한 순간을 하루하루 기다려 오던, 말하자면 혼자서 음모 꾸미듯이 날짜를 기약해 오던 사람이 그 마지막 순간에서 비참한 좌절을 당하고 만다면 과연 그 심경은 어떠할까를 짐작하기란 그리 어려운 일이 아닐 터이다. 물론 일생을 두고 직장에서 사직원 한 번 써 보지 못한 졸장부들에겐 이보다 더 통쾌한 얘기가 또 없겠지만.

최종석(崔宗碩)은 울화통이 터져서 견딜 수가 없었다. 그는 바로 두 달을 두고 벼르고 벼르어 오던 그 통쾌의 날 직전에 무참한 좌절을 당하고 만 장본인이다. 그도 그럴 것이 종석에게는 이번 결의가 그의 직장생활 이 년만에 처음 세운 것이며 그 때문에 그는 이미 그 예정된 통쾌감을 오래 전부터 만끽해 오고 있었던 것이다.

"그까짓 한글 맞춤법 하나 제대로 알지도 못하는 교장이나, 말 한 마디 제대로 못하는 주변머리에 무슨 일이든 음흉스런 모략과 우격다짐으로 처리하러 드는 교감의 턱밑에다 바싹 들이밀고 말아야지."

그러나 종석이 그들을 깔보기 시작한 것은 그들이 그런 주제에 말도 안 되는 잔소리를 늘어놓고 우직스럽기 짝이 없는 옹고집을 부린다는 데서 연유한 것은 아니다. 그런 것쯤이라면 얼마든지 지나쳐 볼 수 있었다.

그가 그들을 결정적으로 멸시하게 된 동기는 아마도, 그들이 허울 좋은 교육자일 뿐 하나같이 뒤가 구리고 앙증맞은 좀도둑 근성을 지니고 있다는 것을 알아냈기 때문일 것이었다. 음흉하고 교활할 뿐만 아니라 그들의 눈에는 언제나 기만과 협잡의 추악한 뒷꿍꿍이가 숨어 있었다. 어디 이 나라 교육자들의 그런 근성이 어제 오늘의 새삼스런 일일까마는 아직도 이런 한심한 작태에 충격을 받아 핏대를 세우는 순진 무구한 사람들이 적지 않으며, 사실은 그런 사람들에 의해 이 파탄의 세상은 그나마 연명해 가고 있는 셈일 터이다.

어쨌든 종석은 이미 한 달도 훨씬 전에 그 문제의 사직원을 써서 다 찌그러져가는 편수 탁자의 서랍 깊은 곳에 감춰 두고 있었다. 빨간 줄을 너무 넓게 죽죽 처내려간 싸구려 양면괘지에 '사직원'이라고 쓸 때 이미 그는 가벼운 경련까지 일으킬 정도였다. 그 뒤로 그는 날짜와 도장만 찍으면 되게 되어 있는 그 문제의 양면괘지를 기회 있을 때마다 꺼내 보면서 십 년, 이십 년 혹은 사십 년 근속 표창까지 받으며 이렇다 할 공헌 없이 허리만 굽은 불쌍한 사람들을 생각했다.

──사람이 오죽이나 못났으면 진정한 교육자 노릇 한번 못해 보고도 사직원 하나 못 쓰고 늙어 버렸을까.

종석은 언젠가 친구 집을 방문했을 때 그의 아버지가 받아냈다는 삼십 년 근속 표창장을 방 안 높다랗게 걸어 신주 모시듯 하고 있던 것을 기억해 내곤 어처구니가 없어졌다. 어쩌다 사표 한번 못 써보고 삼십 년을 한 직장에서 혹사만 당해야만 했던 그 아버지의 운명이야, 워낙 앞날을 알 수 없고 내다볼 길조차 없는 세상살이에선 있을 법도 한 일이지만, 그 비참한 신세를 스스로 팔아먹고 표창장이란 종이 한 장에 속아넘어가 그것을 천하에 둘도 없는 보물처럼 모시고 있다니, 종석은 자기도 모르게 허탈한 홍소를 터뜨리지 않을 수 없었다.

그러나 세상은 참 알 수 없는 것이었다. 그 삼십 년 근속한 아버지의 아들은 한 직장에서 일 년을 제대로 붙어 배기지 못하니 말이다. 그는 이런 직장 순회생활을 작년까지 꼭 사년 동안 계속해 오다가 드디어 흥이 깨져 버렸는지 작년 연말께부터는 아예 놀고 있었다. 그때 종석은 생각했다. 자기 아버지의 허망하고 비극적인 생애가 눈만 뜨면 높다란 벽 위에서 내려다보며 탄식을 터뜨리는 '가족적 분위기'가 그를 드디어 극단으로 내몰아붙인 것이라고. 한 아버지의 굴절로 일삼은 삼십 년이 가져다 준 처절하고 괴로운 상처가 얼마나 무서운 파탄을 몰아왔는가를 생각하면 소름이 온몸을 훑어 나가는 듯했다. 그것은 결코 한 개인의 파국만으로 끝나는 것이 아니었다.

박진욱(朴珍昱)은 작년, 마지막 직장을 그만두기 두 달 전에 한 번 종석을 학교로 찾아온 일이 있었다. 그는 초췌해진 얼굴을 야윈 손으로 쓸면서 대뜸 말했다.

"야, 종석아, 이런 데서 한번 생활해 보고 싶구나. 너 참 복받은 놈이다."

"몇 달이나 배겨 낼까."

"아니야, 꼭 한번 해보고 싶군."

"그 따위 우월감에 사로잡힌 사치한 생각일랑 집어치워, 임마."

종석은 지금, 그때 진욱에게 비아냥거리는 말투로 대꾸했던 것이 후회되었다. 새삼스럽게 그런 생각이 들었다. 하지만 그런 염려는 하지 않아도 되는 것인지 몰랐다. 진욱은 그의 말에 조금도 언짢아하는 기색 없이 멀거니 운동장을 바라보고 있다가 중얼거리듯이 내뱉고 있었던 것이다.

"꼭 이 년만. 아주 직업으로 갖게 되면 어쩔 수 없이 물이 들어, 진급하겠다 설치랴, 도시로 나가겠다 바둥거리랴, 거기다 아동들 주머니 긁어내려 눈독들이랴, 생사람 말려 죽이려 들 테니 그런 아무것하고도 상관 없이 딱 이 년만 말이야. 정말이야, 이 년만 봉직했으면 좋겠다. 그것두 가장 할 일 없는 교감으로 앉아 돈독 오른 교장을 달달 볶아쳐서 혼을 빼놓으면서 말이야. 자기가 혀 뽑아 물고 줄행랑치고 말지 별수 있겠어."

"하지만 너 같은 게으름뱅이 교감 밑에 난 죽어도 있을 수 없으니 역시 우린 인연이 없는 게 아니냐."
 종석도 물론 처음 부임 발령을 받고 이 비룡 초등학교를 찾아왔을 땐 진욱과 비슷한 생각을 했었다.
 ──아 정말 비참하고 서글픈 두메산골이구나, 어디 한 군데도 마음 둘 데 없이 삭막하구나, 여기가 바로 내가 찾던 고장이구나.
 진욱의 생각과 다른 데가 있었다면 단 한 가지, 나는 어쩌면 이 곳에 뼈를 묻게 될지도 모른다고 생각한 점이었다. 이 얼마나 가소롭고 값싼 우월감인가를 스스로 뼈저리게 느낀 것은 그로부터 훨씬 뒤의 일이었다. 자신이 그런 결의를 갖고 임하기엔 너무나 준비가 없는 한 순간의 감상에 사로잡혀 있었음에 지나지 않음을 알아차렸을 때 그는 심한 자기혐오에 빠졌다.
 이 비룡골을 막 찾아들면서부터 언제까지 있자는 기한을 잡아 보는 일이 없이 그만두게 될 때까지, 아니 그만두어 달라고 누가 우긴대도 무슨 수를 써서든 이 고장에 몸붙이고 살겠다고 다짐을 두었던 그였다. 그랬던 그가 자신의 치명적인 오류를 깨닫는 순간, 드디어 사표를 쓰기에 이르렀던 것이다. 경박스럽고 치졸하기까지 한 자신의 소인다운 사치로는 이 엄청난 현실을 수용할 수 없다는 엄숙한 한계를 그는 느꼈고, 적어도 확고한 마음의 준비를 갖추어 모든 것을 다시 시작해야 한다고 생각했다. 이 곳은 이미 틀렸던 것이다. 다시 시작하기엔 훼방 놓는 것들이 너무 많다고 생각했다.
 그러면서도 막상 이 고장을 떠나겠다고 마음먹게 된 자신에 대한 혐오감을 떨쳐 버릴 수가 없었다. 이런 괴로움에 끊임없이 시달리면서 그야 사표를 쓰고 만 그가 다시 또 한번 그것을 번복하지 않으면 안 되는 슬픈 시련을 겪게 된 것은 그에게 너무나 충격적인 한 사건이 들이닥친 때문이었다. 그날 아침의 일이었다. 그는 잠자리에서 일어나자마자 한 어처구니 없는 자살 사건과 마주쳤던 것이다.
 "선생님, 선생님."

누군가 귀에 익은 아동의 목소리에 놀라 잠자리를 치우던 종석은 창호지 문을 펄더덕 열어젖혔다. 황토흙 먼지가 아침 이슬에 촉촉히 젖어 검붉은 색깔을 띠고 있는 뜨락 바로 아래, 얼굴이 새파랗게 질린 아동 두 명이 달달 떨고 서 있었다. 그러나 종석은 놀라지 않았다. 왜냐하면 단조롭고 별다른 자극도 없는 생활을 하는 이곳 아동들은 너무나도 시골뜨기들이어서 걸핏하면 대수롭지 않은 일에 곧잘 호들갑을 떨어대기 일쑤였기 때문이었다. 그리고 그런 현상은 유독 아이들한테만 있는 것도 아니어서, 어른들 역시 그랬다.

종석은 아동들의 똥그래진 눈을 지긋이 내려다보면서 물었다.

"왜 그러냐, 너희들?"

늑장을 부리며 기지개까지 켜고 있는 선생을 눈 하나 깜짝하지 않고 올려다보고 있던 아동들은 정작 선생의 물음에 대답을 못하고 있었다. 종석은 다시 같은 물음을 되풀이할 수밖에 없었다.

"왜들 그러니, 응?"

"저—저—용갑이가……."

"그래 용갑이가?" 하고 그는 역시 시답잖은 말투로 다그쳤지만 아동들은 여전 말문을 열지 못했다. "용갑이가 어떻게 됐다는 거냐? 죽었다는 거냐, 살았다는 거냐?"

"예?" 하고 두 아동은 동시에 놀란 소리로 되물었다.

"그 녀석이 죽었냐, 살았냐 말야?"

"예, …죽었다 아입니까."

"뭐, 뭐라고, 죽어?"

"예."

"뭐? 왜, 어디서 어떻게 죽었단 말이냐?"

"예, 저…저 산에, 소나무에…."

아동들은 무엇에 들키기라도 한 것처럼 더욱 겁에 질린 표정이 되면서, 집에 가려 보이지 않는 뒷산쪽으로 손가락을 뻗어 보였다. 종석은 주인집 아주머니가 아이들의 얘기에 놀라 부엌 바닥에 물동이를 박살내는 소리를 들으며 마당으로 뛰어내려갔다.
"가자!"
종석은 자신이 먼저 사립문을 뛰어나가며 아이들을 향해 크게 소리쳤다.
용갑은 아동들 얘기대로 정말 죽어 있었다. 그것도 소나무에 목을 달고 자살한 것이었다. 종석은 이 어처구니 없는 광경 앞에 잠시 넋을 잃었다.
──이 무슨 못할 노릇인가.
그는 대롱거리는 조그마한 시체를 자기로 착각하고 있었다. 열 두 살 소년의 잔인한 자결.
도무지 믿어지지 않았다. 그는 자기도 모르게 고개만 설레설레 흔들고 있었다. 자기를 되찾은 순간, 그는 위태로운 몸짓으로 나무를 탔다. 밧줄을 끊어 내리자 조그마한 시체는 마치 나무토막처럼 볼품 없는 형체로 바닥에 떨어졌다. 아동들이 겁을 집어먹고 산 밑을 향해 내리뛰고 있었다. 종석은 나무에서 떨어지며 떨리는 목소리로 고함쳤다.
"용갑이 부모님께 알리면 안 된다."
그러나 아동들은 못 들었는지 아무 대꾸도 없이 그냥 뛰어내려갔다. 그는 다시 소리쳤다.
"……아, 아니 지금 곧장 용갑이네로 뛰어가거라, 가서 얼른 알려드려라."
아동들은 알아들었는지 잠시 주춤 멈춰 서던 발걸음을 내처 뛰어내려갔다. 웬일인지 종석은 갑자기 '저 아이들도 죽으러 가는 것은 아닐까'하는 생각이 펀뜩 들면서 마을 안으로 들어서고 있는 두 아이를 실눈을 뜬 채 지켜보고 있었다.
종석은 도무지 생각이 나지 않았다. 아마도 이 두메에 사람이 살

게 된 이후로 처음 있을 너무나 충격적이고 잔인하며, 불가사의하기
까지 한 이 대사건 앞에 서서 종석은 도대체 종잡을 수가 없었던 것
이다. 이 사건은 어떻게 처리되어야 할 것이며, 원인이야 어디에 있
든 그것을 어떻게 이 단순하고 무지한 고장 주민들한테 납득시킬 수
있을 것인가. 그보다도 어린 아이가 스스로 목을 맬 수 있었던 이
살벌하고 소름끼치는 상처를 이 곳 사람들은 언제까지 안고 살아야
할 것인가.

　종석은 걷잡을 수 없이 밀어닥치는 온갖 상념에 쫓겨 그 자리에
풀썩 주저앉고 말았다. 그리고는 손을 허공으로 내저으며 힘없이 중
얼거렸다.

　"그만, 그만. 자, 지금 당장 내가 해야 할 일은 무엇인가？"

　이때 마을 어구에 왁자지껄하는 소란이 일기 시작하면서 흰 조선
옷 차림의 마을 사람들이 마치 숨바꼭질을 하듯이 버섯처럼 돋아난
초가지붕 사이에 나타났다 사라지고 사라졌다간 다시 나타나고 하
는 것이 보였다. 종석은 갑자기 무슨 죄를 지은 사람처럼 둥둥 뛰기
시작하는 가슴을 가누지 못하고 부르르 떨었다.

　예측했던 대로 소년의 무서운 자살 사건은 삽시간에 이 비룡 마을
뿐만 아니라 부근의 모든 마을까지 알려졌고, 비룡골은 시간이 갈수
록 한편 놀라고 한편 농담이려니 생각하는 사람들로 온통 북새통을
이루어갔다.

　"새벽까지 잘 자든 애라 카든가."
　"그렇지, 새벽에 몰래 빠자 나갔다 안 카나."
　"아이고 지독한 아아데이."
　"선상님이 돈을 주는 기 아인데."
　"돈도 마이도 줬드라. 천원이나 줬다 카데."
　"그릏다 카드라. 돈 천원 때문에 생목숨 끊었제."
　"그릏지만 어데 선상님이 아아 죽일라꼬 돈 줬겠나."

"그걸 누가 모리나. 결과가 그릏다 그말이지. 선상님 생각이야 오죽 고맙나 말이다. 그른 선상님도 드물끼다. 아이다 드문 기 아이라 없을끼라."

사람들은 이곳 저곳에 모여 서서 끝없이 토론했다. 아무리 얘기하고 또 해도 충격을 덜기에는 미흡한 모양, 사람들은 아주 일손을 접어 두고 사건 얘기에만 열중했다.

종석은 가장 난처한 보고를 직원회의 석상에서 하지 않을 수 없었다. 용갑이를 교사로서 가장 먼저 발견했다는 사실 때문이 아니고 그 아이의 담임이자 문제의 돈을 그 아이에게 준 것이 바로 그였기 때문에 그는 더없이 난처한 지경에 놓이게 되었던 것이다.

"최 선생은 돈이 많기도 하구만."

보고를 듣고 난 교장이 코에 걸린 안경을 추스러 올리며 말했다. 종석은 적어도 교장이나 교감이 비아냥거리고 나서리라는 것쯤 예측하지 못한 것은 아니지만 막상 교장이 처음부터 감먹은 소리를 하고 나서자 울화통이 치밀었다. 그는 분통을 참아 내느라 어금니를 지그시 깨물고 직원실 구석에 놓인 지구의(地球儀)에 시선을 꽂고 있었다.

"그래 돈은 왜 줬던가요, 돈 많은 최 선생?"

종석은 아무 대꾸도 하지 않았다. 잇따라 교감이 표독스런 얼굴로 거들고 나섰다.

"최 선생, 들리지 않소, 돈은 왜 줘갖고 앨 죽였는지 교장 선생님께서 물으셨잖소."

그의 앙칼진 목소리에 직원들은 갑자기 주눅이 들었는지 쥐죽은 듯이 앉아 있었다. 종석은 교감의 역정에도 여전 입을 열지 않았다. 그는 살기 등등한 교감의 입언저리를 뚫어지게 지켜볼 뿐이었다.

용갑이는 닷새 전부터 학교에 나오지 않았었다. 처음에는 어디 몸이 아프거나 집안의 바쁜 일손을 거들고 있거니 하여 굳이 결석 이유를 캐러 들지 않았다. 그 애는 뜸뜸이 결석을 하는 버릇이 있었기 때문이다.

사흘째가 되어도 나타나지 않자 종석은 좀 수상쩍은 느낌이 들어 방과 뒤에는 그의 집을 찾아가 보려니 마음먹었다. 그러던 중 아이들이 이상한 소릴 했다.

"선생님, 집에 가보이게 용갑이가 뻴가벗고 있드라 아입니까."

그러나 그뿐이었다. 이 한여름에 어른이 대낮부터 벌거벗고 있었다면 몰라도 열두 살배기 애가 벗고 있단들 뭐 놀랄 만한 일이냐고 지나쳐 버렸다.

물론 그전 같았으면 그러고 있을 그가 아니었다. 어떤 아이가 하루만 결석을 해도 당장 그날 저녁으로 집을 찾아가 결석한 연유를 캐내고 말던 것이 그였다. 그렇던 그가 이미 사흘째 학교에 나오지 않고 있는 아이를 두고도 심드렁한듯 내버려두고 있는 있는 것은 교사의 가정 방문이란 것이 '가족적 분위기'라는 것만큼이나 타락해버려서, 찾아가면 그것이 곧 수금을 하러 간 것처럼 되어 학부형들은 단돈 몇 푼도 황금만큼 아쉽기만 한 형편에 내놓을 돈도 없고 공연히 속만 끓이게 되기 때문이었다. 또한 굳이 그런 뜻이 아니라 하더라도 이런 산촌에서는 괜스레 자기 아이 담임 만나거나 찾아 주는 것을 짐스러워하고 경원하는 기색이 짙어, 무시로 찾아가긴 몹시 주저되는 구석이 있었다. 용갑이의 부모들은 그가 세 번째로 그들의 집을 찾아갔을 때 이렇게 말했다.

"왜 자꾸 못 살게 구노 모르겠네."

"마, 그놈의 새끼 그만 핵교 보내지 마라."

종석이 그 집 뒷간에 가는 것을 기다려 용갑의 부모는 목소리를 죽여 그렇게 역정을 내고 있었다. 종석은 못 들은 척 딴전을 부렸다. 그가 그들의 그런 무지에 동요되거나 반감을 살 정도의 위인은 아니었다. 오히려 그는 확신했다. 허울 좋은 거짓말로 감정을 위장하거나 구역질나는 아첨을 할 줄 모르는 사람들을 설복시키기보다 더 쉬운 일은 없기 때문이었다. 그는 빤질빤질 빈틈이 없는 사람들을 가장 싫어했다.

실제로 종석은 용갑이네 집의 경우만은 불과 몇 달이 안 가서 자신의 확신을 쉽게 성취시키고 말았다. 다른 집의 경우는 어느 정도 간격을 좁히긴 했지만 그럼에도 이쪽에서 생각하는 만큼 그렇게 전폭적이 되지 않았고 언제나 냉랭한 거북살스러움이 그들 사이를 차단하고 있었지만 용갑이네만은 그렇지 않았다.

용갑이의 집이 쉽게 함락된 것은 그 집이 종석이 하숙을 들고 있는 집주인 내외와 특히 가깝게 지내는 사이인 데다 종석이 이 곳 비룡학교 부임 이래 처음으로 가정 방문을 간 집이 바로 그집이었다는 데서 왠지 유독 관심을 쏟게 된 때문이기도 했다. 어쨌든 그는 방과 뒤면 거의 매일같이 용갑이를 앞세우고 그 집을 찾아가 이런 저런 얘기를 나누거나 일을 거들려 애를 썼다. 그때 그의 생각으로는 이런 식으로 계속 못 살게 굴어 한집 한집 정복해 들어간다는 결의를 세우고 있었다.

물론 처음에 그는 용갑이의 집에서 완강한 저항에 부딪혔다. 마당을 쓸겠다 빗자루를 들면 한사코 빼앗아버리는가 하면, 깨끗이 벽을 치고 새 뒷간문을 만들어 달아 놓으면 그가 있을 동안은 공연히 겸연쩍어하여 뜻이 있어도 변소를 사용하지 못하고 안절부절이었다. 그러나 그들은 앞에서 말한 대로 끝내 굴복하고 말았다. 그랬을 뿐 아니라 그는 한집안 식구처럼 되어 버려 어떤 경우에도 스스럼이 없는 사이가 되고 만 것이다.

그들 내외는 종석이 찾아가기만 하면 뭐든 입에 넣어 주어야 직성이 풀려서, 그는 설익은 감자덩이가 섞인 저녁밥도 대접 받았고 왕겨가 씹히는 개떡도 수십 차례 얻어먹었다. 그도 역시 그 집엘 가면 무슨 일이든 해 놓고 나야 되어, 보리타작도 거들고 텃밭의 김도 같이 뜯었다.
 그 집을 나서서 하숙으로 돌아오는 길목에서 그는 누군가 보이지 않는 존재로부터 언제나 똑같은 질문을 받는 것이었다. 그것은 해가 중천에 뜬 대낮이건 산촌의 고요한 밤길이건 어김이 없었다. 누군가의 똑같은 목소리가 그를 따라붙으면서 집요하게 추궁했다.
 "넌 과연 네 그 행위가 소지식인배의 값싼 감상이 아니라고 장담할 수 있느냐, 있느냐, 있느냐? 굽어 살핀다는, 은혜 베푼다는 높다란 위치를 무쌍의 자기 희열로 만끽하고 있는 것이 아니냐, 아니냐, 아니냐?……"
 하숙으로 돌아왔을 때의 종석은 완전히 녹초가 되는 것이었다. 끈덕지게 따라붙는 갈등과의 혈투가 그를 그렇게 만들었다. 교사라는 직종까지도 이 나라에서는 지배자로 되기 일쑤인 통념이 한없이 싫었다. 한때 그는 그런 교사를 집어치우고 말았으면 하는 생각도 했다. 그러나 그는 아무런 준비를 갖추지 않은 상태에서의 결단이란 오히려 만용이며 주민들한테도 피해를 줄 뿐이라는 결론을 내렸다. 그러자 그의 질문자는(아니 심문자는) "너는 그러기에 두려운 거지, 그렇지?" 하고 윽박지르고 나섰다. 그는 드디어 소리쳤다. 그 모든 일에 반드시 틀이 있는 건 아니라면 너무 간섭마라, 내게 시간을 주어라, 나는 좀더 나대로 행동해야겠다, 나는 아직 결론을 얻지 못했다 하고.
 그러던 종석이 왜 이번에는 사흘씩이나 결석하고 있는 용갑이를 그냥 내버려두고 있었는가. 더구나 비록 이 고장을 드디어 떠나겠다고 결론을 내린 그라 하더라도 마지막까지 깨끗이 처리하고야 떠난다고 다짐한 그가 아니던가.
 "최 선생은 어째서 가정 방문이 잦소?"
 "네?"
 "최 선생은 절대로 가정 방문을 삼가야 한다는 것이 국가적 방침인 것을 모르오?"

처음, 종석은 교장의 이런 시비를 묵살해 버렸다. 그러나 날이 갈수록 점점 더 심해가는 교장과 교감의 사사건건 도전 속엔 뭔가 보이지 않는 저의가 숨어 있음을 눈치챌 수 있었다. 한 교사로서의 한계를 뼈저리게 느꼈고, 그 뒤로 그는 한계를 벗어나지 않도록 모든 일에 세심한 주의를 기울였다. 트집거리를 만들지 않기 위해선 그 길밖에 없었다.

사실인즉 그가 처음 이 학교에 부임받아 와서 한 일은 적지 않았다.

맨 처음 학교에 발을 들여놓으며 느낀 것은 학교가 온통 먼지 속에 빠져 있다는 사실이었다. 교실이고 바깥벽이고 간에, 심지어는 교무실까지도 먼지에 뒤덮여, 더덕더덕 쌓이고 쌓인 먼지로 해서 건물이 쉴새 없이 썩어가고 있었다. 종석은 이 먼지 소탕작전에만 적어도 두 달을 꼬박 동분서주하였다. 교무실 마룻바닥의 먼지를 씻어내는 데만도 쉰 바켓 이상의 물을 퍼부어야 할 정도였으니 더 말할 필요도 없지 않은가. 아침마다 교실 유리창엔 방안의 습기로 해서 뿌연 안개가 끼어 있었다.

다음 단계로, 그는 읍내로 나가는 장꾼에 부탁하여 수십 자루의 양초를 사오게 하여 바닥을 문질러댔다. 과연 두 달이 지나자 학교의 목조 건물은 광채가 날 정도로 말끔하게 때국을 벗었다. 마지막 손질까지 끝내고 났을 때의 희열이란 이만저만한 것이 아니었다.

그러나 그뿐이었다. 종석은 여기서 자기가 할 수 있는 일이란 그 이상이 될 수 없다는 사실을 어렴풋이나마 알아차렸다. 그의 이런 열성을 기뻐한 것은 단지 아동들뿐이어서 그들은 윤이 나는 교실 바닥을 딩굴며 환성을 울렸다. 이와 반대로 교무실 안의 분위기는 날이 갈수록 점점 더 냉랭해져 갔다. 종석은 그가 교무실로 들어설 때마다 하나같이 차갑고 도전적인 시선들이 쏟아지는 것을 느낄 수 있었다. 여하한 일이 있어도 좋아질 수 없다고 이미 단정한 바 있는 건너편 쪽의 여교사까지도 같지 않게 살벌하고 냉소적인 눈초리를 보내 오는데는 어이가 없을 지경이었다. 그러나 그는 물러서지 않았다. 말하자면 미련스럽고 쓸개를 빼버린 사람처럼 능글능글 자기 일에만 신경을 쓰다 보면 좋아지겠지 한 것이다. 교직원들이 공연히 주는 것 없이 적개심만 키울 리는 없지 않겠느냐는 생각에서였다. 그는 우선 고장난 채 직원실 한쪽 구석에 처박아 둔 단 한 대뿐인 일제(왜정 때부터 써 오던 것) 오르간을 고쳐냈다. 더러운 옷을 그냥 몇 날 며칠이고 입고 다녀 이 여름에 아이들보다 더 너절해 보이는 여드름 투성이 여교사를 교직원회의에서 면박을 주어 버릇을 뜯어고쳐 버렸을 뿐 아니라, 학교 앞의 유일한 문방구점을 갖은 수단을 써서 문을 닫게 한 다음 학교 안에다 가게를 차리고(자치조합이란 명목으로) 공책, 연필 장사를 시작한 학교를 상대로 해서는 한 달을 두고 물고 늘어졌다.

  그가 부임하기 한 달쯤 전에 문을 열었다는 이, 바깥에 있을 때보다 더 비싸진 학교 안의 문구점은 교장과 교감의 공동 출자에 의해 운영되고 있었으며, 회계는 총 이익금의 1퍼센트를 먹기로 양해된 5학년 담임 성구백(成九百) 선생이 맡고 있었다. 그 통에 성 교사는 수업만 끝나면 열쇠 뭉치를 절그렁거리며 자치조합 공급실로 줄행랑을 치는 것이었다. 그러고는 판매대의 창구를 활짝 열어 놓고 빼꼼히 내다보면서 지우개 한 개 사지 않고 그 앞을 그냥 스쳐가는 아동들을 보면 허연 눈동자만 남기면서 눈을 흘기는 장면을 종석은 한두 번 본 것이 아니었다.

  종석은 드디어 공급실을 학교 밖으로 밀어내는 데 성공하였다. 그러는 동안 그는 교장, 교감은 물론 동료 교사들로부터도 갖은 협박과 회유를 다 받았다. 그래도 그가 굽히지 않자 나중에는 지서주임까지 동원되어 그 일에 참견을 하고 나섰다. 그러나 그는 결국은 성공하고 말았다. 변소 한 칸을 막아 만든 공급실은 도로 뜯겨져서 모자라는 변소로 환원되었다.

그러자 연이어 호남지방 수해를 돕는 의연금품 모집이 실시되었으며, 여기서 또 문제가 발생하였다. 그 의연금품 수집에 공개 안 된 횡령 사건이 숨어 있었던 것이다. 도대체 이런 산간벽지의 화전민들을 상대로도 의연금품을 수집토록 시달한 나라의 처사가 우선 말이 안 되는 망발이었지만 그래도 '한 끼를 굶어 수재민을 돕자'는 포스터가 교실마다 나붙고 아동들은 제가끔씩 저도 먹어 보지 못한 쌀을, 이름이 불릴 때마다 쫓아 나와 한 주머니씩 쏟아 놓는데는 가슴이 뭉클할 지경이었다. 열흘 동안 계속된 모집에 학교에서는 직원들의 봉급에서 제한 의연금 3천 6백 40원과 학동들이 거둔 쌀 세 가마니 네 말을 거둘 수 있었다. 이 고장 형편으로 봐서 보통 성의가 아니었다. 도움을 받아야 할 이 두메 학교에서 누굴 돕기 위해 배를 더욱 졸라매야 한다는 것도 이해할 수 없는 일이지만 수해가 났는데 왜 국가를 젖혀 놓고 이런 깡마른 영양실조의 아동들을 짜내야 하는지, 종석은 울화통이 터져 견딜 수가 없었다. 그런 판에 이 쌀가마니가 하룻밤 새에 감쪽같이 줄어들었던 것이다.

다음날 면사무소로 전달된 쌀가마니는 분명히 두 가마니 두 말 남짓밖에 되지 않았다. 알고 보니 그것은 종석만 빠진 교장과 교감을 포함한 교직원 전원이 위계질서에 따라 적당한 분량으로 나누어 싸 가지고 가버린 것이다. 종석은 그 사실을 아는 순간 소름이 돋는 것을 느꼈다.

──이런 치사한 개자식들 같으니라구.

그러나 종석은 성공하지 못했다.

"최 선생, 어디 좀 이상한 것 아니오? 언제 그 쌀이 세 가마니나 되었었소?"

"이젠 아주 생사람 잡을라고 드는구만. 그러다가 언젠가는 도로 잡힐 끼요. 공연히 조심하소, 최 선생."
 도무지 묘책이 나서지 않았다. 하나같이 팔을 둘둘 걷고 나서서 펄펄 뛰는 그들을 한마디로 침묵시킬 방법이 없었다. 증거를 댈 재간이 없고, 그것을 뒷받침해 줄 증인이 또한 없었다. 종석은 벌겋게 상기된 얼굴을 하고 교무실을 박차고 뛰어나갔다. 교무실 안에 갑자기 폭소가 터지고 있었다.
 그런 다음날이었다. 종석은 아연실색할 모함에 빠져들었다.
 "최 선생 당신, 마음 고쳐먹으시오. 아무리 그래봤자 이 구석창에 틀어박힌 당신을 알아줄 사람도 없고 하이 말이오."
 "당신 그래봤자 누가 알아주나, 도회지로 나가고 싶겠지만 속만 답답하지. 그러지 말고 도시 학교로 가고 싶거든 나가 운동이나 하는 기 빠를끼다."
 "대학 나왔다고 당신은 너무 뻐긴다 아이가, 눈꼴 사납데이."
 종석은 대학을 나오지 않았다. 그런데 누군가 그런 거짓말을 공공연히 퍼뜨리고 다닌 모양이었다. 그것은 그를 올려보게 하기 위해서가 아니라 지금같이 비난하기 위해서였다. 그들의 소문에 따르면 대학을 나오고도 인간이 못돼먹어서 제 구실을 못하고 기껏 이런 벽촌의 접장으로 밀려 왔다는 것이다. 그만하면 그 인간이 얼마나 졸장부 못난이인가는 짐작이 가고도 남지 않느냐고 그들은 만나는 사람마다 설득하러 들었다. 그런데 우스운 것은 바로 동료 직원들까지 그의 학력 카드를 뒤져 보지도 않고 퍼진 소문을 믿고 있었다는 점이다. 그들은 직원회의에서조차 그런 투로 그를 비난하려 했다.
 교무실 안은 말하자면 종석에 대한 성토장인 셈이었지만 그는 아무 대꾸도 하지 않았다. 대꾸를 않았을 뿐만 아니라 끄떡도 하지 않았다.
 ——네들이 무슨 소리를 해봤자 난 끄떡도 않는다.
 종석은 실제로 아무렇지 않게 학교 생활을 계속해 나갔다. 그러자 교사들은 모이기만 하면 쑤군덕거렸다.
"저 친구 염치도 좋다, 안 그래."
"모르는 얘기 마라. 염치가 좋은 기 아이라 바본 기라. 물렁반죽이라서 무슨 소릴 해도 몬 알아듣는다 아이가. 대학 헛나왔다, 쯧쯧."
종석은 학교에서 자기를 젖혀 두는 것이 더욱 마음 편할 지경이었다. 그는 그들을 외면하고 열심히 화단도 가꾸고 교실 환경 정리도 하고 하였다.
철 이른 코스모스꽃이 햇볕이 작열하는 화단에 꽃을 피울 때면 모든 분노가 한꺼번에 사그러지는 것을 느꼈다. 그러나 그가 이러고 있는 동안 음험하기보다 저열한 학교측은 계속 사건을 터뜨려, 바로 두 달 전부터는 자신의 전근설이 파다하게 나돌기 시작하였다.
"선상님, 전근가시는 기 사실입니까?" 하고 물어 온 것은 바로 용갑이의 어머니였다. 용갑의 어머니는 그렇게 물어 놓고, 놀라서 미처 대답을 못하는 그를 앞질러 다시 말했다. "와 떠나실라 캅니까, 가시지 마이소, 예?"
"전근이라뇨? 전 여기 안 떠납니다."
"그래요? 얄궂데이, 그럼 핵교 교장 선상이 선상님을 쫓아낼라꼬 벌써부텀 쫓아댕긴다 카든데 그 소문이 사실인가베."
종석은 무엇에 한 대 호되게 얻어맞은 듯 머리가 띵해 오는 것을 느꼈다. 용갑이의 어머니가 안타까운 심정을 늘어놓으며 못돼먹은 교장이라고 거푸 비난을 퍼붓고 있는 소리를 들으며 종석은 용갑이네 사립문을 빠져나왔다.
외곬으로 뚫린 동네 어귀에는 어느새 벼이삭이 영글고 있어 누렇게 황금 물결을 치고 있었다. 콩뿌리를 뽑아내고 흙을 고르는 농부들의 곰방메 끝에 솜덩이 같은 먼지가 뭉게뭉게 일고 있는 것을 먼 눈으로 바라보면서 그는 잠시 생각에 잠겼다.

——어떻게 해야 할 것인가?

도무지 생각이 나지 않았다. 치밀어오르는 것은 울화통뿐이었다.

밤새 잠을 못 이루고 생각한 나머지 그는 마침내 사직서를 쓰기로 결심했다. 만약 전근 발령이 떨어지면 즉시 사직을 하고 말겠다는 것이 그의 결심이었다.

그런데 바로 그 전근발령이 1주일 전에 그의 손에 전달되었다. 그는 화단에서 어딘가 우수가 깃든 느낌을 주는 코스모스를 들여다보고 있다가 그 발령장을 전해 받았다. 그랬으니 그에게 무슨 경황이 있었겠는가. 종석은 오후가 되어서야 용갑이가 발가벗고 있더라는 말이 퍼뜩 떠올랐다. 그전 같았으면 당장 쫓아갔으련만, 교장의 모략적인 고자질에 놀아나 드디어 전근 발령을 낸 상부의 몰상식한 처사에 울화통이 터져 그는 교실에 앉은 채 아이들을 시켜 용갑이를 데려오도록 했다. 몸이 아파 드러누워 있지 않은 한 즉시 학교로 나오도록. 그랬는데 한 시간도 넘어 지나서야 용갑이는 한겨울에나 입는 솜바지 저고리를 걸치고 나타났다. 종석은 아차하는 생각이 들어 그는 용갑이를 화단으로 데리고 나갔다. 역시 예측한 대로였.

어떤 경우에도 더러워진 옷을 걸치지 못하게 하는 지시대로 용갑이의 어머니는 지난 일요일 그 아이의 옷을 벗겨 빨았던 것이다. 그런데 칭얼대는 어린 것에 젖을 물려 재우고 있다가 그녀는 아이보다 자신이 먼저 깜빡 잠에 떨어져 버렸다. 그의 어머니가 잠을 깨어 흥망천지로 달려나갔을 때는 이미 용갑이의 옷이 솥 밑바닥에서 까만 잿덩이가 된 뒤였다.

종석은 꺼이꺼이 울고 있는 용갑이의 주머니에 살그머니 돈 천원을 찔러 넣어 주었다. 그러고는 나직이 말했다.

"오는 장날 새 옷으루 한 벌 사입도록 해라."

그것이 그가 용갑이에게 돈을 주게 된 동기였고, 그 뒤로 이틀 동안을 더 소식이 없었지만 그날이 바로 장날이었으므로 다음 날은 나오려니 생각하고 있었다. 그럴 밖에 없는 것이, 돈을 건네주지만 않았더라도 이젠 전근 발령의 충격도 어지간히 가라앉고 했으니 찾아볼 수 있었지만 그럴 수가 없었다. 아무리 생각해도 일단 기다리는 도리밖에 없었다. 그런데 바로 그렇게 내버려둔 것이 이런 끔찍한 사건으로 되돌아오고 말았으니 그렇게 될 줄 누군들 짐작이나 했겠는가 말이다.

용갑이의 마지막 일기, 말하자면 그 아이의 유서라고 할 수도 있는 글에는 이런 글귀가 적혀 있었다.

……선생님, 용서해 주십시오. 저는 선생님이 주신 그 고마운 돈 천원을 그만 잃어버리고 말았습니다. 너무 기뻐서 정신 없이 뛰어왔는데, 집에 와서 보니 돈이 주머니에 없었습니다. 영석이한테도, 종환이한테도 물어 봤지만 아무도 돈 주운 사람은 없었습니다. 저는 몇십 번도 더 그 길을 헤매면서 찾아다녔습니다. 그러나 없었습니다. 선생님, 저는 어떻게 하면 좋습니까? 선생님, 선생님…….

종석은 전근 발령장과 용갑이의 일기장과 함께 접혀져 있는 사직원을 움켜쥐며 이미 땅거미가 내리기 시작한 운동장을 멀거니 내다보았다. 휑하니 넓은 운동장에 바람이 먼지를 몰아가고 있었다. 바람은 먼지를 끌어모아 칙칙하게 어둠이 끼어 있는 측백나무 울타리에 덮씌웠다. 그러나 산간의 어둠은 빨라서 종석은 잠시 뒤에 벌써 그 운동장을 휩쓰는 바람을 볼 수가 없었다. 그는 단지 그렇게 서서 내일로 다가선 전근 날짜를 까마득한 훗날의 일처럼 머리 한 구석의 어디에선가 아련하게 되새기고 있었다. 그는 조용히 중얼거렸다.

——나는 그 동안 정말 자신의 감정적 사치를 위해 안간힘을 쓰고 있었던 건가. 그러나 이젠 더 이상 그런 질문을 받지 않아도

된다. 나는 이미 너무 깊이 개입된 이 고장을 결코 떠나지 않을 것이며, 더 이상 비참한 과오를 저지르지도 않을 것이다.
그의 눈에 뜨거운 눈물이 조용히 고여 갔다.

악령 잠 안 들다

 들판은 누르께한 회색으로 변해 있었다. 누런 빛깔을 바탕으로 우중충한 회색이 뒤덮인 것인지, 아니면 잿빛 바탕에 아직도 누런 색깔이 남아 있는 건지 분간이 가지 않을 정도였다. 얼마 전 여기에 올라섰을 때만 해도 온통 들판은 황금빛으로 출렁이고 있지 않았는가.
 이런 정직한 절후의 변화를 두고 자연의 섭리라고 하는 것일까. 볏단의 무게, 어깨를 짓눌리는 농부가 아니라 한들 누구라 그 어김없이 정직하고 그러면서도 추상같이 준엄한 절후의 철칙을 따르지 않을 수 있으랴마는 자고로 농자(農者)란 오로지 그것만 믿고 의지하여 살아오는 사람들이었다. 이 해같이 더위가 자심하고 때늦은 수해로 다 된 농사를 흙탕물에 쓸려보내야 했던 해도 드물었지만 저들은 그런 하늘을 탓하고 앉아 있지 않았다. 그나마 남겨준 농사에 더욱 정성을 쏟아 누렇게 이삭을 익혔고, 이제 때가 되어 부산하게 거둬들이고 있지 않은가. 계절의 조화에 순응하면서 그 미덕과 정직을 행동으로 배워 왔던 탓일까.

자세히 내려다볼라치면 들판은 굳이 누르께한 잿빛만도 아니어서 볏단을 실은 소바리를 앞세우고 지겟가지가 휘도록 볏짐을 출렁거리는 추수 일꾼들의 발치에는 아직도 거무푸레한 빛깔이 밟히고 있었다.
 골몰하게 손을 본 탓인지 수재를 입은 농사치고는 거의 평년작에 손색이 없을 정도로 그만한 볏섬을 털 것이었다. 물론 그것도 이 인등골 들판을 빼고 나면 근처에 그만하게도 남은 논빼미가 거의 없을 뿐 아니라 단양 쪽으로 내려가면 갈수록 그 사정은 더한 편이지만 말이다. 연 사흘을 황토물 속에 잠기고 물이 빠지면서는 논둑을 거의 쓸어넘겨버렸는데도 볏잎이 녹아버리지 않고 되살아난 것을 보면 그런 다행이 또 없었다. 날씨가 들고 물이 거지반 빠진 다음에야 동네 사람들은 이곳 마을 뒤 산등성이로 몰려들었다. 황토물때를 뒤집어쓴 들판은 온통 뿌연 한 색으로 보일 뿐이었다. 물이 빠진 논배미를 보겠다고 한걸음에 내달린 일꾼들도 어떻게 손을 써야 할 엄두를 내지 못하는지, 그들은 장마가 할퀴고 간 논배미들을 멀거니 지켜보고만 있었다. 들판에는 그렇게 밀짚모자를 쓰고 삽을 울러멘 일꾼들이 촘촘히 몰려서 웅성거렸다. 어느새 훌렁 걷어붙이고 무논에 뛰어들어 삽으로 논물을 휘휘 퍼얹고 있는 재빠른 축들도 더러는 보였다. 흙탕물을 끼얹어서라도 뿌옇게 뒤집어쓴 볏잎의 물때는 씻어내야 하기 때문이었다. 황 노인은 혀를 끌끌 차면서 돌아섰다.
 그러나 9월 초순 어느 날에 다시 마을 뒷등으로 올라선 황 노인은 자신의 눈을 의심하지 않을 수 없었다. 어느 풍년 든 해에 못지 않게 들판은 누런 이삭을 달고 따가운 가을 햇볕 아래 드러누워 있었던 것이다. 지치지 않는 인간의 끈질긴 의지란 이렇게도 무서운 것인가 하고 황 노인은 새삼 주먹을 불끈 쥐었다. 물론 들판 속으로 다가들어 본다면 패이고 잘리고 뽑혀 달아난 수재의 자국이 아직은 어디라 가릴 것 없이 남아 있을 테지만 그것은 이 먼 데서 보기에 그러리란 기미조차 보이지 않고, 가슴이 서늘해지는 황금 물결 하나였다. 멍든 자국은 그 속에 묻혀 씻은 듯이 더욱 아름답게 느껴지기까지 했다.

 황 노인은 멀리 강 건너 쪽으로 한 오라기 구름으로 허리를 묶고 있는 용상봉 마루로 눈을 주며 가느다란 한숨을 내쉬었다. 들판은 추수의 바쁜 손길에 쫓기고 있는데 그 오른쪽으로 허옇게 배를 까뒤집고 드르누운 언덕배기는 하릴없이 서글픈 형국을 하고 있었던 것이다. 강을 끼고 나란히 누운 언덕이었다. 단양에서 영월로 빠지는 2등 국도에 잇대어 찻길을 내고 길 양쪽에다 포플러를 심느라, 강 어귀에서부터 논을 다섯 마지기는 실히 쓸어덮으며 쪽 곧게 뻗어올라간 길은 언덕배기 거의 중간까지 이어져 있었다. 그리고 하얀 회벽칠을 한 단층 기와집 한 채가 기어올라간 길 끝을 가로막으며 을씨년스럽게 서 있는 것이었다.

 황 노인은 가래침을 톄 뱉고 돌아섰다.
 "빌어먹을!"
 언덕을 내려오며 황 노인은 줄창 혀를 찼다. 생각하면 할수록 속에서 끓어오르는 분통은 더욱 견딜 수 없을 지경이 되어, 발걸음이 제대로 가누어지지 않았다.
 "빌어먹을 놈의 자식."
 황 노인은 주먹을 휘두르며 어금니를 악물었다. 긴 눈썹이 파르르 떨리고 굳게 다문 입술이 푸들푸들 일긋거렸다. 남의 땅 서마지기까지 사넣어 멀쩡한 논을 길낸다고 쓸어묻지 않았더라도 그 소출이 얼마인가. 뿐만 아니라 수재 당할 염려 없는 산비탈 밭뙈기에서 금년 같은 해에 콩 몇 섬 거둬들이기는 영판 수월한 노릇이 아니던가. 그러나 당장 밭곡식 얼마, 논곡식 얼마를 놓쳤다든가 하는 것이 문제가 아니었다. 그 땅덩이가 찻길과 집 한 채에 쓸어 묻혀 못쓰게 된 것이 어디 한두 해의 일이라야 말이지, 벌써 몇 햇수를 넘긴 옛일이 아닌가.

 황 노인의 둘째 아들 장훈(長焄)이 '사업'이란 걸 한답시고 그 비탈을 깎아 덮기 시작한 것은 몇 해 전의 어느 봄이었다. 이 나라 민초들도 이제 차츰 팔자가 좋아져서 이름난 곳을 찾아다니며 놀기 좋아하게 되었다는 것이 녀석의 주장이었다. 관광여행이라나 뭐라나 하던 것이다. 그런 판세에 이름난 단양 팔경을 그냥 내버려두어 썩힐 수야 있느냐 것이었다. 단양치고도 절경인 그 언덕배기 끝에다 호사스럽게 꾸민 집 한 채를 지어 경치를 보러 오는 사람들을 받아들인다는 것이 말하자면 장훈의 사업계획이었다. 한마디로 말하면 여관을 짓는다는 얘기 같았지만, 그의 어머니인 풍기댁이 "그럼 여관을 치겠다는 얘긴감?"하고 물었을 때 녀석은 펄쩍 뛰었다.
 "여관이라뉴? 기왕 이름을 붙일라면 호텔이라구 혀야지. 허지만 잠만 재워서야 어디 장사가 되가뉴, 술두 팔구 장난두 붙이구 혀야지."
 말이나 될 소리라야 가타부타 대꾸라도 하지, 세상에 무슨 풍류객들이 그리 꼬인다고 거기다가 호화로운 집을 짓고 풍악을 울린단 말인가. 청주에 쏘다니던 몇 년 동안에 무슨 봉인가를 잡았다고 와와 소리를 치면서도 한번 얼굴조차 내밀지 않던 녀석이 불쑥 나타났을 때 이미 황 노인은 무슨 사단이 있어도 있으려니 했지만 아무런들 그런 기절초풍할 소리를 할 줄은 몰랐다. 황 노인은 아들 장훈의 얘기를 다 듣지도 않고 단호하게 호통쳤다.
 "그 논밭은 한 뼘두 건드리지 못혀."
 황 노인은 큰 기침을 두 번 하고 나서 방을 나와버렸다. 막상 방을 나서긴 했지만 마음이 놓이는 것은 아니었다. 그 아들놈이 믿을 인간이 못된다는 것을 알기 때문이었다. 어떻게도 영이 서지 않는 것이 둘째놈 장훈이었다. 아무도 그런 사람이 없는데 누굴 닮았는지 그 녀석은 성깔 사납고 못돼먹기 이를 데 없어, 부모고 누구고 충고

나 만류라면 콧방귀도 뀌지 않았다. 좀 미숙한 데가 있다곤 하지만 마음씨 턱없이 고운 제 형 절반만 닮아도 부모 속을 그리 썩이진 않을 것이었다. 차라리 미욱한 것이 낫지 명색이 자식이라지만 찬바람이 일게 독살맞아 남의 사정이라곤 한푼어치도 일 없는 녀석이 누구를 또 망쳐놓고 있는 것은 아닐까, 황 노인 내외는 마음을 놓을 수가 없었다.

황 노인의 이런 우려는 기어코 우려로 끝나지 않았다. 장훈은 그 이튿날부터 기계를 불러다가 논을 쓸어묻고 있었던 것이다. 황 노인이 그것을 안 것은 그로부터 닷새 만이었다. 녀석이 그 짓을 벌이고 있다는 소문이 동네에 파다하게 퍼졌을 때도 황 노인과 풍기댁만이 깜깜 모르고 있었다. 왜냐하면 녀석은 더 말을 꺼내지 않고 그날로 곧장 청주로 올라가노라고 했기 때문이었다. 황 노인이 해거름해서 집으로 돌아왔을 때 풍기댁은 녀석이 풀이 죽어 하직 인사를 하고 떠났다고 했던 것이다.

"모처럼 온 자식한테 당신은 너무 박정허셨시유."
"모르면 임자는 가만 있기나 혀."
"그래두 그렇지유."
"잔소리 말래두."

이래저래 말이 오가기 시작하여 끝내 황 노인 내외는 언성을 높이기까지 했으니 녀석이 아주 떠난 것이 아니고 미리 일을 다 꾸며놓고 불도저를 부르러 갔을 줄이야 꿈엔들 짐작했으랴. 동네 사람들이 알고 있으면서 시치미를 떼고 있었던 것에는 그만한 사정이 있었다. 장훈이 처음 현장을 본 몇 사람한테 미리 침을 놓아두었기 때문이었다. 나중에 들린 말로, 녀석은 자신이 하는 일을 집에다 알리기만 하면 아가리를 찢어놓겠다고 표독스럽게 협박질을 했다는 것이었으니 그 인간됨을 아는 사람 누구라도 감히 입을 열 리 없었던 것은 너무나 당연했다.

가을 보리밭에 흙덩이를 깨어 넣으려 곰방메를 메고 마을 뒤 고개를 넘어서던 황 노인은 하늘이 무너앉는 것 같았다. 우렁우렁 기계 우는 소리가 개골창을 타고 울려올 때까지도 황 노인은 지나가는 화물 자동차 소리려니 했다. 무엇보다도 우선 저쪽 언덕 끝의 내 논밭 자리부터 건너다보게 되는 것은 이미 그 고갯마루에 올라서기만 하면 으레 그러게 되는 하나의 버릇이었다. 황 노인은 기계 소리를 지나쳐 들으면서 허리를 꼿꼿이 펴고 손을 이마에 갖다 대었다. 황 노인은 눈을 의심했다. 그러나 기계는 분명히 밭을 깎은 흙더미를 그 밑의 논바닥으로 쓸어내리고 있었다. 황 노인은 메고 있던 곰방메를 떨군 채 그 자리에 푹 주저앉고 말았다.

이렇게 하여 한 달 남짓 뚱땅거린 끝에 거기 감을 낀 언덕배기에는 〈단양관(丹陽館)〉이라는 이름의 날아갈 듯한 양관(洋館) 하나가 세워졌던 것이다. 장훈은 땅을 고르고 집얼개를 치기 시작하면서부터 무시로 집을 드나들면서 자랑을 늘어놓았다. 아예 거들떠보려고도 하지 않는 황 노인 앞에서 말을 꺼내는 일은 없었기 때문에 자연 말 상대는 어머니인 풍기댁이 되었다. 그러면서도 녀석은 아버지도 들으라고 우정 목청을 돋워 소리쳤다.

"이제 두구 봐유, 날아갈 듯헌 일류 사교장 하날 짓구 말 테니깐. 쉬운 말루 허자면 멋들어진 양관이지유. 다 지어 놓구서 선전만 디립다 혀놓으면 이제 이 마을에 자가용으루 인산인헬 이룰 날두 멀잖았구먼 그랴. 우리 어머니 말년에 호강 한번 허시겠구먼서두."

나이라도 적다면 촐랑이짓을 하고 다녀도 넘겨봐줄 수 있다지만 제 말대로 온갖 풍상을 다 겪었다는, 어느새 쉰줄이 아닌가. 황 노인은 앞 일이 암담했다. 차라리 눈앞에 보고 있지 않을 땐 마음이라도 편했는데 이제 바싹 코 앞에서 도깨비짓 같은 일을 벌여 놓고 밤낮없이 들락거리며 속을 썩일 것을 생각하면 눈앞이 캄캄했다.

"어머니, 술 좀 몇 독 담궈놓시유."

녀석이 양관 자랑 끝에 붙이는 말이란 으레 그런 식이었다. 일꾼들 먹이게 술을 담그라, 밥을 지으라, 시루떡을 쪄라, 맨날 먹을 것 타령으로 성화를 대며 어디서 나선 돈인지 지갑을 헐어 돈을 쑥쑥 내던지곤 했다. 그게 청주에서 번 것인지는 모르지만 제 녀석이 애당초 재산 붙을 풍신이 아니라면 어디 가서 노략질밖에 더했겠는가.

이 인적 드문 고을에 회벽칠을 한 양관을 지어놨다고 갑자기 사람이 꼬여든다면 오히려 이상할 것이었다. 확성기를 달아놓고 밤낮없이 양노래를 쿵작거리고, 어디서 귀신같이 그려붙인 여자들을 데려다 귀신놀음을 떠벌려 댔지만 모여드는 것은 동네에서 구경삼아 넘어가는 아이들뿐이었다. 사람들이 거길 찾아들 리 없는 것은 집주인하고 똑같은 축이 아니고 지나가는 길손이라면 오히려 거길 피해 갈 지경이었으니 너무나 당연했다. 사람 구경을 못해 나타나기만 하면 깝대기를 벗기려 드니 거길 누가 제 발로 걸어 들어간단 말인가.

불과 얼마 못 가서 확성기도 끄고 점점 환장한 놈같이 설치기 시작하던 녀석이 하루는 드디어 청주로 뛰쳐나갔다. 관광객을 모집해 온다는 것이었다.

사흘 만인가 녀석은 돌아왔는데 정말 서른 명 가까운 사람들이 버스에 실려 와 단양관으로 몰려 들어갔다. 확성기 소리가 다시 울리기 시작하고 그날은 밤새 북새통을 쳤다. 녀석은 희색이 만면해져서 그 뒤로는 걸핏하면 청주며 대전을 나간다고 뻔질나게 신이 나서 다녔다. 대부분 젊은 패거리들로서, 하룻밤을 자는 자들, 혹은 사나흘씩 묵으면서 낚시질을 한답시고 꼴사납게 거드름을 피우는 외지 것들이 눈에 띄기 시작하고, 가다가는 동네 골목에까지 쫓아와서 감나무 밑을 기웃거리는 축들도 있었다. 그러나 그나마 두어 달이었다. 가을철이 되면서 틈틈이 실려 오던 것이 잠깐 빤하더니 날씨가 서늘해지면서는 뚝 끊어지고 말았다. 따라서 찢어지듯하던 노래소리도

같이 사라졌다.
 그런데 노래가 끊어지기 바쁘게 동네에 해괴한 소문이 돌기 시작했다. 마을 처녀 셋이 줄행랑을 놓았다는 것이 아닌가. 감이 달린 채로 가지를 꺾어 사가겠다고 감나무 밑에 몰려온 패거리들의 꾐에 빠져 그들과 함께 대절 버스를 타고 달아났다는 것이었다. 헛소문이 아니었다. 당자들인 세 처녀가 마을에서 없어진 것이 사실이었던 것이다. 딸을 잃은 감나무집과 다른 두 집은 풍비박산이 나서 청주로, 대전으로 딸을 찾아 온 식구가 흩어지고, 사실은 따라 나서지 않았을 뿐이지 몸을 버린 혼전 처녀들이 한둘이 아니라는 둥, 버스에 실려 몰려온 젊은 패거리들이란 모조리 대전, 청주, 영월 등지에서 주먹을 휘두르고 다니는 불량배들이라는 둥, 지금도 밤이면 살금살금 마을 뒷산을 넘어 단양관으로 양춤을 배우러 가는 동네 처녀, 청년들이 적지 않다는 둥, 온갖 쑥덕공론들이 다 떠돌아다녔다.
 이런 소문은 급기야 마을을 발칵 뒤집어놓고 말았다. 마을 청년들이 주동이 되긴 했지만 따라 나선 사람들은 유독 청년들만이 아니었다. 온 동네가 한꺼번에 일어선 것이었다. 사람만이 아니고 도끼며 괭이, 삽, 몽둥이 할 것 없이 무기로 쓸 만한 것이면 뭣이든지 들려 동네를 떠났다. 사람이고 집이고 깡그리 때려부숴버리고 만다는 것이었다.
 그러나 황장훈은 노도와 같이 몰려드는 동네 사람들의 습격에도 눈 하나 까딱하지 않았다. 그는 마당 가득히 몰려든 사람들 앞에 나가서 짤막한 연설까지 할 정도였던 것이다.
 "부수고 싶은 사람은 마음대루 부셔, 엉. 손만 대봐, 모조리 쳐넣어버릴 테니까. 남의 재산을 맘대루 부셔? 계집애들 도망친 게 어디 내 잘못이여? 제 자식 하나 단속 못허는 주제에 뭐, 남의 재산을 파괴해? 혀봐. 나두 사업 잘 안 되던 판에 본전 찾구 모조리 뜨거운 거동 보여줄 기회가 왔구먼 그랴. 나 황장훈이란 사람을 뭘루 보구 그러는 거여, 이거?"

마을 사람들은 입을 하 벌린 채로 그저 한다는 소리가 이 말 한마디뿐이었다.

"저런! 저런……!"

단양관으로 몰려들었던 사람들은 나무 한 포기 꺾어 보지 못하고 물러났다. 고작해야 입구를 돌아나오면서 연거푸 가래침을 뱉은 것이 분풀이의 전부였다.

황 노인 내외는 그 바람에도 더 얼굴을 들고 다닐 수 없이 되어버렸다. 창피스럽다거나 면목이 없다거나로 끝날 일이 아니었다. 당장 몸을 버린 처녀들이며 확성기 소리에 바람이 들어 철딱서니 없이 집을 뛰쳐나간 아이들을 어떻게 할 것인가. 생각다 못한 풍기댁이 아들을 찾아가 애걸을 하기도 했지만 아무 소용머리 없는 일이었다. 제 좋다고 따라나선 것을 왜 찾아다닐 것이며 설령 그렇지 않다고 한들 어디 가서 어떻게 찾아오란 거냐고 녀석은 되려 역정이었다니.

"그렇잖어두 내 일이 안 돼서 환장헐 지경인디, 그만 잔소리 말구 돌아가버려유."

단양관은 그런 지 한 달 조금 넘어 만에 완전히 문을 닫고 말았다. 문을 열어 놓고 팔아 넘겨야 제 값을 받는다고 버티면서 청주로, 단양으로 쫓아다녔지만 눈먼 소경이 아니고서야 그걸 손님칠 양으로 사들일 작자가 나설 리 없었다.

처음 문을 닫고 나서 녀석은 처들인 돈의 절반만 건져도 팔아 버리겠다고 광고를 했지만 사정은 역시 마찬가지였다. 결국 단양관은 두어 달 남짓 문을 열어 마을 하나를 잡아먹고는 독기가 빠져 제풀에 나자빠져버린 셈이었다.

"내버렸으면 버렸지 반 값두 못 받구는 내놀 수 없으니께 혹시 임자 나서거든 어머니가 팔아 놓시유, 내 연락헐 거구만."

"난 모른다."

"허, 글쎄. 아셨지유, 이백만 원은 받아야 헌다는 거."
"글쎄, 난 모른다니까."
장훈은 마지막으로 황 노인을 돌아보며 고개를 까딱 숙여 보였다.
"저 가유, 아버지."
"다신 나타나지 말어."
 황 노인은 아들을 외면하고 돌아서며 소리쳤다. 그리고는 곧장 사랑채를 향해 걸어갔다. 상판때기조차 보고 싶지 않았다. 언제나 나타나서는 일만 저질러놓고 돌아서서 삽짝을 나가는 자식이라면 차라리 두번 다시 그 뒤통수를 보는 일이 없었으면 싶었다.
 녀석이 처음 뒤통수를 돌려대고 집을 나간 것은 대동아전쟁이라는 일제의 발악적인 침략전쟁이 계속 승전보를 알려 오기에 바쁘던 때였다. 아직도 조선총독부의 징병령이 발동하기도 전인 때에 녀석이 느닷없이 저들의 성전에 지원 입대를 한다고 떠벌리고 나섰던 것이다. 단양의 일본인 면장이 주동이 되어 장도를 비는 잔치를 베풀고, 허연 베헝겊으로 만든 타스케를 두르고 단양 역두를 휩쓸면서 기차에 오르기까지 녀석은 온통 고을 전체를 굴욕의 구렁텅이로 몰아넣었다. 황 첨지 내외는 물론이고 답답한 가슴만 쥐어뜯는 제 형을 두고도 무엇이 그렇게 신명이 나는지 매일같이 고주가 되어 야밤중에 고래고래 고함을 치고 다니던 녀석이었다. 식구들은 그 통에 더 얼굴을 들고 다닐 수가 없었다. 아무리 성전의 영웅으로 떠받들려 고을을 누비고 다닌다고 하더라도 그 알량한 칭송 속에 피를 부르는 제국주의자들의 음험한 흉계가 숨어 있다는 것쯤 알 만한 나이가 아니던가.
 "사내 나이 열 여섯이면 벌써 호패를 찬다는데 스물을 훌쩍 넘긴 자식이 세 살 먹은 애만두 못하다니 원, 이 무슨 창피막심헌 변인가 말이여."
 황 첨지는 집안 망신에다 나라 망신까지 시키고 나선 자식을 두고 연방 곰방대만 뻐끔거렸다. 그저 소리 안 나는 육혈포라도 있었으면 저 죽고 나 죽어 자빠지겠구만 하는 생각밖에 없었다.

그러는 사이에 큰아들 기훈(基焄) 또한 훌쩍 집을 떠나고 말았다. 정거장이 빼곡하게 면민을 불러내어 천황폐하 만세를 부르게 하면서 둘째가 떠난 사흘 만에 기훈은 만주로 간다면서 떠나가버렸던 것이다. 괴나리봇짐 하나로 설한풍 휘몰아친다는 만주 벌판으로 맏아들을 떠나 보내면서도 황 첨지는 눈물 한 방울 보이지 않았다. 큰아들의 그 먼길 떠나는 걸로 나라 팔아먹은 집안 욕됨을 다소라도 씻을 수만 있다면 하는 생각이 앞섰던 것이다. 쓰러지지 않고 큰사람이 되어 돌아와주기만 한다면야 그깐 미친 놈 같은 둘째 녀석이 저지른 죄과쯤 씻고도 남을 터였다.

그러나 장한 일을 해내고 돌아와주기를 학수고대하면서 빌고 또 빌었던 큰아들 기훈은 끝내 뼈 한 줌이 되어 인편에 숨어 돌아오고 전쟁이 끝나자 엉뚱하게 작은 아들은 멀쩡한 몸으로 다시 마을에 나타났다. 그뿐 아니라 녀석은 누구도 감히 따르지 못할 황국군대의 용맹을 떨쳐 일본군 장교계급장까지 달았다는 것이었다.

패전 군대가 되어 군복을 벗기고 돌아왔으면, 아니 모가지를 걸고 제 나라 백성한테 총부리를 겨눴던 놈이면 죽지 못한 것이 천추의 한이 되고도 남으련만 어떻게 된 노릇이 녀석은 돌아오자마자 잠시도 엉덩이를 붙이고 앉아 있는 법이 없이 꼭 발정난 수캐처럼 들락거렸다. 제 형의 가슴에 총을 들이댔을지도 모를 녀석이 제가 일군 장교였다는 것을 동네방네 떠들고 다녔다면 거기서 또 무슨 말을 더 하랴. 황 첨지 내외는 쥐구멍에라도 숨어들고 싶은 심경이었.

녀석이 그러고 다닌 지 두 달만인가였다. 하루는 야심해서 기어들어온 녀석이 다짜고짜 장가를 들어야겠다는 것이었다. 제깐에는 부모 앞에서 한번 의논을 붙여야겠다고 생각한 모양이었던가. 나이 과년했는데도 혼사 걱정 한마디 없는 데 심통이 나서 녀석은 새초롬한 얼굴을 하고 두 내외를 노려보았다. 그러나 황 첨지는 아무 대꾸도 들려주지 않았다. 말이 없기는 풍기댁도 마찬가지였다. 말이 없는 남편의 의중을 알 길 없어 뭐라 일러줄 수가 없었던 것이다.

장훈이 장가를 든 것은 그 이듬해 이른 봄이었다. 황 첨지는 한사코 며느리를 볼 수 없다고 버텼지만 제 고모가 사흘이 멀다고 찾아와서 우겨댔던 것이다. 아무리 못나도 부모 자식 간인데야 어쩌겠느냔 것이었다. 장가를 들어 자식이 생기고 하면 사람이 다시 되기 마련이며, 설령 그때 가서 또 속을 썩인다고 하더라고 후사도 생각해야잖느냐고 했다. 시누이의 말에 풍기댁이 실없이 넘어가버리는 바람에 황 첨지의 고집은 끝내 꺾이고 말았다. 무릎을 조이고 달려드는 두 여인의 다짐을 뿌리칠 길이 없었던 것이다.

"오라버니는 대가 끊어지는데두 고집만 부리실 참여유. 그게 아니래두 그렇지유, 다 큰 자식을 홀애비루 두구 보는 게 서글프구 청승맞지두 않어유?"

"장가 들이면 달라지겠지유, 여보."

"될성 부른 나무는 떡잎부터 알아본디야. 그깐 놈이 제 식솔인들 제대루 다스릴 것 같어?"

황 첨지의 그런 불안은 그대로 적중했다. 단지 엉뚱하게도 녀석이 제 아내를 다스리지 못한 것이 아니라 며느리가 제 남편의 신용할 수 없는 인격을 비웃고 돌아서버린 것이다. 며느리 앞에서 또 한 번 수모를 당하지 않을 수 없었던 황 첨지 내외는 이젠 더 이상 목숨을 부지하고 사는 것마저도 창피하고 한스러웠다. 앉은 채로 폭삭 꺼져버리기라도 했으면 싶을 지경이었다.

시집을 온 지 불과 열흘도 되지 않은 어느 날 아침, 며느리는 남편이 집을 나가기를 기다려 시아버지 앞에 무릎을 꿇고 다가앉았다. 황 첨지는 너무나 기막히는 며느리의 실토에 충격을 받은 나머지 눈앞이 아뜩했다.

"아니 원, 그 찢어죽일 놈이……"

며느리 얘기는 다름 아닌 남편이 관동군 시절에 있었던 한 사건에 관한 것이었다. 녀석은 잠자리에 든 제 아내를 상대로 그 시절 얘기를 장황하게 늘어놓았다. 첫날밤부터 그때까지 계속된 그 길고 긴 무공담 속엔 실로 소름이 끼칠 온갖 끔찍스런 만행이 다 들어 있었지만 며느리는 그 얘길 한마디 대꾸도 없이 끈기있게 들어 주었다.

"차라리 그만두라고 했던들 제가 아버님께 이런 말씀 올리지 않어 두 됐을 텐디유……"

바로 지난밤에 들은 얘기였다. 장훈은 만주 오봉산록(五峰山麓)의 조선독립군 근거지를 토벌한 사건을 말하는 가운데 그 누가 들을까 겁이 날 얘기를 꺼냈다는 것이다.

장훈이 용정(龍井) 변방에 있는 독립군 지대에 밀서를 전달하고 돌아가는 서경탁(徐景鐸)의 뒤를 밟기 시작한 것은 멀리 용정 시내에서부터였다. 장훈은 가까이 다가오는 경탁을 발견하는 순간 침을 꿀꺽 삼켰다. 그의 거동에는 어딘가 모르게 장사꾼을 가장한 긴장이 어려 있었기 때문이었다. 그는 순찰로 하여금 관동군 사령부에다 독립군 밀정을 미행한다는 연락을 취하도록 하는 한편으로 몸을 숨겨 의심스런 인물의 뒤를 바싹 쫓았다.

경탁이 미행자와 마주선 것은 산록 입구에서였다. 그는 벌써부터 뒤를 밟는 자가 있다는 것을 알아차리고 있었던 것이다. 너무 악착스러워 떨쳐버릴 묘안이 없었던 나머지, 그는 드디어 뒤쫓는 자를 해치워버릴 안전한 장소를 찾기 위해 거기까지 우정 유인해 들였다.

안전지대에 들어선 듯 가장하면서 태연하게 걸어가던 경탁이 어느 순간 수풀 사이로 휙 자취를 감췄다 싶자 어느새 그는 미행자의 등에다 권총을 들이댔다. 순간 장훈은 바지에 오줌을 쌌다. 잠깐 방심한 탓으로 충성심을 과시할 수 있는 천혜의 기회를 잃은 충격 때문이었다. 다 잡은 꼬리를 그 문턱에서 놓친 것을 통분해 하면서 그는 손을 들고 돌아섰다.

"어?" 하고 순간, 경탁이 외마디 소릴 냈다. "너 장훈이 아녀?"

경탁은 안 마을 서순봉(徐淳鳳)씨네 외아들이었다. 그는 징병령이 발동하기 시작한 1941년 봄에 고향을 탈출해 나와 이곳 항일 조선독립군에 투신하고 있었던 것이다.

장훈은 뜨거운 콧김을 내쉬며 재빨리 숨을 가누었다. 기회를 놓쳐서는 안 되었다. 어떻게든 의심 받지 말아야 했다.

"난 자네가 경탁인 줄 벌써부터 알구 있었어."

"그런데 왜 말하지 않았남, 하냥 오면서두?"

"기회가 있어야 말을 헐 것 아니감. 일구복을 입구 있으니 말여."

"그게 왜?"

"아따, 숨길 것 뭐 있어, 척허면 알지. 난 자네가 우리 독립군이란 걸 벌써 알구 있다니까.……신출귀몰하는 독립군인데 괜스레 길거리서 말붙였다가 검문하는 줄 알구 누군가 달려들면 나만 죽잖는가. 그뿐인가, 혹은 일군들이 봤다 혀두 내가 독립군과 내통허구 있다구 당장 체포허려 들 테구. 나 참 여기까지 따라오느라 혼줄이 났구먼 그러네."

"나를 따라온 목적은?"

"아따, 내 설령 왜놈 군복 입었기로서니 너무허구먼 그랴. 자네두 그새 사람 많이 달라졌구먼. 나두 원수놈의 군대 떠나 내 나라 위해 한 번 싸우구 싶어. 사람 마음이란 다 마찬가지 아니여?"

"너 자꾸 자네자네하는디……"

"자네헌티꺼정 의심 받으니 겁이 더럭 나서 그렇지, 왜 그랴."

"넌 왜놈 군대에 지원 입대했어."

"그게 그랴, 후회 막심이여. 그동안 막막한 고국 하늘을 우러러보며 얼마나 울었는지 몰러. 직접 왜놈 군대에 몸담아 겪어본 사람이 아니구는 이해 못헌다니게. 더구나 관동군의 행패 알잖여. 내 동족이 끌려와서 고문을 당하고 개죽음을 당허는 걸 지켜보자면 치가 떨린단 말여. 내, 이를 갈았구먼, 어디 두구 보자구 말여."
"믿어두 될까?"
"이래두 안 믿으면 워쩐댜?" 하면서 장훈은 차고 있던 권총혁대를 끌렀다. 그는 혁대째 경탁에게 건네주면서 꼬리를 달았다. "나를 묶어 데려가면 되잖여."
권총을 받아 드는 순간 경탁은 자기도 모르게 장훈을 와락 껴안았다. 그의 눈에 금세 물기가 서렸다. 볼을 맞대어 비비면서 경탁이 소리쳤다.
"반갑다, 장훈아. 정말 나는 너무 반가운 동지를 얻었다. 백만대군을 얻은 기분이구나, 장훈아."
두 사람은 한참만에 껴안고 있던 어깨를 놓고 산중턱을 향해 수풀을 헤쳐나가기 시작했다. 경탁은 한 발 앞서서 길을 내어 달렸다. 미행자를 유인해 들이느라 그는 본대로 가는 길목과는 엉뚱한 지점에 와 있었던 것이다. 장훈은 살쾡이 달아나듯 빠져달아나는 경탁의 발뒤꿈치를 따라 밟으며 숨이 턱에 닿고 창자가 온통 뒤틀리는 것 같았다. 아무리 험준한 산기슭만 타왔기로 그렇게 총알같이 내달릴 수가 있을까. 거의 반 시간은 그 속력으로 뛰었다. 어느 반반한 바위로 성큼 올라선 경탁이 손을 쑥 내밀었다. 장훈이 그의 손을 잡고 바위 위로 끌려올라가자 두 사람은 어깨를 나란히 맞붙이고 서서 거친 숨을 헐떡였다. 잠시 숨을 돌린 뒤 경탁은 부대 위치를 설명하기 시작했다. 본부와 훈련장을 지형 지물을 중심으로 설명해 나갔다. 초병 근무지점을 지적해 주지 않았지만 장훈은 그걸 물어볼 엄두가 나지 않았다. 장훈은 잠시 돌아서서 산 아래쪽을 훑어보았다. 개활지까지 내려가자면 아무리 서둘러도 한 시간은 실히 걸릴 것 같았다.

"자 갈까?" 하고 돌아서는 찰나였다. "악──" 하는 외마디 신음과 함께 경탁이 가슴을 안고 앞으로 푹 고꾸라졌다. 무릎을 꿇고 앉아 최후의 고통을 이기는 그를 지켜보며 장훈이 들고 있던 비수를 허리춤에 다시 꽂았다.

"으으……네가, 네놈 장훈이가?"

"뭐, 내가 네 동지라구? 나는 황장훈이 아니라 황국 군대 도모다 지로오(共田次郞)란 걸 알아둬."

장훈은 권총 혁대를 다시 차고 부대 위치를 재확인한 다음 유유히 현장을 빠져나갔다.

"그 사람이 바로," 하고 며느리는 말을 이었다. "그 오봉산 조선 독립군 근거지를 알아내구 토벌헌 공적으로 장교가 되구 황제가 내리는 표창까지 받았다지 뭐예유."

며느리는 황 첨지 내외한테 하직인사를 했다. 며칠 동안의 인연이 젊은 과수 하나를 만든 것에 늙은 내외의 가슴은 미어졌다. 며느리는 떠나기 전에 당부했다. 남편으로 하여금 어떻게든 서순봉 씨 앞에 모든 것을 털어놓고 고죄(告罪)하도록 만들어달라고. 내외는 절간으로 들어간다는 며느리를 떠나보내며 하염없는 눈물만 쏟았다. 황 첨지는 녀석이 나타나기만 하면 당장에 대가리를 뻐개버리리라 어금니를 악물었다. 그러나 다음 순간 마음을 고쳐먹었다. 며느리의 부탁대로 우선 서씨 앞에 가서 무릎 꿇고 죄값을 받게 해야 했다.

녀석이 두 번째로 뒤통수를 돌려댄 것은 바로 그 일 때문이었다.

서씨 가문에 대한 고죄는커녕 되려 고래고래 고함을 지르며 당장 그년을 찾아내어 찢어죽이고 말 거라고 뛰쳐달아났던 것이다. 선 자리로 그냥 달아나선 다시 돌아오지 않는 녀석을 두고 두 내외는 행여 또 살인이나 나지 않았을까 오금도 제대로 펼 수가 없을 지경이었다. 그 뒤에 들린 소문으론 끝내 며느리를 찾아내지 못하자 떠돌이 신세로 방황하다가 군문에 뛰어들고 말았다고 했지만 확연히 알

길이라곤 없었다.

　황 첨지 내외가 녀석의 확실한 소식을 들은 것은 녀석이 사라진 지 15년 세월이나 흐른 뒤의 일이었다. 녀석이 15년 가까이 입어오던 군복을 벗고 청주 시내를 휩쓸고 다니는 것을 봤다는 사람이 한둘 늘어나는 걸 보면 녀석이 거기 있는 것은 확실했다. 소문에 따르면 녀석은 어느새 새 여자를 얻어 아이 셋인가를 달고 다닌다고 했지만 집에는 코끝 한 번 내밀지 않았다.

　그러던 녀석이 느닷없이 나타나 단양관이라는 허깨비 장난을 쳐서 그예 마을을 망쳐놓고 악마의 뒤통수를 내보이며 사라졌으니 제발 그것으로라도 마지막 보내는 것이 되기를 비는 마음은, 아무리 골백번 용서하는 것이 부모 마음이라지만 황 노인 내외의 처지로는 너무도 당연했다.

　황 노인의 마음 한구석에 항상 찌연하게 남아 있는 죄책감이 있었다면 자기라도 서씨 문중을 찾아가서 사실을 자백하고 처분을 받아야 한다고 생각은 하면서도 여지껏 그것을 실천에 옮길 용기를 못 내고 있는 점이었다. 더구나 그 집은 몇 년 전에 이 동네를 떠나고 말았던 것이다. 외아들을 잃은 비탄에 빠져 지내던 서순봉 씨네 내외는 문중의 주선으로 입후(入後)를 들이자 그 양자를 따라 단양읍으로 옮겨 앉아버렸다. 물론 읍이라야 몇 리 되지 않을 뿐 아니라 혹간 가다가 읍에라도 나갈라치면 마주치기 일쑤여서 못 만나 말 못 하는 것은 아니었다. 차마 용기가 나서지 않을 뿐이었다. 지나간 상처는 건드리지 않는 것이 나을지도 모른다고 스스로에게 자문을 하면서도 씻을 수 없는 것이 늘상 그 죄책감이었다.

　그런 형세에 그놈의 귀신보다 더 무서운 아들놈이 또다시 나타났다. 단양관에 실패를 보자 곧장 단양읍으로 나가 거기 늘어붙어 버렸다는 소문이 들려 오는데도 다시 상판때기를 내밀지는 않아 그런 다행이 없다 하던 판에 그런 지 일년을 다 채우지 못하고 놈이 기웃

기웃 얼굴을 들이밀고 나타났던 것이다. 읍내에서도 여전 술 마시고 춤추고, 뭣도 하는 천하에 몹쓸 짓거리를 하고 있다고 하여 또다시 스름스름 속을 끓이게 하던 놈을 눈 앞에 보자 황 노인은 부아가 치밀어 견딜 수가 없었다. 거기다가 한다는 소리가 고작 뭐던가.
 "아버지, 우리 남은 논밭 다 팔아야겠시유. 팔구 나따라 읍내루 나가야겠시유."
 놀란 것은 아버지인 황 노인보다 풍기댁이 더했다.
 "아니 너, 뭐라는 소리여?"
 "팔구 읍내루 나감 되잖어유."
 "이놈!" 하고 그때서야 황 노인의 벼락같은 불호령이 떨어졌다.
 "썩 물러가지 못혀? 요절을 내기 전에 한걸음에 물러가거라, 이 놈."
 "아버지, 그게 아니래두."
 "그래두 아직 주둥일 놀려?"
 황 노인의 꿈틀하는 몸짓과 함께 구석에 놓였던 목침이 휙 방 가운데를 가르고 날아갔다. 그러나 녀석이 잽싸게 몸을 피하는 바람에 목침은 애꿎은 문살을 차고 섬돌 밖으로 나가떨어졌다. 녀석은 주먹으로 방바닥을 냅다 쥐어박으며 벌떡 일어섰다.
 "미쳤구먼. 어디 두고 봐, 온전헌가."
 "저런, 저 환장한 놈 보게, 에미 애비 잡아먹을 저 놈 보게."
 섬돌로 내려서면서 녀석은 부숴진 문을 냅다 메어쳤다. 그리고는 삽짝을 향해 무슨 일을 내도 낼 걸음걸이로 내달았다. 하지만 황 노인은 제깐 녀석이 성깔을 부린들 집채에 불지르기밖에 더하랴 싶었다. 집 안에 앉은 채 타 죽는다 해도 그 녀석이 사람만 된다면 열 번이라도 타죽을 수 있었다.
 땅을 팔아 바치다니, 어림없는 소리였다. 무슨 수를 써봤자 문서 없고 인감 없인 용뺄 재간이 없을 것이었다. 황 노인은 논밭 등기문

서와 도장을 재차 깊이 묻어 놓고야 긴 한숨을 내뿜었다. 그런 지 달포가 좀 넘었을까, 겨울 짧은 해를 등지고 웬 과객 한 사람이 삽 짝에 나타났다. 뜻밖에도 그 과객은 읍내로 옮겨앉은 지 몇 년이 되 는 바로 서순봉 씨였다. 황 노인은 모습을 드러낸 사람이 서씨라는 걸 알아차리는 순간 머리카락이 쭈뼛 일어서고 가슴이 철렁 내려앉 았다. 웬일일까. 기어이 내막을 알게 되었단 말인가. 황 노인은 떨 리는 목소리로 물었다.

"아니……이거 어찌된 일이여유?"

"왜, 나는 이 집에 들어오면 안 될 사람인감?"

"원, 무슨 말씀을 그렇게 하신댜. 어이 들어갑시다 그랴."

서 노인이 이 집안에 발을 들여놓은 것은 처음 있는 일이었다. 아 무래도 무슨 변이 터진 것만은 분명하여 방 안으로 등을 떠밀면서도 황 노인은 안절부절못했다.

하지만 그것이 금전관계일 줄이야. 읍내로 내려와 제재소를 하나 차렸는데 마침 대금 지불 날짜 전에 좋은 재목이 들어와서 며칠만 변통했으면 좋겠다고 찾아온 장훈에게 서 노인은 돈 30만 원을 변 통해 주었다는 것이 아닌가. 그러나 알고 보니 제재소란 생판 거짓 말이고, 그 돈으로 춤추는 술집을 차려놓고, 심지어는 뒷방에단 노 름판까지 붙이고 있었던 것이다. 화가 난 서 노인이 찾아가서 호통 을 치자 장훈은 누가 떼먹겠단 거냐고 되받고 나섰다. 그렇게 말했 지만 사실은 떼어먹겠단 말을 안 했다 뿐이지 일년이 넘도록 능청만 떨고 있었다.

"원, 저런 쥑일 놈이, 이거 워찌 허면 좋댜? 내 수일 내루 해결 허지유. 그 때문에 예까지 오시게 혀서 워떡허지유?"

"오해시구먼. 난 돈을 받겠다구 온 게 아녀유. 나이 쉰줄에 들어 선 사람이 일을 해보겠다고 나선 품이 하 신실혀 뵈길래 내어준 것인디 고작 헌다는 짓이 그 짓거린 것이 괘씸혀서 그래유. 단양

읍 망헌다구 온 읍내가 떠들썩혀서야 쓰겠시유? 지금 모두 야단이어유. 그래 노형이 좀 타일러 딴 일을 허게 혔으면 혀서 그런다니깐유. 나 그 돈 받지 않어두 되니 제발 달리 헐 일을 찾아주기만 혔으면 허는구먼유."

황 노인은 연방 고두재배를 하듯이 하면서 무슨 일이 있어도 그 짓을 더 이상 계속하지 못하게 할 뿐 아니라 30만 원도 며칠 안으로 돌려보내겠다고 맹약을 하여 겨우 서씨를 돌려보냈다. 그러고 나자 서순봉 씨한테까지 감히 손을 뻗쳐 해를 입히는 녀석을 황 노인은 단 한 시각도 그대로 참고 내버려둘 수가 없었다. 아니 내버려둘 수 없는 것이 아니라 황 노인 스스로를 말릴 수가 없었다. 황 노인은 무엇을 어떻게 하다는 생각을 할 겨를도 없이 읍내로 내달리기 시작했다. 허공을 딛듯 발이 땅에 닿는 것 같지도 않았다.

"마침 오셨구먼, 갈 참이었는디."

장훈이 노름판을 쓸어엎고 나오며 말했다. 그러나 황 노인의 입에서는 한마디도 말이 나오지 않았다. 무슨 말을 해야 할지 생각조차 나지 않았다. 기미를 알아차렸다는 듯이 녀석이 다시 입을 열었다.

"땅 팔아넘겼다구 화나셨구먼, 아버지. 그래 봤자 소용없시유, 땅 문서나 내놓으셔 잉."

"아니, 뭐라구 이놈아?"

"소용없대니께, 그러시네. 법원에서 아버진 재산관리헐 능력이 없다구 판결이 나버렸다니께."

"아니, 뭐라구?"

"그기 금치산 선고라는 거여."

획 등을 돌려대는 녀석의 뒤통수가 눈앞을 스치는 순간 황 노인은 꽈당하고 뒤로 벌렁 나자빠졌다. 그리고 그것으로 다시는 일어나지 못했다. 영원한 무능력자가 돼버리고 만 것이다.